KB069837

서민 독서

책은 왜 읽어야 하는가

| 서민 지음 |

을유문화사

서민
독서
책은 왜 읽어야 하는가

발행일
2017년 10월 20일 초판 1쇄
2019년 8월 15일 초판 5쇄

지은이 | 서민
펴낸이 | 정무영
펴낸곳 | (주)을유문화사

창립일 | 1945년 12월 1일
주소 | 서울시 마포구 월드컵로16길 52-7
전화 | 02-733-8153
팩스 | 02-732-9154
홈페이지 | www.eulyoo.co.kr
ISBN 978-89-324-7362-8 03800

들어가는 글

독서가 나를 구원했다

책을 읽으면 생길 수 있는 일

"저녁 여덟 시쯤이었다. (…) 창가 테이블 자리에서 혼자 문고판 책을 읽으면서 밥을 먹는데 갑자기 맞은편 젊은 여자가 와서 앉았다. 여자는 전혀 주저하는 기색 없이, 한마디 양해도 구하지 않고 의자의 비닐시트 위에 털썩 앉았다."**1**

무라카미 하루키가 쓴 『기사단장 죽이기』의 주인공 '나'는 아내의 일방적인 이혼 통보 후 충격을 이기기 위해 혼자 여행을 다니고 있었다. 그 와중에 들어간 식당에서 젊은 여자가 갑자기 자기 앞에 앉았다. 물론 '나'는 그 여자를 모른다. 식당에 빈자리가 없었던 것도 아니니 합석할 이유도 없다.

> 여자 아는 사람인 척해 줘. 여기서 만나기로 한 것처럼.

주인공이 놀라서 아무 말도 하지 않자 여자는 재차 말한다.

> 여자 알겠지? 아는 사람인 척해 줘. 그렇게 놀란 얼굴 하지 말고.
> 나   알았어.
> 여자 그대로 계속 밥 먹어. 먹으면서 친하게 이야기하는 척해
>   줄래?

대화로 보아 여자는 누군가에게 쫓기고 있는 듯하다. 하지만 아무리 봐도 그녀를 주목하는 사람은 없다. 그때 한 중년 남자가 식당에 들어오지만, 여자는 그 사람을 모른다고 한다. 저 사람에게 쫓기고 있느냐고 여자에게 묻자 여자는 대답하지 않는다. 어쨌든 여자가 무언가에 쫓기는, 다급한 상황인 건 확실해 보인다. 여기서 한번 생각해 보자. 이 여인이 식당에 있는 다른 사람을 놔두고 주인공을 선택한 이유가 뭘까? 주인공이 혼자 식당에 있었기 때문일 수도 있다. 하지만 난 그보다 더 큰 이유가 있었다고 본다. 바로 다음 구절이다.

"혼자 문고판 책을 읽으면서 밥을 먹는데"

예외도 있겠지만, 공공장소에서 책을 읽고 있다는 얘기는 최소한

조폭이나 그에 준하는 범죄자는 아닐 확률이 높다. 영화나 TV로 판단하건대 조폭들은 자기들끼리 앉아서 수다를 떨거나 당구를 치거나 도박을 하고 있지, 책을 가까이 하진 않으니까.

여기에 더해 독서는 그 사람을 있어 보이게 만든다. 젊은 여자가 혼자 앉아 있다면 뭇 남성들은 다음과 같은 태도를 보인다. 노골적으로 보거나 아니면 몰래 보거나. 이건 일행이 있건 없건 마찬가지다. 하지만 주인공은 여자를 보는 대신 책을 보고 있다. 당신이 여자라면 누구에게 도움을 청하겠는가?

아내와 나를 구원한 독서

2007년 그날, 난 약속 장소에 나가면서 별 기대를 하지 않았다. 첫 번째 결혼이 1년도 채 못가서 파경으로 끝난 탓에 '내가 결혼에 적합한 사람이 아니구나'라는 생각을 하게 됐고, 남은 생애는 독신으로 살겠다고 마음먹고 있었으니까. 그럼에도 선을 보는 자리에 나간 이유는 내가 그러고 사는 걸 안타깝게 여긴 어머니의 청을 들어 주기 위해서였다. 그 이전에도 여러 명의 여자를 만났지만, 굳게 닫힌 내 마음은 열리지 않았다. 창가 쪽 테이블에 자리 잡고 책을 읽고 있는데, 전화가 한 통 걸려 왔다. 지금의 아내가 한 전화였고, 이런 유의 전화가 다 그렇듯 약속 장소에 거의 다 왔는데 차가 막힌단다. 알겠다고, 천천히 오시라고 한 뒤 전화를 끊었다. 그때 내가 읽던 책이 뭔지는 모르겠지만, 꽤 열심히 읽었던 모양이다. 아내가 내 앞에 왔는데도 전혀 알아채지 못했던 걸 보면 말이다. 갑자기 주위가 환해지는 바람에 고개를 들어 보니 아내가 서 있었다.

"서민 씨죠?"

아내를 처음 봤을 때, 난 그녀가 미녀라는 점에 놀랐다. 게다가 우리 둘 다 개를 좋아했고, 유머 코드도 제법 잘 맞았다. 굳게 닫혔던 문에 어느 새 틈이 생겼다. 문제는 '아내가 날 좋아하는가'였다. 나중에 들은 얘기지만, 아내는 내가 책을 읽고 있는 모습이 마음에 들었단다. 그 장면이 워낙 좋게 보인 덕분에 아내는 내 외모에 그렇게까지 놀라지 않을 수 있었다고 했다. 장모님께 인사를 드리러 갔을 때도 아내는 날 이렇게 소개했다.

"민이 씨는 독서광이야."

나에 대한 장모님의 태도가 갑자기 부드러워졌다. 만일 아내가 "민이 씨는 게임광이야. 매일 네 시간씩 게임만 해."라고 했다면 교직 생활을 오래 하셨던 장모님이 당신의 딸을 주시지 않았을 수도 있다. 결국 우린 6개월의 교제 끝에 결혼했고, 10년이 지난 지금까지 즐겁게 잘 살고 있다.

그 결혼은 나에게만 이득인 건 아니었다. 나중에 안 사실이지만 아내 역시 혼자 지내는 게 그리 행복하지만은 않았다. 우선 아내는 성격이 괄괄하신 장모님으로부터 '결혼하라'는 압력에 시달리고 있었다. 시집은 안 가고 개만 끼고 있다는 게 당시 장모님이 아내를 혼내시던 주요 레퍼토리, 그러다 보니 아내는 개를 같이 키워 줄 남자를 만나 이 집을 나가자는 생각을 한다. 또한 결혼하지 않은 여자를 만만히 보는 사회 분위기도 아내를 힘들게 했다. 당시 아내는 동화책에 삽화를 그리는 일을 하고 있었는데, 여자 혼자라는 생각에 쉽게 대하는 사람이 많았다고 한다. 그러니까 『기사단장 죽이기』의 젊은 여인이 주인공에게 구원을 청한 것처럼, 아내 역시 나에게 S.O.S 신호를 보낸 셈이다. 그리고 그때의 난, 그 주인공이 그랬듯, 책을 읽고 있었다. 끝에서 10퍼센트 안에 드는 외모에 정체불명의 직업 — 기생충학자라니, 그게 뭐하는 거야? —그리고 한 차례의 이혼 전과까지 있던 내가 지금의 아내와 결혼할 수 있었던 건 순전히 독서 덕분이다!

책과 담 쌓아서 좋았던 점

집안 어른들 말씀에 의하면 난 어릴 때부터 책을 꽤 좋아했던 것 같다. 학교에 들어가기 전부터 그랬다는데, 내가 빠른 2월생이라 일곱 살에 학교에 들어갔으니 한글을 다 뗀 건 적어도 여섯 살 무렵이었을 것이다. 지금이야 이게 별로 대단한 일이 아니지만, 그때만 해도 초등학교 들어와서도 책을 읽지 못하는 애가 수두룩했다.

한 집에 하나씩 낳아서 일찍부터 학원에 보내는 지금과 달리 그 당시엔 집마다 아이가 서너 명쯤 됐고, 그 애들은 동네에 모여 놀면서 하루를 보냈다. 쌍문동의 1980년대를 그린 〈응답하라 1988〉에 나오는 것처럼, 저녁 시간이 되면 어머니가 밥 먹으라고 밖에서 놀던 아이들을 쫓아다니곤 했다. 내성적인 성격 탓에 남과 어울리지 못했던 난 주로 집에서 시간을 보내곤 했는데, 내가 책을 읽게 된 건 그러니까 달리 할 일이 없었던 탓이 크다.

그때의 난 몸이 약했다. 태어나서 얼마 안 됐을 무렵 심한 설사로 생명이 위태로웠던 적도 있고, 그 후에도 자주 병치레를 했다. 아프지 않을 때도 빼빼 마른 몸 때문에 굉장히 병약해 보였는데, 남자다움을 좋아했던 아버지로선 약하디 약한 애가 집구석에 처박혀 책만 읽는 모습이 보기 싫었던 모양이다. 그래서 아버지는 내가 책 읽는 걸 볼 때마다 야단치셨는데, 지금도 뚜렷이 기억나는 건 숨어서 책을 읽다 걸리던 장면이다. 저녁 시간이 됐는데 내가 보이지 않자 어머니는 날 찾기 시작했고, 이윽고 아버지까지 합세하게 됐다. 결국 아버지는 병풍 뒤에 숨어서 책을 읽던 날 발견하셨는데, 그날 이후 내가 책 읽기를 중단한 것으로 보아 그날 아버지에게 심하게 야단맞은 것 같다. 이 사건은 내 삶에 지대한 영향을 미쳤는데, 여기엔 긍정적인 면과 부정적인 면이 다 있다. 먼저 긍정적인 면을 보자. 내가 계속 그렇게 책만 읽었다면 아마도 난 아는 게 많다고 다른 이들을 무시하는, 좀 재수 없는 어른으로 자랐을지 모른다. 하지만 책과 담을 쌓아 아는 게 없었던 난 '겸손'이란 괜찮은 덕목을 가질 수 있었다. 웃기는 사람이 되고 싶다는 생각을 한 것도 어쩌면 내가 책을 안 읽는 애였기 때문일 수 있다. 심심하다 보니 다른 친구와 어울리고 싶어졌고, 그 방법의 하나로 유머를 익힌 것이니까 말이다.

책을 안 읽는 건 입시 공부에도 유리했다. 읽고 싶은 책 때문에 공부 시간을 빼앗길 일은 거의 없다시피 한데다, 독서가 더 나은 성적을 보장해 주진 않기 때문이다. "타인을 심판할 수 있는가?"와 같은 난해한 문제에 답해야 하는 프랑스와 달리, 우리나라 입시는 죄다 5지선다형이고, 암기만 잘해도 충분히 풀 수 있었으니까. 여기에 대해서는 다른 분석도 있다.

"2004년 당시 중학교 3학년생 2천 명의 중학 재학 시절 독서량을 조사했다. 당시 3분의 1(633명, 31.7%)은 '열한 권 이상 문학 책을 읽었다'고 했고, 10분의 1(200명, 10%)은 '한 권도 안 읽었다'고 했다. 이랬던 두 그룹의 대입 점수 차는 3년 뒤 명확해졌다. 2008학년도 수능에서 문학 책을 많이 읽은 학생이 문학 책을 한 권도 읽지 않은 학생보다 국어·영어·수학 과목 평균 등급이 1.4~1.9등급 높았다."[2]

여기에 마냥 수긍할 수만은 없는 것이, 일반적으로 공부 잘하는 애들이 책도 더 많이 읽기 때문에 이게 순전히 독서의 효과인지는 알 수 없다. 책과 크게 상관이 없을 영어와 수학까지 영향을 줬다는 점이 이 추측에 힘을 실어 준다. 하지만 단순 암기만을 요구하던 1980년대 대학 입시(학력고사)와 달리 수학능력시험(수능)이 독서를 요구하는 건 사실인 것 같다. 2016년 수능이 끝난 뒤 한 인터넷 카페에 입시를 주제로 올라온 글을 보자.

"올해 수능 국어 문제 읽어 봤는데 대단하네요. 다방면에 걸친 상당한 독서량 그리고 독해력과 사고력이 뒷받침되지 않으면 앞으로 수능 국어에서 좋은 성적을 얻기는 어려워 보입니다.3

하지만 수능이 시작된 건 1994년부터니, 적어도 내가 독서와 담을 쌓은 건 그 당시로 봐선 유리한 선택이었다고 할 수 있다.

이제 부정적인 면을 살펴보자. 초등학교, 중학교 시절 나를 가장 괴롭혔던 건 다름 아닌 외로움이었다. 친구가 없는데다 형제 간 사이도 썩 좋지 않았기에 난 늘 혼자였다. 그때 내가 책을 읽었다면, 좀 재수 없는 아이가 될 수야 있었겠지만, 적어도 삶이 너무 지루하다는 생각은 안 했을 것이다. 게다가 책은 외로운 이가 나 혼자만은 아니라는 걸 알려 준다. 예컨대 『올리버 트위스트』를 그때 읽었더라면 이 세상에는 나보다 더 고통받는 아이가 있다는 걸 알았을 테고, 거기서 크나큰 위안을 받았으리라. 사람이란 때론 남의 불행에서 위안을 얻기도 하는 존재이지 않은가? 안타깝게도 난 책을 멀리했고, 그 결과 어린 시절에 대한 내 기억은 추운 겨울날의 나뭇가지처럼 앙상하기 짝이 없다.

나이 서른에 훗날 스스로 쓰레기라고 자부하게 되는 『소설 마태우스』를 쓴 것도 책을 읽지 않은 대가다. 책을 통해 잘 쓴 문장들을 접한 사람이라면 결코 그런 글을 쓰지 않았을 것이고, 실수로 썼다 해도 출간할 생각은 하지 못했으리라. 책은 사람에게 양심을 갖게 해 주니까. 그 책이 별로 안 팔렸기에 망정이지, 베스트셀러라도 됐으면 어쩔 뻔했는가? 하지만 이런 것들보다 더 안 좋았던 것은 사회의식이란 걸 갖지 못한 어른으로 자랐다는 점이었다. 내가 대학에 들어간 1985년은 『전두환 회고록』의 저자 전두환이 철권통치를 휘두르고 있었다. 언론이 정권의 지배하에 놓인 탓에 싸울 수 있는 집단은 오직 학생들뿐이었다. 당시 대학생들은 정말 열심히 싸웠다. 그런데 그 싸움은 단지 화염병과 돌을 던지는 형태만은 아니었다. 그들은 자신들이 원하는 세상이 어떤 것인지를 놓고 갑론을박을 벌였고, 그 논쟁을 위해 수많은 책을 읽었다. 대학생들이 책을 읽고 사회의식을 갖게 되는 걸 두려워했던 정권은 좀 괜찮은 책들은 모조리 금서로 지정함으로써 학생들에게 양서가 무엇인지 구분할 수 있게 해 줬다. 이런 와중에 난 프로야구만 보고 있었으니, 다른 이들이 보면 얼마나 한심했을까?

독서가 나를 구원했다

내게 책을 권한 이가 아주 없었던 것은 아니다. 고교 동문회에서 만난 선배는 자신이 못난 선배였다고 미안해하기도 했다.

선배　『철학에세이』에 나오는 얘기잖아. 그 책 읽어 봤지?

나　　아니요.

선배　(침묵) 민아, 정말 미안하다. 네가 그 책을 읽지 않았는데도 내가 모르고 있었다니. 이 선배를 용서해라.

　그 선배는 이렇게 말한 뒤 내 옆자리에 앉은 채 한숨만 쉬다가 갔다. 충격을 받은 난 그 책을 샀고, 지하철로 학교를 오가는 와중에 다 읽어 버렸다. 그리고 나중에 학교에서 그 선배를 만났을 때 자랑스럽게 얘기했다. "형, 저『철학에세이』다 읽었어요!" 이왕 내게 직언해 준 거, 그 선배가 몇 마디만 더 해 줬다면 내 인생이 좀 달라졌을지 모른다. 그때 난 대학 2학년이었고, 본과에 가기 전이라 널린 게 시간이었다. 하지만 그 선배는 내 말을 듣고 무신경하게 갈 길을 갔다. '뭐야, 괜히 읽었잖아. 자기가 읽으라고 해 놓고선.' 게다가『철학에세이』가 내게 그렇게 큰 감동을 주지도 않았기에, 난 다시금 프로야구로 회귀해 버렸다. 그로부터 2년쯤 지났을 때 동아리 동기 여학생이 날더러 "책 좀 읽어라, 응?" 하면서 대놓고 면박을 줬지만, 공부만 해도 바쁜 본과 때 무슨 책을 읽겠는가? 돌이켜보면 공부를 그리 열심히 한 것도 아니었고, 마음만 먹으면 얼마든지 책을 읽을 수 있었다는 점에서 그때라도 책을 읽지 않았던 게 아쉽기 그지없지만, 그때는 그런 걸 모른 채 아까운 시간만 보냈다.

　지금이야 '좀 더 일찍 책을 읽을 것'이라며 아쉬워하지만, 막상 책을 안 읽던 시절에는 전혀 아쉬울 게 없었다. 세상에는 놀 만한 것 천지였다. 프로야구를 보고, 술을 마시고, 아는 친구를 불러 영화 보러 가고, 이러다 보면 여가 시간이 다 갔다. 그대로 살았다면 난 아마 나 잘난 맛에 살면서 정치적으로는 보수를 지지하고 경제적으로는 가진 자의 이익을 대변하는 그런 아저씨가 됐을 것이다. 어쩌면 태극기집회를 옹호하면서 촛불을 든 젊은이들을 향해 혀를 끌끌 차고 있을지도 모른다. 상상만으로도 무서운 일이지만, 다행히 난 그런 사람이 되지 않았고, 그 비결은 다름 아닌 독서였다. 그래서 이렇게 말하련다. 독서가 나를 구원했다고. 독서의 어떤 면이 한 인간을 구원할 수 있는지, 이제부터 책 속으로 들어가 보자.

---

1 『기사단장 죽이기 1』, 무라카미 하루키 저, 홍은주 역, 문학동네, 345쪽
2 독서의 중요성, 내일신문 2016. 03. 17
3 [네이버 카페] 수만휘(http://cafe.naver.com/suhui/17579984)

차례

1부 **책 안 읽는 사회**

 책 읽기의 힘

3부 책을 어떻게 읽을 것인가

1부

책 안 읽는 사회

영화 〈이디오크러시〉

"21세기, 인류를 위협하는 포식자가 없는 상황에서 진화의 과정 중 똑똑함은 아무런 의미가 없어졌다." 극장 개봉을 하지 않아 어둠의 경로로 본 영화 〈이디오크러시Idiocracy〉(2006)는 이렇게 시작된다. 심지어 똑똑한 사람은 멸종 위기에 처하는데, 다음과 같은 이유다.

A씨 부부(IQ 138)　당장은 아이를 갖고 싶지 않아요. 적당한 시기를 기다리고 있는 중이죠.

B씨 부부(IQ 84)　"제길! 또 임신했잖아! 안 그래도 아이가 많은데!"

그렇게 10여 년이 지났을 때 A씨는 여전히 애가 없지만, B씨는 수없이 많은 자손을 거느린다.

그때 군에서는 군인들을 동면시키는 실험을 시작한다. 너무 오랫동안 전쟁이 일어나지 않은 탓에 전투 경험을 가진 군인들이 점점 없어지니, 경험자들을 미래로 보내 군대를 이끌게 해야 한다는 취지다. 하지만 동면이 잘 되는지 알아보기 위해 동면기를 테스트할 대상이 필요하기에, 바우어라는 군인과 매춘에 종사하는 여성이 첫 대상으로 선정된다. 바우어가 선택된 이유는 다음과 같다.

"모든 면에 있어서 놀라울 정도로 평범하죠. 그래서 뽑히게 된 겁니다."

원래 1년간 동면될 예정이었지만, 예상치 못한 일이 일어난다. 극비로 진행된 이 실험을 담당한 군인이 비리 혐의로 구속된 것이다. 실험에 대해 아는 이가 없었던 탓에 시설은 그대로 방치됐고, 그렇게 5백 년의 시간이 흐른다. 인류는 당연히 더 멍청해졌으며, 인구는 엄청나게 증가했다. 바우어가 깨어난 것은 인류가 만든 쓰레기 산이 견디지 못하고 무너지는, 일종의 산사태가 일어난 까닭이다.

깨어난 바우어는 황당했다. 서기 2505년의 인류는 섹스, 코미디, 폭력물에만 몰두할 뿐, 다른 곳에는 아무런 관심이 없다. 심지어 가장 흥행한 영화 〈엉덩이〉는 90분 내내 벗은 엉덩이만 보여 주는데, 그걸 보고 사람들은 상영 시간 내내 웃는다. 쓰레기더미가 넘쳐나는 거리를 헤매던 바우어는 손목에 바코드가 없다는 이유로 법정에 끌려가고, 판사와 검사, 변호사가 모두 바보들로 채워진 우스꽝스러운 재판에서 유죄 판결을 받는다. 감옥에 가기 전 바우어는 지능 지수$_{IQ}$ 테스트를 받는다. 그걸 알아야 수감 기간 중 교도소에서 어떤 일을 할지 정해진다나. 그런데 문제가 아주 황당하다.

- 1번: 만약 당신이 2갤런이 들어 있는 물통을 가지고 있고, 또 5갤런이 들어 있는 물통을 가지고 있다면 몇 개의 물통을 가지고 있는 걸까요?

바우어는 이게 정말 문제인가, 반신반의하면서 "두 개"라고 답한다. 난리가 난다. 그때서야 바우어는 사람들이 다 바보라는 걸 직감한다. 영화 제목인 '이디오크러시'는 바보idiot에 의한 통치를 의미한다.

교도소에 입소할 때 바우어는 어떻게 하면 빠져나갈지 머리를 쓴다. 그리 오래 생각할 필요도 없었다. 사람들을 분류하는 간수에게 다음과 같이 말하면 됐다.
"저 오늘 출소하기로 돼 있는데요?"
간수는 바우어의 따귀를 때린 뒤 이렇게 말한다.
"줄을 잘못 섰잖아, 멍청아!"
그러면서 간수는 문을 담당하는 간수에게 "그 멍청한 놈 내보내줘."라고 지시한다. 영화에는 이런 장면들이 숱하게 나온다. 오래 전에 만들어진 타임머신을 타려던 바우어는 경찰에 붙잡히는데,

끌려간 곳은 감옥이 아니라 백악관이었다. 그의 뛰어난 지능 지수가 정부 고위층의 주목을 받았던 것이다.

"넌 역사상 가장 높은 아이큐를 받았어. 그래서 우리가 널 내무부장관에 임명한 거야."

대통령은 그 시대 현안이었던 식량 부족 사태를 바우어에게 해결하도록 지시한다. 자신이 어떻게 하느냐고 난감해하던 바우어는 금방 해법을 찾아낸다. 그 시대엔 브라운도Brawndo라는, 게토레이 비슷한 음료 회사가 나라 전체를 장악해 버리고, 화장실을 제외하곤 모든 곳에 물 대신 자기네 음료만을 쓰도록 만든다. 그러다 보니 사람들은 곡물에도 브라운도를 주게 된 것이다. 브라운도가 자랑하는 전해질이란 것은 사실 소금이었으니, 곡물이 자랄 수가 없었다. 바우어는 곡물에 물을 주게 하려고 하지만, 그게 쉽지 않다. 포복절도할 대화가 이어진다.

장관1   니가 말하는 것은 곡물에 브라운도 대신 물을 주라는 거네?

바우어   바로 그거지.

장관2   하지만 식물들이 원하는 것은 브라운도야.

장관3   전해질이 첨가된 것.

바우어   브라운도를 주면 식물들이 자라지 않잖아.

장관1   난 화장실에서 자라는 식물을 본 적이 없어.

바우어   그냥 한번 시도해 보자고. 물을 주면 식물들이 자랄 거야.

장관2   하지만 식물들이 원하는 것은 브라운도야.

장관3   전해질이 첨가됐잖아.

바우어   니들, 전해질이 뭔지나 알고 이러는 거야?

장관1   알아. 브라운도를 만들 때 쓰는 거잖아.

바우어   그래, 그런데 브라운도를 만들 때 왜 전해질을 쓰는 거지?

장관2   브라운도에는 전해질이 들어 있으니까.

설득은 실패했고, 바우어는 머리를 쓰기로 한다. 자신이 식물들과 대화를 해 봤더니 식물들이 물을 원하더라고 말한 것이다. 그러자 사람들은 금방 수긍하고 물을 주기 시작한다. 하지만 사태는 다시 이상한 방향으로 흐른다. 전 세계 인구의 절반 이상이 브라운도에서 일하는 시대에서 곡물에 브라운도 대신 물을 주다 보니 브라운도의 주가가 떨어지고, 대규모 실업 사태가 벌어져 버린 것이다. 게다가 곡물이 자라기까진 시간이 걸렸으니 사람들이 화가 날 수밖에 없었다. 다시 법정에 선 바우어는 사형 선고나 다름없는 형을 받는다. 그는 자신을 면회 온 매춘녀에게 다음과 같이 말한다.

"타임머신을 타고 과거로 가거든, 사람들에게 책을 읽으라고 해 주세요."

영화가 다 그렇듯 바우어는 매춘녀의 도움으로 사형 집행 순간에 극적으로 구출되고, 때마침 자라 준 곡물 덕분에 오히려 영웅이 된다. 결국 그는 대통령이 돼 폐허로 치닫던 세상을 구하게 된다. 참고로 그 사람들이 타임머신이라고 불렀던 기계는 인류의 역사를 탐험하는 놀이 기구였으니, 어차피 과거로 갈 방법은 없었다.

가장 멍청한 시대

이 영화가 만들어진 건 2006년의 일이었다. 인터넷이 나오고 난 뒤 사람들이 게임이나 자극적인 기사만 보면서 책을 멀리하게 된 것이 〈이디오크러시〉의 시대적 배경이다. 이 영화에서는 5백 년 뒤 인류가 바보가 될 것이라고 예언했지만, 지금 상황을 보면 그보다 훨씬 빨리 바보가 될 것 같다. 책을 읽는 사람이 희귀종으로 인식되는 풍토인데다, 이 영화가 만들어질 당시엔 없던 스마트폰까지 나왔으니 말 다했다. 태어날 때부터 스마트폰을 가지고 논, 2010년 이후 출생자가 사회 주류가 될 2060년이면 영화에 나오는 장면들이 진짜로 연출되지 않을까? 에모리대 영문과 교수인 마크 바우어라인M. Bauerlein은 『가장 멍청한 세대』(이하 『멍청한 세대』)라는 책을 통해 인터넷에만 빠진, 그래서 아는 게 없는 젊은이들을 비판했다. 그는 〈투나잇 쇼〉의 '제이 워킹' 코너를 예로 든다. 로스엔젤레스 거리에서 즉석 상식 퀴즈를 내는 이 프로가 만들어지고, 또 인기를 끈 이유는 주 대상인 20대의 답변이 워낙 황당하기 때문이다.

문　교황은 어디 사나요?
답　영국이요.

문　영국 어디죠?

답　음…… 파리.

또 다른 젊은이를 보자.

문　고전도 읽으시나요?

답　…….

문　찰스 디킨스의 작품이든 뭐든 읽어 본 적 있어요?

답　…….

문　『크리스마스 캐럴』 알아요?

답　아, 영화로 봤어요. 전 스쿠루지 맥덕(디즈니 만화의 오리 캐릭터)이 나오는 게 더 좋더라고요.[1]

혹자는 이렇게 반문할지도 모른다. 그래도 요즘 청소년들은 인터넷이나 대중문화를 통해 역사를 공부하지 않느냐고 말이다. 이용하는 매체가 다를 뿐, 앎 자체는 요즘 젊은이들이 더 낫지 않냐는 얘기다. 『멍청한 세대』에 소개된 다음 통계를 보자.

"믿을 수 없겠지만 전체 학생 중 52퍼센트가 제2차 세계 대전 당시 미국의 우방국으로 러시아 대신 독일, 일본, 이탈리아를 선택했다."

이렇게 된 이유가 뭘까? 요즘은 과거 어느 때보다 여가시간이 많고 또 물질적으로 풍요로운 시대다. 우리나라 초·중·고등학교 도서관(실)은 1,902개고, 대학 도서관은 626개로 통계청의 자료를 보면 도서관 수가 꾸준히 증가해 왔음을 알 수 있다. 공공 기관의 도서관 수는 978개지만 꾸준히 새로 개관하고 있고, 이동도서관이나 북카페 등이 계속 생기고 있어 책을 빌려 보기 꽤 편한 환경이다. 그러니 마음만 먹으면 얼마든지 책을 볼 수 있지만, 희한하게도 책 읽는 시간은 점점 줄어들고 있다. 이에 대해 바우어라인은 이렇게 말한다. "젊은이들은 구매력이 커질수록 책, 박물관, 과학전람회 등에서 멀어지는 것으로 드러났다. 게다가 인터넷도 성인에게 적합한 성숙한 정보를 전달하기는커녕 오히려 그런 정보를 차단한다."**2**

인터넷 정보의 명암

지식의 습득엔 어느 정도 노력이 필요하다. 기생충에 대한 책을 읽는다고 가정해 보라. 처음에는 기생충이 징그럽게만 느껴지지만, 책을 읽을수록 기생충의 삶을 이해하게 되고, 다 읽고 나면 그들에게 손을 내밀게 된다. 이 지식은 남은 생애 동안 그 사람에게 영향을 줘서, 나중에 항문에서 기생충이 나오더라도 별로 당황하지 않을 수 있다. "아, 네가 바로 회충이구나. 얘기 많이 들었다."라고 반갑게 인사하는 여유도 부릴 수 있지 않을까?

이와 달리 인터넷에서 기생충에 대한 지식을 얻는다고 해 보자. '기생충'을 치면 엽기적인 기생충 사진들과 그와 관련된 글들이 쭉

뜬다. 인터넷의 문제점은 그 정보에 참과 거짓이 섞여 있다는 것이다. 네이버 지식인에 어떤 분이 질문을 던진다.

- 질문: 구운 기생충은 먹어도 되나요? 기생충도 구우면 영양분 아닙니까?
- 답변: 기생충을 구워도 살아남는 기생충도 있고, 기생충을 구워도 몸 안의 세포 하나하나가 다 살아있다면 번식을 해서 질병을 일으킬 수도 있죠. (기생충도 곤충 아닙니까) 결론은 되도록이면 안 먹는 것을 추천한다는 것입니다.3

먼저 질문에 대해 분석해 보자. 구운 기생충을 먹는다는 것, 이건 제법 괜찮은 아이디어다. 지금 곤충의 단백질 함량이 높다는 이유로 곤충을 먹자는 캠페인이 벌어지고 있다는 건 다들 알 것이다. 영화 〈설국열차〉에서 기차에 탄 사람들이 먹는 양갱 비슷한 것도 사실은 바퀴벌레로 만들었다. 내가 곤충을 먹는 것에 반대하는 이유는 음식이란 게 꼭 영양분의 섭취만이 목적은 아니기 때문이다. 눈으로 보는 시각적 즐거움도 음식을 즐기는 한 방법이란 건데, 곤충은 보기에 좋지 않기 때문에 음식으로 적합하지 않다. 2013년에 출연했던 한 방송 프로그램에서 '바퀴벌레 피자' '구더기 초밥' 같은 것들을 먹으라고 한 적이 있다. 그때 심정은 '잘리면 잘렸지, 죽어도 못 먹겠다'였다. 끔찍한 느낌을 희석시킬 만큼 맛이 대단한 것도 아니다. 매미로 만든 음식을 먹은 컬투 정찬우는 "똥내가 난다"

며 얼굴을 찌푸렸다. 반면 기생충은, 최소한 비주얼은 된다. 광절열두조충 같은 기생충은 꼭 면발처럼 생겼으니, 스파게티를 비롯해 각종 면 종류를 대체할 수 있다. 여기에 조미료도 치고 양념도 좀 첨가한다면 맛있게 먹을 수 있을지도 모른다. 기생충 연구가 기생충을 이용해 인류에 공헌하는 일을 하는 것이라면, 기생충의 식용화는 제법 괜찮은 연구다.

그런데 그 밑에 달린 답변은 완전히 틀린 말이다. 기생충은 구우면 죽는다. 잘 구웠는데도 번식을 하거나 질병을 일으키는 기생충은 없다. 보너스로 말하자면 괄호 안에 들어간 기생충도 곤충 아니냐는 말도 영 틀린 말이다. 문장 전체에 맞는 말이 하나도 없다는 얘기다. 하지만 이 답변에 대해 질문자는 고맙다는 인사를 한다.

- 질문자: 정말 대단해요! 당신의 지식에 감탄하고 갑니다.

잘 모르는 사람들끼리 이렇게 서로 칭찬하는 건 분명 아름다운 일이지만, 전문가 입장에서 보면 안타깝다. 질문자가 '기생충은 구워도 안 죽는다'는 잘못된 지식을 가지고 살아가야 하니까. 이런 틀린 답변을 하신 분의 '네이버 지식인' 등급은 '초인'이다. 초인의 기준은 채택된 답변이 4백 개 이상이고, 그 위로도 태양신, 우주신, 절대신 등의 등급이 있으니, 등급 향상을 위해서는 잘 모르는 분야라 해도 답변을 달고픈 유혹을 느낀다. 그러다 보니 인터넷에는 틀린 답변이 범람한다. 고교생이 질문했는데 등급에 목마른 초등학생이 잘못된 답변을 하고, 고교생이 그에게 "대단하십니다!"라고 감탄하는 일도 얼마든지 벌어질 수 있다는 얘기다.

만일 아이 건강이라면?

봄. 가을 구충제 문제도 그렇다. 내가 쓴 책만 읽어 봐도 그렇게 챙겨 먹을 필요가 없다는 걸 알 수 있지만, 아쉽게도 그 책을 읽은 이는 많지 않다. 그러다 보니 '봄이 왔으니 구충제 먹이세요'라는 글을 보면 자신도 모르게 약국에 가서 구충제를 사게 된다. 기생충이야 좀 몰라도 큰 상관은 없을 수 있지만, 아이 건강에 관한 정보라면 어떨까. 다음은 한 어머니가 인터넷에 쓴 글이다.

제목: 해열제 안 먹이고 버티기
해열제, 이런 저런 이야기를 주워들어 종합하니 어지간하면 안 먹이는 게 맞다는 생각에 이르렀어요. 이런저런 핑계로 실천은 못하고 있던 중에 마침(?) 아이가 열감기가 나네요.
이번엔 왠지 버텨 보고 싶더라고요.
일단 그냥은 못하겠고 그래도 어디에 이상이 있는지는 알아야 하니 다니던 한의원에 갔어요. 진단은 목이 부었고 열감기라네요. 이번 감기가 열이 40도까지 오르고 오르락내리락 쉽

게 안 내린대요. 진짜 열이 40도 가까이 오르고 애는 하루 종
일 누워 자고, 무서워 죽는줄 알았네요.
사실 무서워서 처음에 해열제 먹였어요. 그러다 다시 무섭게
오르길래 맘 다잡고, 진짜 무서우면 한의원에 전화도 하고 그
러길 5일 만에 열 떨어졌어요. (…)
다음에도 버텨 볼까 해요. (용기 엄청 내서)**4**

열이 외부 병원체와 싸우기 위한 우리 몸의 방어기전인 것은 맞
다. 그래서 해열제를 쓰지 말자는 게 꽤 그럴듯하게 들린다. 하지만
해열제를 쓴다고 해서 병이 낫지 않는 것은 아니다. 감기는 바이러
스에 의한 질환이고, 바이러스는 우리 몸이 항체를 만들면 제거된
다. 그 항체를 만들기까지 걸리는 시간이 7일 정도라, "감기는 그
냥 놔 두면 일주일 걸리고, 병원에 가면 7일 걸린다"는 말이 만들어
졌다. 해열제를 쓰면 좋은 이유는 바이러스를 제거할 때까지의 기
간 동안 우리 몸이 더 편안해질 수 있어서다. 열이 오르면 사람은
힘들고, 아무 것도 못하게 된다. 어른도 이럴진대 아이들은 오죽하
겠는가? 아이에게 해열제를 주면 아이는 금방 좋아지고, 다시 나가
놀 수 있다. 또한 해열제를 자주 쓴다고 내성이 생기는 것도 아니
다. 40도까지 열이 오른 아이를 그냥 내버려 두는 것이야말로 아동
학대에 해당된다. 또한 열을 그냥 방치하면 열성경련이 생길 수도
있으니, 그때 놀라지 말고 미리 해열제를 쓰는 게 좋다. 그럼에도
글을 올린 분은 해열제를 첫날만 쓰고 버텼다. 근거가 뭘까? "이런

저런 이야기를 종합"한 결과 내린 결론이란다. 주위 사람들이 하는 얘기나 인터넷에서 본 글이 아이에게 해열제를 안 쓴 근거였다. 사실과 거짓이 섞여 있는 매체에 자기 아이의 운명을 맡겨도 되는 것일까. 만일 이분이 소아과 의사 강병철과 내가 같이 쓴 『서민과 닥터 강이 똑똑한 처방전을 드립니다』를 읽었다면 다른 이의 말을 무시하고 해열제를 먹였을 것이고, 그 아이는 열이 나서 널브러져 있는 대신 힘차게 뛰어놀았으리라. 어느 분이 댓글로 "열나면 힘든데 그걸 견딜 필요가 있느냐?"고 하자 이분이 이런 답글을 단다. "힘들어도 당장 견디는 게 좋은 것도 있잖아요. 공부 같은 거."

안아키의 탄생

이런 잘못된 믿음이 극대화된 곳이 바로 사회문제가 된 '안아키'다. '약 안 먹이고 아이 키우기'의 준말인 안아키는 한의사인 김효진이 만든 조직이다. 의학적 처치를 거부하는 이 모임에선 갖가지 기행을 저질렀는데, 간장으로 코를 세척한다든지, 화상을 입은 아이에게 따뜻한 물로 찜질을 한다든지 햇볕을 쬐인다든지 하는 게 그 예다. 화상으로 뜨거워하는 아이에게 온수찜질을 하는 것도 황당하지만, 하이라이트는 수두 파티다. 어릴 때 수두에 걸리면 면역이 평생 간다는 믿음하에 수두에 걸린 아이를 데려와 자기 애들도 수두에 걸리게 만드는 모임을 수두 파티라고 하는데, 김효진은 "전 국민, 특히 여자아이들이 수두파티를 했으면 좋겠다"고 말하기도 했다. 이분이 여자를 강조한 이유는 임산부가 수두에 걸리면 기형아를 낳을 수 있기 때문이란다. 매우 그럴듯한 논리지만, 여기엔 큰 허점이 있다. 수두는 전염성이 높은 질환이다. 수두 파티를 통해 많은 여자아이가 수두에 걸리고, 그들이 돌아다니며 닥치는 대로 수두를 전파한다면 어떻게 될까? 그들이 만나는 이들 중엔 임산부도 있을 텐데, 그렇게 되면 그 임산부가 기형아를 낳는 결과를 초래하지 않겠는가.

안아키를 만든 것만 해도 아동 학대에 해당되는 범죄인데, 안아키 이전에 김효진이 만든 단체가 있으니, 바로 '안예모'다. '안전한 예방접종을 위한 모임'의 약자로, 사실상 예방접종을 하지 말자는 모임이다. 소아마비, 홍역, 천연두 등이 잊힌 질환이 된 것은 다 백신 덕분이고, 그래서 인류의 수명이 크게 늘어났는데, 예방접종을 하지 말자니 이건 또 무슨 소리인가? 하지만 이게 먹히는 이유는 다음과 같다.

- 백신을 맞으면 부작용이 생길 수 있다.
- 삶은 시뮬레이션이 안 된다. 따라서 백신을 안 맞으면 어떻게 되는지 우리가 알 수 없지만, 부작용이 생기면 바로 알 수 있다.
- 백신을 맞는다고 해서 해당 질병이 100퍼센트 예방되는 건 아니다. 예를 들면 결핵을 막는 비시지(BCG)가 그렇다.
- 백신의 개수가 점점 늘어난다. 그리고 새로 생기는 백신들은

다 비싸다. 이게 다 환자들로부터 돈을 빼앗으려는 의학, 제약 학계의 음모가 아니겠는가?

한의사 한 명의 이런 주장이 힘을 얻고 세를 확산시키는 건 안타까운 일이다. '무임승차론'이라는 게 있다. 마을에 100명이 살고 있는데 99명이 백신을 맞았다면 나머지 한 명은 백신을 맞지 않아도 해당 질병에 걸리지 않을 수 있다. 하지만 백신을 안 맞은 이가 20명이라면 어떨까? 그 경우 다른 한 명이 옆 마을에 가서 바이러스를 묻혀 온다면, 그 20명은 위험해진다. 안아키와 달리 안예모는 아직도 없어지지 않고 활동 중이지만, 그럼에도 이렇다 할 사태가 벌어지지 않은 것은 안예모에 동조하는 부모가 그렇게까지 많지 않기 때문일지도 모른다. 안예모보다 더 극성스러운 백신 거부 운동이 벌어진 유럽에선 홍역 환자가 기승을 부렸는데, 오죽했으면 미국 질병관리본부가 "이탈리아 여행할 때 홍역을 조심하라"고 권고까지 했을까?5

이게 우리나라만의 문제가 아니라고 좋아하지 말고, 이런 음모론이 횡행하는 이유를 한번 살펴보자. 네비게이션을 이용해 강남구에 있는 '신사동 동사무소'를 찾아간다고 해 보자. 그런데 네비게이션이 은평구에 있는 '신사동 동사무소'로 안내를 한다. 어느 정도 길을 아는 사람이라면 "어? 여기가 아닌데 왜 이럴까?" 하며 의심하고, 곧 입력이 잘못됐음을 알아차린다. 하지만 길을 전혀 모르는 사람이라면 은평구 신사동에 가서 이런 전화를 한다.

"나 신사동 동사무소 맞다니까. 너야말로 어디야, 엉?"

음모론이 먹히는 건 그 나름의 논리와 근거가 있기 때문이다. 하지만 수두 파티에서 볼 수 있는 것처럼 음모론에는 큰 허점이 있기 마련이라, 약간의 지식만 있다면 음모론에 빠져들지 않을 수 있다. 그 지식을 얻는 곳이 바로 책이다. 날이 갈수록 음모론이 확산되는 건 인터넷의 발달이 가장 큰 이유지만, 그 이면에는 사람들이 갈수록 책을 읽지 않는 현실이 있다.

책 안 읽으면 어때서?

더 큰 문제는 독서를 안 하는 걸 부끄럽게 생각했던 과거와 달리 요즘 세대는 그게 뭐 어떠냐는 식으로 생각한다는 점이다. 『멍청한 세대』의 저자는 자신이 직접 겪은 일화를 소개한다. 책을 주제로 한 라디오 프로그램에 출연한 저자는 청취자 연결 코너에서 다음과 같은 문답이 오가는 것에 충격을 받는다. 전화가 연결된 청취자는 고등학교 학생이고, 책을 전혀 읽지 않는다고 말한다. 사회자가 이유를 묻자 학교 숙제로 지정해 준 책이 지루하단다. 사회자는 어떤 책이 특히 지루했냐고 묻는다.

> **청취자**　어…… 어떤 남자에 대한 책 있잖아요. 그, 왜, 있잖아요. 위대했던 남자.
>
> **진행자**　네?

청취자 위대한 남자요.

진행자 혹시 『위대한 개츠비』를 말하는 건가요?

청취자 아, 맞아요. 누가 그 사람에 대해 읽고 싶겠어요?**6**

저자는 개탄한다. "독서를 이렇게 노골적으로 무시하는 것은 새로운 현상이다. 물론 이전 세대도 숙제나 과제를 혐오했지만······ 이런 식으로 [자신을] 책과 담을 쌓은 의사문맹(글을 읽을 줄은 알지만 독서는 하지 않는 사람)이라고, 자기 또래에서 이게 당연한 거라고 자랑스럽게 떠들어 댄 세대는 없었다." 다음은 2007년 1월 잡지 인터뷰 내용이다. "우리 아빠는 만날 책 같은 것에 몰두해 있어요. 인터넷 같은 것이 책을 대체해 버렸다는 걸 아직 깨닫지 못한 거죠."

이게 비단 미국 얘기만은 아니다. 2014년 11월, 「한겨레」는 책을 읽지 않는 세태를 비판하는 기사를 냈다. 여기에 달린 댓글을 보자.

┗dkep****: 칼퇴랑 주말이나 노터치해 주시죠. 대학생 때는 매주 구립도서관 갔는데 시간도 안 남. 반납 못해서 연체 한 달씩 하고 이제 못 갑니다(안 갑니다). 백수나 되면 가려나.

┗thos****: 굳이 왜 책을 읽어야 하는지(정확히는 왜 정보를 책에서 얻어야 하는지) 또는 왜 굳이 문화적 작품을 활자로만 봐야 하는지(글로만 된 삼국지○ 드라마 삼국지×) 제대로 설명이나 해 봐라. 왜 책 안 사고 도서관 안 가냐고 묻기 전에.

ㄴlpn9****: 옛날이나 책이 중요하다 그러지 이제 인터넷만 켜면 훨씬 더 양질이고 실용적 정보가 널렸는데 책 찾을 필요가 없지.

ㄴchgy****: 근데 대체 왜 책 안 읽는 게 문제인지 모르겠음. 책 안 읽는다고 하면 마치 무식한 사람 취급하는 이런 풍토도 없어져야 됨. 독서도 어디까지나 취미 생활 중 하나일 뿐인데 하고 싶은 사람만 하면 되는 거지, 마치 독서 안 한다고 열등한 사람 취급하고 이런 것도 사실 편견 아닌가? 옛날이야 마땅히 즐길거리가 없어서 독서가 취미였지만 요즘은 즐길거리가 많아서 책에 손이 안 가는 건 당연하다. 내가 하고 싶은 말은 독서도 어디까지나 취미의 하나일 뿐이고 안한다고 막 무식한 사람 취급 좀 안 했으면 좋겠다.

ㄴwnwk****: 내가 보기엔 독서 강요는 독서하고 자랐던 옛날 사람들이 요즘 애들 노는 게 그냥 꼴 보기 싫으니까 그러는 거 같아요. 그냥 고지식한 꼰대들이 지들 땐 독서 많이 했는데 요즘 애들이 안 그러니까 눈꼴사나운 거겠죠. 사실 하고 싶으면 하는 거고 하기 싫으면 마는 건데. 그거 안 했다고 말세라느니 이런 고지식 꼰대들이 사실 더 문제임.

ㄴzzon****: 책 구매는 줄었는지 몰라도 지난 세기 통 틀어 지금만큼 글 많이 읽는 시대는 없었다고 연구 결과 나옴.7

맨 첫 댓글은 시간이 없어서 못 읽는다고 말한다. 하지만 하루 스마트폰 사용 시간이 세 시간이 넘는다는 통계를 생각하면 시간이 없어서 못 읽는다는 건 어디까지나 핑계다. 그래도 이렇게 말하는 분은 책을 못 읽는 것에 대해 아쉬운 마음은 가지고 있다. 문제는 그 아래 댓글들이다. 책을 읽는 이유를 전혀 모르고 있지 않은가? (인터넷 댓글들을 보면 맞춤법이 엉망인데다 글의 요지를 제대로 파악하지 못해서 엉뚱한 이야기를 달거나 무슨 말을 하려는 건지 이해하기 어려운 경우가 많다. 그렇게 문제점들이 눈에 보이는데 왜 책 안 읽는 게 문제인지 모르겠다고 하면 나도 뭐라고 답할지 모르겠다. 그나마 이 책에 실은 댓글들은 의미 전달은 되는 것들로, 맞춤법만 교정해서 실었다.) '지금만큼 글 많이 읽는 시대는 없었다'는 연구 결과는 도대체 어디서 나온 건지 모르겠지만, 한 가지는 확실하다. 이런 식이면 우리나라에 〈이디오크러시〉가 등장할 날이 점점 다가오게 된다는 것.

---

1 『가장 멍청한 세대』 마크 바우어라인 저, 김선아 역, 인물과사상사, 18쪽
2 『가장 멍청한 세대』 46쪽
3 [네이버 지식인] 구운 기생충은 먹어도 되나요? 작성자 비공개 2017. 2. 6
4 [네이버 카페] 대전 노은맘들의 수다방(http://cafe.naver.com/djnoen/496336)
5 美 "伊 여행 시 홍역 감염 주의하세요" 연합뉴스 2017. 4. 19
6 『가장 멍청한 세대』 52쪽
7 책도 안 사는데 도서관도 안 간다, 한겨레 2014. 11. 17에 달린 댓글들

2. 읽고 난 뒤 못 알아먹으면 설득할 방법이 없다

난독증에 대한 오해

"하정우, 뺑소니에 치인 후 200미터 추격 '맨손으로 제압'"**1**

2012년 11월 14일, 스포츠조선에 실린 기사 제목이다. 기사 제목만 봐도 상황을 이해하는 데 무리가 없다. 차 한 대가 배우 하정우를 치고 도망갔는데, 하정우가 쫓아가서 붙잡았다는 얘기다. 미담이긴 하지만, 이 기사가 수 년이 지난 지금도 회자되는 이유는 여기 달린 댓글들 때문이다. 몇 개만 보자.**2**

> ㄴ아이디미상: 하정우는 그 사람한테 도주하다 잡혔을 때 기분이 어땠을까. 진짜 말 그대로 역대 최고로 비참한 연예인이 아닐까 싶다.
> ㄴmghb****: 앞으론 자숙 좀 하시고 연예계 나오셔야 할 듯

요. 좋은 분인 줄 알았는데 뺑소니라니.

ㄴskyb****: 하정우 진짜 나쁜 새끼네. 뺑소니 하고 200미터
나 도망가? 양심도 없는 놈, TV에 두 번 다시 나오지 마라.

ㄴhkps****: 헐, 진짠가요. 〈힐링캠프〉 나왔을 때 좋은 사람이
라 생각했는데 인생 끝났네요. 뺑소니를 치고 어떻게 도망갈
생각을 하지? 어쨌든 피해자분이 크게 안 다쳤음 좋겠어요.

피해자인 하정우가 갑자기 가해자로 둔갑하다니, 이리도 황당
할 수 있을까? 게다가 마지막 댓글 두 개가 더 심각한 건, 뺑소니의
정의를 모르는 듯해서다. 원래 뺑소니라는 게 사람을 치고 도망가
는 행위를 일컫는데 "뺑소니를 치고 어떻게 도망갈 생각을 하지?"
라는 말은 적절하지 않다. 게다가 도주거리가 200미터면, 물론 더
도망가다 실패한 것이겠지만, 뺑소니 치고 그리 긴 거리는 아니다.
제목만 봐도 알 수 있는 기사에 피해자를 혼동한 댓글이 이렇게 달
린 이유가 뭔지 궁금해진다.

혹시 기사에 문제가 있었던 것일까 싶어, 본문을 가져와 본다.

배우 하정우가 자신을 치고 도주한 뺑소니 차량을 붙잡았다.
14일 민영 뉴스통신사 '뉴스1'은 서울 강남경찰서 측의 말을
빌려 차량에 치이는 사고를 당한 <u>하정우가 도주하는 뺑소니
차량을 맨손으로 잡았다</u>고 보도했다.
이 매체에 따르면 하정우는 지난 12일 오후 10시 30분께 강

남구 압구정로 횡단보도를 건너다 김 모 씨가 몰던 차량에 치이는 사고를 당했다. 김 씨는 하정우를 친 뒤 자신의 차를 몰고 그대로 도주했고, 하정우는 200미터가량을 추격한 끝에 김 씨의 차량을 제압하고 경찰에 신고했다.

하정우와 김 씨는 강남경찰서 교통조사계에서 간단한 조사를 마친 뒤 귀가했다.

김 씨는 경찰서에서 "<u>하정우가 차에 부딪힌지 모르고 주행을 계속했다</u>"고 진술한 것으로 알려졌다.

하늘색으로 밑줄 친 부분만 보면 조금 애매할 수 있지만, 그렇다 해도 위와 같은 댓글이 나왔다는 게 이해되진 않는다. 그래서 이 기사는 인터넷상에서 '난독증의 대명사'로 지금까지도 회자되고 있다. 이 댓글들과 쌍벽을 이루는 것이 다음 글이다. 중고나라에 올라온 원문은 다음과 같다.

<u>제목: 설 명절 날 서울↔동대구 티켓 구매합니다.</u>

전산마비로 인해 표를 구하지 못했습니다. 어른 세 명 티켓 구매합니다. (…) 꼭 좀 연락 부탁드립니다.[3]

기차표를 구하기 어려운 설 명절이다 보니 이런 글이 올라온 건 이해할 수 있다. 그런데 여기 답글이 달렸다.

"전신마비인데 어떻게 여기에 글을 적을 수가 있죠? 그리고 전체 게시물 보니까 헬스권도 양도했더구만."**3**

이 글이 나온 건 전산마비를 전신마비로 잘못 읽었기 때문이다. 그렇게 생각하면 글쓴이가 이전에 헬스권을 양도한 것도 수상쩍게 볼 수 있다. 아무리 그래도 댓글을 달기 전에 다시 한 번 원글을 천천히 읽어 보는 꼼꼼함이 아쉽다. 글쓴이는 이 황당한 댓글에 다음과 같이 반응했다.

"당신은 뭔데요. 전산마비가 코레일 홈페이지 다운을 말한 건데, 그리고 헬스 양도한 거랑 이거랑 뭔 상관인데, 괜히 시비 걸지 마세요."**3**

그냥 "전신마비가 아니라 전산마비예요. 글 똑바로 읽어요" 정도로 했으면 좋았을 뻔했는데, 너무 진지하게 대응한 것 같다. 덕분에 이 글은 하정우 기사 댓글과 더불어 난독증의 쌍벽으로 회자되게 됐다.

난독증과 인터넷 난독증

인터넷을 하다 보면 이런 유의 논점 일탈을 쉽게 볼 수 있다. 그럴 때마다 "너 난독증이냐?"며 시비가 붙곤 하는데, 이건 글을 제대로 읽지 않은 것일 뿐 난독증이 아니다. 난독증dyslexia의 사전적 정의는 다음과 같다.

지능, 시각, 청각이 모두 정상인데도 글자를 읽고 이해하는 데에 어려움이 있는 증세.

그러니까 난독증은 말하기에는 문제가 없지만 읽는 데 심각한 문제가 초래되는, 일종의 질병이다. 우리가 아는 발명왕 에디슨이 초등학교 3학년 때 학교를 그만둔 것도 바로 난독증 때문이었다. 양측 뇌의 불균형, 특히 언어를 담당하는 좌뇌의 기능이 상대적으로 떨어져 있다는 주장이 나오지만, 아직 정확한 원인은 밝혀지지 않았다. 전체 아이의 5~7퍼센트가 난독증이라니, 생각보다 빈도가 높다.[4] 지능에는 문제가 없지만, 읽기가 안 되니 학업 성적이 뒤쳐질 수밖에 없고, 그로 인해 아이가 스트레스를 받는다.

그러니까 진짜 난독증과 위에서 예로 든 인터넷 난독증은 차원이 다르다. 후자는 읽는 데는 지장이 전혀 없지만, 읽은 것을 이해하는 데 문제가 있는 것이다. 과거에도 이런 분들이 있었겠지만, 인터넷 시대 개막 이래 이런 유의 난독증이 급증한 것은 글을 차분히 읽지 못하는 데서 기인한다. 읽을 게 얼마 없을 때는 다시 읽는 게 가능했지만, 지금처럼 정보가 홍수를 이루는 상황에선 마음이 급해져 본문을 대충 읽게 된다. 본문의 맨 위 두 줄은 제대로 읽지만 그 이하는 맨 첫글자만 읽는, 소위 F패턴으로 읽는다. 사람의 이해 능력에 아주 큰 차이가 없다면, 글을 제대로 읽은 이에 비해 F패턴으로 읽은 이는 본문을 다르게 해석할 여지가 크다. 물론 이런 인터넷 난독증을 질병이라 할 수는 없다. 하지만 한 번 습관이 되면 여간해선 고쳐지지 않는다는 점에서, 이것 역시 심각한 문제다. F패턴으로만 읽던 이는 "나도 차분하게 읽으면 이해할 수 있을 거야."라고 생각하겠지만, 그게 말처럼 쉬운 게 아니다. 집중해서 읽는 능력은 훈련에 의해서 완성되는 것이지, 마음먹는다고 되는 게 아니기 때문이다. 특히 어려서부터 책과 담을 쌓은 이들은 인터넷 난독증(이하 인난증)에 걸릴 확률이 높다고 봐야 한다.

댓글이 활성화되는 건 그런 연유다. 읽어도 무슨 말인지 잘 모르는 이들이 많다 보니 "내가 제대로 이해했나?" 싶어 댓글을 읽게 되고, 지배적인 댓글들을 보며 자기 생각을 끼워 맞춘다는 얘기다. 실제로 소위 설명충이라고, 기사 내용을 이해하기 쉽게 설명해 주는 분들이 있다. 이런 분들이 단 댓글이 지배적인 댓글이 되고, 댓글을 읽는 것은 본문을 이해하는 데 도움이 된다. 그런데 지배적인 댓글이 전혀 엉뚱한 방향이면 어떻게 될까? 하정우 기사의 경우처럼 집단적으로 기사를 잘못 이해하는 사태가 벌어질 수밖에 없다.

이런 식의 집단 인난증이 벌어지는 건, 우리 사회가 이미 책을 안 읽게 된 탓이 크다. 책을 읽으면 집중해서 읽는 능력이 생기고, 글을 해석하는 능력 또한 갖추게 되니 말이다. 인터넷이 생기기 전, 그러니까 2000년 이전에 유년기를 보낸 이들은 그래도 책을 읽었다. 설령 책과 담을 쌓았다 해도 그들은 신문과 잡지 등 종이로 된 글을 읽었던 세대니까 인난증과는 거리가 멀다. 하지만 2000년 이후 청소년기를 보낸 이들은 종이 글을 읽을 기회를 많이 갖지 못했다. 그러니 작금의 인난증은 인터넷 댓글란을 장악한 이들이 대부분 10대나 20대라서 생기는 현상이다. 물론 그런 기사를 제대로 이해 못했다고 큰일 나는 건 아니다. 문제는 중요한 사안에 이런 식의 여론 왜곡이 생겨나는 경우다. 사람들의 대부분이 문맹일 때, 권력자들은 '신의 뜻'이라고 둘러대며 자기 마음대로 나라를 주물렀다. 정보가 만천하에 공개된 지금은 그게 불가능할까? 인난증에 빠진 이가 인터넷을 주로 이용하는 계층이라면, 권력층은 이걸 이용해 여론을 조작하고 싶은 유혹에 빠진다. 국정원이 2012년 대선 때 댓글 알바를 써 가며 인터넷 여론을 조작하려 한 것도 다 이 때문이다.

박태환과 여론 조작

2008년 금메달리스트인 수영 영웅 박태환은 테스토스테론이라는, 1970년대부터 금지 약물에 포함된, 금지 약물의 끝판왕 격인 약물을 사용해 세계도핑기구로부터 1년 반 동안 출전 정지 처분을 받는다. 약을 쓴 이들이 다 그렇듯 박태환은 그 약물이 금지 약물이라는 걸 전혀 알지 못했다고 했다. 여기서 한 발 더 나아가 박태환은 자신에게 설명도 안 하고 주사를 놔 준 의사를 상해죄로 고소하기에 이른다. 의사가 자신을 해칠 목적으로 일부러 금지 약물을 주사했다는 게 박태환의 주장이지만, 몇 가지 정황으로 보아 이는 전혀 사실이 아니다. 해당 병원은 플라자호텔이라고, 을지로에 위치한 비싼 호텔 2층에 위치해 있는데다 연회비가 수천만 원에 달해 일반인들의 접근 자체가 어렵다. 기업 CEO나 연예인 중 기력이 떨어진 사람들에게 남성호르몬을 주사하는 게 주 업무인 곳에 박태환이 제 발로 찾아간 것 자체가 수상쩍지 않은가? 그래 놓고선 부탁받은 대로 주사를 놓은 의사를 상해죄로 고소하는 건, 의사 입장에선 적반하장이었을 것이다.

그래도 고소가 들어갔으니 재판이 열릴 수밖에 없었는데, 결과는 의사에게 벌금 1백만 원을 부과하는 것이었다. 하지만 이 판결이 "나는 몰랐다"는 박태환의 주장을 입증해 주는 것은 아니다. 상해죄 항목에서 재판부는 무죄, 즉 의사에게 죄가 없다고 판결했으니 말이다. 그 1백만 원은 박태환에게 주사를 놓은 일을 차트에 기록하지 않은 소위 차트 미기재 때문에 부과된 것이었다. 의사는 모든 진료 행위를 차트에 쓰고 그걸 몇 년간 보관해야 하는데, 박태환이 원한 것인지 의사가 알아서 그렇게 해 준 것인지는 알 수 없지만 해당 의사는 이 규정을 어긴 것이다. 이 판결에 둘 다 불복했기에 재판은 대법원까지 갔지만, 최종 판결 역시 마찬가지였다. 상해죄 무죄, 의사는 차트 미기재로 벌금 1백만 원. 그런데 이 판결을 보도한 기사가 날 놀랍게 했다. 일단 제목부터 보자. "'금지 약물인 줄 몰랐다', 박태환 주장 대법원서 인정." 좀 황당하지 않은가? 상해죄 항목은 무죄가 나왔는데 어떻게 이런 제목이 나올 수 있을까? 본문 내용도 황당하긴 마찬가지다.

금지 약물 양성반응으로 수영 인생에서 가장 힘겨운 시간을 보낸 박태환(27)이 법정 공방 끝에 '약물 고의 투여' 의혹은 벗을 수 있게 됐다. (⋯) 결국 박태환 측의 고소 이후 22개월 만에 김 씨에 대한 징계가 확정되면서 "금지 약물인 줄 몰랐다"는 박태환의 주장도 인정받게 됐다.

다만 네비도를 주사한 것만으로도 상해죄가 성립한다는 검찰의 주장은 받아들여지지 않아 과실치상죄는 무죄를 인정하고, 의료법 위반만 유죄로 판단했다. (⋯) 대법원 판결로 억울함을 덜어 낸 박태환은 이제 더 가벼운 마음으로 부활을 준비해 나갈 수 있게 됐다.**5**

기사를 쓴 배진남 기자가 재판 결과를 제대로 이해 못한 게 아니라면 이 기사는 철저히 박태환 편에 서서 사실을 왜곡한 것이리라. 자, 여기에 대한 댓글을 보자.

> ㄴ 김또깡: 일부러 김종 이넘이 의사 고용해서 약물 주입한 거 조사해 봐야 된다. 리우 올림픽 참가 못하게 개지롤 한 거 보면 충분히 그럴 소지가 다분하다.
>
> ㄴ 슬픈사람: 태환아 널 닥년으로부터 지켜 주지 못해 미안하구나.
>
> ㄴ Queenz: 몰랐으면 무죄죠. 울 태환이 좀 네비도요~!
>
> ㄴ BreathOfTheDying: 박태환이 체육회에 찍혀서 고의로 약

물 주사하고 갑자기 도핑 검사! 쓰레기 냄새가 풀풀 난다! 참 나라를 팔아먹는 방법도 가지가지다. 에라이 쓰레기 놈들아!

└ 강민구: 태환이 정도면 진짜 몰라서 못 먹는 거다. 걍 순수한 운동 욕심밖에 없는 청년이다.5

추천수가 가장 많은 댓글들을 보면 걱정이 될 지경이다. 기자의 선동에 그대로 놀아나고 있으니 말이다. 기사가 나간 시기가 박근혜 전 대통령의 국정 농단이 화제가 되던 때라 '해당 의사가 김종의 사주를 받고 고의로 박태환에게 주사를 놨다'는 음모론까지 등장하고 있다. 5백 개가 넘는 댓글 중 기자의 왜곡을 눈치챈 이가 없는 건 아니지만, 이들의 글은 어김없이 반대표 세례를 받아야 했다. 기사 내용에 버젓이 나와 있는 '상해죄가 무죄고 의료법만 유죄'라는 문구만 읽어도 선동에 휩쓸리지 않을 텐데, 대충 읽다가 그 대목을 무심코 지나쳤거나 읽어도 이해를 못했던 모양이다. 이는 비단 본문 읽기에만 그치지 않는다.

토론도 불가능하게 만드는 인난증

화면상의 글을 집중해서 읽지 못하는 이가 다른 일에 집중할 수 있을까? 요즘 야구장에 가 보면 신기한 현상을 발견할 수 있는데, 그건 야구장에서 시종일관 스마트폰을 쳐다보고 있는 이들이 의외로 많다는 점이다. 야구장에 가는 이유는 경기를 직접 보면서 흥분을 느끼자는 것으로, 실제로 야구장에 가면 TV에서는 평범한 땅볼로 보일 타구도 안타로 보이고, 시시때때로 파울 타구가 날아오는 등 긴장할 만한 일들이 넘쳐난다. 그런데 젊은이들은 쉬는 시간도 아닌, 야구 경기 도중에도 계속 스마트폰을 보니, 그럴 거면 야구장에 오는 이유가 뭔지 궁금해진다. 물론 슬로우비디오도 보고 친구와 연락도 하는 등 나름의 이유는 있겠지만, 진짜 이유는 그들 세대가 한 가지 일에 집중하는 능력을 잃어버렸기 때문은 아닐까?

내가 5개월간 출연했던, 〈까칠남녀〉라는 프로그램이 있다. 젠더 Gender(성, 성별)에 대해 이야기하고자 EBS가 야심차게 만든 프로그램인데, 2017년 7월 3일 방영된 '낙태가 죄라면'에서 낙태죄에 대해 다뤘다. 낙태죄에 대한 형법의 규정은 다음과 같다.

> 임신한 부녀가 약물을 이용하거나 기타 방법으로 스스로 낙태한 때에는 1년 이하의 징역 또는 2백만 원 이하의 벌금에 처한다.(형법 269조 1항)

독일을 비롯한 여러 나라에서는 임신 후 일정 기간까지 낙태를 허용하고 있고, 심지어 먹는 낙태 약까지 판매하고 있지만, 우리나라에서는 낙태가 여전히 처벌 대상이며, 합법화에 대해서 찬반 여론이 팽팽한 상태다. 〈까칠남녀〉에서 주장한 내용은 다음과 같다.

- 낙태를 위해 임신하는 여성은 없다. 흔히 낙태가 합법화되면 낙태 건수가 기하급수적으로 늘어날 것이라고 하지만, 낙태죄가 있다고 해서 낙태 건수가 줄어들고, 합법화됐다고 더 늘어나는 것은 아니다.
- 낙태죄를 엄하게 처벌하면 여성들이 우리나라보다 더 열악한 곳으로 가서 낙태 시술을 받거나, 혼자 힘으로 낙태를 시도하다 생명이 위험해질 수 있다. 실제로 낙태가 완전히 금지된 나라에선 여성들이 옷걸이 같은 도구를 이용해 낙태를 시도하다 목숨을 잃곤 한다.
- 낙태는 여성의 몸을 상하게 하지만, 심리적으로도 큰 타격을 준다. 낙태 경험이 있는 여성들을 대상으로 한 인터뷰에 의하면 낙태는 정말 슬픈 경험이다. 평생 죄책감을 가질 거라고 한 여성도 있다. 낙태는 웬만하면 안 하는 게 좋다.
- 우리나라의 낙태 건수가 많은 이유는 남성들이 피임에 소극적이기 때문이다. 따라서 낙태를 처벌하려 하기보단 피임 교육을 더 제대로 하는 게 우선이다.
- 낙태죄를 처벌하려면 임신을 시킨 남성도 같이 처벌하는 게 맞지, 여성에게만 죄를 묻는 건 부당하다. 실제로 한 여성이 임신하자 나몰라라 했던 남자친구가 여성이 헤어지자고 하자 낙태 사실을 알리겠다며 협박하기까지 했다.

그러니까 〈까칠남녀〉 역시 낙태는 안 하는 게 좋겠다는 입장이었다. 다만 어쩔 수 없는 이유로 낙태를 한 여성에게 죄를 묻는 건 옳지 않다는 얘기다. 하지만 시청자 게시판에 올라온 사연들을 보면 한숨이 나온다.

> ㄴ 김*호: 낙태는 살인이 맞습니다. 시술 과정을 보세요. 태아를 찢어 죽이고 뼈를 조각내서 빼내지 않습니까.
> ㄴ 서*원: 낙태는 생명을 죽이는 죄야, 불법이라고. 대한민국 여자들은 법을 개똥으로 아나 보네.
> ㄴ 김*진: 태아도 엄연히 고통을 느낍니다. 국가를 따지기 이전에 범인류적으로 낙태는 인간의 존엄성 훼손입니다.

대부분의 댓글이 이런 식이다. 위에서 말한 것처럼 〈까칠남녀〉 역시 낙태가 살인이라는 것에 반대하지 않았다. 다만 생명을 위해 낙태를 반대한다면서 산모의 생명이 위험해지는 것은 방치한다는 게 이중적이라는 얘기다. 그런 얘기를 방송 내내 했음에도 저분들은 근엄한 얼굴로 댓글을 단다. "낙태는 살인이다." 필경 이분들은 방송을 집중해서 보는 능력이 부족하거나, 아니면 방송을 봐도 이해가 어려우신 모양이다. 글을 읽는 것과 마찬가지로 남의 말을 듣는 데도 나름의 집중력이 필요하고, 이는 책을 통해서 길러진다. 갑자기 무서워진다. 지금처럼 책을 읽지 않는 풍조가 계속된다면 앞으로 토론은 불가능해질 것이다. 상대가 하는 말을 이해해야 제대로 된 반박을 할 텐데, 그러지 못하면 토론이 산으로 갈 테니까 말이다.

갑자기 그 생각이 난다. 강연 때문에 모 시청에 갔을 때, 장난감 자동차를 타고 지나가는 아이가 있었다. 말이 장난감이지, 전동 장치와 액셀러레이터가 있어서 페달만 밟으면 차가 앞으로 나가는, 진짜 차와 흡사한 멋진 차였다. 내가 어렸을 땐 그런 것은 꿈도 못 꿨고, 내 조카 때만 해도 발로 땅을 굴러서 앞으로 나가는 차를 탔던 것에 비하면 장족의 발전이다. 그런 차를 타면 세상이 다 즐거워 보일 것 같은데, 차에 타고 있는 그 아이는 놀랍게도 스마트폰에 얼굴을 박고 있었다. 차 운전을 하는 와중에 스마트폰을 하는 그 아이는 향후 세대가 어떤 모습일지를 제대로 보여 준다. 어떤 일에 집중하는 게 불가능한 세대, 우리가 무슨 대책을 세우지 않는 한 그 세대의 도래는 당연한 일이 될 것 같다.

---

1   하정우, 뺑소니에 치인 후 200m 추격 '맨손으로 제압' 스포츠조선 2012. 11. 14. 나중에 기사를 다시 찾아 보니 문제의 댓글은 삭제된 상태였다.
2   기사 댓글은 이 블로그에서 확인할 수 있다. http://minyee.tistory.com/1410
3   [네이버 개인 블로그] | 웃긴 사진/짤방 | 눈물의 전산마비 중고나라(http://ddg.00010.blog.me/221023847154)
4   난독증, 창의적 재능의 이면, 경향신문 2017. 6. 22
5   "금지 약물인 줄 몰랐다"···박태환 주장 대법원서 인정, 연합뉴스 2016. 11. 25

3. 책을 통해 갑질을 되돌아보다

조현아 그 이후

2014년 말, 조현아 대한항공 부사장이 비행기를 유턴시키라고 했던 사건은 수많은 사람의 관심을 끌었다. 다들 입에 거품을 물고 조 씨를 욕했다. 매스컴의 특징 중 하나가 한 사건이 벌어지면 유사한 사건에 대한 보도가 줄을 잇는다는 점이다. 조 씨의 행위가 갑질이었기에 갑질 사례가 몇 건 보도됐는데, 그 대표적인 예가 부천 현대백화점에서 일어난 사건이었다. 잊어버린 분들을 위해 사건을 요약해 보자. 모녀가 차를 타고 백화점으로 가서 지하 주차장에 주차했다. 어머니는 차에 남고 그 딸만 올라가 쇼핑을 했는데, 그 동안 주차 요원이 차를 다른 곳에 주차해 달라고 했다. 시비가 벌어졌고, 주차 요원은, 그 어머니 말에 따르면, 뒤에서 어머니를 향해 허공에 주먹질을 했다. 주차 요원은 추워서 쉐도우복싱을 한 것이라고 하지만, 왜 하필 그 순간에 그랬는지 설득력이 떨어진다. 쇼핑을 마치고 돌아온 딸이 그 광경을 보고 흥분해 주차 요원을 몰아붙였고, 결국 무릎을 꿇게 했다.[1] 드라마에 그런 장면이 많이 나와서 그런지 우리 사회는 무릎 꿇는 것에 굉장히 관대하지만, 무릎을 꿇는 건 인간의 존엄성을 내던지는 일이다. 아무리 그 모녀가 브이아이피VIP고, 그 주차 요원이 잘못했다고 쳐도, 무릎을 꿇게 하는 건 지나친 처사였고, 이건 명백한 갑질이었다. 네티즌들은 입에 거품을 물고 그 모녀를 욕했다.

그래서 어떻게 됐을까. 우리 사회의 갑질이 조금은 줄어들었을까? 그렇게 생각하는 이는 별로 없을 것이다. 위에서 언급한 두 사건이 아쉬운 이유는 이게 갑질을 줄이는 계기로 작용하는 대신 사건과 관련된 몇 명만 가루가 되도록 욕먹는 데 그쳤다는 점이다. 거친 댓글로 조 씨와 두 모녀를 욕했던 사람들은 갑질에서 자유로울까? 사람들의 생각과 달리 갑질은 꼭 많이 가진 사람만이 하는 건 아니다. 받는 연봉에 따라 서열화된 구조 속에서, 사람들은 자기보다 아래 위치한 이들에게 갑질 하며 자신의 자존감을 충족시킨다. 직장에서 이런저런 설움을 겪던 이가 편의점에 갔다고 치자. 누군가에게 시비를 걸고 싶은 그에게 편의점 알바생은 만만한 타깃이 된다. 2016년 9월, 서울의 한 편의점에서 벌어진 사건을 보자. 기사에 의하면 전자레인지로 컵라면을 데우던 45세 정 모 씨는 알바생에게 전자레인지 작동법이 왜 이렇게 어렵냐고 했단다. 문제는 정 모 씨가 반말로 그 말을 했다는 점이었다. 알바생은 대꾸하지 않았다. 그가 자신을 무시한다고 생각한 정 모 씨는 알바생에게 욕설을 퍼부었다. 알바생도 참지 않았다. 결국 정 모 씨는 그에게 데우던 라면을 던진다. 뜨거운 라면 국물은 알바생의 목에 화상을 입혔다.[2] 아마도 정 모 씨는 평소 제대로 된 대접을 받지 못했을 것이다. 그러니 '한낱' 알바생마저 자신을 무시하는 것에 격분했으리라.

고객은 왕인가?

우리나라에서 없어져야 할 말 중 하나가 바로 '손님은 왕'이란 말이다. 얼핏 보기에는 손님이 가게에 와서 물건을 사 주니 그 가게가 살아남는 것 같지만, 그 손님이 자선사업가가 아닌 이상 자신이 필요하지 않은데 그 가게에 올 리가 있겠는가? 물론 그 가게를 대체할 수 있는 다른 가게들이 있으니 '나한테 잘하라'는 게 손님의 요구겠지만, 더 좋은 위치에 더 값싼 물건을 파는 가게가 있다면 그 손님은 금방 그리로 옮겨 갈 것이다. 즉 손님이나 가게 주인이나 필요에 의해 서로를 이용하는 것일 뿐, 어느 한 쪽이 더 우위에 있다고 할 수는 없다. 그럼에도 우리는 손님이 돈을 낸다는 이유만으로 가게 주인에게 손님을 왕처럼 모실 것을 요구한다.

그러다 보니 자신을 정말 왕이라고 생각한 손님이 가게 직원들에게 갑질을 한다.

A씨는 지난 8일 오전 3시께 서구 한 식당에서 종업원 B(20)씨를 상대로 손찌검한 혐의를 받고 있다. 그는 종업원이 비닐장갑을 낀 채 철판에 밥을 볶았다며 성의가 없다고 폭행을 하기 시작했다. 20분간 지속된 폭행에서 그는 종업원의 머리를 치고 물수건을 던지며 쌈장을 머리에 부었다. 또, 땅에 떨어진 음식을 집어 종업원에게 갖다 대기도 했다. 피해를 당한 종업원은 대학 1학년인데 생활비를 벌기위해 1년째 이 식당에서 일해 온 것으로 알려졌다.3

A씨는 술에 취해 기억이 나지 않는다고 했지만, 그가 종업원을 자기보다 아래에 있는 존재로 취급하지 않았다면 저런 무지막지한 일을 저지르지 않았으리라.

인천 신세계백화점에서는 다음과 같은 일이 벌어졌다. 귀금속을 구입한 손님이 매장을 찾아가 무상 수리를 요구했다. 하지만 매장에서는 규정상 유상 수리를 받아야 한다고 했다. 규정이 그리 돼 있다면, 그리고 귀금속을 살 때 그 규정을 얘기했다면 여기에 대해 이의를 제기하면 안 된다. 하지만 손님은 왕이고, 왕은 규정보다 훨씬 위에 있다. 결국 손님의 으름장에 매장에선 무상 수리를 해 주기로 한다. 이쯤 되면 매장 측에서 고객의 편의를 봐 준 거라 할 수 있지만, 해당 손님은 분이 풀리지 않았던 모양인지 점원들에게 고객을 그따위로 대접하느냐며 한 시간가량 난동을 피웠다. 놀라운 것은 그 동안 점원 두 명이 무릎을 꿇고 있었다는 사실이다.4 근처에 있던 다른 손님이 이 장면을 촬영함으로써 이 사건이 세상에 알려졌는데, 설사 점원이 잘못을 했어도 인간 대 인간의 도리로 봤을 때 이러면 안되는 거였다.

하지만 '갑질'의 끝판왕은 바로 대리운전기사에 대한 갑질이다. 이 경우엔 차주가 술을 마셨으니, 평소 숨겨 왔던 악한 부분이 그대로 튀어나올 수 있다. 관련 기사를 보자.

- 밤 8시 20분께 광주 서구 풍암동에서 대리운전기사 강 모 (43) 씨가 자신을 호출한 최 모(51)씨 등 두 명에게 따귀를 맞았다. 술에 취해 내뱉은 욕설이었는데 이를 따지고 들었다는 이유만으로 최 씨 등은 거리에서 대리기사 강 씨의 뺨을 때렸다.5
- 권 씨는 지난 2일 오후 10시께 광주 광산구 우산동 모 편의점 앞 도로에서 대리운전기사 김 모(59) 씨의 머리에 물병을 던진 뒤 엉덩이를 발로 두 차례 폭행한 혐의다. 경찰 조사 결과 권 씨는 "수동 변속기 트럭 운행이 미숙하다"는 이유로 김 씨에게 하차를 요구한 뒤 발길질한 것으로 드러났다.6
- 경찰에 따르면 A씨는 이날 새벽 0시 20분께 상당구 모충대교 하상도로에서 자신의 승용차를 몰던 대리기사 B(43) 씨의 얼굴을 손바닥으로 때린 혐의를 받고 있다. B씨는 폭

행당한 후 차를 길가에 정차시키고 112에 신고했다. 청원
구 율량동에서 술을 마신 뒤 대리운전을 불러 상당구 용암
동으로 향하던 길이었다. 경찰에서 A씨는 "대리요금을 더
달라고 해서 화가 났다"고 진술한 것으로 전해졌다.[7]

- 서 씨는 2015년 3월 28일 오전 1시 40분께 전북 전주시 덕
  진구 송천동의 한 도로에서 자신의 차량을 대리운전해 준
  대리운전기사 A씨(50)와 대리운전비 지급 문제로 시비를
  벌이던 중 A씨를 주먹으로 여러 차례 때리고, 목을 졸라
  폭행한 혐의로 기소됐다.[8]

갑질에 관한 책이 필요하다

우리는 모두 갑질이 없어져야 한다고 말한다. 갑질에 관한 기
사가 꾸준히 나오지만, 갑질은 없어지지 않는다. 왜 그럴까? 난 이
게 갑질에 관련된 책이 없기 때문이라고 생각한다. 기사는 일회성
이지만 책은 상당 기간 영향을 미친다. 게다가 책은 기사보다 훨씬
더 독자에게 설득력 있게 다가설 수 있기에 이 사회를, 나아가서는
이 세상을 바꾸기도 한다. 나중에 언급할『아침형 인간』이 사회에
큰 영향력을 끼친 경우라면, 칼 마르크스가 쓴『자본론』은 1백 년
가량 이 세상을 뒤흔들었다. 우리 사회의 갑질이 큰 문제라면, 지금
쯤 갑질에 대한 책이 적어도 수십 권은 나와야 정상이고, 그 중 일

부는 수십만 부가 팔린 베스트셀러가 됐어야 맞다. 하지만 인터넷 서점에서 검색해 보니 '갑질'을 다룬 책은 강준만의『개천에서 용 나면 안 된다』와 최환서의『갑질사회』, 김장기의『정말 이 나라 개 똥스러워』밖에 없다. 사정이 이러니 우리나라에서 갑질이 만연할 수밖에 없다.

이건 좀 억지가 아니냐는 생각이 들지도 모르겠다. 해당 주제에 대한 책이 없다고 해서 갑질이 계속된다니 말이다. '이은의'라는 분이 있다. 삼성전기에 입사해 대리가 된 이은의는 부서장에게 성추행을 당한 뒤 그걸 회사 인사팀에 알린다. 그러나 이은의가 바라는 것처럼 부서장이 사과하고 처벌받는 일은 없었다. 오히려 업무에서 배제된 사람은 피해자인 이은의였다. 그녀는 왕따가 됐다. 보통 사람 같으면 회사를 떠나는 것으로 마무리되겠지만, 이은의는 그 부서장과 삼성을 상대로 법적 공방을 벌인다. 그리고 승리한다. 5년에 걸친 그 투쟁 과정은『삼성을 살다』라는 책으로 나왔다.[9] 이은의가 근무했던 부서의 사람들은 이 책을 읽었을 거고, 사건을 일으킨 부서장은 이 책의 주인공이 자신이라는 걸 남들이 알아챌까봐 전전긍긍했을 것이다. 삼성의 인사팀 역시 이 책을 탐독했을 것 같다. 기업 이미지를 신주단지 모시듯 하는 삼성이니만큼, 이 책으로 인해 인사팀도 질책을 당하지 않았을까? 향후 이와 같은 일이 벌어진다면 그 인사팀은 가해자 대신 피해자를 처벌하는 어리석은 짓을 다시 하지는 않으리라. 그리고 그녀가 쓴 책은 그 후 성추행.

성희롱을 당할지도 모르는 다른 여성들에게 길잡이가 되어 줄 것이다. 책은 이렇듯 거대한 적을 상대로 한 싸움을 가능하게 해 주며, 우리 사회를 보다 낫게 하는 데 기여한다.

삼성과의 싸움에서 승리한 이은의는 그로부터 6개월 뒤 회사를 그만둔다. 그녀의 다음 행보가 궁금한 것은 나뿐만이 아닐 것 같으니 그 뒷얘기를 해 보자. 이은의는 로스쿨에 들어간 뒤 변호사 시험에 합격해 변호사가 된다! 성추행 피해자가 변호사라니, 이것만 해도 인간 승리라 할 만하지만, 우리 사회의 남성들은 그녀를 그냥 내버려 두지 않았다. 그녀에게 사건을 의뢰하는 이는 물론이고 동료 변호사들도 그녀에게 치근덕거렸다. 이게 다 그들이 책을 읽지 않은 탓으로, 『삼성을 살다』를 읽었다면 감히 그녀에게 그런 짓거리를 하지 못했으리라. 그녀는 자신의 두 번째 책 『예민해도 괜찮아』에 이 얘기를 담았는데, 삼성전기 부서장이 그랬던 것처럼 이 책에 나오는 남정네들도 그게 자신이라는 사실을 누가 알아챌까 봐 전전긍긍할 것 같다. 이 사건과 무관한 사람이라 하더라도 이 책을 읽을 필요가 있는 것이, 이제 여성들이 과거와 같이 당하고만 있지 않는다는 사실을 알게 되고, 그럼으로써 행동을 조심하게 돼서다.

이 원리는 사회의 모든 분야에 적용된다. 그래서 난 사람들과 많이 접촉하는 직업을 가진 사람을 만나면 책을 쓰라고 얘기한다. 간호사들을 상대로 한 강연 때 난 다음과 같은 말을 했다.

"내가 만난 진상 환자들, 혹은 내가 겪은 진상 의사들, 이런 책 써 주세요. 그래야 여러분의 후배들이 덜 고생합니다."

실제로 간호사들은 의사와 환자로부터 이중고를 겪는다. 그들이 이런 일로 상처받는 건 거기에 대해 미처 대비하지 못한 탓인데, 미리 책을 통해 간접경험을 한다면 실제 안 좋은 상황에 놓이더라도 당황하지 않을 수 있다. 또한 환자나 의사들이 이 책을 읽는 경우 '나는 그러지 말아야겠구나' 하는 깨달음을 얻을 수 있다. 이런 분야의 책이 많아지고 또 많이 읽히는 게 갑질을 종식시킬 수 있는 이유다.

대리운전에 관한 현장 보고, 『대리사회』

우리나라에서 대리운전이 시작된 건 1990년대쯤으로 추정되지만, 대중화된 것은 아무래도 2000년 이후일 것이다. 그렇게 따지면 벌써 20년 가까이 이 직종이 있어 왔는데, 여기에 관한 책은 별로 없다. 대리운전기사를 하면서 만난 사람들에게 전도를 했다는 얘기가 담긴 『전도의 도구로 사용한 기막힌 사연의 대리운전』이란 책이 있고, 어떻게 하면 대리운전기사로 성공할 수 있는가에 관한 책도 있다. 대리운전기사의 고뇌를 담은 책이 있긴 하다. '경무'라는 분이 쓴 『대리운전 대리인생』이란 책이 바로 그 책이다. 하지만 인터넷에 올라온 정보를 보면 좀 의아해진다. 저자 소개에 따르면 '경무'가 이 책을 쓴 동기가 "평범한 사람으로서는 이해할 수 없는 요즘 사람들의 삐뚤어진 모습을 보며 너무도 안타깝고, 모두가 그렇지 않기를 바라는 마음에서 이 책을 쓰게 됐다"는 것이다. 이건 대리기사의 애환이 아니라 사회 비판이 아닌가? 출판사 서평도 이런 의심을 뒷받침한다. "특히 남녀를 구분하지 않고 자식들과 가정을 돌보기는커녕 자신의 쾌락만을 좇는 일부 사람들의 모습에 대해 저자는 안타까움을 뛰어넘어 통렬한 비판도 마다하지 않았다."

아닌 게 아니라 목차에 '불륜'이란 꼭지가 떡 하니 자리 잡고 있다. 그러니까 이분은 대리운전기사의 애환보단 대리운전을 하면서 만난 사람들을 통해 세상을 비판하고 싶었나 보다. 하지만 불륜도 엄연한 사생활인데 그걸 제3자가 비판하는 게 과연 옳은지 모르겠는데, 이 책이 출간된 후에도 대리운전기사에 대한 갑질이 변함없이 계속된 것도 이 책이 대리기사의 애환을 본격적으로 다루지 않았기 때문이 아닐까 싶다.

김민섭이 쓴 『대리사회』는 제목만 보면 대리운전과 무관한, 뭔가 인문 사회적인 통찰이 담겨 있는 책 같다. 난 정말 그런 줄 알았다. 하지만 이 책은 저자인 김민섭이 대리운전을 하면서 겪은 일을 담은 것이다. 물론 다음과 같은 이야기는 나온다. "우리는 모두가 한 사람의 대리운전기사다. 자신이 그 차의 주인인 것처럼 도로를 질주한다. 하지만 조수석에는 이미 누군가가 자리를 잡고 앉아 있다. (…) [우리는] 그렇게 대리사회의 욕망을 대리하는 '대리인간'이 된다."

그러니까 우리는 주체에 따라 움직이기보다는 권력자의 지시에 따라 움직이는 대리인간이라는 뜻인데, 실제 책을 읽으면서 이런 통찰을 얻기는 힘들다. 그 대신 대리운전기사들의 애환이 주를 이루는지라, '대리기사들에게 배려를 해야겠다' 같은 생각을 하게 되는 측면이 더 크다.

이 책에 대한 이야기를 하기 전에 김민섭에 대해 알아보자. 김민섭은 연세대 원주캠퍼스를 다니며 인문학을 전공했다. 하지만 졸업 후 좀 더 깊은 학문을 하고 싶어 대학원에 들어간 게 실수였다. 조교와 대학원 과정 그리고 시간강사를 거치는 동안 김민섭은 사람 사는 게 아니다 싶을 만큼 험한 대우를 받는다. 한때 화제가 됐던 '인분을 먹이는 교수' 정도까진 아니지만 한 달 수입이 50만 원도 안 되는 삶을 살아야 한다든지, 의료보험이 안 돼 퇴직한 아버지의 의료보험 신세를 져야 하는 등 고생이 이만저만이 아니었다. 그 과정에서 '을'로 산다는 게 어떤 것인지 처절하게 깨달은 김민섭은 가명으로 『나는 지방대 시간강사다』(이하 『지방시』)라는 책을 쓴다. 그 후 그 책을 쓴 이가 그라는 사실이 드러나는 바람에 김민섭은 박사 학위도 따지 못한 채 쫓겨나는 신세가 된다. 그래서 그는 글을 쓰며 살기로 마음먹지만 그에게는 아내와 막 태어난 아이가 있었다. 글만 써서는 먹고 살기 힘든 현실을 감안할 때 당장 돈이 될 뭔가가 필요했으니, 그게 바로 바로 대리운전이었다.

대리운전기사의 애환

위에서 대리운전이 생긴 지 20년이 다 돼 가는데 여기 관련된 책이 없다고 한탄했다. 여기엔 이유가 있다. 대리운전기사들이 대부분 부업으로 대리운전을 하는 소위 '투잡' 인생을 사는, 글 쓸 시간이 없는 분들이다. 대리운전 콜과 콜 사이에 남는 시간이 있긴 하지만, 혹시 뜰지 모르는 콜을 위해 휴대전화를 바라보고 있어야 하니, 글 쓰는 건 생각도 못한다. 하지만 더 큰 이유는 책을 쓸 만한 글쓰기 실력을 갖춘 이가 없었다는 점이다. 그런 점에서 『지방시』의 저자 김민섭이 대리운전을 했다는 건 대리운전기사들에게는 좋은 일이다.

이 책을 읽기 전까지 난 대리운전기사들이 당하는 갑질에 대해 잘 몰랐다. 취한 와중에 내뱉는 폭언이나 주기로 한 돈을 깎으려고 생떼를 부린다든지 하는 것들을 갑질이라고 여겼을 뿐, 내가 갑질의 주체라고 생각하진 못했단 얘기다. 그런데 이 책을 보니 나 역시 그들에게 알게 모르게 갑질을 하고 있는 거였다. 저자에 따르면 대리운전기사는 웬만하면 차의 세부적인 사항들을 건드리지 않으려 한다. 백미러를 자신에게 맞게 조정하는 것은 금기시되며, 에어컨은 물론이고 라디오를 트는 것도 금물이다. 이건 그가 '대리'이기 때문이다. 택시에서는 기사가 모든 것의 주도권을 쥐고, 심지어 담배까지 피울 수 있는데, 이건 그가 그 택시의 주인이기 때문에 가능하다. 예컨대 저자에게 대리를 부탁한 손님이 독한 방귀를 여러 차례 뀌었을 때, 저자는 끝내 차의 창문을 열지 못했다. 이건 트림을 하는 손님도 마찬가지여서, 저자는 다음과 같이 말하기도 한다. "타인의 운전석에서 나는 내 코의 주인이 아니다." 이 대목을 읽으면서 내 생각을 했다. 난 다리가 긴 편임에도 지나치게 운전석 의자를 앞으로 바짝 당겨 놓고 운전한다. 운전 초창기에 뒷자리에 태웠던 사람들을 배려하느라 그렇게 된 건데, 지금껏 내 차의 대리를 한 분들 중 운전석 의자를 편하게 조정한 사람은 한 명도 없다. 앞으로 대리기사를 부른다면, 난 미리 의자를 뒤로 빼놓으리라. 내게 오기까지 1킬로미터 이상을 달려온, 그래서 땀에 흠뻑 젖은 기사를 만나면 에어컨을 빵빵하게 틀어 드릴 것이다.

그 밖에도 이 책에는 좋은 손님이 될 수 있는 방법을 친절하게 적어 놓았다.

잘 부탁한다는 인사 정도를 먼저 건넨다든지, 내비게이션을 이미 '우리 집'으로 맞춰 놓고 이대로 운행해 주시면 된다고 말한다든지, 하는 것이다. 사실 나 찾아봐라 하는 식으로 골목 어딘가에 숨어서 왜 자신을 못 찾느냐고 화를 낸다든지. (…) 기사가 길도 모르냐고 면박을 준다든가, 그런 식으로 기사를 대하는 손님들이 많다.[10]

다시금 내 생각을 했다. 언젠가 천안의 한국고속철도^{KTX}역에서 대리기사를 불렀다. 하지만 그 역은 너무나 넓어서, 어디가 어딘지 설명을 하기도 애매했다. 그를 만나기까지 걸린 시간은 무려 15분 이었다. 그 동안 난 짜증이 났고, 나중에 기사를 만났을 때 짜증을 감추느라 아무 말도 안 한 채 집까지 갔다. 그건 현재 위치를 정확히 말하지 않았던 내 잘못이 큰데 말이다. 그렇게 볼 때 사람들이 대리기사에게 잘 못하는 건 실제로 대리기사가 어떤 걸 원하는지 몰랐던 탓도 있을 것 같다. 여러 분야에 대한 책이 나오고 그게 읽혀야 하는 이유는 바로 여기에 있다. 갑질에 관한 책이 갑질을 없앤다.

1 "뺨 때리고 무릎 꿇려"vs"뒤에서 주먹질"…'백화점 모녀 사건' 엇갈리는 주장, 커지는 논란, 쿠키뉴스 2016. 1. 6.
2 편의점에서 컵라면 데우다 직원에게 집어 던진 40대, NEWSIS 2016. 9. 8.
3 종업원에 떨어진 음식 먹이던 '식당 갑질'男 '불구속 입건' 매일경제 2015. 1. 16.
4 고객 갑질 논란, 인천 신세계 백화점 직원 무릎 꿇고…영상 보니 '맙소사!' MBN 2015. 10. 18.
5 반말·폭행·갑질…택시·대리기사들 "연말이 괴롭다" SBS 뉴스 2015. 12. 16.
6 '운전 미숙 트집' 대리기사에 발길질 50대 입건, NEWSIS 2017. 5. 3.
7 청주서 30대 취객 대리기사 폭행…"요금 시비" 연합뉴스 2017. 3. 24.
8 대리기사 폭행, 경찰관 상해 입힌 40대 징역 8개월, news1 2017. 2. 6.
9 '삼성을 살다' 저자 이은의 "나의 직장 내 성희롱 투쟁기" 노컷뉴스 2011. 10. 20.
10 「대리사회」, 김민섭 저, 와이즈베리, 85쪽

4. 일론 머스크, 빌 게이츠
그리고 박근혜

화성 개척을 꿈꾸는 일론 머스크

일론 머스크Elon Musk는 영화 아이언맨의 실제 모델로 알려져 있다. 이게 의아한 것이, 아이언맨의 주인공인 토니 스타크는 대량 살상 무기를 내전이 일어난 나라에 팔아먹어 막대한 부를 챙기는 부도덕한 사람인데 반해 머스크는 그런 것과는 전혀 거리가 멀기 때문이다. 그가 얼마나 위대한 인물인지 다음 댓글(대댓글)이 보여 준다.

기사 내용: 일론 머스크가 어쩌고저쩌고
　ㄴ 댓글: 일론 머스크는 제2의 스티브 잡스다.
　ㄴ 대댓글: 머스크를 잡스랑 비교하면 머스크가 섭하지. 상대가 안 되게 위대한 인물인데.

놀라운 것은 이 대댓글에 공감이 많았다는 점으로, 많은 사람이 잡스보다 머스크를 훨씬 더 위대한 인물로 보고 있다. 혁신의 아이콘인 스티브 잡스와 비교조차 할 수 없는 위인인 머스크, 그가 세간의 지지를 얻는 위인이 된 비결은 뭘까?

20대에 억만장자가 된 일론 머스크

남아프리카공화국에 태어나 청소년 시절을 보낸 일론 머스크는 더 큰 세상으로 나가고 싶어, 반대하는 부모에게 스스로 학비를 해결하겠는 약속을 한 후 캐나다의 퀸스대학교에 입학했다. 이후 미국 펜실베이나 주립대의 와튼스쿨 학부 과정에 장학생으로 편입해 경영학을 전공하면서 물리학에도 열중했다. 그리고 응용물리학과 재료공학을 배우기 위해 스탠퍼드대 박사 과정에 입학한다. 그러나 그는 대학원에 들어간 지 이틀 만에 그만둔다. 1990년대 후반의 실리콘밸리는 마이크로소프트, 구글 등이 만들어지면서 인터넷이라는 새로운 사업 영역과 함께 창업 열기가 뜨거워졌다. 이런 분위기 속에서 머스크는 자신의 회사를 빨리 만드는 게 낫겠다고 판단한 것이다. 학교를 그만 둔 그는 동생과 함께 인터넷 지도 및 주소 등에 관한 소프트웨어 회사인 집투Zip2를 창업했다. 자금 부족으로 초반엔 고생했지만, 점점 호평을 받은 그의 회사는 4년 후 PC업계의 선두주자였던 컴팩Compaq에 3억 7천만 달러(약 4000억 원)

에 매각되었다. 28세의 머스크는 그렇게 억만장자가 되었다. 머스크가 다음에 뛰어든 사업은 인터넷 전자상거래 서비스였다. 그는 엑스닷컴X.com이라는 회사를 만들었고, 2000년에는 비슷한 서비스 회사인 컨피니티Confinity와 합병하여 페이팔PayPal의 CEO가 된다.1 페이팔로 돈을 번 머스크는 2002년 스페이스엑스SpaceX라는 우주 개발 회사를 차린다. 잠깐, 우주 개발이라고? 우주 개발은 나사NASA(미국 항공우주국)가 하는 것처럼 국가가 조 단위로 돈을 쏟아 부어야 하는 사업 아닌가? 물론 머스크의 말에도 일리는 있다. 지구에 갑자기 엄청난 재앙이 닥칠 수도 있고, 그런 일이 없다 해도 지금처럼 환경 파괴가 계속된다면 인류가 지구에 살 수 있는 날이 얼마 남지 않았으니, 인류가 살 만한 새로운 별을 찾아야 한다는 얘기다. 이런 걱정은 얼마든지 할 수 있지만, 머스크의 특이한 점은 이 걱정을 스스로 해결하려 한다는 점이다. 머스크는 화성을 지구인이 이주할 새로운 별로 추천했는데, 그가 스페이스엑스를 차린 이유도 그 때문이다.

"화성은 지구와 태양의 거리만큼 더 태양에서 떨어져 있지만 여전히 적절한 태양빛이 있다. 또한 화성은 대기를 가지고 있어 대기 압착을 통해 식물을 기를 수 있는 환경을 만들 수 있다."2

머스크는 발사 후 버려졌던 로켓의 추진체를 재활용하는 방법을 통해 발사 비용을 줄인다고 한다. 로켓 추진체를 1천 회 재사용하고 우주에 여러 번 다닐 수 있는 왕복선을 이용한다면, 화성에 가는 비용이 미국의 평균 주택 가격인 20만 달러 수준으로 낮아질 수 있다는 게 그의 말이다.**3** 실제로 나사가 화성 이주 문제를 생각하다 포기한 것도 어마어마한 돈이 들어가기 때문이었으니, 비용을 줄이자는 머스크의 전략은 최소한 방향은 제대로 잡은 셈이었다. 그래도 그렇지, 이걸 전 재산이 겨우 2천억 원밖에 안 되는 개인이 하겠다는 건 아무리 봐도 불가능해 보인다. 게다가 우주선이란 건 꼭 돈만의 문제는 아니다. 수많은 천재들이 달라붙어야 겨우 가능한 게 우주선 발사 아닌가. 내 돈이 아니어도 아깝다는 말은 이럴 때 쓰는 말이리라. 실제로 머스크는 이 사업을 할 때 수많은 주위 사람의 반대에 직면했다고 한다. 그들의 예상대로 머스크의 우주 사업은 가시밭길이었다. 우주선 발사는 수시로 미뤄졌고, 작은 성공 뒤엔 또다시 우려스러운 일들이 이어졌다. 그러기를 10년, 결국 머스크는 우주로 로켓을 쏴 올리는 데 성공했다. 그의 우주선을 본 나사는 크게 놀랐고, 친하게 지내자며 파트너가 돼 줄 것을 제안한다.

"일론 머스크가 창업한 스페이스엑스는 나사와 계약을 맺고 2024년까지 지구와 국제우주정거장ISS을 오가며 20회 임무를 수행하고 있다."**4**

현재 머스크는 돈을 받고 화성으로 관광객을 보내는 사업을 추진 중이다. 물론 처음 가는 사람들은 목숨을 내걸어야 하겠지만, 이게 잘 된다면 화성 식민지 개척도 결코 꿈만은 아닐 것이다.

전기차에 도전하다

스페이스엑스의 충격이 가시기도 전인 2004년, 머스크는 '테슬라 모터스Tesla Motors'라는 전기자동차 회사를 만든다. 우주 개발에 비할 바는 아니지만 자동차 역시 엄청난 돈과 인력이 투입되는 종합시스템 산업이다. 현대자동차만 해도 10만 명이 넘는 노동자들이 차를 만들고 있고, 이들을 뒷받침하는 하청 업체의 숫자도 어마어마하다. 게다가 업체 간의 경쟁도 치열하기 그지없어, 일등 기업인 삼성이 자동차 산업에 뛰어들었다가 철수했을 정도다. 그러니 전 재산이 2천억 원이 안 되고 그나마도 스페이스엑스 때문에 언제 망할지 모를 머스크가 자동차 회사를 차린 건 모험이라고밖에 할 수 없다. 머스크는 왜 이리 무모한 일을 벌였을까? 그건 화석연료를 사용하는 자동차로는 지구의 미래가 없다고 생각해서다.

물론 이 고민을 한 이가 머스크만은 아니다. 미국 정부 역시 석유차가 환경에 안 좋다고 생각해 전기차를 만들도록 강제하기까지 했는데, 이 때문에 지엠GM(제너럴모터스)은 1996년 EV1이라는, 세계 최초의 전기차를 만든다. 가격이 3만여 달러로 싸지도 않은데다 모양도 예쁘지 않았던지라 EV1은 '양심'에 호소한 마케팅을 할 수밖에 없었다. '너는 휘발유 차를 타는구나. 거기서 얼마나 많은 오염 물질이 나오는 줄 알아? 넌 지구는 어떻게 돼도 너만 편하면 되는 거니?' 우리야 이런 말을 들어도 신경 안 쓰지만, 명사들 중에는 이런 비판에 가슴 아파하는 이들이 있다. EV1을 격찬했던 톰 행크스는 다음과 같이 말한다.

"나는 전기자동차를 운전함으로써 미국을 구하고 있는 중이야."

말뜻은 알겠지만, 다른 사람에게 똑같이 하라고 하는 건 무리다. 비싸고 디자인도 후진데다 충전하는 데 시간이 제법 걸리는 전기차를 일반인이 타야 할 이유가 뭐란 말인가? 초창기 전기차가 곧 사라진 건 당연한 귀결이었다. 이걸 두고 석유화학 회사의 음모라고 주장하는 이도 있지만, 그건 그야말로 음모론에 불과하다.

머스크의 생각은 지엠과 차원이 달랐다. 그는 '전기차가 환경에 좋아서 타는 게 아니라, 차가 좋으니까 타도록 해야 한다'는 생각으로 성능도 좋고 모양도 예쁜 차를 개발하려 애쓴다. 그렇게 나온 차가 로드스터였는데, 젊은이들이 좋아할 만한 외양에 출발하고 나서 시속 100킬로미터에 도달하기까지 걸리는 시간(제로백이라고 한다)이 4초에 불과하다. 머스크가 '우리 차의 라이벌은 페라리'라고 했던 것도 허언은 아니었다. 로드스터는 보여 주기 위한 콘셉트카의 측면이 강했지만, 후속 모델인 '모델 에스Model S'는 본격적으로 판매를 시작해 2017년 2분기에만 2만2천 대를 판매했고, 덕분에 테슬라는 주가 총액에서 지엠을 앞지르기도 했다. 물론 자동차 산업이 그리 만만한 곳이 아니어서, 안전성에 문제가 있다는 소문으로 주가가 급락하는 등 앞으로도 극복해야 할 난제들이 한두 개가 아니다. 그럼에도 머스크의 도전이 의미 있는 것은, 테슬라 덕분에 기존 자동차 회사들이 너도나도 전기차 사업에 뛰어들었기 때문이다. 볼보의 경우 2019년부터는 오로지 전기차만 생산하겠다고 하는 등 앞으로 출시하는 차량의 상당수가 전기차로 대체될 텐데, 이 공로는 상당 부분 머스크에게 돌아가야 맞다. 그뿐 아니라 머스크는 현재 태양열로만 유지되는 도시를 만드는 등 지구의 환경을 위해 누구보다 애쓰고 있다. 파리 기후변화협정이라는 게 있다. 2015년 12월, 잘사는 나라들이 파리에 모여 체결한 이 협정은 지구 평균온도가 상승하지 않도록 온실가스 배출량을 단계적으로 감축하자는 내용을 담고 있다. 한마디로 화석 연료를 좀 덜 쓰자는 협정인데, 트럼프가 이 협정을 더 이상 지키지 않겠다고 선언하자 트럼프의 자문단으로 들어가 있던 머스크는 이 결정을 비판하며 즉각 자문단을 떠났다.[5] 이는 환경에 있어서는 누구와도 타협하지 않겠다는 머스크의 신념을 보여 준다. 물론 머스크가 트럼프의 자문단에 포함됐었다는 게 더 이상하지만 말이다.

지금까지 본 것처럼 머스크는 오로지 지구의 미래를 위해 애썼고, 그 과정에서 알거지로 전락할 뻔한 위기를 수도 없이 넘겼다. 그러면서도 결국 손대는 사업마다 다 성공해 2017년 5월 기준으로 152억 달러, 우리 돈으로 15조가 넘는 재산을 가지고 있다. 이는 세계 80위에 해당되는데, 좋은 일을 하면서 명성도 쌓고, 그러면서도 엄청난 부자가 되다니 존경스러울 따름이다. 도대체 이런 능력은 어디에서 비롯됐을까? 『세상을 바꾼 질문들』이란 책을 보면 다음과 같은 구절이 있다.

"일론 머스크는 1971년 남아프리카공화국의 비교적 유복한 집안에서 태어났다. 머스크는 다른 아이들이 장난감을 가지고 놀 때 독서를 했다. 초등학생일 때도 하루에 열 시간을 책을 읽는 데 보냈다고 하니, 어렸을 때부터 이미 어마어마한 독서량을 가지고 있었다고 할 수 있다."[6]

초등학생 때 하루 열시간씩 책을 읽었다니, 평범한 아이는 결코 아니다. 이 독서야말로 머스크가 자신을 위해서가 아닌, 인류를 위해서 애쓰는 비결이 아닐까.

빌 게이츠와 독서

이게 머스크에게만 해당되는 일은 아니다. 말라리아라는 병이 있는데, 모기에 물릴 때 그 안에 있던 기생충이 들어가 감염된다. 말라리아는 매년 전 세계 60만 명을 죽인다. 원래는 300만 명이 죽었지만, 중국의 투유유 선생이 '아르테미시닌'이란 약을 만든 덕분에 사망자 수가 확 줄어들었다. 그 덕분에 투유유는 2015년 노벨 생리의학상을 탔지만, 아직도 말라리아는 정복되지 않았다. 일단 60만이란 숫자가 적은 게 아닌데다, 한 학술지에 따르면 그 숫자가 저평가 되어 있고 실제로는 100만이 넘는다고 한다. 게다가 죽는 이의 상당수가 아이들이라 더 비극적이다. 또한 말라리아 약은 개발이 어려운 반면 말라리아가 약에 내성을 만드는 건 아주 쉽다.

실제로 동남아 지역에서 아르테미시닌에 내성을 지닌 말라리아가 이미 출현했다! 그러니까 60만이든 100만이든, 지금의 사망자 숫자가 앞으로도 계속 유지될 확률보다는 원래의 수백만으로 다시 회귀할 가능성이 더 높다. 그렇다면 말라리아를 막을 방법은 없을까? 두 가지가 있는데, 하나는 바로 모기장이다. 모기장 속에서 살면 모기에 물리지 않을 수 있으니, 100퍼센트 예방이 가능하다. 다만 아프리카 사람들이 화학약품 처리를 해서 한 장에 1만원 꼴인 모기장을 살 능력이 없는지라, 모기장 보내기 운동이 전 세계적으로 벌어지고 있다. 문제는 사람이 모기장 안에서만 살 수는 없다는 점이다.

그래서 근본적인 해결책은 백신일 수밖에 없다. 유행지 주민들이 말라리아에 대한 항체를 가지고 있다면, 모기가 물 때 말라리아가 들어가도 괜찮지 않겠는가? 많은 연구자가 백신 연구에 매달리고 있는 것은 그 때문이다. 이 백신 연구에 가장 관심이 많은 단체는 물론 세계보건기구WHO지만, 2등을 꼽자면 단연 빌 게이츠다. 우리가 아는, 마이크로소프트 회사를 만든 그 빌 게이츠 말이다. 그는 번 돈의 절반을 자기 부부의 이름을 딴 빌 & 멜린다게이츠 재단에 기부하는데, 그 재단에서 하는 보건 사업 중 가장 중요한 게 바로 말라리아 백신 연구에 돈을 대는 것이다. 2014년만 해도 말라리아 백신에 5억 달러, 그러니까 5천억 원의 연구비를 지원한 바 있는데, 2016년에는 다음과 같은 기사가 나왔다.

마이크로소프트MS 창업자 빌 게이츠와 조지 오즈번 영국 재무부 장관은 25일 말라리아 연구와 박멸을 위해 향후 5년간 총 30억 파운드(약 5조 1175억 원)의 자금을 마련하기로 했다고 밝혔다. 두 사람은 이날 영국 일간 「더 타임스」 공동 기고문을 통해 "인류의 비극 중 모기로 인한 대대적 피해에 견줄 만한 게 없을 것"이라며 "'말라리아 없는 세상'이 전 세계에서 해결해야 할 보건 과제 중 최우선순위에 있다"며 이같이 밝혔다.7

단순히 돈만 주고 마는 게 아니다. 빌 게이츠는 말라리아와 관련된 세미나에도 자주 참석해 박멸의 필요성을 주장하고 있는데, 그가 하는 말들을 보면 정말 진정성이 느껴진다.

- 빌 게이츠 "말라리아 퇴치보다 대머리 치료에 돈 더 몰려" (SBS 뉴스 2013. 3. 17)
- 빌 게이츠 "말라리아로 죽어 가는데 인터넷이 무슨 소용?" (ZDNet Korea 2013. 8. 9)
- '게이츠의 약속' … 세계 첫 말라리아 백신 EU 승인 '목전' (뉴스1 2015. 7. 24)
- 빌 게이츠와 유엔 "2040년까지 말라리아 근절될 수 있어" (뉴시스 2015. 9. 29)
- 빌 게이츠, 유전자 드라이브 기술, 말라리아 퇴치할 것 (테크홀릭 2016. 6. 22)

발언들을 보면 마치 세계보건기구의 말라리아 담당자 같다. 심지어 이런 적도 있다. 그가 말라리아와 관련된 강연을 하다가 병 속에 든 말라리아 모기를 날려 보냈다. 참석자들이 공포에 질렸던 건 당연한 일, 물론 그 모기들은 말라리아를 가지고 있지 않았지만, 빌 게이츠는 그렇게 함으로써 말라리아의 공포 속에서 살아야 하는 아프리카 사람들에 대한 관심을 환기하고자 한 것이다.[8] 참고로 우리나라 사람들은 말라리아에 대해 별 관심이 없다. 사망자의 90퍼센트가 아프리카에 몰려 있기 때문이다. 우리나라에도 말라리아가 있긴 하지만, 매우 온순한 종이라 사람을 절대 죽이지 않는다. 이건 미국도 마찬가지라, 미국 내에서 말라리아로 사망하는 사람은 아프리카 여행객을 제외하면 없다시피하다. 그런데 빌 게이츠는 왜 말라리아에 그리도 집착하는 것일까? 아프리카에서 유년기를 보낸 적도 없고, 사랑하는 지인을 말라리아로 잃은 경험도 없는데 말이다. 한 가지 열쇠는 그가 어릴 적 독서광이었다는 점이다. "오늘의 나를 있게 한 것은 우리 마을의 도서관이었다. 하버드대 졸업장보다 소중한 것이 독서하는 습관이다"라는 그의 말은 유명하다.

도대체 책의 어떤 점이 저 부자들로 하여금 인류를 위한 삶을 살게 하는 것일까? 책을 읽을 때 우리는 주인공에게 감정이입을 한다. 『심청전』을 생각해 보자. 심청은 효녀고 심성도 고운 처자다. 그런 심청이 바다에 빠졌을 때, 우리는 심청에게 안타까움을 느낀다. 그런데 그녀가 죽지 않고 용왕에게 극진한 대접을 받다가 연꽃을 타고 세상으로 나와 왕자와 결혼까지 하는 걸 보면서 기뻐한다. 내 일이 아님에도, 그리고 그게 현실의 일이 아닌데도 불구하고 심청을 응원하고 그와 함께 일희일비하는 것, 이게 바로 감정이입의 결과다. 소설을 많이 읽으면 감정이입을 잘하게 되고, 그 결과 역지사지의 능력이 생긴다. 소설의 주인공이 이런 일을 당할 때 속상하다는 것을 알면 현실에서도 주위 사람이 그런 일을 당하지 않게 배려하게 되지 않겠는가?

책에 빠진 영국 여왕

책과 배려의 관계를 가장 잘 보여 주는 책이 바로 앨런 베넷의 『일반적이지 않은 독자』다. 이 책은 '만약 영국 여왕이 책 읽기에 빠진다면?'이라는 가정에서 시작됐다. 주인공, 엘리자베스 2세는 "취미를 갖지 않는 것이 여왕이 갖추어야 할 본분"이라고 여겨 평소 책을 멀리했다. 그랬던 여왕이 이동도서관을 운영하는 남자를 만나 책을 한 권 빌리게 된다. 여왕에겐 책에 대한 나름의 신념이 있었는데, 그것은 시작한 책은 다 읽는다는 것이다. 이건 장점이기도 하고 단점이기도 하다. 책을 제대로 알려면 다 읽는 게 좋겠지만, 자신과 맞지 않는 책을 집어들었다간 책 읽기가 노동이 돼 버리니까. 그런데 여왕이 처음 고른 책은 별 재미가 없었던 모양이다. 여왕이 독서 초보자라는 점을 감안 했을 때 이런 경험이 반복되면 책을 멀리할 수도 있었지만, 다행히도 여왕이 책을 반납하러 갔다가 빌린 다음 책은 『사랑의 추구』였다. 여왕은 그 책에 완전히 마음을 빼앗긴 나머지 독서에 탐닉하게 된다.

한번 책에 빠지자 여왕은 달라졌다.

첫째, 다른 일이 다 시큰둥해졌다. 그 이전이라면 연달아 이어지는 순방과 여행 그리고 사업들을 열심히 챙겼겠지만, 더 이상은 아니었다. "갑자기 모든 일이 무거운 짐으로만 여겨졌다." 심지어 그다지 아픈 것도 아닌데 독감에 걸렸다고 침대에 누워 있겠다고 하는 일까지 있었는데, 물론 이건 책을 읽으려는 핑계였다. 그의 비서관은 여왕에게 중심을 잃지 말라고 충고한다. 여왕은 지난 50년간 열심히 일만 했으니, 이제는 다른 데 관심을 가져도 되지 않느냐고 반문한다. 비서관이 여왕도 심심풀이가 필요하다는 것쯤은 이해한다고 하자 여왕은 다음과 같이 반박한다. 책은 심심풀이가 아니라, 다른 삶, 다른 세상을 다루는 것이라고.

"짐은 다른 세상을 더 알고 싶을 뿐이야. 짐이 심심풀이를 원했다면 뉴질랜드로 갔겠지."

주방에서 일하는 노먼에겐 이런 말도 한다.

"내 생각에, 내가 책을 읽는 이유는, 국민을 아는 것이 왕의 의무이기 때문인 것 같아."

둘째, 여왕은 책 읽기를 즐겼다. 의무감으로만 책을 읽는 것이 아니었다. 비서관은 이왕에 책 읽을 거면 좀 더 큰 목적, 예를 들면 국가 전체의 교양을 위한다든지 하는 목적에 부합해야 한다고 말한다. 여왕은 여기에 대해 자신은 공적 의무가 아닌, 즐거움을 위해 책을 읽는다고 말한다.

여왕은 행복했고, 독서를 즐겼으며, 게걸스럽게 책을 읽었다. 여왕이 한 다음 말을 보면 그가 독서의 즐거움에 얼마나 흠뻑 빠졌는지 알 수 있다. "책을 읽고 마음에 든 작가가 생겼는데, 그 작가가 쓴 책이 그 한 권만 있는 게 아니라, 알고 보니 적어도 열 권은 넘게 있는 거예요. 이보다 더 즐거운 일이 있을까요?"

원래 좋은 일은 남과 나누는 법, 책 읽기가 즐겁다 보니 여왕은 다른 이에게 독서의 즐거움을 전파하려 애쓴다. 어느 날 여왕은 운전기사에게 책을 좀 읽느냐고 묻는다. 운전기사가 읽을 시간이 통나지 않는다고 하자 여왕은 다음과 같이 반박하는데, 이는 우리들 모두가 새겨들어야 할 명언이다.

"사람들은 흔히 그렇게 말하지. 시간이란 만들어야 하는 거라네. 오늘 아침을 생각해 봐. 자네는 나를 기다리느라 시청 바깥에 앉아 있었을 것 아닌가. 그때 책을 읽을 수 있잖아."

셋째, 다른 사람의 감정에 신경 쓰게 됐다. 책을 읽으면 다른 사람의 감정을 더 많이 알게 되고, 역지사지를 할 수 있게 되는데, 여왕 역시 그랬다. 그 전엔 하녀가 무슨 생각을 하는지 전혀 신경 쓰지 않았지만, 이제 여왕은 하녀의 기분을 살피게 됐고, 그녀가 기분이 안 좋다면 그 이유가 무엇인지 곰곰이 생각하게 됐다. 여왕은 전 같으면 젊은 시종무관이 당황하는 모습을 알아차리지 못했겠지만, 이제 그 모습을 알아챌 수 있게 됐고 그래서 여왕은 앞으로 자기 생각을 함부로 드러내 당황하게 만들지 말아야겠다고 마음먹었다.

넷째, 글을 쓰고 싶은 욕망이 생겼다. 각료들을 모아 놓고 여왕은 다음과 같이 말한다. 책 덕분에 인생이 풍부해졌지만, 이제는 또 다른 뭔가를 추구하고 싶다고. 그건 다름아닌 집필이었다.

각료들은 여왕이 재임 중 있었던 일, 그러니까 회고록을 쓸 거라고 생각하며 베스트셀러가 될 것이라고 아첨하기까지 했지만, 여왕은 단호하게 그게 아니라고 한다. 자신은 회고록에 아무런 흥미가 없으며, 정치나 자기 인생에서 벌어진 일들과는 관계없는, 시대를 아우르는 책을 쓰겠다고 한다. 책이 여기서 끝나는지라 여왕이 과연 무슨 책을 썼는지는 알 수 없지만, 굉장히 멋진 책을 썼으리라는 건 짐작할 수 있다.

독서에 관한 책을 여럿 읽었지만, 책의 즐거움과 효과를 이 책만큼 잘 보여 주는 책은 없다. 138쪽밖에 안 되는 짧은 분량이니, 혹시 안 읽으셨다면 읽어 보길 바란다.

재벌과 독서

앞에서 본 것처럼 책은 타인의 감정을 이해할 수 있게 하며, 나아가 그 사람을 배려하게 된다. 그러니 말라리아 환자라곤 한 번도 만나 보지 못했을 빌 게이츠가 백신을 만들라며 그렇게 많은 돈을 내놓을 수 있는 것이다. 말라리아가 주 전공이긴 하지만, 빌 게이츠는 다른 병에도 관심이 아주 많은지라 소아마비 퇴치 운동에 뛰어들 때는 다음과 같이 말하기도 했다.

"먹고 입을 것이 충분한 날 위해선 더 이상 돈 쓸 데가 없다. 돈의 쓸모는 모름지기 세계에서 가장 가난한 사람들을 위해 기구를 만들어 그들에게 필요한 자원을 제공하는 데 있다. 아내와 난, 우리가 운 좋게 가진 부富를 세계에 어떻게 가장 큰 영향을 주는 방식으로 되돌려 줄 지에 대해 오랫동안 얘기했다. (…) 우린 세계의 가장 가난한 사람들을 돕는 데 초점을 맞췄기 때문에 [소아마비] 예방 접종 운동에 뛰어들었다.9

빌 게이츠의 예에서 보듯 책 읽기는 힘을 가진 이에게 특히 더 필요하다. 가진 게 없는 이들은 다른 이의 감정을 늘 헤아려야 하지만, 권력자는 그런 경우가 거의 없으니 말이다. 예컨대 재벌 회장이 책을 읽지 않았다면, 그래서 배려심이 눈곱만큼도 없다면 어떻게 될까? 실제로 우리나라 재벌들 중 일부가 타인에 대한 배려 없는 일을 한다. 치킨이나 제빵 같은, 영세 상인들의 영역에 뛰어들어 그들로 하여금 눈물 흘리게 하고, 인류의 미래를 걱정하기보단 부동산 등 당장 가격이 오를 만한 물건에 투자해 자신의 재산을 불리려 한다. 자신과 일가친척이 잘 먹고 잘살기 위해 회사 돈을 빼돌리면서, 공장에서 일하던 이가 산업재해를 입었을 때 그 보상에는 인색하다. 생산성을 향상시켜 이익을 남기려 하기보단 비정규직을 고용해 인건비를 아낌으로써 이익을 내는 쪽을 선택한다. 배려와는 담을 쌓은 이런 행동은 재벌들이 책을 읽지 않은 데서 비롯된다. 고생을 해 본 재벌 창업주와 달리 2세, 3세들은 책을 읽을 필요성을 전혀 느끼지 못했을 테니까 말이다. 가만히 있어도 회사가 내것이 되고, 그러면 천문학적 돈이 굴러들어 오는데 뭐 하러 책 같은 것을 읽겠는가? 땅콩 회항으로 유명한 조현아의 여동생 조현민은 무려 열 살 때 조종실에 들어가 부기장 앞에서 다음과 같은 말을 했다고 한다. "오빠, 잘 봐 놔, 앞으로 오빠 회사 될 거니까." 여기서 말하는 오빠는 조현아의 남동생이자 조현민의 오빠인 조원태로, 여동생의 예언대로 지금 부사장을 맡고 있는데, 어려서부터 이런 생각을 가졌으니 대한항공이 바람 잘 날이 없을 수밖에 없다.

너무 대한항공만 물고 늘어진 것 같아서 다른 기업에 관한 기사도 소개한다.

재벌가 자녀들의 '갑질 폭행'이 또 구설수에 올랐다. 이번에는 한화그룹 김승연 회장의 3남 동선 씨가 그 장본인이다. 서울 강남의 술집에서 종업원을 때리는 등 난동을 부린 혐의로 경찰에 구속됐다. 그는 2010년에도 용산 호텔 주점에서 유리창을 부숴 입건된 전력이 있다. (…) 불과 며칠 전에도 동국제강 장세주 회장의 장남 선익 씨가 술집에서 술병을 깨는 등 소란을 피워 입건됐다. 그 직전에는 중소기업 두정물산 대표의 아들 임범준 씨가 대한항공 기내에서 술을 마시고 난동을 부린 사건이 벌어지기도 했다. 지난해만 해도 일일이 거론하기 어려울 만큼 재벌가 자녀들의 불미스러운 행패 사건이 줄을 이었다. 현대가 3세인 정일선 현대비앤지스틸 사장과 이해욱 대림산업 부회장, 미스터피자 엠피케이그룹 정우현 회장, 김만식 몽고간장 회장 등의 사례가 그것이다. 운전기사나 빌딩 경비원에게 폭언과 폭행을 일삼았다는 것이다. 2010년 SK계열 M&M의 최철원 전 대표가 저지른 '맷값 폭행' 사건은 영화 소재가 되기도 했다. 한 대를 때리는 데 1백만 원을 주기로 했다는 내용이다.**10**

'재벌가 자녀들'이라는 문구에 주목하자. 이런 사람들이 경영자가 된다면 빌 게이츠처럼 고통받는 다른 이들을 배려할까, 아니면 자신밖에 모르는 황제가 될까?

대통령이 책을 안 읽는다면?

자, 그렇다면 우리나라 권력의 정점인 대통령이 책을 읽지 않으면 어떻게 될까?

첫째, 드라마만 보게 됐다.

그다지 아픈 것도 아닌데 침대에 누워 있는 것은 영국 여왕과 똑같지만, 이유는 달랐다. 어떻게 하면 피부가 좀 더 탱탱해질까 고민하고, 그걸 실천하느라 그런 것이었다. 어차피 국정은 최순실 씨가 다 알아서 하고 있었으니, 아무것도 안 해도 됐다.

"여왕은 행복했다. 아무 것도 안 하고 관저에만 있어도 연봉 2억 원과 더불어 숙식이 제공됐으니까."

하지만 여왕이 아예 아무것도 안 한 것은 아니었으니, 그건 TV에서 방영되는 드라마를 섭렵하는 일이었다. 비서관이 너무 드라마만 보지 말고 다른 취미도 가지라고 얘기하자 여왕은 이렇게 반박한다.

"내가 드라마를 심심풀이로 보는 줄 아나? 드라마가 그 내용이 그 내용인 것 같아도 배우와 작가에 따라 조금씩 차이가 난다네. 짐은 그 미묘한 차이를 즐기고 싶을 뿐이야."

다음 말은 여왕이 드라마를 얼마나 즐겼는지 알게 해 준다.

"드라마를 보고 마음에 든 배우가 생겼는데, 그 배우가 출연한 드라마가 그 한 편만 있는 게 아니라, 알고 보니 적어도 열 편은 넘게 있는 거예요. 이보다 더 즐거운 일이 있을까요?"

드라마에 빠지다 보니 여왕은 삶을 드라마와 혼동하기까지 한다.

병원에서 자신의 이름을 묻는 질문에 '길라임'이라고 대답한 것이다.

둘째, 다른 사람의 감정을 전혀 신경 쓰지 않게 됐다.

누구라도 여왕 앞에만 오면 당황했지만, 여왕은 왜 그러는지 알지 못했다. 그런데 드라마를 많이 본 덕분에 여왕은 그게 자기 눈에서 레이저가 나가기 때문이라는 것을 알게 됐고, 그 뒤 시시때때로 레이저를 쏴서 사람들을 당황시키곤 했다. 처음에는 그 모습을 그저 즐기기만 했는데, 나중에 이걸 이용해서 큰일을 할 수 있지 않을까 하는 생각에 이른다. 그래서 여왕은 재벌 총수를 하나씩 불러 돈을 뜯었다. 비서관이 왜 그런 일을 하느냐고 묻자 여왕은 이렇게 답한다.

"짐은 즐거움을 위해 돈을 뜯는다네. 국가를 위한 게 절대 아니야."

셋째, 역사에 남을 작품을 쓰게 됐다.

원래 여왕은 자기를 반대하는 이들을 극도로 싫어했다. 이전에 여왕은 사람들이 왜 자기를 싫어하는지 몰랐다. 여왕은 669만 원짜리 침대에 누워 그 이유가 무엇인지 곰곰이 생각하다, '좌파라서 날 싫어하는 거야'라는 결론에 이른다.

그러다 보니 여왕은 글을 쓸 생각을 하게 된다. 이전에도 『절망은 나를 단련시키고 희망은 나를 움직인다』라는 소설을 쓴 바 있기에, 각료들은 이번 책도 상상을 초월하는 이야기를 만들어 낼 거라 생각했다. 물론 그건 오산이었다.

"아닙니다. 제 삶을 미화하는 것에는 더 이상 흥미가 없어요. 이 시대의 좌파들을 모두 망라한, 소위 블랙리스트를 쓸 겁니다."

공감 능력이 없는 대통령

이런 것들이야 그러려니 할 수도 있겠지만, 박근혜가 했던 가장 큰 잘못은 세월호 참사에 대한 대처였다. 2014년 4월 침몰한 세월호는 304명이 사망하는 참극을 낳았고, 그 대부분이 한창 나이인 고등학생이라 더 안타까웠다. 이 사건이 일어난 건 평일 아침 8시, 국민의 생명과 재산을 지키는 게 헌법상 대통령의 의무라면 박근혜는 만사 제쳐 놓고 사람들의 구조에 매달려야 했다. 하지만 박근혜는 수요일마다 일정을 잡지 않고 하고픈 일을 하곤 했는데, 하필 그날이 수요일이었다. 그 일곱 시간 동안 도대체 무슨 일이 있었는지 박근혜 측에서 한사코 숨기려 드는 걸 보면 매우 사적인 일이었던 건 확실해 보인다. 일부러 날짜를 맞추려고 한 건 아니니 그건 그냥 넘어가자. 박근혜는 수시로 보고받고 지시했다고 하지만, 오후 5시쯤 중대본에 나타난 박근혜가 상황을 전혀 모르고 있었던 것으로 보아 그건 거짓말인 것 같다. 이것 역시 그럴 수 있는 일이다. 내가 지적하고픈 건 그 다음이다. 중대본 보고를 통해 박근혜는 세월호 사건이 엄청난 참극으로 변했다는 것을 알게 됐다. 그 다음엔 어떻게 해야 할까?

4월의 바다는 차다. 배 한 척이 바다에 잠겨 있다면 승객들이 살아 있을 확률은 시간이 갈수록 점점 희박해진다. 내가 대통령이었다면 즉각 구조를 지시하고 당장 팽목항으로 달려갔을 것 같다. 그리고 이렇게 말했을 것이다. "구조에 최선을 다하세요. 혹시 무슨 문제가 있으면 바로 연락하시고요." 팽목항이 어렵다면 실종자 가족들이 모인 진도체육관에 머물면서 그들을 위로했으리라. 대통령의 업무 중 하나가 바로 그런 것이니까. 박근혜 역시 사고 다음날인 4월 17일 진도체육관을 찾는다. 하지만 그의 방문은 실종자 가족들과 슬픔을 나누기 위함은 아니었던 것 같다. '일이 생겼으니 좀 귀찮긴 해도 가서 얼굴은 비춰야지' 하는 그런 표정이랄까. 이게 나만의 생각은 아니었는지, 여성학자 정희진은 그날의 박근혜에 대해 다음과 같이 말한다.

유가족들이 항의하고 몸부림칠 때 그의 표정은 경직되어 있었다. 대통령, 아니 최악의 고통을 목격한 평범한 인간으로서 느낄 수밖에 없는 슬픔, 무력감, 기막힘을 공감하는 얼굴과는 거리가 멀었다. 통곡에 귀를 기울이고, 두 손을 잡고, 함께 눈물 흘리는 몸이 '안 되는' 캐릭터가 있다. 의지와 능력의 결여는 몸으로 드러난다. (…) 박 대통령의 경직된 얼굴은 국민의 고통에 대한 무감각, 판단력 부재, 평소의 나르시시즘(독재성)이 합쳐진 결과다. 이런 상황에서 '이성을 잃은 미개한 민초'들이 울부짖으며 달려들자 그의 몸은 자신도 모르게 불쾌감으로 대응

했다. 굳은 얼굴, 위로하는 역할을 해야 할 사람이 화가 난 것
이다. 뻔뻔스러움조차 넘어선 마리 앙투아네트의 몸이다.**11**

드라마와 책의 차이

사고 후 내가 사는 천안 근교에 세월호 희생자들을 위한 빈소가
마련됐다. 그곳에 들어서는 순간부터 격한 슬픔이 몰려왔고, 빈소 앞
에선 눈물이 터져나왔다. 하지만 박근혜는 울지 않았다. 5월 19일 대
국민담화 때 울긴 했지만, 이건 내가 너무 삐딱하게 보는 걸 수도 있
는데 그 눈물은 왠지 억지로 짜낸 것 같았다. 물론 눈물이 별로 없는
사람도 있다. 눈물의 양이 많다고 해서 더 많이 슬퍼하고 적다고 해
서 그렇지 않은 것도 아니다. 게다가 박근혜는 당시 대통령이었으니,
눈물 말고도 할 수 있는, 아니 꼭 해야 할 일을 하면 됐다. 바로 세월
호 참사의 진상을 규명하는 것, 왜 구조가 늦어졌는지 책임 소재를
가림으로써 다시는 이런 비극이 발생하지 않도록 하는 일 말이다. 그
렇게 해야만 세월호 때 죽어간 이들이 더 이상 서럽지 않을 수 있었
다. 실제로 박근혜는 진도체육관에 갔을 때는 물론, 5월 16일의 유
가족 면담과 대국민 담화문 발표 때 다음과 같은 약속을 한다.

"정확한 사고 원인 규명, 책임자 처벌, 마지막 한 명까지 모두 찾
아서 가족의 품으로 돌려보내 드리겠다."

그 뒤 일어난 일은 우리가 아는 그대로다. 박근혜는 진상 규명을 위

한 세월호특별법 제정에 미온적이었고, 오히려 방해하는 쪽이었다. 화가 난 유족들이 대통령 면담을 요구했지만, 박근혜는 더 이상 유족들을 만나 주지 않았다. 2014년 10월 29일, 박근혜는 예산안 관련 시정연설을 위해 국회를 방문했다. 대통령에게 세월호 특별법을 하소연하려던 유족들은 전날부터 국회 앞에 둘러앉아 박근혜를 기다리며 날밤을 샜다. 다음날 아침, 드디어 박근혜가 등장했다. 유족들은 외쳤다. 제발 좀 살려 달라고. 하지만 박근혜는 유족들 쪽은 한 번도 보지 않은 채 국회로 걸어 들어갔다. 국회를 나올 때도 마찬가지였다. 유가족들이 목이 터져라 '대통령님'을 외쳤지만, 다 허사였다. 그로부터 2년 반이 지난 2017년 3월 10일, 헌법재판소 앞에 있던 세월호 유족들은 박근혜의 파면 소식을 듣고 눈물 흘린다. 그건 슬픔의 눈물이 아닌, 정의가 살아 있다는 것에 감사하는 눈물이었다.

만일 박근혜가 세월호 사건에 대해서만이라도 진정성 있게 대처했다면 어땠을까? 아무리 국정 농단이 있었다 해도 탄핵까지 이르진 않았을지 모른다. 탄핵을 요구하는 촛불 시위에서 세월호 이슈가 단골로 등장했던 걸 보면, 이게 괜한 억측은 아니다. 자, 그렇다면 이런 질문을 해 보자. 박근혜는 왜 세월호 사건에 대해 냉담했던 것일까? 박근혜 입장에서 그들은 자식을 잃은 국민이 아니라, 자식 잃은 것을 빙자해 대통령을 공격하는 좌파 무리들에 불과했다. 그러니까 박근혜는 자식을 잃은 유족들에게 전혀 공감하지 못했다는 얘기다. 다른 능력도 그리 뛰어나지 못하지만, 박근혜에게 가장 심각한 건 공감 능력의 부재였고, 이건 비단 세월호 참사뿐 아니라 그 후 그가 보여 준 수많은 행태에서 쉽게 찾아볼 수 있다. 재벌 2세들이 그렇듯 박근혜 역시 책을 거의 읽지 않았으니, 공감 능력이 있을 리가 없지 않은가?

여기에 대한 반론을 제기해 보자. 박근혜는 드라마 광으로 알려져 있다. 우리는 드라마를 볼 때도 주인공에게 공감하고, 그가 잘되길 바란다. 그렇다면 드라마를 통해 익힌 공감 능력도 현실로 확장될 수 있지 않을까? 정답은 '아니요'다. 드라마에서는 우리가 잘 아는 잘생긴 배우가 주인공 역할을 한다. 그 인물은 실제 존재하는 건 아니지만, TV 화면 안에 분명히 존재한다. 눈에 잘 띄는 인물에게 공감하는 것은 어려운 게 아니며, 훈련이 필요한 것도 아니다. 반면 책은 그 자체가 허구인데다 실제로도 그 인물이 눈에 보이지 않는다. 책의 주인공에게 감정이입하려면 머릿속으로 가공의 인물을 그린 뒤 그 사람에게 자신의 감정을 쏴야 한다. 책을 읽으려면 어느 정도의 훈련이 필요한 건 이 때문인데, 이렇게 되면 생판 모르는 남에게도 감정이입하는 게 가능해진다.

책은 박근혜도 이해할 수 있게 만든다

하지만 책을 안 읽는다고 해서 다 박근혜처럼 공감 능력이 떨어지는 것은 아니다. 주변을 보면 아무리 책 안 읽는 사람이라고 해도 박근혜급의 냉정한 사람은 찾기 힘들다. 그냥 '박근혜는 사이코패스'라고 규정지으면 일이 간단하겠지만, 이런 것 말고 그를 한번 이해해 보도록 노력해 보자. 어떻게 그런 괴물이 탄생했는지를 알아야 제2의 박근혜가 나오는 걸 막을 수 있으니까. 『몸은 기억한다 : 트라우마가 남긴 흔적들』은 그 해답을 주는 책으로, 트라우마를 제대로 해소하지 않는 게 얼마나 무서운지 말해 준다. 트라우마를 겪은 사람들은 자신의 느낌을 설명하는 데 서툴다. 굉장히 화가 나 보이는데 막상 물어 보면 화가 안 났다고 하거나, 겁에 질려 보이는데 괜찮다고 말한다. 이게 다 몸 내부에서 일어나는 일을 인식하지 못해 나타나는 결과다. 자신의 감정을 자신이 모르니, 타인의 감정은 더더욱 모를 수밖에 없다. 이런 환자에게 다른 사람의 화난 얼굴이나 고통스러워하는 표정을 보여 줬을 때, 이들의 대답은 '어떤 상태인지 모르겠다'였다.

이를 '감정인지 불능증alexithymia'이라고 부르는데, 책에 따르면 헨리 크리스탈Henry Krystal이라는 정신의학자가 이를 처음 발견했다. 그는 홀로코스트 생존자 1천 명 이상을 조사했고, 환자들 대부분이 직업적 성공과 무관하게 친밀한 대인 관계를 쌓지 못하며 사람들과 거리를 두고 있었다는 사실을 알아냈다. 자신은 물론 타인의 감정을 알지 못하니, 친밀한 관계를 맺기 어려울 수밖에 없다. 『몸은 기억한다』에 나오는 루스 라니우스 박사는 이 사실을 과학적으로 입증한다. 그에 따르면 일반인과 트라우마 환자들은 전전두엽 피질의 반응에서 커다란 차이를 보인다고 한다. 정상적인 상태에서 전전두엽 피질은 우리에게 다가오는 사람이 어떤 사람인지 평가하도록 돕고, 거울 뉴런은 그 사람이 왜 다가오는지 의도를 알 수 있게 돕는다. 당연하게도 일반인은 낯선 사람이 다가올 때 전전두엽 피질이 활성화된다. 하지만 외상 후 스트레스 장애 환자들은 전전두엽의 어느 부위도 활성화되지 않았다. 낯선 사람에게 전혀 호기심을 느끼지 못한다는 뜻이다. 그 대신 이들은 깜짝 놀라거나 몸을 움츠리는 등의 방어 행동을 유도하는 뇌 영역만 활성화됐다. 그러니까 이들은 누군가가 자신에게 관심을 갖거나 다가오기만 해도 호기심을 보이기보단 방어적인 행동을 하게 된다. 제대로 된 유대 관계가 가능할 리 없다.

"다른 사람과 제대로 관계를 맺기 위해서는 상대방을 개별적인 인격체로 (…) 경험할 수 있어야 한다. (…) 트라우마는 이 모든 능력을 뿌옇고 흐릿하게 만들 수 있다."

이제 박근혜 이야기로 돌아가 보자. 1974년 광복절 날, 프랑스에 유학 중이던 박근혜는 자기 어머니가 총에 맞아 죽었다는 비보를 듣는다. 이는 그녀에게 엄청난 트라우마를 남겼으리라. 박근혜에게 이 사건이 더 충격인 것은, 그녀가 정신적으로 성숙하지 못했기 때문이다. 박정희가 최고 지도자가 된 건 박근혜가 열 살 때인 1961년이었다. 게다가 요즘 대통령들과 달리 박정희는 마음먹기에 따라 사람을 살리고 죽일 수 있는 신적인 존재였다. 그런 아버지의 딸이었기에 박근혜는 늘 외로웠을 것이다. 누구와도 친밀한 관계를 맺지 못하고, 진정으로 슬픔을 나눌 이가 없는 박근혜로서는 어머니를 여읜 트라우마를 혼자 감당해야 했다. 그 후 정신연령에 걸맞지 않게 영부인 역할을 해야 했던 것도 박근혜에게 힘든 일이었지만, 그로부터 5년 뒤 신적 존재였던 아버지 마저 총을 맞고 쓰러졌을 때의 충격은 말로 할 수 없었을 것 같다. 그녀에게 아버지의 죽음은 세상이 무너지는 것과 같았다. 그 뒤 이어진 17년의 칩거는 그녀에게 마지막 남은 감정도 앗아갔을 듯하다. 이렇게 본다면 박근혜가 보여 준, 국민과 유리된 언행들도 이해가 된다. 아니 박근혜를 이해할 수 있다니, 이게 도대체 말이 되냐고 할지 모르겠지만, 이렇듯 책은 불가능해 보이는 일도 가능하게 만든다. 아울러 이 『몸은 기억한다』는 트라우마를 겪은 이들을 우리가 어떻게 대해야 할지도 말해 준다. 그런 면에서 문재인 대통령이 세월호 유가족들에게 사과하고 진실 규명을 꼭 하겠다고 한 것은 바람직하다. 아무래도 문 대통령이 이 책을 읽은 모양이다.

1 『세상을 바꾼 질문들』, 김경민 저, 을유문화사, 342~343쪽
2 화성 식민지 건설 계획…차근차근 준비 중인 일론 머스크, 아시아경제 2017. 6. 16
3 일론 머스크, "4년 안에 화성 여행 가능할 것" Money S 2016. 6. 16
4 스페이스X 화물 우주선, ISS 임무 후 지구 귀환 중, YTN 2017. 7. 3
5 파리협정 탈퇴로 트럼프 – 실리콘밸리 갈등 최고조, 연합뉴스 2017. 6. 3
6 『세상을 바꾼 질문들』, 342쪽
7 빌 게이츠, 영국 "말라리아 퇴치에 5조 원 투입할 것", 연합뉴스 2016. 1. 25
8 빌 게이츠, 강연 도중 모기떼 살포…"말라리아에 관심을" 한국경제 2009. 2. 6
9 빌 게이츠 "난 돈 쓸 데 없어" 소아마비 박멸에 쾌척, 연합뉴스 2013. 1. 22
10 재벌가 2세들의 '갑질 패악' 근절책 없나, 이데일리 2017. 1. 9
11 [정희진의 낯선 사이] 위로하는 몸, 경향 KHross 오피니언 2014. 4. 22

5. 맨부커상과 독서

맨부커상

2016년 5월, 소설가 한강이 『채식주의자』로 맨부커상을 받았다
는 소식이 전해졌다. 난리가 났다. 작가의 이름 때문에 '한강의 기
적'이란 말도 나왔는데, 그 동안 노벨문학상을 한 번도 타지 못했던
설움이 더해져서 축하 열기가 더 컸던 것 같다. 문인들은 물론이고
일반인들도 한강의 수상을 축하했다. 2007년 출간돼 연평균 2백
부 남짓 팔리는 데 그쳤던 『채식주의자』는 수상이 발표된 17일 하
루 동안 1만 권이 넘게 팔렸다. 출판계에서는 '이런 추세면 20만 권
판매도 바라볼 수 있겠다'고 추측했는데, 결과는 그 이상이었다. 그
책이 2016년 가장 많이 팔린 책 1위에 오른 것은 물론이고, 추측보
다 무려 세 배가 많은 60만 권이 판매됐다.[1]

그런데 한국인 첫 맨부커상에 열광하는 이들 중 얼마나 많은 이가 이 상의 존재를 알았는지 의문이다. 맨부커상은 공쿠르상, 노벨문학상과 더불어 세계 3대 문학상 중 하나다. 문학에 별 관심이 없어도 노벨문학상과 공쿠르상은 한번쯤 들어 봤겠지만, 맨부커상은 좀 생소할 것 같아 설명을 좀 해 본다. 이 상은 프랑스에서 수상하는 공쿠르상에 대항해 영국에서 만든 상으로, 영국에서 출판된 영어 소설을 대상으로 그 해 최고의 소설을 뽑는다. 원래 영연방 작가들만 대상으로 했는데, 이를 보완하고자 만든 것이 맨부커 국제상으로, 영연방 이외의 국적을 가진 작가들에게 이 상을 줬다. 그런데 맨부커상이 2013년부터 작가의 국적과 무관하게 영국에서 출간된 모든 소설로 대상을 확대하자 국제상이 좀 애매해졌고, 결국 2016년부터는 영어로 번역된 작품에 국제상을 주기로 한다. 한강이 상을 탄 게 2016년이니, 바뀐 규정이 적용된 국제상의 첫 번째 수상자가 된 셈이다.

이건 순전히 자랑이지만, 난 이 상의 존재를 한강 수상 이전에도 알고 있었다. 예전에 『루미너리스』라는 소설책을 읽을 때, 뒤표지에서 다음과 같은 구절을 본 적이 있어서다.

"2013년 영연방 최고 문학상 맨부커 수상작. 47년 맨부커상 역사를 새로 쓴 최고의 걸작"

난 문학상을 탄 책은 웬만하면 멀리한다. 노벨문학상도 잘 안 읽는데 맨부커상은 또 뭐람? 그럼에도 내가 그 책을 산 이유는 책날

개에 박힌 저자 사진을 봤기 때문이다. 저자인 앨리너 캐턴은 미녀였다. 게다가 상을 받은 당시 나이가 28세에 불과해 맨부커상 역사상 최연소 수상 기록을 깼다. 그래서 책을 낸 출판사에서는 다음과 같은 홍보 문구를 만들었다고 한다.

"세상이 공평하다고 생각하나? 세상은 말이지 이렇게 생긴 여자가 쓴 소설이 맨부커상을 받고, 이렇게 생긴 젊은 여성 작가가 거장의 반열에 오르는 그런 곳이라고."

당연한 얘기지만 이 글은 성차별 논란에 휩싸였고, 출판사는 황급히 사과를 했단다. 이런 재미있는 뒷얘기와 달리 책은 그냥 그랬다. 초반에는 그런대로 책장이 잘 넘어갔지만, 등장인물이 너무 많은데다 각각의 스토리도 천차만별이라 읽는 데 무지 힘들었다. 그래서 '역시 문학상은 멀리하는 게 맞구나.'라고 생각했다. 그러다 보니 한강 작가가 상을 탔어도 읽고 싶은 마음이 없었다. 게다가 한강 작품 중 유일하게 읽은 『바람이 분다, 가라』도 읽기가 힘들었기에 그후 한강의 다른 작품들을 외면했던 터였다. 사정이 이러니 맨부커상을 탔다고 해도 내가 『채식주의자』를 읽지 않은 것은 당연하다.

맨부커상에 열광하는 사람들

하지만 이런 나와는 달리 많은 사람이 이 책을 읽었다. 아무래도 큰 상을 받은 작품은 한번 읽어 봐야 한다는 의무감에 사로잡혀 있는 모양이다. 이게 과연 바람직한 것일까. 이 책에 대한 인터넷 서점 서평을 몇 개만 보자.

- 맨부커상 수상한 후에 읽음. 어렵고 참 어렵다. 난해함. 현대 소설은 이해하기 힘들 때가 많다. (꿀이)
- 글쎄. 이해할 수 없는 한 편의 예술 작품을 본 느낌이랄까. (워네)
- 평소 지친 심신을 달래려 책을 읽는데 술술 읽히면서도 읽는 내내 진이 빠지는 느낌이었다. 끝까지 읽었으나 이해하지 못해서 다시 한 번 읽으려 해도 엄두가 안 나는 책. (worlin)
- 나중에 한 번 더 봐도 이해할 수 있을지는 모르겠다. 나중에 한 번 더 읽어야겠다. 해석도 너무 어려워서 못 읽었다. (류채연)

이걸 보면 내가 이 책을 안 읽길 잘했단 생각이 든다. 살다 보면 이해하지 못해도 읽어야 할 책이 있긴 하다. 지인이 쓴 책이랄지, 학교에서 시험에 나온다고 꼭 읽으라고 한 책 등등. 하지만 그런 특별한 경우를 제외하곤 자신에게 버거운 책에 매달리는 건 시간 낭비다. 물론 이 책을 재미있게 읽으신 분도 계실 테지만, 내가 보기에 이 책을 산 60만 중 그런 분이 절반도 안 될 것 같다. 그래서 난 유명 문학상을 탄 작품만 골라 읽는 행태가 썩 마음에 들지 않는다. 그렇게 읽게 된 책이 자신의 내면에 잠재된 독서에 대한 욕구를 불타오르게 해서 앞으로도 계속 독서에 매진하도록 만들면 좋겠지만, 문학상을 탄 책들은 오히려 책을 멀리하게 만들 수 있기 때문이다.

> **장은수** 안타깝죠. '이 작품이 이렇게 좋은데 뒤늦게 알았다'는 이야기를 좀처럼 찾기 어렵습니다. 읽기가 실천되고 사회적 토론이 이어지면서, 다른 문학작품으로 이어졌으면 더 좋았겠죠. 하지만 말 그대로 책이 한 차례 소비되고 말았다는 생각이 듭니다.
>
> **이홍** 한 권의 베스트셀러가 탄생하면 주제와 스토리, 작품의 문제의식, 작가의 의도와 세계관이 널리 회자되고 담론이 만들어져야 합니다. 그런 영향력을 가지지 못한 베스트셀러는 단순히 많이 팔린 책에 불과할 뿐입니다. 아쉽게도 『채식주의자』 성공에는 이러한 현상이 뒤따르지 않았습니다. 오직 권위를 가진 '문학상 수상'이라는 뉴스가 전체를 지배했어요.**2**

장은수의 말처럼 60만 권이나 팔렸다면 주변에서 이 책에 대해 이야기하는 사람이 제법 있어야 한다. 하지만 내 주변에서 『채식주의자』 얘기를 한 사람은 한 명도 없었다. 2015년 최고의 베스트셀러였던 『미움받을 용기』의 경우, 이 책에 관해 이야기하는 사람이 넘쳐났었다. 책의 내용이 그리 어렵지 않고, 마음에 와 닿았기 때문 아닐까? 당연한 귀결이지만 『채식주의자』 열풍은 채 1년이 가기 전에 사라졌다. 위에서 언급한 것처럼 문학상 수상의 아우라를 빌어 책이 한 차례 소비된 것에 불과했다는 얘기다.

『정의란 무엇인가』 열풍

2010년 출간된 『정의란 무엇인가』도 비슷한 예다. 하버드대 교수인 마이클 샌델이 쓴 이 책은 미국 이외의 나라에선 별로 팔리지 않았는데, 희한하게도 우리나라에선 100만 부를 훨씬 뛰어넘는 판매를 기록했다. 다음은 저널리스트 박권일의 말이다.

"이 사실에 대해 누구보다도 신기하게 생각한 장본인은 방한한 샌델 교수 자신이었다. 특별 강연을 위해 한국에 온 샌델 교수는 자신에게 쏟아진 열광적인 환영을 접하고 당황한 기색이 역력했다."[3]

그리 쉽지도 않은 이 책이 우리나라에서 초베스트셀러가 된 비결이 뭘까? 박권일의 얘기를 좀 더 들어 보자.

"왜 이런 일이 발생하는 것일까? 무엇보다도 한국에서 『정의란 무엇인가』는 '선진국 담론'으로 비쳐지고 있기 때문이다. 미국이라는 곳에서 베스트셀러를 기록하고 있는 책이고, 저명한 하버드대 교수가 정의에 대해 말했다는 사실이 『정의란 무엇인가』를 비판적으로 성찰하기보다 무조건 따라 배워야 할 교본으로 받아들이게 만든 것이다. 또한 이와 더불어, 정치 집단에 대한 불신이라는 한국 사회 특유의 정서도 한몫을 한다고 볼 수 있다. 한국에서 정치인은 국민의 이해관계를 대변하는 집단이라기보다, 자신의 이해관계를 관철시키는 집단으로 각인되어 있다."**4**

그러니까 이 책이 미국에서 베스트셀러가 됐고, 하버드대 교수가 쓴 책이니 무조건 읽어야 한다고 생각했다는 것이다. 박권일에 따르면 마이클 샌델의 정의론은 공동체의 역할을 강조했단다. 즉 시장과 개인의 자율성을 인정하되, 분배와 복지에서 정부의 개입을 허용하는, 유럽으로 따지면 사회민주주의에 가까운 주장이다. 책이 100만 부 팔렸다는 것은 엄청난 사건으로, 사회에 미치는 영향이 다른 상품보다 월등하다. 그럼에도 불구하고 이 책이 분배와 복지에 대한 정부의 역할에 대해 성찰하게 만든 것 같지는 않다. 『채식주의자』가 그랬던 것처럼 이 책 역시 고급스러운 이미지를 풍기는 문화 상품으로 소비됐을 뿐, 저자가 바랐던 것처럼 정의의 의미에 대한 갑론을박을 하게 만들지는 못했다.

그렇게 본다면 2001년 11월부터 MBC에서 방영했던 〈느낌표〉의 '책책책, 책을 읽읍시다'가 택한 전략은 매우 영리했다. 김용만과 유재석이 MC를 본 것도 그렇지만, 선정하는 책들이 일반인도 충분히 읽을 만한 것들이었다. 맨 처음 선정된 『괭이부리말 아이들』은 인천의 빈민 지역인 괭이부리말에 사는 사람들의 이야기를 다루고 있는데, 이들은 어려운 현실에서도 서로를 위로하고 희망을 잃지 않는다. 두 번째 선정 도서인『봉순이 언니』는 짱아라는 아이의 눈을 통해 그 집에서 '식모살이'를 하던 봉순이 언니의 삶을 조명하는 내용이다. 그 밖에『그 많던 싱아는 누가 다 먹었을까』, 『아홉살 인생』 등도 누구나 쉽게 읽을 수 있고 재미와 의미도 갖춘 작품들이다. 그러다 보니 〈느낌표〉 선정 도서는 죄다 베스트셀러가 됐고, 그 프로그램을 본 사람들은 자연스럽게 '책을 읽어야겠다'는 생각을 갖곤 했다. 책 선정 과정에 논란이 있을 수는 있겠지만, 누가 봐도 '좋은 책 맞네' 하고 인정할 만한 책만 선정했고, 책 인세의 상당 부분을 불우 이웃 돕기에 사용한다는 명분까지 있었기에 2년간이나 지속될 수 있었던 것 같다.

책은 스스로 고르자

그로부터 16년이 지난 지금, 갑자기 이런 질문이 떠오른다. '그때 〈느낌표〉 책을 읽던 사람들은 다 어디 갔을까?' 유익하고 쉬운 책이 사람들로 하여금 독서욕에 불을 지폈다면, 출판계 불황이란 말은 나오지 않았어야 한다. 하지만 출판계 관련 뉴스는 죄다 어두운 것들뿐이다.

• 국내 2위 출판 도매상 '송인서적' 부도로 사업 접기로… 출

판계 패닉 (동아일보 2017. 1. 3)
- [데스크칼럼] '중고는 늘고 불황은 깊다' 어쩔텐가 (이데일리 2016. 8. 22)
- 새 책이 폐지로⋯독서 인구 감소로 출판계 불황 (KBS 뉴스 2013. 12. 24)
- 국내 출판계 불황에 '반값 할인' 책까지 등장 (KBS 뉴스 2012. 4. 24)
- [조정진 기자의 책갈피] 터널 끝이 안 보이는 출판계 불황 (세계일보 2008. 7. 4)

여기 적힌 기사 제목대로라면 출판계는 최소한 10년 이상 불황의 늪에 허우적대고 있는 셈이다. 이렇게 말할 수 있겠다. 문학상 수상의 쾌거나 하버드대 교수의 권위, 방송의 호소력 등 어떤 것도 사람들로 하여금 책 읽는 습관을 갖도록 만들지 못했다. 가장 큰 원인은 책을 읽지 않아도 살아가는 데 지장이 없는 사회 분위기일 것이다. 그 외에도 상대적으로 긴 노동 시간, 인터넷과 스마트폰의 영향 등을 꼽을 수 있겠지만, 나는 보다 근본적인 문제가 있다고 본다. 사람들에게 자기 스스로 책을 고르는 능력이 없다는 것 말이다. 밥을 맛있게 먹으려면 남이 추천해 주는 음식만 계속 먹으면 안 된다. 자신의 식성이 남과 같을 수 없기 때문이다. 책도 마찬가지다. 남들이 좋아하는 책이라고 다 재미있는 것은 아니다. 문학상을 탔다고 해도 그게 꼭 자기에게 좋은 책이란 얘기는 더더욱 아니다. 그럼에도 우리는 자주 문학상의 권위에 자신의 선택을 내맡기며, 이는 다음과 같은 결과를 초래한다.

북스피어 사장의 말에 따르면 2005년 출판사를 차리고 가장 먼저 계약한 작가가 미야베 미유키란다. 지금이야 미미 여사로 불리며 많은 사랑을 받고 있지만, 그때는 미미 여사가 우리나라에 전혀 알려지지 않았기에 『누군가』의 한국어판 출간은 수월하게 진행됐다. 이듬해 일본에서 『이름 없는 독』이 나왔다. 이 책은 『누군가』의 속편이었으니, 당연히 북스피어와 계약할 것으로 봤다. 하지만 미미 여사가 이 책으로 요시카와 에이지 문학상을 수상하자 갑자기 난리가 났다. 한국 출판사들끼리 판권 경쟁이 붙었고, 다들 더 높은 선인세를 제시하며 이 책을 계약하려고 했다. 그런 일이 몇 번이나 더 벌어졌다니, 북스피어 사장이 다음과 같이 생각한 것도 이해가 간다.

이후로 좋아하는 작가의 수상 소식이 들리면 축하하는 마음이 생기기 전에 덜컥 겁부터 났다. 문학상 자체에 대해서는 '그야말로 비즈니스 아닌가' 하고 생각했다.[5]

10여 년이 지난 지금, 우리나라 대형 서점에 자신의 책 매대가 따로 있을 만큼 유명한 소설가가 된 미야베 미유키를 생각하면 '요시카와 에이지 문학상'이 제대로 주어진 건 맞다. 하지만 상이라는 건 어디까지나 심사위원들의 주관적인 판단이며, 그것이 모든 독자에게 최선의 선택이 될 수는 없다.

영화 〈트루맛 쇼〉는 '모 방송사 맛집 소개'라는 타이틀이 어떻게 만들어지는지를 폭로한다.

영화 속에서 TV 맛집 정보 프로그램들은 돈을 받고 손님으로 가장한 인터넷 동호회 회원들이 시청자의 입맛을 자극하기 위해 각본에 따라 연기하거나, 음식점과 방송 프로그램을 연결시켜 주는 전문 브로커에 의해 선정된 음식점을 맛집으로 소개하고 있다. 김재환 감독과 제작진은 일산에 가짜 식당을 차린 후 브로커를 통해 협찬비 1천만 원을 건네고 SBS의 〈생방송 투데이〉에 소개되기도 했다. 또한 제작진은 MBC의 〈찾아라! 맛있는 TV〉, KBS의 〈VJ 특공대〉 등 수십 편의 프로그램들을 실명으로 공개하기도 했다.
– 시사상식사전, 박문각, pmg 지식엔진연구소

이런 일이 가능한 이유는 '모 방송사 맛집 소개'에 나왔다는 사실이 사람들을 끌어 모으는 수단이 되기 때문이다. 마찬가지로 문학상이 책 구매의 동기가 된다면, 문학상이 진정으로 뛰어난 책을 뽑는 수단이 아닌, 비즈니스로 전락할 수도 있지 않을까?

2016년 말, 미국의 시사지 『뉴요커』는 한국이 상위 선진국 30개 국 중 국민 1인당 독서에 투자하는 시간이 가장 적은 나라라는 것을 근거로 "책도 안 읽으면서 노벨문학상만 노리냐?"는 쓴 소리를 했다. 맨부커상 수상의 기쁨을 다시 누리고 싶은가? 그렇다면 스스로 고른 책을 읽으시라. 다양한 작가들이 쓴 책을 읽어야 출판계가 활성화되고, 그 와중에 독자의 정신적 지평을 넓혀 줄 양서가 나올 수 있으니 말이다.

---

1 알라딘 "올해 판매 1위 책은 『채식주의자』." 이데일리 2016. 12. 7
2 박근혜 · 채식주의자 · 페미니즘…2016 출판계를 결산한다. 프레시안 2016. 12. 23
3 [박권일의 if] 한국 『정의란 무엇인가』, 열풍에 저자 본인도 당황. 채널예스 2010. 11. 1
4 [박권일의 if] 정의 없는 사회는 왜 정의를 필요로 하는가. 채널예스 2010. 11. 5
5 [문화마당] 문학상 수상을 축하하지 않습니다/김홍민 북스피어 대표. 서울신문 2017. 7. 27

6. 도서정가제가 문제일까?

도서정가제를 저주하는 사람들

└ dina****: 도서정가제 실시 전에는 3개월에 10만 원 정도 책을 샀는데 지금은 전혀 안 사고 있습니다. 살림이 빠듯해서 책 하나 사기도 부들부들. 도서정가제 폐지해 주세요. 부작용이 한둘이 아닌데.

└ ccmm****: 책값이 너무 비싸다. 학교에 책이 없으면 읽고 싶어도 책을 접할 수 없다.

└ wjsw****: 책 안 삼! 뭐 같은 법안 덕에.[1]

도서정가제에 관한 기사가 올라올 때마다 위와 같은 댓글이 주렁주렁 달린다. 도서정가제가 뭐기에 이들이 이렇게 화가 난 것일까? 한경 경제용어사전에 나온 도서정가제 설명이다.

책 소매 가격을 일정 비율 이상으로 할인하지 못하도록 강제하는 제도로 2003년부터 시행되고 있다. '정가에서 최대 10퍼센트만 할인해야 한다'는 내용이 핵심이다. 애초 출간 18개월이 안 된 신간新刊에만 적용됐으나 2014년 11월 개정 도서정가제의 시행으로 구간舊刊에도 확대 적용됐다. 대신 발매한 지 18개월이 지난 책들은 정가를 다시 지정할 수 있도록 하는 조항을 신설했다. 도서정가제를 개정한 이유는 과도한 가격경쟁을 막고, 중소 출판사와 중소 서점의 이익을 보장해 주겠다는 명분에서 비롯됐다.

여기에 더해 그 이전에는 할인 제한에서 예외로 인정해 줬던 초등학습 참고서와 실용서까지 도서정가제에 포함시켰다. 한마디로 제값을 내고 책을 보라는 게 이 제도의 취지다. 말이야 맞는 말이다. 우유는 유통기한이 지나면 버려야 하고, 전자 제품은 곧 새 제품이 나와 기존 제품의 값이 내려가지만, 책에는 유통기한이 없다. 세월이 흐른다고 내용이 변하는 것도 아니며, 3년 전에 읽으나 지금 읽으나 비슷한 감동을 선사한다. 물론 시대가 바뀜에 따라 달라지는 책도 있기는 하다. 예컨대 한때 절찬리에 팔렸을 황우석 박사의 전기는 그의 사기 행각이 드러난 이후엔 의미 없는 책이 됐다. 물론 이런 경우는 아주 드물고, 책은 아무리 창고에 방치돼 있다 해도 독자의 손에 들어가면 제 역할을 한다. 그럼에도 불구하고 시간이 지났다는 이유로 책값을 깎아 달라는 건, 책을 전자 제품처럼 취급하는 것과 같다. 아무리 책이 자판기에 들어가 팔리는 시대라 해도, 책을 그렇게 다뤄서는 안 되지 않을까?

책값은 과연 비싼가?

『도시는 무엇으로 사는가』(이하 『도시는』)라는 책이 있다. 하버드대와 MIT(메사추세츠공과대학교)에서 건축 공부를 했고 국내외 건축 분야에서 여러 차례 상을 탄 건축가이자 건축대학 교수인 유현준이 쓴 책이다. 도시와 건축물은 어때야 하는가를 얘기해 주는 이 책은 저자의 유려한 문장과 적절한 비유 덕분에 아주 재미있게 읽힌다. 391쪽에 이르는 『도시는』을 읽기 위해 내가 쏟은 시간은 대략 10시간가량, 이토록 긴 시간 동안 건축학의 향연을 즐기는 데 드는 비용이 단돈 15,000원(인터넷은 13,500원)이라면 오히려 싼 게 아닌가 싶다. PC방에서 10시간 동안 게임을 했다손 치자. 시간당 요금이 1,000원에서 1,500원 정도니, 10,000원~15,000원의 돈이 든다. 게임을 무시하는 건 아니지만 — 사실은 좀 폄하하고 있긴 하다 — 게임하는 데 드는 비용에 비하면 내가 무심코 지나쳐 왔던 도시의 풍경에 대해 통찰력까지 주는 이 책에 쓰는 15,000원은 결코 비싸 보이지 않는다. 책이 나온 지 2년여가 지났지만, 그렇다고 해서 이 책의 메시지가 낡은 것이 됐는가? 결코 그렇지 않다.

모르긴 해도 『도시는』을 쓰기까지 저자가 들인 노력도 상당했을 것이다. 오랜 기간 건축을 공부했고 현장 경험을 쌓은 것 이외에, 독자에게 쉽게 다가갈 수 있도록 문장을 가다듬는 데에도 오랜 시간이 필요했으리라. 그래서 책을 쓴 사람들은 한결같이 말한다. 책 한 권을 세상에 내보내는 일은 자식을 낳는 것과 비슷하다고. 이건 출판사도 마찬가지다. 책을 만드는 데 들이는 노력과 시간은 물론이고 책 한 권을 만드는 데 드는 평균 비용은 2천만 원(인건비 포함) 정도다. 요즘같이 책이 안 팔리는 상황에서 책에 이 돈을 투자하는 것은 분명 도박이다. 그렇게 투자한 돈이 본전을 뽑으려면 적어도 초판은 다 팔려야 하는데, 2~3천 부 정도의 초판을 소화하는 책이 그리 많지 않은 형편이다. 『서민의 기생충 콘서트』(이하 『기생충 콘서트』)를 만들 때 담당 편집자는 책을 인쇄소에 맡기기 전 한 달여 동안, 매일같이 야근을 했다. 오타와 비문을 찾아내는 것은 물론이고 독자가 이해하기 어렵다 싶으면 어떻게 그걸 좀 더 적절한 문장으로 바꿀지 나와 상의하느라 그런 것이었다. 이게 다가 아니다. 책이 나오고 난 뒤 책이 더 잘 팔리도록 노력하는 것 또한 대부분 출판사의 몫이다. 인터넷 서점이나 오프라인 서점에서 눈에 잘 띄는 곳에 책을 배치하려 애쓰기도 하고, 각 언론사에 연락해 저자 인터뷰를 잡기도 한다. 때로는 언론사나 팟캐스트 등에 광고를 하느라 비용을 지불하기도 한다.

이런 광경을 지켜보다 보면 나는 너무 거저먹는 게 아닌가 미안할 정도였다. 이렇게 본다면 저자뿐 아니라 출판사도 그 책의 부모다. 자기 자식이 제대로 된 대접을 받았으면 하는 것이 부모의 마음일 터, 이왕이면 많이 팔리는 게 좋겠지만, 무조건 많이 팔린다고 다는 아니다. 정성들여 만든 책이 상한 딸기 취급을 받으며 떨이로 팔려나갈 때, 부모의 마음은 쓰라리다. 예컨대 내가 썼던 『기생충 콘서트』가 어딘가에서 90퍼센트 할인돼 1,600원에 판매된다면, 차라리 안 파는 게 더 낫겠다고 생각하지 않겠는가?

도서정가제는 누구에게 이익을 줬나?

그럼에도 불구하고 오랜 기간 책값은 정가보다 터무니없이 싼 값에 팔렸다. 2014년 이전에도 도서정가제가 존재하긴 했지만, 신간에만 적용됐을 뿐 구간에 대해서는 무차별 할인이 허용됐기 때문이다. 다음은 오마이뉴스 기사다.

"2012년 11월에 필자가 국내 최대 매장 규모인 교보문고 광화문점에 의뢰해 확인해 보니, 당시 국내 도서 재고 약 43만 종 가운데 도서정가제 적용 대상은 12.8퍼센트에 불과했다. 이조차 19퍼센트 할인이 가능한 책이다."[2]

도서정가제가 적용되지 않는 나머지 87.2퍼센트의 책에 대해서는 50퍼센트 할인은 물론이고 1000원, 3000원 균일가 판매 등 도서정가제가 없는 나라보다 훨씬 더 심한 할인 경쟁이 이루어졌다. 1만5천 원짜리 책이 5천 원에 팔린다고 해 보자. 할인을 했으니 책이 더 많이 팔리고, 출판사는 재고를 처리해서 좋지 않을까 생각할 것이다. 하지만 그렇지 않다. 저자가 책값의 10퍼센트인 1,500원을 인세로 받는다고 가정했을 때 책값이 3분의 1이 되면 인세가 500원으로 줄어야 하겠지만, 이 경우에도 인세는 변하지 않는다(계약서에 따로 명시한 특별한 경우 제외). 책값 인하로 인한 손해를 출판사가 전적으로 진다는 얘기다. 대형출판사는 그럭저럭 버틸 수 있겠지만, 중소 출판사는 존립 기반을 잃을 수밖에 없다.

2014년부터 시작된 개정 도서정가제는 황폐화된 출판 시장을 다시 살리기 위한 고육지책이었다. 그렇다면 개정 도서정가제가 출판사에게 커다란 이익을 줬을까? 아쉽게도 그런 일은 일어나지 않았다. 2016년 기사에 따르면 정가제가 시행된 2015년, 73개 출판사의 매출액은 전년 대비 1.3퍼센트 감소했으며 영업이익도 0.4퍼센트 줄어들었다.[3] 왜 이런 일이 벌어졌을까? 설명을 하면 이렇다.

— 한 출판사가 정가가 10,000원인 책을 냈다.
— 그 출판사는 각 서점에 5,500원에 책을 공급한다. 이를 요율이라고 하며, 대개 55퍼센트 선에서 결정된다.
— 개정 도서정가제 이전에는 서점이 이 책을 6,000원에 판매해서 권당 500원을 남겼다.
— 개정 도서정가제가 시행되면서 서점은 이 책을 9,000원에 팔며, 권당 이익은 3,500원이 된다.

상식적으로 보면 개정 도서정가제가 시행됐으니 요율이 좀 더 올라가야 맞다. 즉 출판사가 서점에 공급하는 책값이 6천 원 정도 된다면 출판사도 정가제로 인한 이익을 공유할 수 있겠지만, 요율은 오르지 않았다.

그 대신 서점의 이익이 늘어났는데, 그로 인해 다음과 같은 결과가 초래됐다. 먼저 개정 도서정가제 시행 이전의 상황을 보자.

1994년에 5,683개이던 전국의 서점 수는 2011년에 1,752개로 약 70퍼센트나 감소했다. 지역의 명망 있는 향토 서점들은 물론이고 대도시 유력 서점들까지 속수무책으로 폐업으로 내몰려, 전국 읍면동 두 개마다 한 개의 서점이 있을까 말까한 수준으로 추락했다.[2]

하지만 정가제 이후 사정은 급변한다. 대형 서점과 온라인 서점에 밀려 고사枯死 직전까지 갔던 중소형 서점들이 살아난 것이다.

도서정가제 도입 이후 전국에 2백여 개의 작은 서점이 생겼다고 하니 제도가 어떻게 현실을 바꿀 수 있는지 보여 준다. 신간의 선전도 눈에 띈다. 도서정가제 이전에는 가격이 싼 구간들이 책 시장을 끌고 갔다면, 요즘 베스트셀러 목록은 신간 중심으로 재편됐다. 새로운 책이 치고 빠지면서 그만큼 활력이

생겼다는 이야기다.**4**

도서정가제의 필요성

출판계의 이익이 줄어든 것은 아쉬운 일이지만, 동네 서점이 멸종하는 사태를 막았다는 것만으로도 도서정가제는 나름의 성과를 낸 셈이다. 이 제도가 정착된다면 책은 제 값을 내고 보는 것이라는 관행이 정착될 수도 있지 않을까 싶다. 출판마케팅 연구소장 한기호는 다음과 같이 말한다.

"다양한 책을 만들려면 안정된 정가 시스템이 있어야 해요. 매출만 생각하면 도서정가제든 뭐든 많이 팔리면 그만이지만 문화의 다양성을 생각하면 정가제는 지켜야 하는 거라고 봅니다. 예를 들어 신문이 정가제가 무너지면 어떻게 되겠나 생각해 보세요. 정가제는 궁극적으로 독자를 위한 겁니다."**5**

신기한 일은 다음이다. 출판사의 매출액이 전년도보다 1.3퍼센트밖에 감소하지 않았다는 것 말이다. 도서정가제 기사마다 달리는 댓글로 미루어 도서정가제가 시행되면 출판계가 붕괴될 것 같았는데, 1.3퍼센트 감소면 그런대로 선방한 셈이니까. 출판사에서 요구하는 대로 서점에 공급하는 요율을 올려 줬다면 서점은 물론 출판사도 웃을 수 있을 뻔했다.

이건 추측이지만, 도서정가제를 저주하는 댓글을 다는 분들은 원래 책을 잘 읽지 않는 분으로 보인다. 어차피 책을 읽지 않는 분들이 그 핑곗거리로 도서정가제를 언급하는 게 아니냐는 것이다. 사실 책을 싸게 읽으려면 방법은 얼마든지 있다. 동네마다 들어선 지역 도서관을 이용해도 되고, 도서정가제 이후 부쩍 활성화된 중고 서점에서도 새 책과 다름없는 책을 싼 값에 살 수 있으니까. 사정이 이럼에도 도서정가제 운운하며 책을 안 읽겠다는 분들은 '시간이 없어서 책을 못 읽는다'던, 영국 여왕의 운전기사와 다를 바가 없는 분들이리라.

도서정가제가 우리나라에만 있는 것도 아니다. 경제협력개발기구OECD 국가 중에서 영국이나 미국처럼 영어를 사용해 전 세계인을 독자로 삼을 수 있는 경우가 아닌 나라, 즉 독일이나 프랑스 등 시장이 작은 문화권은 자국 문화가 잠식되지 않도록 강화된 도서정가제를 시행하고 있다. 우리나라의 한글이 전 세계인에게 읽힐 수 있는 것도 아니니 만큼, 이제 그만 분노를 가라앉히고 제 값에 책을 사는 버릇을 기르자. 2017년 8월, 출판·서점업계, 소비자단체가 현행 도서정가제를 향후 3년 더 변동 없이 유지하기로 했으니,6 저주의 댓글을 달아 봤자 자기만 손해다. 그렇게 댓글을 다는 대신, 동네 도서관에 가시라. 아래와 같은 댓글을 남긴 skaq****님처럼 말이다.

└ skaq****; 도서관에서 책 빌려 보는 거 싫어했는데 덕분에
책 많이 빌려 보고 있습니다. 가격이 너무해서요.**7**

1 송인서적 부도, 네티즌들 "도서정가제 아무 소용 없다" "도서정가제 이후 중고서적
   만 찾게 돼", 스포츠월드 2017. 1. 4에 달린 댓글들
2 당신이 모르는 '도서정가제'의 비밀, 오마이뉴스 2013. 1. 30
3 [헤럴드포럼] 도서정가제에 대한 유감에 유감을 표한다 ─ 한기호 한국출판마케팅
   연구소장, 헤럴드경제 2016. 5. 20
4 [뉴스와 시각] 국정농단과 도서정가제, 문화일보 2016. 11. 21
5 "할인 안 돼 싫다? 도서정가제는 궁극적으로 독자를 위한 것" NEWSIS 2017. 5. 15
6 출판·서점·소비자단체, '도서정가제' 3년 현행체제 유지 합의, 연합뉴스 2017. 8. 11
7 [김현주의 일상 톡톡] 도서정가제, '가뭄의 단비'일까? 세계일보 2017. 2. 14에 달린
   댓글

2부

책 읽기의 힘

1. 책이 가진 설득의 힘

삼겹살로 점철된 삶

내 인생을 몇 가지 키워드로 정리할 때 꼭 들어가야 할 것이 바로 삼겹살이다. 난 삼겹살을 아주 좋아한다. 아침에도 삼겹살을 종종 먹고, 점심과 저녁에 연달아 삼겹살을 먹은 적도 있다. 다른 이들과 삼겹살을 먹을 때면 이런 말을 듣곤 했다.

"야! 숨 좀 쉬면서 먹어!"

다른 이와 같이 삼겹살을 먹는 건 나에겐 피곤한 일이었다. 내가 구워 놓은 것을 남이 먹는 것이야 그렇다 쳐도, 고기를 추가할 때 꼭 문제가 생겼다. 난 아직 원하는 양의 반도 안 채웠는데 다른 이들이 "이제 그만 먹고 냉면 시키자"고 하면, 더 시키기가 어려웠기 때문이다. 선배랑 있거나 계산을 다른 이가 할 때는 배가 고프더라도 참을 수밖에 없었다. 고기 더 추가하려다 친구가 내게 짜증을 낸 적도 있었다. "난 안 먹을 테니까 너 혼자 다 먹어!" 아니, 고기 좋아하는 게 무슨 죄라고, 게다가 한우도 아니고 삼겹살인데 왜 화를 낸담? 내 인생에서 '가장 속상했던 순간들 10' 중 최소한 네 개가 삼겹살과 관련된 것들이다. 내가 혼자 고기를 먹는, 소위 '혼고'를 즐기게 된 건 필연적인 귀결이었다. 물론 혼고도 쉽진 않았다. 고기집에 가면 직원이 "혼자세요?"라고 묻는데, 그렇다고 답하면 "1인분은 안 팔아요"라며 냉정하게 거절한다. 많이 먹을 거라고 해도 안 된다고, 나가라고 해서 쫓겨난 적도 여러 번이다. 요즘 들어 혼밥이 제법 확산됐지만, 고기집은 여전히 혼자인 손님을 좋아하지 않는다. 숯불을 내오고 불판을 계속 가는 등 다른 음식보다 비용과 노동이 투입되니 그럴 수도 있겠다. 그렇지만 나한테는 좀 관대하게 해 줬으면 좋겠다 싶은 것이, 난 고기집에 갈 때마다 최소 3인분을 먹기 때문이다. 혼자 왔을 때 날 쌀쌀하게 대하던 분도 고기 4인분과 김치찌개를 먹고 나면 표정이 부드럽게 바뀌고, 서비스로 사이다를 주기도 한다. 요즘 1인분이 과거처럼 200그램이 아니라 150그램이 됐기 때문에 가능한 일이지만 말이다.

혼자 삼겹살을 먹게 되니 여러 가지 좋은 점이 많았다. 첫째, 남의 고기를 대신 구워줄 필요가 없다. 내가 먹을 걸 내가 원하는 속도로 구우면 된다. 둘째, 이게 정말 빛나는 이유인데, 내가 원할 때는 얼마든지 고기를 추가할 수 있다. 안식년을 맞아 외부 강연을 제법 다녔던 2016년, 그때 난 정말 많은 삼겹살을 먹었다. 울산에 있는 고등학교를 간다면 그 근처 고기집을 검색한 뒤 강연 전, 혹은 강연 후에 거기서 고기를 먹는 식이다. 이 맛에 길들여지다 보니 강연을 주최한 쪽에서 식사 대접을 한다고 해도 거의 응하지 않았다. 그분들이 추천하는 메뉴는 삼겹살이 아닐 테니까. 자랑은 아니지만 2016년 한 해 동안 몸무게가 무려 6킬로그램이 늘어난 건 그 때문이다. 난 앞으로도 계속 삼겹살을 먹으면서 남은 인생을 살아갈 생각이었다.

하라리의 팩트 폭행

그랬던 내가 어느 순간부터 삼겹살을 꺼리게 됐다. 이유는 유발 하라리가 쓴 『호모 데우스』 때문이었다. 삼겹살 얘기를 하는 책도 아니고, 544쪽 중 돼지 이야기를 한 부분은 극히 일부인데도 말이다. 2017년 7월, 복날을 맞아 보신탕을 반대하는 행사가 열렸을 때 개고기 옹호론자들은 "돼지랑 소는 안 불쌍하냐?"며 반박했다. 이 반박이 사람들에게 공감을 사지 못하는 이유는 개를 키우는 사람은 많지만 돼지를 반려동물로 키우는 사람은 드물다는 현실에서 비롯된다. 이건 개고기 반대론자들에게도 똑같이 적용된다. 아무리 그들이 개고기를 먹지 말자고 해도, 개의 생명이 돼지나 소와 별 다를 것 없다고 믿는 사람들도 얼마든지 있다. 대부분의 사람은 경험에서 자유롭지 못하다. 내가 개들도 나름대로 생각이 있고, 영혼도 있다고 생각하는 건 살면서 쭉 개를 키워 왔고, 현재도 개 다섯 마리를 끼고 살기 때문이다. 돼지를 반려동물로 키웠다면 내 태도가 좀 달라질 수 있겠지만, 그런 경험이 없는 내게 "돼지의 생명도 개의 생명만큼 소중하다"고 해 봤자 마음에 별로 와 닿지 않는다.

하지만 『호모 데우스』는 그런 내 마음을 뒤흔들었다. 저자는 막무가내로 '돼지 먹지 마! 불쌍해!'라고 윽박지르는 대신, 먼저 돼지들이 사회적 동물이라고 전제한다.

> 야생 멧돼지들은 호기심이 많으며, 여럿이 어울리고 장난치고 이리저리 돌아다니고 주위를 탐색하려는 욕구가 강하다. (…) 야생 멧돼지의 후손들인 가축화된 수돼지들은 조상의 지능, 호기심, 사회생활 능력을 물려받았다.[1]

여기에 더해 돼지들은 태어난 지 이틀 만에 어미의 신호음과 다른 암돼지들의 신호음을 구별할 수 있고, 컴퓨터 게임도 영장류만큼 잘 배울 수 있다고 한다. 이 대목을 읽자 오히려 반발심이 생겼다. '지능이 있건 말건 난 돼지고기를 포기할 수 없어!'라는 마음 말이다. 지능으로 따지면 쥐도 매우 경이로운 동물인데, 그렇다고 해서 우리가 쥐를 숭배해야 하는 건 아니잖은가. 하지만 이어지는 구절에 난 점점 돼지에게 미안한 마음을 갖기 시작한다.

오늘날 공장식 축산 농장에 사는 대부분의 암퇘지들은 컴퓨터게임은커녕, 가로 2미터 세로 60센티미터의 작은 생식 우리에 갇혀 지낸다. (⋯) 새끼를 밴 암퇘지들이 걷기는커녕 몸을 돌리거나 옆으로 눕기도 힘들 만큼 좁다.[1]

책을 읽다 말고 가로 2미터와 세로 60센티미터가 얼마나 좁은지 대략적인 측정을 해 봤다. 사람이 거기 있어도 좁을 텐데, 사람보다 큰 돼지가 그 안에 갇혀 산다니 너무하다는 생각이 든다. 위에서 인용한 "그들은 호기심이 많으며, 여럿이 어울리고 장난치고 이리저리 돌아다니고 주위를 탐색하려는 욕구가 강하다"는 말이 갑자기 가슴에 콕 박혔다. 하지만 굳이 내가 측정해 볼 필요도 없었다. 다음 장 하단에 생식 우리에 갇힌 돼지들의 컬러 사진이 실려 있었기 때문이다. 보자마자 "저건 학대야!"라는 소리가 절로 나온다. 몸을 180도 돌리는 것은 물론, 앞뒤나 옆으로도 전혀 움직이지 못하는 작은 공간이 그 돼지가 누릴 수 있는 세상의 전부였다. 입증할 수 있는 사실(fact)의 기반 위에서 하라리는 돼지의 심경을 다음과 같이 대변해 준다.

돼지의 주관적 관점에서 보면 그 돼지는 여전히 이 모든 것에 매우 강한 욕구를 느끼고, 그런 욕구들이 충족되지 않을 경우 엄청난 고통을 받는다. 생식 우리에 갇힌 암퇘지들은 흔히 극심한 좌절과 지독한 절망을 번갈아 드러낸다.[2]

이 돼지들은 어린 시절도 그리 잘 보내지 못했다. 자연 상태에서 새끼 돼지들은 10~20주쯤 어미젖을 먹지만, 공장식 농장에서는 2주에서 4주 만에 강제로 젖을 떼고, 어미에게서 분리되어 다른 곳으로 보내진다고 한다. "포유류 새끼들은 어미와 유대감을 느끼고 어미와 가까이 있고 싶은 욕구를 강하게 느낀다." 하라리는 여기에 얽힌 유명한 실험을 예로 든다. 새끼 원숭이를 우리에 가두고 우유병이 장착된 철사로 된 어미와 우유병은 없지만 부드러운 천으로 된 모형 어미를 두고 새끼 원숭이가 선택하게 했다. 그 결과 새끼 원숭이들은 젖이 나오지 않는 부드러운 천으로 된 어미에게 필사적으로 매달린 채 고개만 돌려서 철사 어미의 우유를 먹었다. 그러니까 지금 내가 먹는 삼겹살은 돼지로부터 첫째, 정서적 유대를 박탈하고, 둘째, 오랜 진화 과정에서 습득된 돼지의 사회성을 거스르고, 마지막으로 자유롭게 뛰놀고픈 욕구를 억누름으로써 만들어진 것이다.

삼겹살이 꺼려지다

하라리가 같은 내용을 말로 했다면 난 크게 신경 쓰지 않았을지 모른다. 말과 글이 다른 것은 말은 화자의 속도에 따라갈 수밖에 없지만, 글은 한 구절 한 구절을 음미하면서 읽게 된다는 점이다. 대부분의 저자는 자기 주장을 하기 위해 여러 가지 근거를 제시한다. 그 근거 중 이해가 되지 않는 게 있으면 저자의 주장에 공감하지 못하므로 독자들은 웬만하면 이해가 안 가는 대목은 다시금 읽어 보려 한다. 보통의 대화에선 다시 말해 달라고 하는 게 어렵지만, 책은 그게 얼마든지 가능하다. 자신이 이해할 수 있는 속도에 맞출 수 있다는 얘기다. 책이 생각을 바꿔 줄 수 있는 힘은 바로 여기서 나온다. 『호모 데우스』를 읽고 난 뒤 처음 삼겹살집에 갔을 때, 일행 중 누군가가 내게 이렇게 말했다.

"아니, 오늘 따라 왜 이렇게 고기를 안 먹어?"

그럴 수밖에 없었다. 과거엔 불판에 구워지는 삼겹살을 보면 무조건 침을 흘렸지만, 그땐 우리에 갇혀 상처받는 돼지가 자꾸 생각났다. 앎과 삶이 무관할 수 없다는 걸, 지식은 행동에 영향을 미친다는 걸 새삼 느꼈다. 물론 그래도 다른 이들보다는 많이 먹었지만, 평소 남보다 두 배 이상은 먹어야 직성이 풀렸다는 점에서 이건 순전히 『호모 데우스』 탓이었다.

미국 야구선수 중에서 프린스 필더라는 선수가 있다. 지금은 은퇴했지만 한때 추신수와 같이 텍사스에서 뛰기도 했는데, 목에 '왕자'라고 한국어로 문신을 새겨 놓아 한국 팬들의 시선을 사로잡기도 했다.3 필더의 특이한 점은 그가 채식주의자라는 데 있다. 한 해에 홈런을 50개 넘게 쳤을 만큼 힘이 장사고, 실제 체형도 통통하다 못해 부풀어 오른 느낌을 주는 그가 채식주의자라는 게 도대체 믿어지지 않는다. 자신이 채식주의자라는 것에 사람들이 놀랄 때마다 필더는 웃으며 말한다. 고기 말고도 세상엔 먹을 게 널렸다고.**4** 하지만 필더가 원래부터 채식주의자였던 것은 아니다. 평소 고기를 사랑하던 그가 갑자기 채식을 하게 된 건 아내가 준 책 때문이었다. 게일 A. 아이스니츠Gail A. Eisnitz가 쓴 『도살장』이라는, 소들이 더러운 환경에서 도살된다는 내용의 책을 읽고 육식을 끊었다고 잘못 알고 있는 사람도 있던데, 실상은 로리 프리드먼Rory Freedman이 쓴 『스키니 비치』가 계기였다. 천하의 프린스 필더가 "'건강한 아름다움'을 꿈꾸는 여성들을 위한 다이어트 책" 때문에 채식주의자가 됐다는 건 좀 이상하지만, 책의 힘은 이토록 대단하다. 참고로 필더는 채식을 한 뒤 몸이 너무 좋아졌다고 얘기하고 다녔다. 하지만 그는 다시는 50 홈런을 치지 못했고, 텍사스에 온 뒤에는 목부상으로 신음하다 결국 은퇴하고 마는데, 이게 꼭 채식 때문인지는 모르겠다.

프린스 필더의 사례는 사회운동 전반을 다시금 돌아보게 만든다. 위에서 언급한 개고기 반대 운동을 예로 들어 보자.

> 동물 보호 단체들은 5일 오후 4시쯤 서울 종로구 인사동에 위치한 북인사마당에서 집회를 열고 "우리나라의 국익과 이미지를 저해하고 국민 갈등을 일으키는 복날 개고기 식용 악습을 조속히 철폐해야 한다"고 밝혔다.**5**

이들이 '몸보신 타령 그만하고 운동부터 하세요' 같은 푯말을 들고 나선다고 해서 개고기 옹호론자들이 마음을 바꾸는 것은 아니다. 시위 자체가 의미 없는 건 아니지만, 시위는 설득이 아닌 강요인지라 사람들에게 반발심을 불러일으킨다. "니들 때문이라도 이번 복날엔 보신탕 먹으러 가야겠다"라는 댓글을 보라. 차라리 개고기에 관한 책을 써서 그걸 베스트셀러로 만들면 어떨까? 하라리가 그런 것처럼 개가 어떤 동물이며, 보신탕을 위해 사육되는 개들이 바닥이 따로 없는 철장, 이른바 '뜬장'에서 길러지고 있으며, 도축 과정도 잔인하다 뭐 이런 식의 얘기를 설득력 있게 쓴다면, 옹호자들이 마음 편히 개고기를 먹지 못하지 않을까?

박정희에 대한 평가

1997년의 IMF 사태가 우리 사회에 끼친 영향 중 하나는 박정희 전 대통령(이하 박정희)을 재평가하게 했다는 점이다. 1979년 청와대 총격 사건으로 사망한 이후 박정희에 대해, 최소한 젊은이들 사이에선 부정적인 이미지가 더 강했다. 아무리 경제를 발전시켰다고 해도 자신의 권력을 위해 유신헌법을 만들어 민주주의를 유린한 것은 크나큰 죄과였으니까. 자신에게 반대했다는 이유로 사람을 잡아다 가두고, 또 죽이기까지 한 건 어떤 기준을 들이대도 변명의 여지가 없다. 박근혜가 1980년부터 칩거를 거듭한 이유도 당시 사회 분위기가 박정희에게 그다지 우호적이지 않았기 때문이다.

그런데 외환 위기가 닥치자 모든 것이 변했다. '문민'을 내세운 김영삼 전 대통령의 무능을 보면서 사람들은 무에서 유를 일군 박정희 시대를 그리워하게 됐다. "경제 발전을 위해서는 독재가 필요하다"는 말도 심심치 않게 들렸다. 오죽했으면 당시 고려대 학생들 180명이 가장 복제하고 싶은 인물 3위로 박정희를 꼽았겠는가?6 대선 경선에서 패한 뒤 경기지사로 돌아갔던 이인제는 "박정희와 닮았다"는 이유로 지지율이 급상승하기까지 했다. 갑자기 올라간 지지율은 그의 판단을 흐리게 만들었고, 이인제는 결국 경선에 불복하고 새로운 당을 만들어 대선에 나간다. 닮기만 해도 지지율이 오르는 현실이었으니, 박정희의 딸이자 어머니를 빼닮았다는 박근혜로서는 욕심을 낼 만도 했다. 1998년 4월, 박근혜는 18년간의 칩거를 끝내고 대구 달성구 보궐선거에 출마함으로써 정치인으로 화려한 출발을 한다. 이건 외환 위기가 아니었다면 벌어지지 않았을 일이니, 김영삼이야말로 박근혜 대통령을 만든 일등공신인 셈이다.

하지만 박정희에 대한 부정적 정서도 만만치 않게 남아 있었기에, 박정희에 대한 논쟁이 곳곳에서 벌어졌다. 그중 특별히 기억에 남는 건 박정희에 대한 강준만과 진중권의 평가다.

강준만 박정희가 경제를 발전시킨 공로는 인정한다. 그렇다고 해서 민주주의를 압살한 게 용서되는 건 아니다.

진중권 경제 발전을 박정희가 시켜 줬다고 인정한다는 게 문제다. 경제 발전을 박정희가 시켜 줬나? 국민들이 피땀 흘려 이룬 건데.

존경하는 두 분의 말 중 내가 더 끌렸던 건 진중권의 말이었다. 독재를 해도 경제 발전만 시켜 주면 된다는 사람이 대다수인지라 경제 발전의 공로를 인정하는 순간 박정희를 욕할 수가 없게 될 테니 말이다. 지인들과 박정희를 주제로 한 말싸움에서 난 한결같이 박정희를 인정하지 않는 쪽에 섰다. 심지어 박정희를 옹호하는 이들을 사리분별을 못하는 한심한 이로 규정하기까지 했다.

이런 전장, 설득당했다

캠브리지 경제학자 교수인 장하준은 2004년 『사다리 걷어차기』로 대중 앞에 나타난다. 내 초등학교와 고등학교 선배이자 내 누나와 선을 본 적이 있는, 나와 밀접한 연관이 있지만 본인은 나를 모른다고 한 장하준은 어렵게만 느껴지던 경제학을 대중에게 쉽게 설명해 줌으로써 일약 스타가 됐다. 『나쁜 사마리아인들』이나 『그들이 말하지 않는 23가지』는 경제학 책으로는 드물게 종합 베스트셀러 상위권에 오르기도 했다. 그런 그가 경제학자 정승일과 '격정적 대화'를 나눈 내용을 책으로 만들었는데, 그게 『쾌도난마 한국

경제』였다. 십 년도 더 된 책을 언급하는 이유는 이 책이 박정희에 부정적이었던 내 생각을 180도 바꿔 놨기 때문이다. 책에 나온 박정희 관련 쟁점을 요약해 보자.

1. 박정희 시절엔 경제가 급격히 성장했다.

'1960년대 이후 연평균 성장률이 매년 6퍼센트대로, 세계 최고였다. (산업혁명 시절 유럽은 1.1퍼센트에 불과했다)'

여기에 대해서 반박할 사람은 없을 것이다. 전후 잿더미가 된 나라가 급속도로 발전한 건 사실이니까. 참고로 우리나라가 30년 만에 기생충 감염률을 100퍼센트에서 5퍼센트로 낮춘 것도 경제 발전 덕분이다. 상하수도 시설이 없다면, 즉 사람의 변 속에 있는 기생충 알이 다시 사람 입으로 들어갈 수 있는 예전 시스템에서는 백날 구충제를 줘도 기생충을 없앨 수 없기 때문이다. 기생충이 많은 다른 나라들이 우리나라를 견학해 봤자 별 소용이 없었던 것도 그런 이유다. 자, 이제 또 다른 주제로 넘어가 보자.

2. 박정희가 이룬 경제성장은 누구나 할 수 있었다?

이것이야말로 박정희를 비판하는 측에서 양보할 수 없는 부분이다. 민노당 의원을 지낸 최순영은 "누가 그 자리에 있었더라도 노동자의 희생 속에 [경제가] 성장했을 거라는 것은 삼척동자도 알 수 있는 것"이라고 하기도 했는데, 여기에 대해 정승일은 이렇게 반박한다. 노동자들이 희생당하고 착취당한다고 해서 반드시 경제가 발전하는 것은 아니라고 말이다. 그는 남미, 아프리카, 아시아, 아랍 등 과거 식민지였던 국가 중에서 제대로 된 경제성장을 이룬 나라가 한국과 대만, 싱가포르밖에 없다면서, 다른 나라들은 노동자를 착취하지 않아서 경제 발전에 실패한 것이냐고 따진다. 그러면서 정승일은 경제 발전의 성공을 결정짓는 요소는 착취로 빨아들인 부를 어디에 사용했느냐에 있다고 말한다. 남미나 그 이전 이승만 체제가 "민중으로부터 수탈한 부를 흐리멍텅하게 낭비해 버렸"던 반면 박정희는 "국가가 (…) 수탈한 부를 생산적인 방향으로 투자하도록 강요하는 역할을 했"다는 것이다.

3. '시장 주도' 체제였다면 경제가 더 빨리 발전했을 것이다?

다 알다시피 박정희는 사회주의 국가에서나 하는 계획 경제를 실시했다. 자본을 어디다 투자할지를 국가가 정했고, 수출 목표치와 더불어 기업들이 뭘 생산해야 하는지까지 간섭했다. 박정희가 국산 자동차를 만들기 위해 한 일을 보자. 첫째, 섬유와 합판 등의 부문에서 벌어들인 외화로 기계와 기술을 사와 자동차 업체를 세운다. 둘째, 정부보조금과 관세 등의 조치를 통해 외제차로부터 우리 자동차 업체를 보호해 준다. "벤츠나 도요타가 아무리 좋으면 뭐해요. 우리나라에 들어오지를 못하는데." 셋째, 국내 사람들에게 차를 팔아 업체의 덩치가 커지면 세계시장에 내보낸다. 이뿐만이 아니다. 자본가들이 돈을 해외로 빼돌리는 일도 철저히 막았으며, 수입을 규제하고 국산품만 쓰도록 강요했다. 이런 것들은 명백히 반시장적이다. 그래서 이 책에서는 박정희의 정책이 맑스주의와 연관됐다고 얘기하기까지 한다. 이걸 가지고 박정희를 비판하는 게 옳을까? 다음은 장하준의 말이다.

"미국식으로 개방하고 어쩌고 했다면 우리나라에는 지금 삼성이니 현대니 하는 기업은 없을 겁니다. (…) 저는 이른바 개방과 자유화 전략으로 경제 발전에 성공한 나라는 단 하나도 없다고 단언할 수 있습니다."

실제로 일찍부터 시장경제에 모든 것을 맡긴 남미는 아직도 자동차를 만들지 못하고 있다.

4. 노동자·농민에 대한 가혹한 수탈이 있었다.

2, 3에서 할 말이 없어지니 이제 믿을 건 이것뿐이었다. 오죽하면 전태일 열사가 '더 높은 임금을 달라'도 아닌, '근로기준법을 준수하라'며 분신했을까? 하지만 장하준은 이것마저 무력화시킨다. 그에 따르면 한국의 실질 임금 상승률은 세계 최고 수준이었다.

"그리고 역사적으로 보면 노동자·농민을 억압하지 않고 경제를 발전시키는 데 성공한 나라는 불행히도 없습니다."

"미국과 영국도 (…) 우리보다 더한 착취와 저임금의 시기를 거쳤습니다. 안타깝지만 이런 과정을 거치지 않은 산업화란 것이 정말 가능한지 곰곰이 따져 볼 필요도 있습니다."

임금 착취 시기가 필요한 이유는 그래야 자본이 축적될 수 있기 때문이란다. 그렇다고 해서 전태일 열사의 희생을 폄하하거나 저

임금 노동력 착취를 정당화시키면 안 되겠지만, 여기까지 읽고 나니 경제 발전에 있어서 박정희의 공을 인정할 수밖에 없었다. 심지어 책의 뒷부분을 읽으면서 재벌의 소유권을 지금처럼 회장 일가가 갖는 것에 대해 찬성하게 되기까지 했으니, 이 책의 설득력은 실로 어마어마했다. 그렇다고 해서 이 둘이 박정희를 옹호하는 것은 아니다.

"장하준 박사와 나의 주장은 명확하다. 박정희 체제가 경제 발전에 성공한 이유는 독재(즉 반민주주의)를 했기 때문이 아니라, 비非자유주의적 정책을 썼기 때문이다. 따라서 우리가 긍정하는 점은 그 비자유주의적 측면이지, 반反민주주의적 측면이 아니다. 그리고 우리의 김대중·노무현 정부 비판 역시 경제, 사회, 노동, 복지 등의 개혁 정책에서 나타나는 그 자유주의적 측면일 뿐 정치, 외교, 국방, 사법 분야에서의 개혁 정책에 나타나는 그 민주주의적 측면이 결코 아니다."[7]

토론의 달인 진중권이 처음으로 진 토론

이 책을 읽고 인터넷 서점에 리뷰를 올렸는데, 그때 쓴 제목이 '이런 젠장, 설득당했다'였다. 마흔이 다 돼서 내 생각이 바뀌는 건 흔치 않은 경험이었고, 게다가 대상이 내가 잘 안다고 생각했던 박정희였기에 충격이 컸다. 이건 나에게만 일어난 일이 아니었다. 내가 활동했던 알라딘은 진보적인 시각이 주를 이루는 곳이라, 나처럼 박정희에 대해 부정적인 생각을 가진 분이 많았고, 그래서 그런지 리뷰에는 그들이 받은 충격의 흔적이 남아 있다.

> ㄴ husband: 김대중, 노무현 대통령을 찍었던 나에게 큰 충격으로 다가온 책.
> ㄴ 진웅용: 민주주의와 노동자를 탄압하지 않으면 심지어 '저도' 성장할 방법도 없다고 가정하자. 그런데 성장을 안 하면 죽는가? 살더라도 불행한 삶인가?
> ㄴ 화희자: 무식하면 용감하다는 말이 있듯이 잘못된 지식을 가지고 그 동안 떠벌리고 다녔던 순간을 떠올리니 얼굴이 화끈거리고 쥐구멍에라도 숨고 싶은 심정이다.
> ㄴ 꼬마요정: 박정희 군사 정권을 떠받드는 부류를 이해하지 못하고 있던 나에게 그 이유를 알려 줬다. 그건 바로 사실과 가치의 차이였다. 얼마나 중요한 사실을 잊고 나만의 주장에 열중했던가.[8]

이 책은 KBS 〈TV 책을 말하다〉란 교양 프로그램의 선정 도서가 됐다. 저자인 장하준, 정승일과 토론의 달인 진중권이 나오는, 지금 기준으로 보면 빅매치가 열렸다. 하지만 거의 모든 토론에서 진 적이 없던 진중권은 이 토론에서 완패했다. 그가 했던 질문들은 죄다 핵심을 벗어난 딴지로 보였으며, 그나마도 장하준에 의해 논파당

했다. 그럴 수밖에 없었던 게 그래도 장하준은 경제학 박사에 캠브리지 교수인데, 진중권의 전공은 '미학'이다. 여기에 장하준이 '천재'라고 칭송하는 정승일까지 합세했으니 진중권이 어떻게 해볼수가 없었다.

당시 오간 대화를 보자. 박정희와 사회주의의 관계에 대해 진중권은 이렇게 묻는다.

진중권 박정희가 사회주의자라니, 이런 식의 무지막지한 개념 사용이 저는 당혹스럽더라고요.

장하준 그건 경제 정책을 보고 얘기하는 거죠. 신고전파 정책을 썼다면 자본 통제도 안 해야 되고 가격 규제도 안 해야 되는데 했잖아요. 그게 박정희가 사회주의자였던 잔재가 남아 있어서 그런 게 아니냐는 거죠. 박정희가 일본 군부의 영향을 받았는데, 일본 군부가 한 게 메이지유신*이잖아요.[9]

물론 반론의 여지가 없는 것은 아니다. 박정희는 독재자였고 그의 딸 박근혜가 등장해 우리나라의 자존심을 땅 밑까지 끌고 들어

● 메이지 정부는 부국강병의 가치하에 국민의 실정을 고려하지 않는 관(官) 주도의 일방적 자본주의 육성과 군사적 강화에 노력했다.

갔다. 이게 경제 분야에서 그의 업적을 모조리 상쇄시키고도 남는다고 주장할 수는 있다. 어떤 가치를 더 위에 두는지는 본인의 자유니까. 하지만 경제 발전에 있어서 박정희의 공과를 인정하지 않겠다면, 그건 잘못된 것이다. 여기에 동의 못하겠다고 나에게 따지지 마시길. 그 대신 『쾌도난마 한국경제』를 읽으시길 권한다. 만 마디 말보다 한 권의 책이 훨씬 더 효과적인 설득의 수단이 되니까 말이다.

책도 책 나름이다

사이쇼 히로시가 쓴 『아침형 인간』은 우리나라에서 2003년 10월에 출간됐다. '아침의 한 시간은 낮의 세 시간'이라고 주장하며 사람들로 하여금 새벽 5시에 일어나라고 다그치는 이 책은 곧 베스트셀러가 됐다. 회사마다 이 책을 잔뜩 사들여 직원들에게 나누어주기도 했다. 회사에 다니는 것도 아닌 내가 이 책을 두 권이나 받은 걸 보면 그 열풍이 어느 정도였는지 짐작할 만하다. 갑자기 조찬 모임이 활성화되고, 직장인들이 일찍 일어나 새벽반 학원에 등록했다. 그런데 그렇게 해서 우리네 살림살이가 많이 나아졌을까?

이 책의 첫 번째 문제점은 사람마다 DNA가 다르다는 것을 배려하지 않았다는 점이다. 실제로 아침형 인간에 도전한 많은 이들이 이런저런 부작용에 시달렸다.

- 주기윤 리더스컴 대표: "나의 얼리버드는 오래가지 못했다. 피곤함으로 오후에 여지없이 능률 저하에 시달렸고 저녁 일정이 있어 술 한잔하면 몸이 축 처지고 말았다. 그제야 난 알았다. 내가 올빼미(족)라는 것을 말이다.[10]
- 가수 신해철: "너도 나도 '문란한' 야간 생활을 뉘우치게 되었고, 깨달음을 얻었답시고 꼬끼오 닭 우는 새벽에 원시인 마냥 일어나 오래 살아 보겠다고 난리들을 쳤다. 하지만 그 결과 상당수가 각종 부작용과 질병, 합병증을 얻어 이 괴상한 신드롬을 머쓱하게 접었다.[11]
- 정기영 고려대 신경과 교수: "생체리듬이 갑자기 깨질 경우 시차증후군처럼 두통이나 어지럼증, 집중력 저하 등의 부작용이 생길 수 있다. 평균 6~7시간보다 너무 적거나 많이 잘 경우 1.5~2배 정도 사망률이 늘어난 연구 결과를 보면 만성 수면 부족이 될 경우 심혈관계 합병증은 물론 심지어 사망에 이를 수도 있다.[12]

물론 새벽을 더 선호하는 DNA도 엄연히 존재한다. 예컨대 정주영 현대그룹 회장은 매일 새벽 4시에 일어나 농사일을 하는 게 너무 싫어 가출했다. 하지만 그는 거대 기업을 일군 뒤에도 3시 반이면 일어났고, 해가 왜 빨리 안 뜨냐며 화를 냈다고 한다. 그러니까 그가 싫었던 것은 농사일이지, 새벽 4시에 일어나는 건 아니었다. 건양대 신화를 만든 김희수 총장을 보자. 1928년생이니 우리 나이

로 90세건만, 지금도 새벽 3시 반이면 일어난다. 오전 6시면 건양
대병원을 둘러보고, 아침 7시면 자신의 집무실인 건양대학교 총장
실로 출근한다니, 이분이 성공하는 데 있어서 이런 부지런함도 한
몫했을 것이다. 그런데 전체 인구 중 그런 DNA를 지닌 사람이 얼
마나 될지 의문이다. 내 경우에 국한해 말하자면, 난 어린 시절부터
밤에 공부하는 걸 선호했다. 시험공부를 다 마치고 자야 직성이 풀
렸으니까. 아침이 더 효율적이라는 누군가의 말에 속아 새벽에 공
부해 보기도 했지만, 학교 갈 시간이 다가오자 마음이 초조해져 공
부가 더 안 됐다. 밤이라면 '까짓것 밤새지 뭐'라는 마음으로 공부
할 텐데, 새벽 공부는 그게 안 된다는 거다. 게다가 '일어나야지'하
다 못 일어나는 바람에 어머니한테 왜 안 깨워 줬냐는 타박을 하
기도 했는데, 이런 일련의 과정에서 깨달은 건 내가 야밤형 인간이
라는 것이다. 이처럼 야밤형 DNA를 가진 사람이 새벽에 일어나면
위에서 말한 여러 부작용에 시달리게 된다. 이런 점을 고려하지 않
고 '아침에 일찍 일어나야 성공한다'고 하는 건 맞지 않다.

『아침형 인간』의 더 큰 문제점은 선후 관계를 뒤바꿔 버렸다는
데 있다. 성공하면 아침에 일찍 일어날 수밖에 없는데, 이걸 가지고
'아침에 일찍 일어나야 성공한다'고 주장하는 게 과연 옳으냐는 얘
기다. 큰 회사를 이끌다 보면 아침에 할 일이 참 많다. 간부들을 불
러서 한마디씩 해야 하고, 여러 작업장을 돌아보며 사람들이 일을
제대로 하는지 감시해야 하니까. 그렇게 아침부터 몰아쳐야 직원

들이 열심히 하고, 회사도 잘 된다고 믿기 때문이다. CEO들이 이 책에 열광한 것도 그렇게 본다면 당연하다. 그렇다고 이분들이 원래부터 아침형 인간이었느냐면, 꼭 그런 것만은 아니다. 자리가 사람을 만든다고, 원래 아침형 인간의 DNA를 지니지 않았던 사람도 높은 자리에 오르면 저절로 그렇게 된다는 얘기다. '아침 일찍 일어나야 성공한다'는 이 책의 주장과 달리 실제로 성공한 사람들 중엔 저녁형 인간이 더 많단다. 다음 기사를 보자.

늦게 자고 늦게 일어나는 '저녁형 인간'이 '아침형 인간'보다 고소득 직군에 진출할 가능성이 높다는 연구 결과가 나왔다. 영국 일간 「데일리메일」은 24일 스페인 마드리드대 연구진이 10대 청소년 1천 명을 대상으로 조사한 결과를 인용해 밤 늦게 활동하는 '올빼미형'이 아침 일찍 일어나는 '종달새형'보다 귀납 추리 능력inductive intelligence 및 문제 해결 능력에서 더 우수한 것으로 나타났다고 전했다.13

"일찍 일어나고 일찍 자라." 부모님께 수도 없이 들어 본 말이다. 당시 부모님이 기대하는 건 새벽 4시가 아닌, 아침 7시 정도였을 것이다. 그 말조차 듣지 않던 이들이 왜 자발적으로 새벽에 일어났을까? 저자가 새벽에 일어나지 않으면 성공하지 못한다는 주장을 실례를 들어가며 설명해 준 덕분에 독자로 하여금 경각심을 느끼게 한 것이다. 그로 인해 많은 이들이 새벽에 일어나 능률 저하 등을 겪고서야 원래 생활 방식으로 돌아가는 해프닝을 빚었다. 이는 잘못된 책 선택은 읽지 않는 것만 못하다는 걸 잘 보여 준다. 책도 책 나름이란 얘기다. 그렇다면 좋은 책을 고르는 요령은 무엇일까? 『아침형 인간』 같은 자기계발서를 되도록 멀리하고, 소설을 주로 읽기 바란다. 남보다 더 노력해라, 창의적인 사고를 해라, 생각하고 기다리라 같은 말들은 어른들이 우리에게 늘 하는 얘기들이다. 이런 얘기를 듣기 위해 책 한 권을 읽을 필요가 있을까? 물론 책이 주는 설득력 덕분에 약간 효과가 있을 수 있지만, 그건 책을 읽을 때뿐, 시간이 지나면 다시 원래대로 돌아오기 십상이다. 부자가 될 수 있다는 자기계발서를 읽고 부자가 된 사람이 과연 있기는 할까. 물론 모든 자기계발서가 다 나쁜 건 아니다. 예컨대 『프레임』은 삶에 있어서 큰 도움이 되는 자기계발서다. 하지만 여전히 난 주장하련다. 자기계발서 1백 권을 읽는 것보다 소설 한 권을 읽는 게 더 낫다고.

책은 설득력을 길러 준다

정치에 대한 관심이 높아지면서 토론 프로가 늘어났다. TV조선의 〈강적들〉이나 JTBC 〈썰전〉 등은 공중파 프로의 시청률을 훨씬 능가하는 인기를 얻고 있다. 토론을 잘하면 스타가 되는 세상에서 토론 잘하는 법에 대한 관심이 늘어나는 것은 당연한 일이다. 인터넷을 찾아보면 여러 가지 비법이 나온다. 백낙청 교수는 남의 말을 잘 듣는 게 토론 잘하는 비결이라고 한다.**14** 맞는 말이다. 토론 프로그램에서 상대 말은 안 듣고 자기 말만 하려는 사람을 보면 짜증이 난다. 『대통령의 글쓰기』 저자인 강원국은 '말과 사람을 분리하라'고 한다.**15** 격하게 동의한다. "그러는 너는 한 점 부끄럼 없이 살았냐?"며 상대를 몰아붙이는 패널을 종종 봤을 것이다. 이건 스스로 논리가 딸림을 인정하는 것이며, 그래서 그런지 참 없어 보인다. 이것 이외에도 토론을 잘하는 여러 가지 팁이 있을 테고, 그 팁들 다 나름의 일리가 있겠지만, 난 가장 중요한 게 '설득력'이고, 이를 위해서 가장 중요한 건 독서라고 본다.

사실 토론이라는 건 기본적으로 상대를 설득하는 행위다. 1차적으로 내가 상대하는 패널을 설득하고, 2차적으로는 그 프로그램을 지켜보는 시청자들을 설득해야 한다. 1차보다는 2차가 더 중요한데, 자기 의견이 확고한 상대 패널보다는 좀 더 열린 마음을 가진 시청자들을 누가 더 사로잡느냐가 토론의 성패를 좌우하기 때문이다. 남을 설득하려면 어떻게 해야 할까? 회사 회식으로 횟집과 삼겹살 중 어느 것을 먹을지 토론한다고 하자. 나는 회를 먹고 싶은데, 상대는 한사코 삼겹살을 주장하는 상황이라고 가정하자.

첫째, 팩트로 승부해야 한다.

- 회는 비싸잖아. 삼겹살 먹으면 10만 원이면 되는데, 회 먹으면

20만 원은 있어야 한다고.

= 무슨 소리야. 회 값도 많이 싸져서 15만 원이면 돼.

이런 식의 공방은 다 설득력이 있다. 하지만 전제는 이게 다 사실이어야 한다. 토론에서 사실이 아닌 얘기를 버젓이 하는 사람이 있다. 아주 옛날이야 이게 통했을지 몰라도 스마트폰으로 검색이 가능한 지금 시대에 사실이 아닌 얘기를 하는 건 자멸 행위다. 위에 쓴 것들이야 금방 확인이 가능하지만, 다음은 어떨까.

- 바다 회에는 기생충이 있대.

이 말을 들으면 갑자기 할 말이 없어진다. 실제로 이렇게 믿는 사람이 많고, 자신도 한번쯤 들어 봤을 테니까. 책을 안 읽은 사람이라면 "너 왜 자꾸 이러냐? 혹시 삼겹살집 종업원 좋아하냐?"며 인신공격을 할 테고, 그러다 감정이 상한다. 하지만 책을 읽은 이라면 다음과 같이 반박할 수 있다.

"그래, 기생충이 있을 수는 있지. 하지만 『서민의 기생충 콘서트』를 보니 신선한 회를 먹으면 감염될 확률이 1만 분의 1 이하라더라."

이러면 더 이상 회를 반대할 명분이 없어지고, 그날 회식은 횟집이 된다. 명확한 사실을 많이 알기 위해서는 당연히 독서가 필요하다. 책을 읽다 보면 모르던 사실을 많이 알게 되니까.

둘째, 논리적으로 얘기하자.

상황은 여전히 삼겹살과 횟집을 놓고 다투는 격전장이다. 여기서 이렇게 말하면 어떨까?

- 오늘은 회를 먹자.

= 왜 하필 회야?

- 우리나라는 삼면이 바다잖아. 그러니까 회를 먹어야 해.

일견 그럴듯하게 들리지만, 사실 삼면이 바다인 것과 회를 먹는 것은 아무런 관계가 없다. 이렇게 논리적이지 않은 얘기를 하면 당장 반박당한다.

"그럼 4면이 바다인 일본은 만날 회만 먹겠네?" 이렇게 말하면 할 말이 없어지고, 결국 삼겹살집에 가게 된다. 이 얘기를 하다 보니 회를 유난히 좋아하셨던 교수님이 떠오른다. 그분은 회식 때마다 우리에게 뭐 먹고 싶은지 물으셨다. 누군가 "삼겹살이요."라고 철없이 대답하면 얼굴이 굳어지곤 했다. 잠시 침묵이 흐른 뒤 교수님은 여수 출신의 연구원을 가리키면서 이렇게 말씀하셨다. "○○ 고향이 여수니까 오늘은 회를 먹자." 그래서 그날 우리는 회를 먹었다. 또 다른 날에는 "오늘은 비가 오니까 회를 먹자." 그날도 우리는 회를 먹었다. 몇 번 그러니 우리가 알아서 회를 먹자고 제안하게 됐다. 그럴 때마다 교수님은 이렇게 말씀하셨다. "그래? 그럼 오늘은 특별히 회를 먹자." 그때는 교수님의 권위에 눌려 할 수 없이 따랐지만, 그런 관계가 아니라면 이런 식의 결정은 이루어지지 않았을 것이다. 실제로 우리끼리는 '왜 만날 회냐?'며 볼멘소리를 했는데, 이는 그 교수님에겐 논리가 없었기 때문이다. 남을 설득할 때 논리는 매우 중요하다. 자기가 아는 사실들을 조합해서 하나의 명제를 만드는 것, 그게 바로 논리다. 그리고 이 논리는 책을 통해 길러진다. 누구나 인정하는 토론의 달인 유시민은 어려서부터 산더미같이 많은 책을 읽었다. 그의 논리가 부럽다면, 그가 읽었던 만큼 책을 읽어 보자.

셋째, 남의 권위를 인용하라.

유명한 사람의 말이나 행동은 상대에게 더 크게 다가오기 마련인지라 토론에서 써먹기 좋다.

"왜 회를 먹어야 하는데?"

이 질문에 쉽게 답할 사람은 없을 것이다. "내가 좋아해."라고 말할 수도 없으니, 기껏해야 "회를 먹는데 이유가 있냐?"라고 하는 게 고작이다. 하지만 다음과 같이 말하면 어떨까.

『전쟁이 요리한 음식의 역사』를 보니까 공자는 회 마니아였대. 우리, 오늘 하루만이라도 공자가 돼 보면 어떨까?

장내가 숙연해지고, 결국 일행은 회를 먹으러 갈 것이다. 공자가 회를 좋아했다는데, 누가 감히 반박하겠는가? 저 책을 보면 조조와 소동파도 회를 즐겼고, 심지어 회가 우리 생각과 달리 일본이 원조가 아니라는 것도 알 수 있다.**16** 혹시 회를 먹는다고 친일파라고 하는 사람이 있다면 그 책을 읽으라고 얘기해 주시길. 책을 읽으면 이런 식의 인용을 많이 할 수 있고, 그 인용은 상대로 하여금 주눅들게 만들어 토론에서 이길 수 있게 해 준다. 다시금 말해 본다. 책을 읽읍시다!

1 「호모 데우스」 유발 하라리 저, 김명주 역, 김영사, 118~119쪽

2 「호모 데우스」 120~121쪽

3 [사진] 프린스 필더, 선명한 한글 왕자 문신, OSEN 2016. 4. 12

4 No more steaks for Fielder, MLB News 2008. 2. 21

5 '말복에 개고기 식용금지' 도심서 반대집회 열려, MoneyS 2017. 8. 5

6 [기타뉴스] [오래전 '이날'] 3월18일 90년대 대학생들이 가장 복제하고 싶었던 인물? 경향신문 2017. 3. 17

7 리디북스 [책 소개] 쾌도난마 한국경제

8 알라딘 「쾌도난마 한국경제」 책 소개 페이지에 달린 [마이리뷰]

9 KBS 〈TV 책을 말하다〉 제176회 방송 2005. 9. 22

10 누구나 아침형 인간일 수는 없다, 한국경제 2016. 11. 24.

11 신해철, "아침형 인간? 진정한 웰빙은 '야밤형 인간'!" 이데일리 2009. 3. 15.

12 무리한 '아침형 인간되기'… 오히려 독, Newsis 2008. 5. 19.

13 "아침형 인간보다 올빼미형이 성공 가능성 높다" 동아일보 2013. 3. 26.

14 "남의 말 잘 듣는 게 토론 잘하는 비결" 한겨레 2007. 10. 7

15 [글쓰기 실마리] 토론 잘하는 법, 강원국의 글쓰기(케이라이팅닷컴). 2017. 7. 27

16 생선회의 원조 국가가 일본이 아니라고? 오마이뉴스 2011. 4. 2

2. 행간을 읽을 수 있다

두 번 읽게 되는 책

『예감은 틀리지 않는다』(이하 『예감』)는 줄리언 반스가 쓴 소설로, 2011년 맨부커상을 탔다. 책이 우리나라에 번역된 것은 2012년, 당시는 소설가 한강이 맨부커상을 타기 전이라 이 상에 대한 인지도가 없었던 때였다. 그러니까 이 책이 우리나라에서 베스트셀러가 된 것은 상의 권위에 힘입은 건 결코 아니다. 그렇다면 왜? 이 책의 특징은 다음 인터넷 서점 100자평으로 설명된다.

ㄴ 한잎의 여자: 마지막 책장을 넘긴 후 다시 앞장부터 펼치게 된다.
ㄴ 혜덕화: 작가의 말대로 두 번 읽었다. 소설을 읽고 줄거리 이해도 못 할 만큼 내가 머리가 나쁜가, 하는 순간 전율이 일

었다. 기억과 사실의 간격. 결국 인간은 평생 자기 우주 속에서 사는 거다. 최근 읽은 최고의 소설.

　└egotrip78: 허를 찌르는 반전에 반전으로 처음부터 다시 정독할 수밖에 없는 책이다.

난 여간해선 같은 책을 두 번 읽지 않는다. 독서를 시작한 게 서른 즈음부터라, 10대부터 읽은 이들을 따라잡으려면 두 번 읽는 호사를 부릴 여유가 없다. '남을 왜 따라잡아야 하는데?'라는 질문이 가능할 텐데, 그래도 '그런 강박증 덕분에 내가 책을 이렇게 많이 읽을 수 있었다' 정도로 넘어가 주시길. 그런데 나 역시 『예감』은 두 번 읽었다. 이게 뭐야, 별 사건도 없잖아, 이렇게 책장을 넘기다가 맨 마지막에 충격적인 반전을 목격하고 나선 나도 모르게 내가 놓쳤던 대목을 찾기 위해 맨 앞 페이지를 다시금 펼쳐들었다. 처음 읽을 때는 전혀 보이지 않았던 것들을 볼 수 있었고, 여자 주인공인 베로니카가 남자 주인공에게 왜 그렇게 분노했는지도 비로소 이해할 수 있었다. 150쪽(원서 기준)에 불과한 이 책을 작가가 300쪽짜리라고 생각했다던데, 과연 그랬다.

남들은 눈치 채지 못하는 평범한 단서로부터 더 큰 무언가를 이끌어 내는 능력, 사람들은 이걸 통찰력이라고 부른다. 통찰력은 상당 부분 독서를 통해 길러진다. 소설을 멀리하는 분이라 해도 '복선'이란 말은 들어 봤을 것이다. 우연도 나름의 역할을 하는 현실과 달리, 소설은 원인이 있어야 결과가 있다는 내적 완결성을 추구하는 지라, 결말에 이르기 전 여러 경로를 통해 단서를 제공한다. 그러니까 소설은, 꼭 추리소설이 아니라 해도 독자와 작가가 벌이는 일종의 보물찾기 놀이다. 소설을 읽다 보면 통찰력이 길러지는 이유다.

참을 수 없는 존재의 가벼움

밀란 쿤데라가 쓴 이 책을 읽기 전 난 꽤 긴장했다. 쿤데라 하면 꽤 유명한 작가인데, 그런 작가라면 작품이 좀 어려울 것 같아서였다. 하지만 웬걸, 막상 읽기 시작하자 책은 술술 넘어갔고, 예상보다 훨씬 빨리 읽어 버렸다. 문제는 그 다음이었다. 분명히 읽긴 읽었는데 홀가분하기는커녕 뭔가 찜찜한 느낌이 들었다. '이 느낌은 뭐지?'라고 스스로를 되돌아볼 여유는 없었기에 또 다른 책으로 넘어갔는데, 그러던 어느 날 깨달은 사실은, 쿤데라 책의 제목이 왜 '참을 수 없는 존재의 가벼움'인지 전혀 모른다는 점이었다.

그 찜찜함이 해소되기까진 거의 7년이 걸렸다. 광고회사 대표인 박웅현이 쓴 『책은 도끼다』에 쿤데라의 그 작품에 대한 해설이 나와 있었다. 소설의 주인공 토마스는 여성의 육체만을 추구하는 사람이다. 그런 그가 식당에 갔을 때, 그답지 않게 책 —『안나 카레니나』— 을 펼쳐 들고 있었다. 식당에서 일하는 테레사는 책을 좋아하는, 영혼의 세계에 있는 이였기에 토마스에게 한눈에 반한다. 결국 테레사는 손에 『안나 카레니나』를 들고 토마스를 찾아 프라하로 가고, 둘은 동거를 시작한다. 하지만 테레사의 기대와는 달리 토마스는 육체만 추구하는 이였기에, 둘의 사랑은 오래가지 못하고 파탄 난다. 토마스가 이 여자, 저 여자랑 바람을 피운 게 이유였다. 토마스에게 테레사는 오갈 데 없어 자신을 찾아온 가련한 여인이 었을 뿐이니, 적당히 즐기다 헤어지자는 생각을 했던 것이다. 테레사는 토마스를 떠나지만, 그제야 그녀의 빈자리가 얼마나 큰지 느끼게 된 토마스는 다시금 테레사를 찾아간다. 그때의 그는 변해 있었다. 소련의 프라하 침공 이후 안전한 스위스로 건너가 의사 생활을 하던 그가 의사는커녕 정치범으로 수감될 수도 있는 프라하로 되돌아간 것만 봐도 그 사실을 알 수 있는데, 실제로 그는 프라하에서 해 본 적도 없는 정비공으로 살아간다. 박웅현은 그가 육체의 세계에서 정신의 세계로 옮겨 갔다고 이야기한다.

주인공들이 하나의 세계에서 다른 세계로 이동하는 것, 책을 읽을 때 난 이 부분에 대한 아무런 생각이 없었는데, 저자의 설명을 듣다 보면 책의 제목이 조금은 이해된다. 이외에도 박웅현은 '키치(질 낮은 예술품)'야 말로 이 책을 관통하는 중요한 키워드라고 말하는데, 이것까지 마저 들으면 제목을 정말 잘 지었다고 생각하게 된다. 책을 읽고 그 핵심을 파악하는 능력은 도대체 어떻게 길러지는 것일까? 박웅현의 경험이 도움이 될 것 같아 그의 말을 인용한다.

저는 이 책을 사회 초년생 때 처음 읽었습니다. 솔직히 그때, "『참을 수 없는 존재의 가벼움』 읽었어"라는 말을 하려고 한 번 읽었고요, 그러고 나서 영화를 봤고 한참 지나 2007년도에 다시 이 책을 꺼내 들었습니다.1

그렇다. 뭔가 잘 모르겠다면, 다시 읽으면 된다. 박웅현은 두 번째로 책을 읽을 때 책에다 줄을 치기 시작했는데, 줄을 칠 만한 대목이 너무 많더란다. 『예감』을 읽고 내가 그랬던 것처럼 처음 읽을 때는 무심코 넘겼던 것들이 다음 장면, 혹은 결말을 향해 나가는 복선이라는 게 비로소 이해됐기 때문이다.

독서와 통찰력

1980년대 대학생들은 통찰력이 매우 뛰어났다. 당시는 군부 독재 정권이 언론을 지배하던 때였기에 기사가 제대로 나가지 않았지만, 당시 대학생들은 정권의 입맛대로 편집된 기사를 보고도 진실을 알아냈다. 예를 들어 헌법상 임기를 다 채운 대통령이 헌법을 고쳐서 한 번 더 출마하면서 "여러분께 부탁하는 것은 이번이 마지막입니다. 한 번만 더 밀어 주십시오."라고 호소한다면 일반인들은 "아, 이제 더 이상 출마하지 않으려나 보다" 하고 생각하기 마련이다. 하지만 행간을 읽으면 전혀 다른 결론이 나온다. "이번에 대통령이 되면 아예 국민투표를 없애 버리겠구나."

미국으로 도피한 재야인사가 귀국한다고 해 보자. 미국은 군부 정권이 그 인사를 구속할까 봐 걱정돼서 만류해 보지만, 그는 국내 정치를 위해 귀국하겠다는 뜻을 굽히지 않는다. 그때 군부 정권이 입을 연다. "그 재야인사, 구속시키지 않겠다." 일반인들은 그 말을 듣고 '아, 군부 정권이 관용을 베푸는구나' 하고 생각하지만, 행간을 읽는 대학생들은 그렇게 생각지 않는다. '사고를 가장해서 그를 암살하려는 거구나!' 그들의 추측이 다 맞은 건 아니지만, 그래도 절반 이상은 적중했던 것 같다. 이런 그들의 통찰력은 다름 아닌 독서에서 나왔다. 위에서 예를 든 것처럼, 많은 책을 읽다 보면 책에 깔린 단서들을 조합해 다음에 일어날 일을 예측할 수 있게 되니, 통찰력이 길러지는 것은 당연하다.

통찰력 하면 둘째가라면 서러울 이가 바로 딴지일보 총수 김어준이다. 한때 사회를 떠들썩하게 만들었던 디도스 사태를 보자. 2011년 서울시장 보궐선거가 열리던 날, 투표소를 못 찾은 이들이 제법 있었다. 선관위 홈페이지를 방문해 투표소를 안내받으려 했지만, 사이트가 다운이 돼 버렸던 것이다. 당시 서울시장 후보였던 박원순의 홈페이지 역시 다운이 됐다. 일반인은 이 기사를 보고 이렇게 생각한다. '아, 투표 당일 인터넷으로 투표소를 찾는 이가 많다 보니 서버가 다운됐구나. 뭐, 그럴 수 있지.' 하지만 김어준은 다르게 생각한다.

1) 투표소가 늘 하던 장소가 아닌 다른 곳으로 바뀐 지역이 제법 많다. 유권자들이 투표소를 헷갈렸던 건 그 때문이다.

2) 서버가 다운된 곳이 평소 야당이 우세하던 지역이다.

3) 그렇다면 이건 야당에게 불리하도록 누군가가 선관위 홈페이지를 공격한 것이 아닐까?

그가 처음 이 의혹을 얘기했을 때만 해도 근거 없는 음모론으로 보였지만, 세상에나, 당시 한나라당 의원이던 최구식 의원의 비서 공 모 씨가 체포되는 게 아닌가. 경찰은 '선관위 홈페이지와 박원순 홈페이지에 대한 디도스 공격이 자행됐는데, 이는 공 모 씨의 단독 범행이었으며, 그가 자기 돈을 들여 그런 일을 벌였다'고 발표했다. 윗선에 대한 의혹이 끊이지 않자 특검이 만들어져 90일간 수사를 했지만, 공 모 씨 단독범행이란 결론은 변하지 않았다. 그랬거나 말 거나 사람들은 '그들'이 이런 식으로 부정선거를 한다는 사실을 새 삼 깨달았고, 사소한 단서에서 거대한 음모를 읽어 낸 김어준의 통찰력에 새삼 감탄했다. 그가 주도하여 만든, 2012년 대선이 개표 부정이었다고 말하는 〈더 플랜〉이란 영화는 그냥 음모론에 그칠 것 같지만, 이런 식으로 매사를 의심하는 이가 있기에 '그들'이 나쁜 일을 주저하는 것 아니겠는가.

이 놀라운 통찰력을 얻기까지 김어준은 엄청난 독서를 했으리라 짐작된다. 하지만 인터뷰 내용을 보면 꼭 그런 건 아니다.

- 문 인터뷰에서 '책을 읽으면 가시가 돋는다'고 했는데. 언뜻 듣기에 지적 욕구와 배치되는 것 같다.
- 답 책을 아예 안 보는 것은 아니지만, 책 읽는 것을 좋아하지 않는다. 책을 읽어 보면 그 중 80~90퍼센트는 다 자기자랑이다. 그 책에서 말하고자 한 것은 대부분 서문이나 목차 한두 줄을 보면 알 수 있다. 내가 그 책을 인용해서 아는 척 하려고 읽는 것이 아니기 때문에 독서가 거기서 끝나는 것이다.[2]

그의 발언이 좀 의외였던 건 그가 마셜 맥루한이 쓴 『미디어의 이해』등 웬만한 책은 다 읽어 본 이였기 때문이다. 그가 자기 말처럼 책을 좋아하지 않는다면(하지만 책을 아예 안 보는 것은 아니라고 분명히 밝히고 있다), 어떻게 통찰력을 기를 수 있었을까. 답은 아까 그 인터뷰 안에 있었다.

"20대 초반부터 3년여간 60개국을 다녔다. 끊임없이 다른 나라에 가서 이방인이 되는 과정에서 자기를 객관화하는 훈련이 된 것 같다."

그랬다. 답은 여행에 있었다. 독서가 주인공과 함께 떠나는 여행이라는 점에서, 독서와 여행은 일맥상통한다. 3년여간 60개국이라니, 이 정도면 책 몇 천 권 정도는 읽었다고 봐 줘야지 않을까. 하지만 보통 사람이 이렇게 장기간 여러 나라를 경험하지 못한다는 점에서, 통찰력을 기르는 데 독서만큼 좋은 비법은 없을 것 같다. 통찰력, 즉 행간을 읽어야 하는 이유가 뭘까. 답은 간단하다. 그 능력이 없으면 언론과 권력의 선동에 넘어가 이용당할 수 있지만, 행간을 읽을 수 있다면 그런 선동과 맞서 싸울 수 있다는 것이다. 이용할 것인가 아니면 이용당할 것인가. 이건 당신이 책을 읽느냐 마느냐에 달려 있다.

1   『책은 도끼다』, 박웅현 저, 북하우스, 233쪽
2   〈나는 꼼수다〉 3인 3색 인터뷰 – ❸ 「딴지일보」 '종신 총수' 김어준, 좁디 좁은 세상
    2011. 12. 1

3. 꿈을 찾는 독서

공무원을 꿈꾸는 한국 사회

"오늘 전국 372곳에서 치러진 국가공무원 9급과 시·도 사회복지직 9급 시험에 25만 명 가까이 몰렸습니다. 국가 공무원 9급은 4,910명을 뽑는데, 22만 8천여 명이 몰려 경쟁률이 무려 46.5 대 1이나 됐습니다."[1]

바야흐로 공무원 전성시대다. 수많은 젊은이가 공무원을 꿈꾼다. 〈트루밥쇼〉라는 파일럿 프로그램이 있다. 하루를 치열하게 사는 일반인의 일상을 몰래 촬영하는 프로인데, MC 중 한 명이었던 현주엽이 프로농구팀 감독으로 가는 바람에 6회 만에 막을 내렸지만, 그래도 잔잔한 감동과 함께 인기를 모았다. 그 중 두 번째 방영분의 주인공은 경찰이 되려고 준비하는 26세 젊은이였다. 그는 아침 6시에 집을 나서 노량진에 있는 경찰공무원 학원에 간다. 수업 시작 시간은 9시지만, 맨 앞자리를 맡기 위함이다. 9시까지 자습을 하고, 그때부터 짧은 점심시간을 제외하면 수업 강행군이 이어진다. 오후 6시, 고시생들을 위한 식당에서 간단히 저녁을 먹은 그는 다시 학원에 가서 공부한다. 그가 학원을 나서는 건 밤 10시, 새벽 6시에 집에서 나왔으니 꼬박 열다섯 시간을 학원에서 보낸 셈이다. 여기서 끝이 아니다. 그가 들르는 곳은 인근 헬스장, 거기서 그는 경찰 시험 합격의 조건인 체력 테스트를 위해 한 시간 반을 보낸다. 제작진과 이야기를 나누면서 그가 한 말은 불성실하게 사는 나 같은 사람을 숙연하게 만든다.

MC   술 좋아해요?

그   원래 술 엄청 좋아하는데, 시험 합격할 때까지 안 마시겠다고 저랑 약속했어요.

MC   쉴 때 뭐해요?

그   그냥 집에서 노래 듣고 수업 준비하고…….

MC   뭘 해도 노량진은 잘 안 벗어나네?

그   딴 데 잘 안 가요. 한강은 한 번 가 봤어요.

MC   가족들과 떨어져 있어서 외롭거나 그렇지 않나요?

그   [참고로 그는 여수가 집이다] 외로운 게 제일 크죠.

그는 가끔 친구라도 만날까? 친구들 중엔 같이 경찰 시험을 준

비하는 이가 많이 있으니 그들과 같이 지내면 덜 외로울 테지만, 그의 대답은 의외였다.

"친구 만나면 좋긴 하겠지만, 그러면 놀기밖에 더 안 하니까 자제하려고 해요."

심지어 저녁도 대부분 혼자 먹는단다. 어쩌다 친구를 만나면 합석은 하지만, 그것뿐이다. 처절할 만큼 외로움과 싸우며 공부하는 이 청년과 같은 이들이 우리나라에는 너무도 많다. 위 기사처럼 9급 공무원 시험을 보는 데 22만여 명이 모였다니, 공무원 시험을 준비하는 이를 모두 합치면 어마어마한 숫자가 될 것 같다. 그런데 이들은 공무원이 좋아서 하려는 것일까. 위에서 소개한, 경찰이 되려는 청년은 초등학교 때 강도를 당한 적이 있어서 경찰이 되려고 마음먹었다지만, 공무원을 꿈꾸는 이들 대부분은 그 직업이 안정적이라는 것 때문에 그 길을 선택한다. 공무원이 최고의 직장이 된 것도 봉급이 많아서가 아니라, 외환 위기 이후 수많은 사람이 직장에서 잘려 나가는 걸 목격하면서가 아닌가.

초등학생의 꿈

이러다 보니 초등학생들의 장래 희망 1순위가 공무원이라는 건 더 이상 신기한 뉴스가 아니다. 꿈이란 원래 자라면서 점점 줄어들기 마련이다. 초등학교 때는 우주를 정복하겠다고 하던 애가 중학생이 되면 지구 정복으로 꿈이 작아지고, 나중엔 '내 방이라도 정복하자'로 바뀌는 일이 흔하다. 되기가 어려워서 그렇지 공무원은 그다지 큰 꿈은 아니다. 어릴 적 공무원을 꿈꾸던 아이는 나중에 어떤 꿈을 꿀까?

모든 아이가 자라면서 꿈을 축소시키는 것은 아니다. 아주 특별한 몇몇은 어릴 적 꿈을 간직한 채 어른이 되고, 결국 그 꿈을 이루면서 세상을 바꾼다. 라이트 형제Wright Brothers를 예로 들어 보자. 인류가 하늘을 난다는 건 상상조차 하지 못하던 시절, 작은 글라이더를 날리던 라이트 형제는 '이걸 좀 더 크게 만들어서 사람을 태울 수도 있지 않을까' 하는 생각을 한다. 다들 허황된 소리라고 일축했겠지만, 그들은 과학자들에게 자문을 구하고 연구비도 조달하는 등 갖은 고생을 하면서 동력으로 가는 비행기를 만든다. 1903년 12월 7일, 세계 최초의 동력 비행기 플라이어Flyer 1호는 라이트 형제를 태우고 12초 동안 힘차게 난다. 꿈을 이루는 순간 라이트 형제의 기분이 어땠을지 상상이 간다. 덕분에 우리는 마음만 독하게 먹는다면 미국과 한국을 하루에 왕복하는 것도 할 수 있다! 꿈이라고 해서 다 이렇게 거창해야 하는 건 아니지만, 그래도 초등학생이 공무원이라는 건 너무 평범하다.

그 꿈이 자신이 진정 원하는 게 아니라는 것도 문제다. 초등학생이 공무원 좋은 걸 어찌 알았을까? 필경 다른 어른들이 공무원, 공무원 하니까 자신도 공무원이 돼야겠다고 생각한 것이리라. 학교 선생님, 의사, 변호사, 연예인 등도 마찬가지다. 아이들이 해당 직업에 대해 대충이라도 알아보고 응답한 게 아니라, 부모님이나 사회에서 선호하는 직업을 그냥 말하는 것에 불과하다. 예를 들어 연예인 지망생들의 연습생 시절이 얼마나 고된지 안다면 연예인을 장래희망으로 정했을까? 많은 이가 선호하는 선생님 역시 늘 좋기만 한 직업은 아니다. 교육인적자원부에서 현재 하고 있는 일에 대한 전반적인 만족도를 조사한 적이 있다. 결과는 좀 놀라웠다. 1위는 사진작가, 2위는 작가, 3위는 항공기 조종사, 4위 바텐더, 5위 인문과학 연구원, 6위 상담 전문가 등등 부모들이 한사코 말릴 만한 직업들이 상위에 위치해 있었다. 일반인들 사이에서 선호도가 높은 직업은 10위 안에 없었다. 더 놀라운 것은 의사가 불만족 2위를 했다는 것이다. 크게 봐서 의료계에 몸담고 있는지라 많은 의사를 만나 봤지만, 실제로 자기 삶에 만족하고 사는 이는 극히 드물다. 왜 그럴까? 사진작가, 작가 등은 부모의 반대를 무릅쓰고 자기 스스로 선택한 것이고, 이 경우 해당 직업에 대해 미리 알고 있었을 확률이 높다. 반면 의사는 '돈 많이 번다'며 주위에서 권해서 선택했을 텐데, 막상 의사가 되고 보니 생각만큼 많은 돈을 벌지 못한다. 물론 일반인보다야 많이 벌지만, 자신이 세웠던 기준에는 미치지 못한다. 우울한 의사가 양산되는 이유다.

경험의 힘

꿈을 가지려면 다양한 경험을 하는 게 필요하다. 어릴 때부터 이 것저것 다 해 봐야 자신이 진정 좋아하는 게 뭔지 알 수 있지 않을 까? 노동 문제 전문가 하종강 선생이 매스컴에 소개해 유명해진 일 화가 있다.

네덜란드의 한 중학생에게 장래 희망이 뭐냐고 물었을 때 '벽 돌공'이라 답했다고 한다. "벽돌공이 되면 하루 종일 음악을 들으면서 일할 수 있기 때문"이라고 했다.2

그 중학생이 이런 선택을 할 수 있는 건 벽돌공의 수입이 대학 교수와 비슷해서이기도 하지만, 벽돌공을 직접 찾아가 그가 어떻 게 벽돌을 만드는지 목격했다는 게 더 큰 이유다.

과학 분야에서 큰일을 한 사람들은 대부분 어린 시절 과학자에 걸맞은 경험을 했다. 대표적인 이가 바로 중합효소 연쇄 반응PCR 이라는, 친자 감별 및 범인 추적에 쓰이는 DNA 증폭 방법을 만든 캐리 멀리스Kary Banks Mullis다. 멀리스는 어려서 꿈이 개구리로 하 여금 우주여행을 하게 해 주는 것이었다. 보통 자신이 우주여행 을 하는 꿈을 꾼다는 점에서 미물이라 할 개구리를 챙기는 멀리스 의 따스한 마음에 가슴이 뭉클해진다. 아무튼 우주여행을 위해서는 일단 로켓을 발사해야 하기에, 멀리스는 로켓의 연료를 어떻게 만들지를 가지고 6개월을 소비했다. 멀리스의 말에 따르면 약국에 가서 '위험, 불에 가까이 하지 마시오' 같은 경고 문구가 있는 시약을 사들였단다. 그 시약은 불에 가까이하면 터질 것이고, 그러면 로켓을 발사시킬 수도 있을 테니까. '이 시약을 A와 섞지 마시오'란 문구가 있으면 사서 A와 섞어 봤다. 결국 멀리스는 로켓을 발사할 수 있었는데, 그 직후부터 개구리의 시련이 시작된다. 로켓에 개구리를 한 마리씩 태워 우주여행을 시켰기 때문이다. 멀리스 주변에 살던 개구리들은 허술한 로켓에 묶인 채 수백 미터 상공까지 날아갔다 와야 했다. 수많은 개구리가 죽었다. 그러던 어느 날, 개구리 한 마리가 공포에 떨며 낙하산에 매달려 무사 귀환함으로써 멀리스의 실험은 종지부를 찍었다. 이 경험은 그에게 어떤 영향을 끼쳤을까? 유튜브에 올라온 멀리스의 말이다(테드TED 강연).

"나중에 제가 PCR을 만들 때, 주변 사람들은 다들 그게 되겠냐고 뜯어말렸지요. 하지만 저는 로켓을 쏴 올린 경험이 있었기에 그들의 말을 듣지 않았어요. 제가 아버지한테 로켓 만들기에 대해 물었다면 어땠을까요? 아마 그런 위험한 장난은 하지 말라고 야단을 쳤겠지요. 그래서 전 정말 궁금한 게 있다면 다른 사람들에게 물어보지 말고 직접 해 보라고 권합니다."[3]

그런가 하면 세포주기를 조절하는 유전자를 발견한 하트웰Leland H. Hartwell은 동물도감에서 도마뱀은 이빨이 없다는 구절을 본다. 정말 그런가 의문을 가진 하트웰은 자신이 직접 확인하고자 산을 뒤지며 도마뱀을 잡는다. 도마뱀의 입을 여는 순간 하트웰은 그만 도마뱀에게 물리는데, 피가 철철 나면서도 그는 "도감이 틀렸고 내가 옳았다"는 생각에 기뻐했다고 한다.[4] 우리가 잘 아는 발명왕 에디슨 Thomas Alva Edison은 난독증으로 학교를 일찍 그만둬야 했다. 하지만 그는 8세 때부터 집 지하실에 실험실을 만들고 과학 실험에 몰두했다. 그가 기차에서 신문 배달 아르바이트를 하던 중 기차간에서 실험을 하다가 불을 낸 일화는 너무도 유명하다. 이렇게 어릴 적부터 과학을 좋아하던 이가 과학자가 되는 건 지극히 자연스럽다. 나처럼 얼떨결에 과학자가 된 사람은 "도대체 논문을 뭘 쓰지? 다른 이들이 다 해 놔서 내가 할 일이 없잖아!"라며 불평불만에 사로잡혀 있기 마련이지만, 어려서부터 과학자가 되려던 이들은 "이 세상은 밝히고픈 과학적 비밀이 너무 많구나!"라며 열심히 일한다. 꿈이 중요한 이유다.

자유학기제의 명암

문제는 우리나라의 현실이 아이들에게 다양한 경험을 제공하지 못한다는 사실이다. 요즘은 초등학교에 들어가기 전부터 영어를 배워야 하며, 초등학생이 되면 학교에서 배우는 걸 미리 배우는 선행 학습을 한답시고 밤 10시까지 학원에 붙잡혀 있어야 한다. 한 외국인은 우리나라 초등학생에게 경탄을 금하지 못한다.

"학원 끝나고 지금 집으로 돌아가서 또 숙제를 한다고? 내가 그 나이일 때는 10시면 무조건 잠들었어. 정말 놀랍다."

시간이 없다는 것 이외에도 우리나라의 현실은 전혀 과학적 영감을 불러일으키지 못한다. 실험실에 불을 내려면 일단 실험실을 만들 지하실이 있어야 하는데, 주된 주거 형태가 아파트인지라 지하실이 있는 집이 별로 없다. 행여 아파트 보일러실에서 실험을 하다 불을 내기라도 하면 과학자는 고사하고 전 가족이 감옥에서 평생 있어야 할지 모른다. 국내총생산GDP의 상당 부분이 건설업에 의해 창출되는지라 전 국토가 시시때때로 파헤쳐진다. 그러다 보니 산에 가 봤자 도마뱀이 있을 턱이 없다. 이런 상황에서 과학자가 되겠다는 아이들이 줄어드는 건 당연하다.

이런 위기감에서 나온 것이 바로 자유 학기제다. 박근혜 정부의 핵심 공약인 자유 학기제는 중학교 한 학기 동안 시험 부담 없이 자신의 진로를 찾아보자는 취지에서 마련됐다.

자유 학기제 연구학교 학생들은 중간고사와 기말고사 등 지필 시험을 치르지 않고, 고교 입시에도 자유 학기의 성적은 반영되지 않는다. 자율 과정은 진로 탐색 활동, 동아리 활동, 예술·체육 활동, 선택 프로그램 활동 등으로 채워진다. 또한 한 학기에 두 차례 이상 종일 체험 활동을 실시하고 학생이 스스로 진로 체험 계획을 세우면 학교가 출석으로 인정하는 자기 주도 진로 체험도 시행된다. 이 같은 학생들의 진로 탐색 활동 내용은 학교 생활기록부에 점수 대신 서술형으로 기재된다.[5]

이는 아일랜드에서 시행되는 전환 학년제를 본뜬 것인데, 차이점은 아일랜드에서는 수업 프로그램을 만들 전담 코디네이터가 학교마다 배치된 반면 우리나라는 일반 교사나 기존 진로진학상담교사가 자유 학기제 프로그램을 담당해야 했다. 여기서 문제가 발생한다. 전문가가 아닌 일반 교사가 이 일을 담당할 수 있을까?

더 큰 문제는 자유학기제를 감당할 수 있는 인프라의 유무다. 교육 칼럼니스트 김용택 선생의 일갈을 보자.

전국 3,162개 중학교 1,849,094명의 학생들을 수용할 수 있는 사회 교육 인프라를 언제 어떻게 구축할 것이며 그들이 상담할 멘토 등 인적 자원은 또 어디서 찾을 것인가? 시설 여건도 그렇다. 한 학급 40명의 학생들을 어디서 개별 상담하고, 일일이 그들의 진로에 대한 안내를 해 줄 여건은 어떻게 구축할 것인가?[6]

내 말이 이 말이다. 예를 들어 기생충에 관심이 있는 학생들이 있다고 치자. 교사가 내게 전화를 걸어 "하루만 연구하는 과정을 보여 주실 수 있느냐?"고 문의한다. 나는 "그럼요, 오세요."라고 한다. 기생충뿐 아니라 과학에 관심 있는 학생들이 우르르 몰려온다. 난 그들에게 과학의 보람을 가르쳐 주기 위해 최선을 다한다. 심지어 50명이나 되는 학생들에게 저녁까지 사 준다! 학생들은 만족해서 간다. 소문이 난다. "단국대 기생충학과 가 보세요. 정말 잘해 줘요." 그 다음날부터 내 휴대폰은 끊이지 않고 울린다.

"청주에 있는 ○○중학교입니다. 기생충에 관심이 있는 학생이 많은데, 하루만 좀 맡아 주실 수 있을까요?"

2~3일에 한 번씩 학생들이 오기 시작한다. 한두 번, 아니 열 번 정도는 잘해 줄 수 있지만, 이게 반복되다 보면 나도 지친다. 실제로 고교생 수준에서 할 수 있는 실험을 하게 해 달라고 부탁하는 학생들이 있었는데, 몇 번 그런 요구를 들어 주다 결국 학생들을 돕는 건 그만하기로 했다. 오직 교육자의 사명만으로 시간과 돈을 투자하는 일을 계속한다는 건 불가능했으니까. 비단 과학자뿐이 아니다. 학생들은 디자이너, 수의사, 파일럿, 연극배우, 미용사 등등 다양한 체험을 하길 원하지만, 안 그래도 자기 일하기 바쁜 분들이 발 벗고 나서서 학생들을 돕기는 쉽지 않다. 그래서 자유 학기제는 외부 전문가를 데려와 강연하는 식으로 진행되며, 학교당 지원된 2천만 원의 예산 대부분이 강사비로 쓰이다 보니 학생들 스스로 창의적인 활동을 하는 데 쓸 돈은 거의 없다시피 하다. 게다가 부모들은 자기 아이들이 시험도 안 보고 공부도 안 하는 게

걱정된다. 이 기간을 이용해 공부하려는 학생들도 있을 텐데, 진로를 위해서라지만 아이들을 그냥 방치한다는 게 영 불안하다.

이런저런 우려에도 불구하고 2016년 중1 전 학생을 대상으로 한 자유 학기제가 시행됐다. 1년이 지난 뒤 「내일신문」은 성남 낙원 중학교에서 자유학기제를 담당한 성금주 교사의 인터뷰를 근거로 자유학기제의 득실을 평가했다.

"실제 프로그램을 통해 학생들은 긍정적 변화를 경험했다. 교내 자체 설문평가에서 '긍정적인 자기 이해'라는 응답이 프로그램 실시 전에 비해 29.7퍼센트나 증가했다. 학생들의 자존감이 향상되고 있음이 증명된 셈이다. 자신의 적성, 흥미, 장단점을 알고 있다는 응답도 37퍼센트나 늘었다. 직업 세계를 이해했다는 응답은 37퍼센트 증가했다. 성 교사는 자유학기 정착을 위해 지역사회나 지역 교육 기관들과의 협력이 중요성하다고 거듭 강조했다. 학교가 속한 지역 교육 기관이나 청소년재단 등과 엠오유MOU를 체결하고 직업 체험 처와 직업인 특강 강사 등을 학교 일정에 맞춰 예약해 어려움을 해결했다."7

학생들의 반응이 긍정적인 것은 당연하다. 늘 듣던 학교 수업 대신 자신이 모르던 분야의 전문가와 함께할 수 있으니 말이다. 게다가 성금주 선생은 탁월한 능력을 발휘해 타 기관의 협력을 이끌어 냈다. 하지만 모든 선생이 다 이렇게 할 수 있는 건 아니다. 그래도 이런 문제를 해결하기 위해 정부와 지자체가 노력 중이니만큼, 장차 아이들이 꿈을 찾는 데 큰 도움이 될 수 있겠다.

잘만 운영되면 도움이 되긴 하겠지만, 한 학기 동안 이루어지는 활동만 가지고 진로 체험을 끝낸다는 건 부족한 감이 있다. 예를 들어 우리나라에서 네덜란드처럼 벽돌 공장에 견학을 가는 것이 과연 가능할까? 벽돌 공장도 중요한 일인 건 알지만, 부모들이 문제다. 벽돌 공장에 다녀온 아이가 "나 커서 벽돌공 할래!"라고 한다면 그 아이 부모가 학교에 찾아와서 거센 항의를 할 것이다. "아니, 진로 체험한다더니 기껏 벽돌 공장에 가요? 당장 집어치워요." 그러다 보니 진로 체험이라고 해 봤자 사회적으로 인정받는 몇몇 직업군에 국한되기 십상이다.

그래서 책을 읽어야 한다. 온갖 다양한 직업을 가진 사람들이 나오는 책을 읽다 보면 그 직업에 대해 알게 되고, 꿈도 가질 수 있다. 다음 사례들을 보자.

장하석

장하석은 초등학교 시절부터 책벌레였다. 대학에 딸린 부속 초등학교를 다닌 덕분에 그는 형과 함께 대학 도서관에서 책을 빌려다 보곤 했다. 이건 내가 그와 같이 학교를 다닌 덕분에 아는 사실인데, 우리가 어느 떡볶이집이 맛있을까를 고민하던 때 그는 벌써 우주의 끝이 어딘지를 궁금해했다. 이미 과학적 탐구 정신으로 충만했던 그는 중학교 2학년 때 과학 분야의 명저『코스모스』(칼 세이건 저)를 읽고 충격받는다. 당시는 번역이 안 좋아서 여러 번역판으로 읽어 봤지만, 이해가 안 되는 건 여전했다. 안 되겠다 싶어 원서를 구입해 책을 읽었다. 열 번쯤 읽고 난 뒤 '우주'에 흠뻑 빠진 그는 '물리학을 하려면 미국에 가야 한다'고 생각해 고등학교 1학년을 중퇴하고 미국행 비행기를 탄다. 지금 그는 캠브리지대학교 과학철학과 석좌교수로, 21세기의 토마스 쿤Thomas S. Kuhn이라며 칭송받고 있다. 참고로 그와 함께 책을 읽었던 그의 형은 캠브리지대학교 경제학부 교수로 있는 장하준 교수다.

조너스 소크 Jonas Edward Salk

어린 시절 소크는 매우 진지하고 호기심 많은 소년이었다. 그런 아이들이 다 그렇듯 소크의 관심은 오로지 책이었다. 그는 당시 또래들이 하던 놀이에는 거의 관심을 보이지 않았고, 억지로 공놀이에 끼게 되면 성의 없이 발로 공을 한두 번 차다가 다시 집으로 들어와 책을 읽었다고 한다. 당연한 얘기지만 어머니는 소크를 사랑했고, 그가 나중에 크게 될 거라고 생각했다. 어느 날 어머니는 소크에게 장래 희망을 물었다.

"난 의사가 될 거예요. 하지만 환자를 보는 의사가 되진 않을 거예요."

놀란 어머니가 다시 물었다.

"의사는 환자를 보는 직업이야. 그런데 환자를 안 보겠다니 그게 무슨 말이니?"

"전 연구를 할 거예요."

소크는 이렇게 덧붙였다. 환자를 보면 당장 눈앞의 환자를 살릴수 있고, 그것도 충분히 보람 있는 일이다. 하지만 질병을 연구해서 사람들로 하여금 병에 걸리지 않게 한다면 그건 훨씬 더 가치 있는일이라고.

"어머니, 제가 원하는 게 바로 그거예요."**8**

그가 살던 시절에는 여름만 되면 소아마비가 기승을 부렸다. 소아마비의 무서운 점은 사람을 죽이거나 불구로 만듦에도 불구하고 어떻게 감염되는지, 병원체가 무엇인지 전혀 알려지지 않았다는 점이었다. 소크는 자신의 평생을 소아마비에 바치기로 결심했고, 결국 소크백신을 만들어 사람들을 소아마비의 공포에서 해방시켜 줬다.

배리 마셜Barry Marshall과 로빈 워런Robin Warren

마셜은 1951년에 오스트레일리아 서남부의 금광 마을 캘굴리에서 태어났다. 선반공이자 수리공인 아버지는 당시 열아홉 살, 간호생 어머니는 열여덟 살이었다.**9**

젊은 나이에 생계를 책임지다 보면 괜찮은 직업을 갖기가 어렵다. 마셜네 가족은 서해안의 도시로 옮겼고, 마셜의 아버지는 그곳에서 어선 기사로 일했다. 마셜은 책을 좋아했지만, 부모가 충분한 책을 사 줄 여유는 못됐을 것이다. 그래서 그는 집에 있는 책을 읽을 수밖에 없었다. "배리는 여덟 살 무렵에 아버지의 기술 관련 책이나 어머니의 의학 서적까지 읽기 시작했다." 그가 의학에 관심을 가진 건 당연한 일이었다. 책을 좋아한 건 워런도 마찬가지였다. "어린 시절부터 어려운 책도 한 번 손에 쥐면 시간 가는 줄 모르고 읽던 지성파인데다 고집불통이었다. (…) 영국 천문학자 프레드 호일 경의 우주 관련 책을 읽고, 『옥스포드 주니어 사전』을 독파할 정도였다." 그 역시 의대를 졸업하고 병리학자가 된다.

워런은 위염 환자로부터 떼어 낸 위점막 조직을 관찰하던 중 긴 털을 이용해 헤엄치는 세균을 발견한다. 워런은 위염과 그 세균이 관계가 있지 않을까 생각해 주위 동료들에게 말했지만, 아무도 그 말을 믿지 않았다. 위에는 위산이 있어서 세균이 살 수 없다는 게 통설이었기 때문이다. 하지만 그 말에 유일하게 관심을 보인 이가 있었으니, 그게 바로 마셜이었다. 마침 마셜은 소화기 내과 의사였기에 마셜이 위 조직을 떼서 주면 워런이 관찰하는 '공동 연구'가 시작됐다. 조사 결과 위궤양 환자의 대부분에서 훗날 헬리코박터균이라 불리는 그 세균이 발견됐으니, 헬리코박터가 위염이나 위궤양의 원인인 것은 틀림없었다. 하지만 그놈의 통설이 문제였다. 의학계에서는 조직을 처리하는 과정에서 다른 세균이 오염된 것이라고 주장하면서 그들의 말을 믿지 않았다. 보통 사람 같으면 그대로 굴복했을 수도 있지만, 워런과 마셜은 어릴 적부터 굉장한 독서가였고, 그들이 읽은 책에는 난관을 극복하고 위대한 업적을 이룬 사람들의 이야기가 숱하게 나왔다. 그러니까 그들은 다수의 의견이 꼭 옳은 게 아니라는 걸 알고 있었고, 그래서 주류 의학계와 싸웠다. 그 과정에서 마셜은 자신이 배양한 10억 마리의 헬리코박터를 직접 마시고 위염에 걸리기까지 했는데, 이런 노력 끝에 결국 의학계는 헬리코박터가 위염. 위궤양뿐 아니라 위암과도 관계가 있음을 인정할 수밖에 없었다. 노벨생리의학상 수상식에서 마셜은 이렇게 말했다.

"지식의 최대 장애는 무지가 아니다. 자신에게 지식이 있다는 환상이다."

김득신

17세기 조선에는 김득신이란 사람이 살았다. 머리가 워낙 나빠서 열 살 때까지도 글을 전혀 읽을 줄 몰랐다니, 당시 명문가의 자제로서는 결격 사유다. 아버지에 따르면 '타고난 돌머리'라지만, 다른 문헌에는 그가 어릴 적에 큰 병을 앓은 탓에 뇌에 손상을 입었다고 한다. 이유가 무엇이든 그는 책을 읽지 못하는 이였다. 부잣집 아이였으니 그냥 그렇게 산다 해도 먹고사는 데는 지장이 없었겠지만, 그는 절대 그럴 마음이 없었던 모양이다. 한 번 봐서 책을 이해하지 못하더라도 이해할 때까지 보면 되지 않겠느냐는, 나쁜 머리를 노력으로 극복하자는 각오를 한다. 책을 계속 읽다 보면 과거에도 합격할 수 있을 거라는 각오 말이다. 그때부터 하루 열 시간씩, 50년에 걸친 혹독한 책 읽기가 시작된다.

여기까지 들으면 책 한 권을 백 번씩 읽었겠구나 하고 생각할 것이다. 하지만 그의 독서는 정말이지 집요하기 짝이 없었으니, 1만 번 이상 읽은 글이 무려 36편이나 된다고 한다. 놀라지 마시라. 사마천의 『사기』에 나오는 「백이전」은 10만 번을 읽었다! 이쯤 되면 아무리 바보라 해도 어떤 책에 어떤 내용이 몇 쪽에 있는지까지 다 알 수 있다. 독서가로 유명한 정약용도 "글자가 생겨난 이후로 상하 수천 년과 종횡 3만 리를 통틀어 독서에 부지런하고 뛰어난 이로는 당연히 백곡(김득신의 호)을 제일로 삼아야 할 것"이라며 칭찬을 아끼지 않았다고 한다.10 결국 그는 59세라는 나이에 과거시험에 합격하고, 조선의 시인으로 이름을 날린다. 이렇게 책은 꿈을 찾고, 또 이루도록 돕는 고마운 존재다. 열 살 때 이미 글을 깨우친 분이라면 무조건 책을 읽자. 그 능력으로 책을 읽지 않는다면 재능이 아까우니까. 그렇게 하지 못한 이라면 더더욱 책을 읽자. 인간의 수명이 40세 남짓에 불과했던 과거와 달리, 100세 시대인 지금은 59세에 뭔가를 이루어도 충분하니까.

1 9급 공무원 응시생 25만명 몰려…"공시대첩" TV조선 2017. 4. 8

2 [경제와 세상] 교육 문제도 노동 문제가 열쇠다, 경향신문 2010. 10. 7

3 캐리 멀리스 TED 강연(https://www.ted.com/talks/kary_mullis_on_what_scientists_
   do?language=ko)

4 『교양인을 위한 노벨상 강의: 생리의학상편』, 야자와 사이언스 연구소 저, 박선영
   역, 김영사, 119쪽

5 [시사상식사전] 자유학기제, 박문각

6 [오마이뉴스 블로그] | 참교육 이야기 | 인프라 구축 없는 자유학기제, 꿈도 꾸지
   마! 김용택, 2013. 3. 15

7 [인터뷰 | 경기도 성남 낙원중학교 성금주 교사] "자유학기제 정착에 지역사회 도움
   꼭 필요" 내일신문 2017. 7. 27

8 소아마비 백신을 만든 소크, 독서평설 2015년 8월호

9 『교양인을 위한 노벨상 강의: 생리의학상편』, 91~92쪽

10 [책과 삶] 김득신, '위대한 바보'의 인간 승리, 독서신문 2012. 8. 1

4. 올바른 판단력이 생긴다

파면당한 대통령

"관저에 머물고 있는 박근혜 대통령이 『제4차 산업혁명』이란 책을 틈틈이 열독하는 것으로 전해졌습니다."[1]

국회에서 탄핵이 의결된 지 한 달이 지났을 때 청와대는 위와 같은 발표를 한다. 이는 박 전 대통령이 탄핵을 당했음에도 나라 걱정에 여념이 없다는 걸 강조하기 위함이겠지만, 헌재 판결이 나면 다시 청와대로 복귀할 것으로 믿는 안이함도 드러내 준다. 뉴스공장을 진행하는 김어준은 박 전 대통령이 탄핵 선고 전날 탄핵이 기각될 걸 확신하고 5단 케이크를 주문했다고 말했다.[2] 사실 여부는 알 수 없지만, 이게 정말이라면 이는 박 전 대통령의 판단력이 얼마나 현실과 동떨어졌는지를 잘 보여 준다.

하지만 박근혜의 판단력이 정말 문제된 것은 탄핵 선고 이전의 몇 달이었다. 2016년 10월 19일, JTBC는 고영태의 말을 빌어 '최순실이 잘하는 일은 대통령의 연설문을 고치는 것'이라고 보도한다. 여기에 대해 청와대는 즉각 반박하고, 이원종 당시 비서실장은 "중세 봉건시대에도 없는 일"이라고 비웃는다. 의혹이 제기될 때마다 부인하는 것은 박근혜 재임 당시 청와대가 가장 잘하는 일이었으니, 이런 반응을 보이는 건 당연할 수도 있다. 하지만 생각해 보라. 아무런 공직도 없는 최순실이 대통령의 연설문을 고치는 건 매우 중대한 사건이다. 이것을 언론사인 JTBC가 단지 고영태의 말만 믿고 보도했을까. 증거를 제시하지 못하면 방송국 문을 닫아야 할지도 모르는 큰일이 아닌가. 그럼에도 청와대는, 그리고 박근혜는 여기저기서 터져나오는 최순실 관련 의혹들만 덮어 버린다면 다시 원래대로 돌아갈 수 있으리라 생각했고, 10월 24일 블랙홀이라 불리던 '임기 내 개헌'을 하겠다고 선언한다. 다들 알다시피 바로 그날 저녁 JTBC는 탄핵의 신호탄이 된 태블릿PC 보도를 내보낸다. 전가의 보도로 알았던 개헌 논의가 물거품이 되는 순간이었다.

여기서 박근혜가 택할 방법은 두 가지 중 하나였다. 하나는 그 태블릿PC를 부정해 버리는 것이었다. 일단 최순실이 어떻게 연설문을 미리 받아 봤는지 전혀 아는 바가 없다고 한다. 그리고 늘 하던 대로 연설문 유출을 국기 문란으로 규정하고 당장 범인을 색출

하자고 목소리를 높이는 것이다. 이런 식으로 증거가 나와도 다 부인해 버리고, 뒷일은 새누리당과 검찰 그리고 국정원에게 맡겨 버린다. 이들은 이쪽 분야의 전문가니, 인터넷 댓글 부대와 보수 단체를 동원해 명백한 사실을 뭉개 버릴 수 있으리라. 두 번째 방법은 최순실의 개입에 대해 국민들한테 사과한 뒤 자신은 2선으로 후퇴하겠다고 밝히는 것이다. 이 경우 운이 좋으면 임기 말까지 대통령을 할 수도 있고, 그렇지 못한다 해도 최소한 구치소에 수감되는 것은 막을 수 있었다. 끝까지 버티다 쫓겨난 지금도 '마마! 못 지켜드려 죄송합니다'라며 난리가 나는데, 자진해서 물러난 이를 구속시키려면 유혈 사태가 날 수도 있다. 꼭 박사모가 아니라도 '이렇게까지 해야 하나?'는 정에 이끌린 회의론이 대두될 테고, 박근혜는 집에서 여생을 보낼 수 있으리라. 하지만 박근혜는 이도저도 아닌 방법을 택했다. 정권 초기에는 연설문 작성할 때 최순실의 도움을 받았다며 JTBC의 뉴스를 시인해 버렸다. 이로써 박근혜가 대통령에서 물러나는 것은 필연적인 운명이 됐다.

판단력이 떨어진 대통령

대통령의 잘못은 이것만이 아니다. 명색이 대국민 사과를 하는 자리임에도 "청와대 보좌 체제가 완비된 후에는 그런 적이 없다"며 거짓말을 한 것인데, 이는 태블릿PC에 있는 자료만 가지고도 탄로날 일이었다. 그 후 언론에서는 날이면 날마다 '최순실이 이랬다더라'는 기사를 쏟아내기 시작한다. 내 평생 뉴스가 그렇게 스펙타클한 것은 처음 봤는데, 그럼에도 박근혜는 사태를 제대로 파악하지 못했다. 1974년 워터게이트 사건으로 위기에 몰린 닉슨 미국 대통령의 경우를 보자. 사건의 진상을 조사하던 위원회는 닉슨이 사건에 개입했다는 증거가 담긴 테이프의 존재를 알아낸다. 자신은 그 사건을 몰랐다는 닉슨의 말이 거짓이었단 얘기다. 닉슨은 더 이상 버틸 수 없었고, 미국 사법위원회가 탄핵을 권고하자 스스로 사임해 버린다. 닉슨보다 더한 범죄를 저지른 — 국민을 비참하게 만들었다는 것만 봐도 — 박근혜 역시 사임이 최선의 방법이었다. JTBC 보도 이후 광화문에는 시민들이 촛불을 들고 모여 박근혜 아웃OUT을 외치고 있었고, 그 수는 점점 늘어나는 중이었다. 이런 상황에서 스스로 물러나 버린다면 군중들은 목표물을 잃은 미사일이 될 수 있었다. 최순실 관련 비리로 인해 조사를 받는 거야 피할 수 없었겠지만, 이미 물러난 대통령을 구치소로 보내는 것은 정서적으로 꺼려지는 일이었다.

하지만 박근혜는 여전히 현실 파악을 하지 못했다. 11월 4일 대국민담화 때 그가 한 말은 검찰 수사를 받을 것이며, 필요하다면 특검도 수용하겠다는 게 전부였다. 눈물을 흘리며 동정심을 유발하는 정도로는 떠난 민심을 붙잡을 수 없다는 걸 전혀 모르는 듯했다. 결국 박근혜는 11월 29일 다시금 대국민 담화를 해야 했는데,

이는 그에게 사실상 마지막 기회였다. 물론 박근혜는 이 기회조차 살리지 못했다. 스스로 물러나겠다는 말 대신 그가 한 말은 자신의 진퇴 문제를 국회에 맡기겠다는 것이었으니 말이다. 그 뒷얘기는 우리가 아는 바와 같다. 2016년 12월 9일 국회는 대통령에 대한 탄핵안을 가결했고, 헌법재판소는 이듬해 3월 10일 만장일치로 파면을 결정한다.

여러 차례 기회를 잃어버린 박근혜였지만, 여전히 기회는 남아 있었다. 진보 세력이 마지막까지 걱정한 것이 '만일 탄핵 선고 하루 전에라도 자진해서 물러나 버리면 어쩌나?' 하는 것이었다. 그렇게 되면 "대통령 박근혜를 파면한다"는 이정미 재판관의 선언은 나오지 않았을 것이고, 그를 법적으로 단죄하는 것은 국민 정서상 힘들 수도 있었다. 하지만 그럴 정도의 판단력이 있는 대통령이었다면 나라를 이 꼴로 만들지 않았으리라. 실제로 그 후 파면을 당할 때까지 박근혜 측이 보여 준 것은 시간 끌기, 막말, 생떼 등이 고작이었다. 자, 그렇다면 박근혜의 낮은 판단력은 도대체 어디서 기인한 것일까? 전여옥 전 의원의 말을 인용해 보자.
"박근혜 위원장의 자택 서재를 둘러보고 박 위원장의 지적 인식 능력에 좀 문제가 있다고 생각했다. 서재에 일단 책이 별로 없었고 증정받은 책들만 주로 있어 통일성을 찾기 어려웠다. 그래서 '여기가 서재인가' 하는 생각을 했다."[3]

김영삼 전 대통령의 경우

물론 책을 많이 읽었다고 해서 꼭 좋은 사람이 되는 건 아니다. 그래도 대통령으로 인해 국민이 대신 부끄러워할 일까지는 벌어지지 않았으리라. 책과 담을 쌓은 걸로 따지면 박근혜와 쌍벽을 이루던 김영삼 전 대통령(이하 김영삼)은 늘 이런 말을 했다. "머리는 빌려도 건강은 빌릴 수 없다."[4] 그는 정말로 책을 읽는 대신 달리기만 죽어라고 했는데, 그가 몰랐던 것은 참모들의 의견이 엇갈릴 때 누구의 머리를 빌려야 하는지는 자신이 결정해야 한다는 사실이었다.

1997년, 호황을 누리던 우리나라 경제에 위기가 닥쳤으니, 바로 달러가 부족해진 것이다. 정부가 해야 할 일은 갖고 있던 달러가 동이 나는 사태, 즉 외환 위기를 막는 것이어야 했다. 달러를 버는 방법 중 하나는 수출을 늘리는 것, 그러기 위해서는 환율 인상이 절실했다. 혹시 초등학생도 이 책을 읽을 수 있으니 설명을 하자면, 우리나라에서 만드는 1만 원짜리 기생충 인형이 미국에서 인기를 끌고 있는데, 환율이 1달러에 1천 원이면 미국에선 인형 한 개를 사기 위해 10달러를 지불해야 한다. 하지만 환율이 올라 1달러에 2천 원이 된다면, 5달러에 인형 한 개를 살 수 있다. 당연히 인형 주문이 쇄도하고, 수출이 늘어난다. 당시 환율은 1달러당 845원으로, 실제보다 원화의 가치가 훨씬 더 높게 평가된 상태였기에, 무역 수지가 수백억 달러씩 적자를 볼 수밖에 없었다. 상황이 이렇다면 환율을 올리는 게 너무도 당연했지만, 당시 정부는 그렇게 하는 대신 환율을 더 내려 버렸다. 1달러당 원화는 760원까지 내려갔다. 수출은 더 안됐고, 무역 수지 적자는 더 심해졌다. 심지어 정부는 고평가된 원화의 가치를 유지하기 위해 가지고 있던 외환을 풀어 원화를 사들이기까지 했는데, 달러가 턱없이 부족했던 1997년 10월과 11월, 100억 달러가 넘는 돈이 이렇게 사라졌다. 더 이상 남은 달러가 없자 정부는 IMF에 달러를 빌려 달라고 요청하는데, 이게 바로 6·25 이후 최대 국난이었던 외환 위기다.[5,6]

그 후 대통령이 된 김대중은 1년 반 만에 빌린 달러를 모두 갚는다. 그 비결은 1달러당 2천 원까지 폭등한 환율이었는데, 덕분에 1998년 무역수지 흑자는 역사상 최대 규모인 390억 달러에 달했다.[7] 외환 위기를 조기에 극복하긴 했지만, 우리 사회가 겪어야 할 후폭풍은 상상을 초월한 것이었다. IMF의 혹독한 처방으로 인해 수많은 기업이 도산했고, 수많은 사람이 일자리를 잃었다. 평생직장의 개념도 없어져 직장인들은 잘릴까 봐 전전긍긍해야 했다. 그로 인한 국민적 자존감 추락까지 합치면, 이걸 6·25에 비하는 게 과장이 아니다. 자, 그렇다면 이런 질문을 해 보자. 당시 정부는 왜 환율 인상에 한사코 반대했을까? 이유인즉슨 김영삼 정부가 1인당 국민소득 1만 달러에 집착했기 때문이었다. 역시 초등학생을 위해 자세히 설명해 보자. 우리 국민이 1인당 1천만 원을 버는데, 환율이 1달러당 1천 원이라면 1인당 국민소득은 1만 달러가 된다. 하지만 환율이 올라 1달러당 2천 원이 된다면 1인당 국민소득은 5천 달러로 내려간다.

국민소득 1만 달러 달성과 외환 위기의 위험을 피하는 것 중 어떤 것이 더 중요할까? 대통령의 판단에 국민 전체의 운명이 좌우되는 만큼 제대로 된 판단을 내려야 했지만, 김영삼의 선택은 아쉽게도 전자였다. 당시 김영삼의 임기가 얼마 남지 않았으니 망정이지, 최초로 탄핵당한 대통령의 영광은 김영삼이 안을 뻔했다.

책은 판단력을 길러 준다

대학 때 몸담은 방송반에서 〈내기〉라는 작품을 공연한 적이 있다. 시나리오를 쓴 친구가 자기가 읽은 책을 각색했다는데, 그땐 내가 책을 안 읽던 때라 누가 쓴 건지도 몰랐지만 나중에 알고 보니 그 작품은 『체호프 단편선』에 실린 「내기」였다. 스포일러를 무릅쓰고 내용을 요약해 본다.

파티장에서 형벌 제도에 대해 이야기를 나누고 있다.

은행가 사형이 종신형보다 더 윤리적이야. 사형은 단번에 죽이지만 종신형은 천천히 죽이잖아.

변호사 그래도 종신형이 낫죠. 사는 게 아예 없어지는 것보다는 낫잖아요.

은행가 뭐? 만일 당신이 독방에 5년 동안 들어가 있을 수 있다면 200만 루블을 드리겠소!

젊은 변호사는 5년은 너무 짧다며 15년을 조건으로 내기에 응한다. 그때만 해도 은행가는 자신만만했다. 그 변호사가 15년은커녕 3, 4년도 못 버틸 거라고 생각해서였다. 결국 변호사는 은행가의 집 정원에 지어진 바깥채 중 한 곳에 감금됐다. 다른 사람과 만나거나 밖으로 잠깐 나가는 일, 편지나 신문을 받는 것 등은 모두 금지됐다. 대신 음주와 흡연을 비롯해 원하는 것은 메모지에 쓰기만 하면 무한정 공급받을 수 있는 조건이었다. 변호사가 그만두겠다고 하면 내보내 주지만, 그 경우 은행가는 200만 루블을 주지 않아도 된다.

감금된 변호사는 고독과 무료함으로 괴로워하다, 책을 읽기 시작한다. 첫해에 읽은 것은 애정소설, 탐정소설, 코미디물 같은 오락물이었다. 두 번째 해부터는 고전을 읽었다. 6년 반이 되었을 때는 외국어와 철학, 역사책을 주문했다. 10년째가 됐을 때는 복음서와 종교서를 읽었고, 마지막 2년간은 바이런, 셰익스피어, 철학과 신학 등등을 읽었다. 어찌나 책을 많이 읽는지 은행가가 책을 대기 벅찰 정도였다. 그러는 사이 시간이 점점 흘렀다. 약속된 시간이 다가오자 은행가는 불안해졌다. 그 동안 사업이 잘 안 된 탓에 200만 루블을 변호사에게 주고 나면 자신은 파산이다. 하지만 이제 겨우 마흔밖에 안 된 그 변호사는 자신이 준 돈으로 평생 인생을 즐길 것이다. 은행가는 탄식했다. "이 인간은 왜 죽지도 않을까?"

도저히 안 되겠다고 생각한 은행가는 기한이 되기 하루 전날 밤, 변호사를 찾아간다. 목적은 당연히 살인이었다. 마침 그 변호사는 자고 있었다. 잘됐다 싶어 그를 죽이려는데, 책상에 변호사가 쓴 메모가 있었다.

"십오 년 동안 나는 그대가 준 책 속에서 향기로운 술을 마셨고, 세계일주도 했고, 미녀들과 놀기도 했다. 그 책들 덕분에 나는 누구보다 지혜로운 사람이 됐다. 이렇게 지혜를 얻고 보니 너희들이 한심하도다. 죽으면 그만인 이 세상에서 뭐 그리 아등바등 살고 있는지 나 원 참. 내가 당신들의 삶에 경멸을 표하기 위해 내겐 하찮게 돼 버린 200만 루블을 거부하겠다. 그 돈에 대한 내 권리를 스스로 박탈하기 위해 약속된 시간보다 다섯 시간 전에 여기에서 나가 버릴 것이다."

결국 은행가는 그를 죽이지 않고 조용히 나갔고, 변호사는 그 메모대로 기한 전에 탈옥해 버린다.

여기에 대한 내 해석은 이렇다. 책을 통해 뛰어난 판단력을 갖게 된 변호사는 은행가가 하루 전날 자신을 죽이러 올 것을 미리 알았고, 메모를 써서 그를 돌려보냈다. 이런 생각을 할 수도 있겠다. 메모로 은행가를 안심시켰으니 예정된 시간까지 버텨 돈을 받아 내면 될 것 아닌가? 그건 아니다. 하루 전날 그를 죽이려던 은행가가 곱게 돈을 줄 성싶은가? 어떻게 해서든 그 변호사를 죽였을 것이다. 돈 때문에 친구나 가족을 살해한 사건은 잠깐만 검색해 봐도 수없이 나온다. 1루블은 우리 돈으로 20원가량으로, 200만 루블이면 4천만 원 정도다. 큰 돈 같지 않지만 이 책이 발표된 시기가 1888년인 걸 감안하면, 이 돈은 은행가로 하여금 충분히 살인을 결행할 이유가 된다. 그래서 변호사는 돈을 기꺼이 포기했다. 그렇다고 너무 안타까워할 필요는 없다. 그런 좋은 판단력을 갖춘 사람이라면 남은 삶을 아주 잘 살았을 테니까 말이다.

책의 힘

　독서가 삶에서 얼마나 중요한지를 말해 주는 책은 이 외에도 많은데, 『천국의 수인』(이하 『천국』)도 그 중 하나다. 카를로스 루이스 사폰이 쓴 4부작 시리즈의 하나지만, 이 책만 읽어도 그 자체로 재미있다. 서점에서 일하는 페르민에게 한 남자가 찾아온다. 그 남자는 페르민의 비밀을 알고 있다. 불안해하는 페르민에게 서점 사장의 아들, 그러니까 도련님은 도대체 무슨 비밀이 있느냐고 채근한다. 알고 보니 페르민은 20년 전인 1939년, 몬주익 교도소에 수감

됐다 극적으로 탈출한 전력이 있다. 그가 무슨 범죄를 저지른 것은 아니다. 당시 스페인은 프랑코 독재 치하였기에, 권력의 마음에 안 들면 잡아 가두는 일이 흔했다. 페르민도 그렇게 잡혀 들어갔다. 무서운 사실은 몬주익 감옥에서 살아서 나간 이는 아무도 없다는 점이었다.

페르민은 감옥에서 반체제 작가인 마르틴을 만난다. 당시 마르틴은 자신에게서 뭔가를 얻어내려고 하는 교도소장을 속이기 위해 정신병을 연기하고 있었다. 모두가 그걸 사실로 믿고 마르틴을 따돌리지만, 페르민만은 그에게 잘해 준다. 그런던 어느 날, 페르민은 마르틴을 진찰하러 온 의사를 만나는데, 의사는 페르민에게 마르틴과 나눈 대화 내용을 들려준다.

마르틴 박사님, 이 교도소에서 벗어날 수 있는 유일한 탈출 방
　　　법을 찾아낸 것 같습니다.
의사 어떤 방법 말입니까?
마르틴 죽는 겁니다.
의사 보다 현실적인 다른 방법은 없습니까?
마르틴 『몽테크리스토 백작』을 읽어 보셨나요?
의사 어렸을 때요. 지금은 거의 기억이 나지 않습니다.
마르틴 그러면 그 책을 다시 읽어 보십시오. 거기에 모두 나와
　　　있으니까.[8]

의사는 마르틴이 미쳐서 그런 말을 했다고 생각했지만, 페르민은 그렇게 생각하지 않았기에 마르틴을 만나서 그 말의 진위를 묻는다. 그리고 다음과 같은 대화가 오간다.

> 페르민 전해 듣기론 이 똥통에서 빠져나갈 방법을 모색 중이라고 하던데…… 제가 지원하고 싶습니다.
>
> 마르틴 뒤마의 작품을 읽어 보셨소?
>
> 페르민 처음부터 끝까지요.
>
> 마르틴 보아하니 정말 그런 것 같군요. 그렇다면 머잖아 때가 되면 사태를 예측할 수 있을 거요. 내 말을 잘 들으시오.[9]

자, 페르민이 탈옥을 위해 어떤 방법을 쓸지 짐작이 가는가? 만일 그렇다면 당신은 뒤마가 쓴 『몬테크리스토 백작』을 읽은 사람이다. 그럼 의사가 어릴 적 이 책을 읽고 기억을 못하는 이유는 뭘까? 다섯 권으로 된 방대한 분량의 원본 대신 2백 쪽이 될까 말까 한 축약본을 읽었기 때문이 아닐까. 아무튼 그 책에 나온 대로 페르민은 탈옥에 성공하고, 마르틴이 부탁한 임무를 충실히 수행한다. 그 임무는 다름 아닌 서점 주인의 아들을 잘 보호하는 것이었다. 여기서 알아야 할 점은 다음이다. 소설이긴 하지만 마르틴이 뒤마의 책을 읽지 않았다면, 그는 몬주익 교도소에서 죽었으리라는 것. 어떤가? 이래도 책 읽기를 주저할 것인가? 책이 당신의 생명을 구해 줄 수도 있는데, 계속 스마트폰만 할 텐가?

1 "박 대통령 『4차 산업혁명』 독서 중"…靑 공개 이유는? 연합뉴스 2017. 1. 10
2 김어준의 뉴스공장 "박근혜, 기각 예상해 5단 케이크 준비했다" 스포츠경향 2017.
   3. 13
3 전여옥 "20년 전 최순실, 박근혜 반찬 챙기더라" 노컷뉴스 2016. 12. 28
4 "머리는 빌리면 된다"했던 YS…친구에서 면사무소 직원까지 심야 통화로 민심 들
   었다, 국민일보 2015. 11. 26
5 [경제와 세상] '제2의 외환 위기'막으려면, 경향신문 2014. 7. 2
6 [세종淸思] 환율 해법, 금융 산업 경쟁력에서 찾아야, 아시아경제 2014. 5. 12
7 무역수지, 사상 최고치 400억 달러 가능할까? Newsis 2009. 11. 1
8 『천국의 수인』, 카를로스 루이스 저, 김주원 역, 문학동네, 128~129쪽
9 『천국의 수인』, 140쪽

5. 사실을 객관적으로 볼 수 있다

명성황후의 실체는?

언젠가 명성황후 생가에 간 적이 있다. 단체버스를 타고 가는 거라 거절할 수도 없었는데, 유적지를 설명하는 '해설사'의 말이 가슴을 찌른다.

"이번에는 명성황후 생가에 갈 텐데요, 오늘 우리나라에서 큰일을 하신 거인 두 분을 보게 되네요."

두 분 중 하나는 명성황후, 그럼 나머지 한 분은 누굴까? 놀라지 마시라. 바로 세종대왕이었다. 명성황후 생가에 가기 전 우리 일행은 세종대왕이 계신 영릉에 다녀왔던 터였다. 국사 시간의 기억을 더듬어 보면 명성황후는 그 당시 국사 교과서엔 '민비'라고 칭해졌지만, 우리나라를 도탄에 빠뜨린 자였다. 그런 자가 세종대왕과 쌍벽을 이루는 거인이라니 벌린 입이 다물어지지 않는다. 해설사도 나름의 공부를 통해 자격을 획득하는 걸로 알고 있는데, 그와 나 사이에 어떻게 이런 차이가 생겼을까?

사실 이런 주장이 처음은 아니다. 인터넷을 보다 보면 이와 같은 주장을 하는 분이 수도 없이 많았으니까. 어느 분이 블로그에 쓴 글이다.

"명성황후는 일본의 조선 침략 시기에 뛰어난 인재를 고루 등용 토록 했으며, 외침 세력을 견제하고 뛰어난 외교술을 발휘하였다. (…) 지혜와 통찰력을 갖춘, 뛰어난 외교력의 소유자로서 국모의 위엄을 갖추었다."[1]

또 다른 분의 글을 보자.

"어려운 시기에 외교적으로는 외국 열강끼리 서로 견제하고 싸우게 하며 내적으로는 뛰어난 인재를 고루 등용했던 명성황후, 어려서부터 강직한 성격에 글 읽기를 좋아하고 분별이 뚜렷하며 행동파에 홀어머니 봉양에도 지극정성이었다고 한다."[2]

이런 훌륭한 분을 과거의 국사 교과서가 매도했던 이유는 뭘까? 답은 간단하다. 일본이 역사를 왜곡했기 때문일 것이다.

"조선근대사를 쓴 사람이 일본인이었으며, 철저하게 역사를 왜곡한 데서 비롯하였다 한다."[1]

"지금까지 전해진 명성황후에 대한 나쁜 시각은 일본인에 의해 만들어진 '조선 근대사' 등 그녀를 비하하기 위해 역사를 왜곡해왔기 때문이라고 한다."[2]

이쯤되면 헷갈린다. 도대체 진실은 무엇일까? 아무리 역사가 승자의 기록이라 해도, 최소한 좋은 사람과 나쁜 사람 정도는 뒤집으면 안 되는 게 아닐까. 이성적으로 생각해 보자. 일본이 우리가 자랑할 만한 세종대왕이나 이순신 등이 아닌, 명성황후를 왜곡한 이유는 무엇일까? 자기네가 살인한 것을 숨기기 위해서? 그럴 수도 있지만, 이게 정말인지 알기 위해서는 그 당시 쓰인 다른 기록을 보는 것도 한 방법이다. 조선 말기에 살았던 황현의 『매천야록』이라면 일제의 왜곡 없는 내용을 담고 있겠지만, 그 책을 구하지 못한지라 『매천야록』을 인용한 「한겨레」 기사를 옮긴다.

황현의 『매천야록』을 보면, 명성황후는 자신이 낳은 두살배기 왕자의 세자 책봉을 청나라에 승인받기 위해 100만금을 청나라의 서태후와 리홍장에게 바쳤다. 병약한 세자의 건강을 기원하기 위해 금강산 1만2천 봉우리마다 쌀 한 가마니, 돈 1백 냥, 베 한 필씩을 공양하기도 했다. 전국의 유명한 절과 서울의 치성터는 명성황후가 독점하다시피 했다. 거의 매일 밤 새워 연회를 베풀고, 왕실의 물품을 각국의 진귀한 것으로 채우는 등 끝없는 사치를 부렸다. 이런 미신 행각과 사치 끝에 국고는 바닥났다. 1882년 임오군란이 일어났을 당시 문무백관은 5년 이상 봉급을 받지 못했고, 군인들은 13개월간 급료를 받지 못하고 있었다. 그나마 13개월 만에 나온 한 달치 봉급이란 것이 반은 썩은 쌀이요, 반은 돌과 모래가 섞인 것이었다. 이에 격분해 병사와 민중의 봉기가 촉발됐던 것이다. 이때 들고 일어났던 병사들과 민중은 절과 무당집도 습격했다. 민중의 분노는 명성황후와 그 일족을 겨눴다. 척족 민겸호를 죽이고 명성황후까지 살해하려고 했다.3

그래서 황현은 이렇게 말한다. "대원군이 10년간 쌓은 국부를 순식간에 탕진한 여자." 그 투어 때 명성황후를 옹호했던 해설사도 이 얘기를 하긴 했다. 하지만 그 해설사는 이렇게 명성황후를 옹호한다.

"그래도 자기 자식이 아프다는데, 이해해 줄 수 있는 거 아닙니까?"

이해의 폭이 지나치게 넓어서 좋겠다만, 아무리 그래도 그렇지 국고를 죄다 탕진하는 건 해도 너무했다. 그런데 『매천야록』을 아예 안 믿는 분들도 제법 많다.

ㄴ아이콘: 신빙성이 떨어집니다. 우선 권력에서 밀려난 황현이 초야에 묻혀 풍문으로 들은 이야기를 글로 옮긴 거라 확인 작업이 없었다고 봅니다. 권력에서 밀려난 유학자가 불평불만을 쏟아낸 게 『매천야록』이죠. 유학자는 암탉이 울면 나라가 망한다는 고루한 사상을 가진 계층으로, 당시 조선의 기생충이었습니다. 황현은 명성황후 반대 세력으로 권력에서 밀려났기에 황후를 부정적으로 서술할 수밖에 없었다고 봅니다. 나라를 망하게 한 게 황현같이 입만 나불거리며

노동은 하지 않는 유학자였다는 걸 자각하지 못한 거죠.**4**

조선 근대사가 명성황후를 비판한 건 일본의 역사 왜곡 때문이고, 『매천야록』이 그런 건 풍문인데다 권력에서 밀려난 유학자의 사적인 복수란다. 특히 마지막 대목은 좀 심하다. 권력에서 밀려난 이가 나라를 망하게 한 책임을 져야 할까? 이분은 황현 선생이 한일합방 직후 자결하면서 한 얘기를 모르는가 보다. "나에게 죽을 만한 의리는 없다. 다만 나라가 선비를 기른 지 오백 년인데, 나라가 망하는 날에 그 어려움을 위해 죽는 자가 하나도 없다면 어찌 슬프지 않겠는가!**5**

참고로 한국민족문화대백과는 『매천야록』을 다음과 같이 기술하고 있다.

한말에 난정亂政을 주도하였던 위정자의 사적인 비리·비행이라든가, 외세의 악랄한 광란, 특히 일제의 갖은 침략상을 낱낱이 드러내고 있으며, 이에 대한 우리 민족의 끈질긴 저항 등이 담겨져 있다. 그러므로 일제의 식민 통치가 끝날 때까지 세상에 내놓을 수 없었을 뿐만 아니라, 황현 자신도 자손에게 바깥 사람들에게 보이지 말 것을 당부하였다. 자손들 또한 극비에 붙이고 깊이 간직하였기 때문에 세상 사람들은 전혀 모르고 있었다. (…) 갑오경장 이전 기록은 들은 것을 그대로 수록한 것이기 때문에 사실 자체가 잘못 전달되어 틀린 부분도 약간 있고 다소 과장된 부분도 적지 않다. 그리고 갑오경장 이후 사실에 대해서도 편년체*로 기록한 내용이라 할지라도 황현 자신이 직접 보고들은 것이 아니기 때문에 잘못 기술된 부분 도 있다. 그러나 다른 기록에서 찾아보기 힘든 귀중한 사료들 이 망라되어 있어서 한말의 역사를 연구하는 데 반드시 읽어 야 할 정도로 가치가 매우 높다.

국모가 된 명성황후

내가 중·고교 때 배운 국사 교과서엔 명성황후가 '민비'로 불렸 다. 사람들은 민비가 비하하는 호칭이라고 생각하지만, 사실 '민비' 는 민씨 성을 가진 왕비라는 뜻이다. 당시 교과서가 민비를 고집했 던 이유는 첫째, 조선이 대한제국이 되고, 고종이 1대 황제인 광무 제가 된 것은 그 이후기 때문이며, 둘째, 명성황후가 나라를 망하게 한 공범이라고 생각했기 때문이다. 앞서 말한 국고 탕진은 물론이 고, 대원군 축출 이후 자신의 친인척으로 하여금 권력을 모조리 장 악하게 한 일, 임오군란과 동학혁명을 진압한답시고 두 번이나 청 나라를 끌어들인 일 등등의 만행이 교과서에 기술돼 있었다. 단지 일본 조폭들에게 살해당했다는 이유만으로 미화시키기엔 그 비리

• 역사 서술 체제의 하나로, 역사적 사실을 연대순으로 기록함.

가 너무 컸다. 그 당시 국사를 배운 내 또래들은 그래서 명성황후를 '자신의 이익을 위해 외세를 이용한 여자'라고 생각한다.

그랬던 명성황후가 갑자기 애국자가 되어 사람들로부터 존경받게 된 이유는 뮤지컬 〈명성황후〉의 영향이 크다. 1995년, 명성황후 시해 100주년을 맞아 기획된 이 뮤지컬은 의외의 흥행을 하면서 명성황후에 대한 인식을 바꾸는 데 크게 공헌한다. 특히 마지막 대목은 뮤지컬을 보지 않은 사람도 다 알만큼 유명해졌는데, 그게 바로 명성황후가 일본인 자객에게 "내가 조선의 국모다!"라고 외치는 장면이다. 명성황후를 위대한 애국자로 탄생시킨 이 장면은 과연 사실일까. 명성황후의 옹호자들도 인정하는 사실은 명성황후가 궁녀의 옷을 입고 숨어 있다가 자객에게 발각됐다는 점이다. 만일 명성황후가 조선의 왕비로서의 기개가 있었다면 궁녀의 옷을 입을 이유는 없다. 오히려 "네가 민비냐?"라는 물음에 아니라고 거짓말하다가 죽임을 당했다는 게 훨씬 더 그럴듯하다. 그럼에도 뮤지컬은 명성황후 시해 100주년에 걸맞게 영웅 만들기 작업을 했고, KBS는 그 바통을 이어받아 같은 이름의 124부작 드라마를 방영했다.

거듭 말하지만 어느 정도의 지식만 있어도 이런 것에 세뇌당하지 않을 수 있다. 그 지식은 교과서와 더불어 역사에 관한 책을 읽음으로써 만들어진다. 그렇게 쌓인 지식은 드라마가 특정 인물을 미화해도 "드라마가 다 그렇지 뭐" 하고 혀를 찰 수 있게 만든다.

반면 책을 멀리하게 된, 그래서 기본 지식이 없는 사람들은 TV나 뮤지컬에 나오는 역사가 사실이라고 믿는다. 매스컴에선 가수 설현이 안중근 사진을 보고 안창호라고 했다며 비판하지만, 역사를 모르는 건 비단 아이돌들만의 문제는 아니다. 실제로 명성황후를 비판한 글에는 다음과 같은 댓글들이 보인다.

    ㄴ 너무 미화된 드라마만 봤었군요. 저도 이 정돈지는 몰랐다는.
    ㄴ 미화가 됐다니, 전 처음 듣는 정보라 더 흥미롭네요.
    ㄴ 전혀 몰랐던 사실을 여기서 보네요.[6]

역사는 책으로 배우자

그래서 뭔가를 제대로 알려면 책을 읽어야 한다. 책이라고 해서 다 사실만 기록하는 건 아닐지라도, 인터넷이나 대중매체에 비하면 책의 신뢰도가 훨씬 높을 수밖에 없다. 작고하신 남경태 작가가 쓴 『종횡무진 한국사』는 내가 볼 때 시중에 나온 역사책 중 재미와 유익함 면에서 최고인데, 이 책에서 명성황후를 어떻게 기술했는지 한번 살펴보자. 다음은 임오군란 직후로, 임오군란으로 인해 명성황후가 도망간 사이 대원군이 잠시 집권했다가 명성황후가 불러들인 청나라가 대원군을 납치하면서 반란이 끝났을 때다.

애초에 개화를 주장하고 집권한 민씨 정권이 노선을 선회한 것은 이 시점(임오군란)에서다. 민씨 일파는 느닷없이 대원군을 물리쳐 준 청으로 붙어 사대당(친청파)의 주력이 된 것이다. 그렇다면 결국 처음에 민씨 정권이 개화를 주장한 이유는 오로지 권력을 장악하기 위해서였을 뿐이라는 이야기가 된다. 말하자면 대원군이 쇄국 이데올로기로 버텼으니까 그를 타도하고 들어선 민씨 정권은 반대를 위한 반대로서 개항과 개화를 내세워야 했던 것이다. 이렇듯 민씨 정권은 집권자의 기본적 자질이자 덕목인 정책의 일관성조차 유지하지 못했다. (…) 대원군이 역사를 거스르려 한 것은 물론 잘못이었지만, 민씨 세력이 내부의 반란을 진압하기 위해 청을 끌어들인 것은 더 큰 잘못이었다. (…) 과연 대원군을 납치하고 반란을 진압한 청군은 임무가 종결되었는데도 물러가기는커녕 아예 주둔군으로 탈바꿈했다. 그런데 더욱 가관인 것은 수구로 돌아선 민씨 정권이 청의 그런 태도를 적극 환영했다는 사실이다.**7**

다음은 청일전쟁에서 일본이 승리한 후에 대한 기술이다.

일본의 지배를 받게 된 데 대한 거부감이 겹치면서 민씨 정권은 청을 대신해 줄 새로운 파트너를 섭외했다. 바로 러시아였다.**8**

그러자 일본은 명성황후를 시해하는, 소위 을미사변을 일으킨다. 어떤 이는 일본이 군이 명성황후를 죽인 걸 보면 조선 침략에 그만큼 걸림돌이 됐기 때문이라며 명성황후를 옹호하지만, 그건 명성황후가 러시아에 추파를 던진 탓이지 그녀가 애국지사여서는 아니다. 저자 역시 그렇게 생각한다. "개인적으로는 안타까운 죽음이지만 역사를 거스르고 조선의 국정을 말아먹은 대가였다고 할까?"

자, 이 책을 읽고도 명성황후가 애국자라고 우길 수 있을까. 아마 어려울 것이다. 하지만 이 책의 판매량은 많아야 수만 부에 불과한 반면, 지난 20여 년간 줄기차게 무대에 오른 뮤지컬의 관객수는 160만 명에 달하고, TV 드라마를 본 이는 그보다 몇 배는 넘을 것이다. 이런 상황에서 명성황후가 애국자로 칭송받는 건 너무도 당연하다. 그래서 말씀드린다. 지식을 얻으려면 인터넷이나 TV보다는 책을 선택하라고. 책이라고 다 옳은 것은 아니지만, 저자의 이력을 본다면 좋은 책을 가려내는 건 어렵지 않다.

황우석 사건의 실체를 알 수 있다

2005년 말, 한국 사회는 때 아닌 소동으로 시끄러웠다. MBC 앞에 사람들이 모여 방송사를 규탄하는 시위를 벌인 것이다. 당시 MBC는 지금과 같은 모습이 아니었고, 오히려 진보의 가치를 구현하는 방송사였다. 모인 사람들이 MBC에 분노한 까닭은 그들이 황우석 박사의 성과를 깎아 내리는 데 앞장서서였다. 황우석이 누군 가. 줄기세포 연구의 1인자로 세계 과학계의 주목을 받던 국보급 과학자가 아니던가. 그런 황우석을 과학에 대해서 아는 것도 없는 〈PD수첩〉이 엉터리라고 하니, 기가 막힐 노릇이었다. 우리라도 황 박사를 지키자는 게 MBC 앞에 사람들이 모인 이유였다. 하지만 서울대 조사 결과 황우석이 만들었다는 줄기세포는 존재하지 않았 고, 『사이언스』에 실은 논문은 조작이었다. 결국 황 박사는 서울대 교수직에서 파면당한다.

그로부터 10여 년이 지난 지금도 소위 황우석 사태는 현재 진행 형이다. 그 당시 황우석을 지지했던 수많은 사람(이하 황빠)이 여전 히 황우석을 응원하고 있기 때문이다. 황우석이 미국에서 특허를 받았다는 기사가 나왔을 때라든지 코요테 복제에 성공했을 때, 그 밖에 그가 기사에 언급될 때마다 황빠들은 거품을 물고 황우석을 끌어내린 세력을 욕했다. 세계적인 과학자인 황 박사가 남 잘되는 걸 못 참는 못난 나라에 태어난 죄로 고초를 겪고 있다는 것이다. 황빠에 따르면 황우석은 미국의 음모, 아니면 당시 정권을 잡았던 진보 세력의 농간, 그것도 아니면 수의대의 성공을 질투한 의대 측 의 음모에 의한 희생양이었다. 박근혜 전 대통령에게 박사모가 있 는 것처럼, 황우석쯤 되면 '빠'가 있다는 건 이상한 일이 아니다. 하 지만 박사모가 전 국민의 5퍼센트 미만에 불과한 소수인 반면, 황 빠는, 정확한 통계는 나온 적이 없지만, 꽤 높은 비율을 차지하는 것 같다. 그들의 숫자가 워낙 많은데다, 음모론이 다 그런 것처럼 황빠들이 사실과 주장을 교묘하게 뒤섞어 그럴 듯한 스토리를 만든 덕분에, 사람들은 혼란스럽다. 도대체 진실은 무엇일까?

인터넷을 백날 뒤져 봐도 진실을 알긴 어렵다. 대립되는 두 주장 중 어느 것이 옳은지 알려면 과학에 대해 어느 정도 지식이 있어야 하는데, 그게 부족하다 보면 잘못된 판단을 내릴 수 있다. 그래서 책을 읽어야 한다. 〈PD수첩〉에서 황우석의 실체를 드러낸 일등 공신 한학수가 쓴 『진실, 그것을 믿었다』(이하 『믿었다』)는 황우석의 연구가 다 가짜라는 연구원의 제보부터 시작해 황우석 사태가 어느 정도 마무리되는 2005년 12월까지 벌어진 일을 시간대별로 기록한 현장 보고다. 일개 피디가 실험실 내부에서 벌어지는 일을 알기는 쉽지 않다. 게다가 상대는 국민의 사랑을 한 몸에 받는 스타 과학자다. 이 일을 과연 해야 할까? 아니, 할 수는 있을까? 도저히 불가능해 보이는 프로젝트를 시작하고 또 성공하기까지의 과정이 너무 드라마틱해, 읽는 내내 몸에 전율이 일었다. 아무리 재미있게 쓴 소설도 현실을 능가하지 못한다는 말이 실감 났다. 게다가 한학수 피디는 줄기세포에 대해 전혀 모르던 사람이었다가 이 프로젝트를 하면서 전문가가 됐는데, 자신의 경험을 바탕으로 아주 친절하게 줄기세포에 대해 가르쳐 주는지라 누구라도 쉽게 읽을 수 있다. 황빠라 하더라도 이 책만 읽으면 사회로 복귀해 정상적인 생활을 할 수 있다는 얘기다. 아쉬운 점은 제목이었다. 처음 책이 나올 때는『여러분, 이 뉴스를 어떻게 전해드려야 할까요?』였는데, 제목만 보면 꼭 뉴스 앵커가 방송 사고를 치는 내용 같다. 개정판에서라도 그럴듯한 제목으로 바뀐 게 다행이다.

황우석은 음모의 희생양이 아니다

책에 나온 내용은 이따 언급하고, 지금까지 밝혀진 황우석에 관한 명백한 사실을 이야기해 보자. 첫째, 그가 만들었다던 줄기세포는 존재하지 않았고, 논문에 나온 줄기세포는 조작된 것이었다. 둘째, 그의 논문을 표지에 실어 줬던 저명 학술지『사이언스』가 그의 논문을 철회했다.『사이언스』는 〈PD수첩〉이나 진보 세력의 압력에 굴복해 논문을 실었다 뺐다 하는 곳이 아니다. 셋째, 논문 조작은 과학자가 절대 하지 말아야 할 범죄다. 황빠들은 황우석에게 원천 기술이 있으니 그에게 다시 기회를 주자고 한다. 황우석은 서울대에서 파면당한 것이지, 다른 어느 곳이든 취업할 수 있다. 실제로 황우석은 수암생명 공학연구원에 들어가 연구했고, 코요테를 복제한 곳도 그곳이었다.

자, 당신이 황우석이고, 누명을 쓴 게 맞는다면 어떤 연구를 하겠는가? 다시 줄기세포를 만들어 자신의 연구가 거짓이 아님을 보여 주고 싶지 않을까? 하지만 황우석은 서울대 교수에서 파면된 후 지금까지, 십 년이 넘는 시간이 흘렀음에도 줄기세포를 만들지 못하고 있다. 황우석이 우리나라에서 부당하게 팽당했거나 그의 기술이 정말 뛰어나다면 황우석은 그 사태가 마무리된 직후 미국이나 줄기세포 연구를 하는 다른 나라에 스카우트됐어야 했다. 그런데 그는 여전히 한국에서, 학술지가 아니라 언론을 통해서만 이야기하고 있다.

넷째, 황우석은 매머드를 복제한다고 한다. 이를 위해서는 다음 과정을 거쳐야 한다. 러시아의 얼어 있는 땅에서 발견된 매머드 조직을 얻는다. → 거기서 매머드의 체세포를 분리한다. → 시험관에서 체세포 분열을 일으킨다. → 분열을 일으킨 체세포의 DNA를 코끼리 난자에 넣는다. → 코끼리의 자궁에 그 난자를 이식한다. → 임신 기간인 21개월 후 매머드가 태어난다.9 이 시나리오의 문제점은 언 땅에서 온전한 매머드 체세포를 발견할 확률이 거의 없다는 점이다. 게다가 난자를 이식할, 즉 대리모 역할을 할 코끼리를 구하는 것도 어렵거니와, 매머드의 난자가 코끼리 몸 안에서 자랄 수 있을지도 알 수 없다. 그러니 황우석이 매머드 복제에 성공할 확률은 아무리 좋게 봐도 0퍼센트다. 그럼에도 황우석은 소리 높여 매머드를 외치고 있다. 대중의 관심을 끄는 데 매머드만큼 좋은 소재는 없기 때문이리라. 마지막으로 황우석은 코요테 복제에 성공했다. 언론들은 "황우석 박사가 세계 최초로 멸종 위기 동물 중 하나인 코요테 복제에 성공했다"고 보도했는데,10 최초 복제가 가능했던 건 코요테를 복제하려는 연구팀이 없었기 때문이다. 멸종동물이 아니라 처치 곤란일 만큼 많은 동물인데 왜 복제하겠는가? 하지만 우리 언론은 황우석의 말을 충실히 받아쓰고, 황빠들은 "역시 황 교주님! 믿습니다!"를 외쳤다.

황우석은 사람이 아니다

여기까지만 봐도 이분이 과연 과학자인지 교주인지 헷갈린다. 그래도 가장 잘하는 게 언론플레이니, '놀면 뭐하나 그거라도 해야지' 하고 이해해 줄 수 있다. 하지만 『믿었다』를 보면 이해는커녕 분노가 용솟음칠 때가 여러 번이다. 아니, 수십 번이다. 그 중 가장 치가 떨리는 대목 하나만 소개하자. 황우석은 '줄기세포 2번을 만들었다'고 발표했다. 줄기세포 2번은 교통사고를 당해 장애를 갖게 된 아이의 체세포를 이용해 만든 것이다. 그 일이 잘된다면, 아이에게 줄기세포를 이식해 장애를 고칠 수도 있는 노릇이었다. 줄기세포 이식이 그 아이와 가족에겐 유일한 희망이란 얘기다.

그런데 황우석은 체세포를 제공한 그 아이의 신원을 철저히 숨겼다. 이건 매우 이상한 점이었다. 아이에게 상처가 될까 봐 그런 것이 아니냐고 하겠지만, 기자들 앞에서 휠체어에 앉은 아이와 사진을 찍는 등 자신의 홍보를 위해 아이를 이용해 온 황우석이 그런 배려를 할 리는 없었다. 나중에 알고 보니 그 줄기세포가 아이의 체세포를 이용해 만든 것이 아닌, 가짜 줄기세포였기 때문이었다. 이외에도 황우석은 〈PD수첩〉 팀이 검증을 위해 데이터를 보자고 요청할 때마다 거부하는데, 이는 황빠들의 믿음과는 달리 황우석이 조작 사실을 미리 알고 있었다는 '움직일 수 없는 증거'였다. 그러거나 말거나 한학수는 어렵사리 그 아이를 찾아낸다. 이제 황우석이 보관 중이던 줄기세포 2번과 아이 머리카락에서 얻은 DNA를 비교해 보면 됐다. 줄기세포 2번이 아이 머리카락 DNA와 일치하면 줄기세포는 진짜고, 일치하지 않으면 가짜인 셈이다. 짐작하다시피 그 둘은 일치하지 않았다. 아이는 물론이고 아이 아버지는 황우석을 은인이라고 철석같이 믿고 있었고, 3개월 후 임상 실험을 한다는 말까지 진짜라고 알았는데, 황우석은 그들을 이용해 장난치고 있었던 것이다. 이런 인간을 사람이라고 부를 수 있다면, 파리도 하늘을 난다는 이유로 '새'에 포함시키는 게 맞을 것 같다.

한학수는 황우석 밑에서 줄기세포 연구를 수행했던, 당시 미국에 가 있던 김선종 연구원을 찾아간다. 한학수는 말한다. 그거 다 조작 아니냐고, 순순히 인정하면 다른 사람은 다치지 않게 해 주겠다고. 이 대목은 언론의 취재 윤리를 위반한 것이었지만, 어쨌든 김선종은 이렇게 답변한다. "제 인생은 이제 끝난 것 같네요." 황우석의 실체는 그렇게 세상에 드러났다. 나는 물론이고 많은 사람이 〈PD수첩〉이 줄기세포에 대해 뭘 아느냐고 비웃었지만, 이를 조사한 한학수는 황우석의 사이언스 논문을 백 번도 더 읽었을 만큼 줄기세포 전문가의 경지에 올라 있었다. 궁지에 몰린 황우석은 수염도 깎지 않은 채 서울대병원에 드러눕는 등 국민들의 동정심에 호소한다. 그게 그가 했던 최후의 명연기가 될 것으로 생각했지만, 그는 그 후에도 아카데미상이 울고 갈 명연기를 수도 없이 선보인다. 나는 모른다, 김선종이 다했다, 줄기세포가 오염됐다, 미즈메디가 오염시켰다 등등 그는 지금도 자기 잘못을 인정하지 않고 버티고 있다. 잘못을 인정하는 순간 그를 신으로 믿던 황빠들이 소멸될 테니까.

책을 가려 읽자

물론 책이라고 해서 다 진실을 얘기하고 있진 않은데, 대표적인 예가 문형렬 등이 쓴 『황우석 리포트』다. 문형렬 KBS 피디는 대표적인 황빠로, 황우석이 음모의 희생양이라고 주야장천 외쳤고, 〈PD수첩〉에 맞설 필름을 만들기도 했다. '섀튼은 특허를 노렸나?'라는 제목의 이 필름은 황우석의 논문에 이름을 올렸던 섀튼 박사가 황우석의 기술을 훔쳐서 자신이 특허를 내려 한다는 내용이다. 하지만 이 필름의 전제는 황우석을 중심으로 한 우리나라가 줄기세포 최강국이라는 것인데, 그 당시나 지금이나 우리나라의 줄기세포 기술은 세계 최고였던 적이 없다. 예를 들어 이웃 일본의 야마나카 신야 교수는 2006년 역분화줄기세포를 만드는 데 성공해 2012년 노벨생리의학상을 탔는데, 이는 황빠들의 주장처럼 황우석이 방송의 탄압으로 고초를 겪는 사이 신야 교수가 역전한 게 절대로 아니다.

그럼 『황우석 리포트』는 어떤 내용을 담고 있을까? 놀랍게도 이 책은 황우석 사태의 모든 것이 미즈메디 측의 음모란다. 연구를 위해 그간 불임 부부들이 맡긴 난자를 황우석에게 무한 제공한 그 병원이 도대체 왜 황우석을 나락으로 떨어뜨려야 하는지 알 수 없지만, 이 책을 읽은 황빠들은 그냥 감격해 버린다.

"[이 책에서] 객관적이고 냉철한 이성으로 명확한 사실에 근거하여 정확하게 풀어 나가고 있는 선한 의지와 진실을 본다."11

"꼭 읽어 주세요. 정말 눈물이 나려고 합니다."12

이 글들을 읽으니 이분들이 원래 이런 건지, 아니면 책 때문에 이렇게 된 건지 궁금해지는데, 어쩌면 박빠보다 황빠가 우리나라에 훨씬 더 해롭지 않을까 싶다. 책을 가려 읽자. 안 그러면 '빠심'을 객관적인 진실로 여기게 될지도 모르니까.

1 [티스토리 블로그] http://boskim.tistory.com/358
2 [네이버 블로그] http://blog.naver.com/yjhedc/221035076714
3 명성황후 홀린 '진령군'을 최순실에 비길쏘냐, 한겨레 2016. 11. 2
4 [네이버 카페] 역개루 http://cafe.naver.com/historygall/63631
5 [카드뉴스] 망국의 문턱에서 생을 마감한 선비 - 구례에서 '매천 황현'을 만나다, 매일경제 2017. 2. 16
6 [네이버 블로그] http://blog.naver.com/groovebass14/220210809003
7 『종횡무진 한국사』, 남경태 저, 휴머니스트, 408~410쪽
8 『종횡무진 한국사』, 427쪽
9 [집중탐구 | 황우석 매머드 복제의 진실] 황우석 박사 매머드 복제? "현재로서는 가능성 0%", 신동아 2012. 3. 23
10 황우석 '세계 최초' 코요테 복제 성공…경기도에 기증, 아시아경제 2011. 10. 17
11 [줌 블로그(이글루스)] http://egloos.zum.com/shehan/v/7117829
12 『황우석 리포트』, 네이버 리뷰

6. 인내심을 길러 주는 책 읽기

도쿠가와 이에야스

일본 천하를 제패한 영웅은 오다 노부나가, 도요토미 히데요시, 도쿠가와 이에야스 이렇게 세 명이다. 어릴 적 아버지는 이들에 대한 일본의 평가를 이야기해 주셨다. 두견새가 울지 않을 때 이를 어떻게 울게 만드는지에 대한 것인데, 오다는 "울지 않는 두견새는 소용없다"며 죽여 버리고, 도요토미는 "한 번만 울어 줘, 응?" 이러면서 새를 달래며, 도쿠가와는 울 때까지 기다린다고 했다. 그러니까 오다 노부나가에겐 상대를 두려움에 떨게 만드는 사나움이 있었고, 도요토미에겐 교활함이 있었으며, 도쿠가와에겐 인내심이 있었다. 이 중 일본을 실질적으로 통일하고 에도 시대*를 연 이가 도쿠가와니, 최소한 당시 일본에서 세 덕목 중 가장 필요했던 건 인내심인 셈이다.

무릇 무사라면 명예를 소중히 여기기 마련이지만, 도쿠가와는 살아남는 것을 더 우선시했다. 어려서부터 다른 가문의 인질로 살다 보니 그럴 수밖에 없었을 것 같지만, 오다의 인질로 있을 당시 오다에게 반란을 일으켰다는 이유로 자신의 아들을 할복자살하게 만든 걸 보면 보통 사람은 아니다. 도쿠가와의 말을 들어 보자.

"힘이 없을 때 참는 것은 비루한 짓이 아니다. 당장 힘이 없는데도 들고일어나는 것이야말로 무모한 것이야."[1]

이런 가치관을 가진 이였으니, 오다에 이어 일본의 패권을 거머쥔 도요토미 밑에서 수년간 복종한 것도 이해가 간다. 도요토미가 그를 견제하기 위해 그를 에도(현 도쿄)로 쫓아냈을 때도 도쿠가와는 말없이 명령에 따른다. 지금이야 일본의 가장 큰 도시가 됐지만, 당시 에도는 사람이 살기 어려운 곳이었다.

당시 에도의 동쪽 평지는 대부분 바닷물이 밀려드는 갈대밭이어서 사람들이 살 집을 짓기 어려운 상황이었다. 서남쪽은 황량한 억새 들판이 무사시노 지역까지 끝없이 이어졌다. 지금의 사통팔달의 교통 중심지와는 천연적으로 거리가 먼 황량하고 버려진 땅이었다. 군사적으로 지어진 에도성을 제외하면 어부들의 마을뿐이었다고 한다.[2]

● 도쿠가와 이에야스가 정이대장군에 임명되어 막부(장군을 중심으로 한 일본의 무사 정권)를 개설한 1603년부터 15대 장군 요시노부가 정권을 조정에 반환한 1867년까지의 봉건 시대.

하지만 도쿠가와는 에도에 새로운 도시를 건설했고, 이는 도쿠가와가 일본을 통일하는 데 밑거름이 된다. 물론 일본 통일이 그렇게 순탄하게 이루어진 것만은 아니어서, 미카타가하라자 전투에서 다케다 신겐에게 크게 패해 퇴각하면서 다케다의 힘에 놀라 도쿠가와가 말 안장에 똥을 싼 것은 유명한 일화다. 하지만 그가 뛰어난 것은 자신의 굴욕을 숨기려고 하는 대신 미래의 승리를 위한 계기로 삼았다는 점이다. 그 싸움에서 돌아온 이후 도쿠가와는 화공에게 지금 모습을 그림으로 남기게 했는데, 이것이야말로 그 순간을 잊지 않겠다는 굳은 결심의 징표가 아니겠는가? 도요토미가 조선 정벌에 실패해 힘이 크게 약화되자 도쿠가와는 군사를 일으켰고, 결국 세키가하라 전투에서 승리함으로써 일본의 패권을 장악한다. 그가 남긴 명언을 다시 음미해 보자.

"사람의 일생은 무거운 짐을 지고 먼 길을 가는 것과 같다. 서두르지 마라."

과학과 인내

인내심이 중세 일본에서만 통하는 덕목은 물론 아니다. 과학 분야에서도 인내심은 중요한데, 이는 과학이란 게 원하는 결과가 나올 때까지 같은 과정을 되풀이하는 분야이기 때문이다. 내가 아는한 인내심의 최고수는 파울 헤르만 뮐러Paul Hermann Müller다. 최고의 살충제를 만들겠다는 목표하에 뮐러는 온갖 조합을 시도해 본다. A라는 화학 구조를 가진 약을 만들어 파리한테 시험해 보고, 그게 실패하면 B라는 약을 만들어 같은 시험을 했다. 놀라지 마시라. 뮐러는 4년간 이런 실험을 349번이나 했다! 보통 사람 같으면 100번 정도 하다가 "아, 나는 살충제와는 인연이 없구나!" 하고 때려치울 텐데, 성공할 때까지 포기할 마음이 없던 뮐러는 350번째로 만든 화합물을 가지고 같은 실험을 했다. 화합물이 든 유리 상자에 파리를 넣었지만 파리는 잘 날아다녔다. 이번에도 실패구나 싶어 한숨을 내쉬었는데, 잠시 뒤 유리 상자를 본 뮐러는 깜짝 놀란다. 파리들이 모두 바닥에 큰대자로 널브러져 있었으니까. 혹시나 싶어서 파리를 넣고 또 넣어 봤지만, 결과는 같았다. 심지어 유리 상자의 바닥을 깨끗이 닦고 난 뒤에 파리를 넣어 봤지만, 파리는 벽에 부딪히기만 해도 그냥 죽었다. 이것이야말로 뮐러가 그토록 찾아 헤매던 살충제였다. 이 화합물이 바로 디디티DDT로, 이는 그때까지 개발한 살충제 중 가장 강력한 것이었다. DDT는 말라리아를 전파하는 모기를 없애다시피 했고, 이와 진드기 등 각종 해충들에게도 대단한 위력을 떨쳤다. 그 공로로 뮐러는 1948년 노벨생리의학상을 수상했다.

뮐러뿐 아니라 과학 분야에서 노벨상을 탄 사람들은 죄다 상상을 초월하는 인내심을 가지고 있다. 일본 최초의 노벨과학상 수상자인 유카와 히데키는 대학 졸업 후 교수가 됐지만, 논문을 한 편도 쓰지 못했다. 대학 교수는 원래 논문으로 보여 주는 존재고, 유카와는 대학 시절 천재였다고 소문난 이였던 만큼 주위의 실망은 컸다. 게다가 유카와의 라이벌로 불렸던 도모나가 신이치로(훗날 노벨물리학상을 수상한다)가 좋은 논문을 여러 편 썼으니, 유카와의 마음이 얼마나 착잡했겠는가? 유카와가 속한 대학의 학과장은 수시로 유카와를 나무랐다. "본래는 도모나가 군을 초빙하려고 했는데, 자네 형님이 부탁했기 때문에 어쩔 수 없이 자네를 채용했네. 도모나가 군에게 뒤지지 않도록 열심히 공부하게."**3** 심지어 아내마저 그를 닦달했는지라 유카와는 집에 가면 논문을 쓰라고 난리치는 아내를 피해 이방 저방 옮겨 다니며 잤다고 한다.

　그가 인내심이 부족했다면 쓰던 논문을 때려치우고 남들 눈에 그럴싸하게 보이는 논문을 몇 개 씀으로써 체면 치례를 했을 것이다. 하지만 유카와는 그렇게 하는 대신 자신의 추론을 담은 논문을 완성시키는 데 전력을 다했다. 그가 연구한 것은 중간자의 존재였다. 원자핵은 양전하를 띤 양성자와 전하를 띠지 않은 중성자로 구성돼 있는데, 전하만 놓고 봤을 때는 전혀 끌어당기는 힘이 없음에도 원자핵이 단단하게 결합돼 있다는 건 뭔가가 더 있다는 얘기였다. 그래서 유카와는 '중간자'라는, 핵을 결합시키는 입자가 있다고 생각한다. 그가 1935년에 쓴 「소립자의 상호작용에 대하여」는 이 중간자를 예언한 세계 최초의 논문이다. 그토록 오랜 시간 공을 들였으니 당연히 좋은 학술지에 투고하고 싶었지만, 물리학에서 제일 좋은 학술지였던 『피지컬 리뷰』는 동양의 젊은이가 쓴 논문에 전혀 관심을 보이지 않았다. 할 수 없이 유카와는 자신의 논문을 『일본수학물리학회지』라는, 이름만 봐도 국제적이지 않은 학술지에 싣는다. 당시만 해도 과학 후진국인 일본 학술지를 눈여겨보는 사람은 그리 많지 않았기에, 논문이 실린 뒤 아무런 일도 일어나지 않았다. 하지만 인내심이 무척 많았던 유카와는 언젠가는 자신의 업적이 인정받는 날이 올 것이라며 기다리고 또 기다렸다.

그렇게 2년이 지났을 무렵 칼 앤더슨Carl David Anderson이라는 유명한 물리학자가 드디어 중간자를 발견한다. 양전자를 발견해 1936년 노벨물리학상을 수상한 칼 앤더슨에게 중간자 발견은 그를 역대 최고의 물리학자로 올려놓기에 충분한 업적이었다. 그런데 앤더슨은 2년 전에 이미 다른 이가 중간자의 존재를 예언한 것에 놀랐다. 그리고 그가 동양의 젊은 학자라는 사실에 더 놀랐다. 지금이야 좀 다르지만, 당시만 해도 일본은 과학계에서 변방의 위치였으니까 말이다. 앤더슨이 중간자를 발견하자 유카와는 초조해졌다. 자칫하다간 중간자에 대한 우선권을 앤더슨에게 빼앗길 수도 있었으니까 말이다. 그래서 유카와는 그때나 지금이나 최고의 학술지 자리를 지키고 있는 『네이처』에 다음과 같은 편지를 쓴다. '앤더슨이 발견한 중성자는 사실은 내가 2년 전에 예언한 것이다. 따라서 그 우선권은 나에게 있다.' 당연한 얘기지만 『네이처』도 유카와의 말을 철저히 무시했다. 이건 힘의 논리에서 자유롭지 못한

과학계의 결함이지만, 그래도 과학계가 괜찮은 곳인 이유는 결국 승리하는 것은 진실이기 때문이다. 결국 유카와는 1949년 노벨물리학상 수상의 영광을 안는다. 그의 천재성이 노벨상을 받은 가장 큰 비결이지만, 주위 사람들로부터 받는 수모를 묵묵히 견디며 논문 집필에 매진한 그의 인내심도 큰 몫을 했다. 이 밖에도 수지상세포가 면역반응을 일으키는 데 꼭 필요한 항원공여세포임을 증명하기 위해 20년 가까운 시간을 쏟아 부은 랠프 스타인만Ralph Marvin Steinman, 흙 속의 방선균에서 새로운 약을 찾기 위해 일본 전역을 다니며 흙을 채집했던 오무라 사토시Satoshi Omura 등도 과학에서 인내심이 얼마나 중요한지를 잘 보여 준다.

과거의 인내심

하지만 인내심이 더 필요한 건 어쩌면 우리들 자신일지도 모르겠다. 삶에서 인내심이 필요한 순간을 매번 경험해야 하니까 말이다. 회사에는 반드시 이상한 상사가 있기 마련이다. 그에게 한 소리 들을 때마다 '이놈의 회사, 때려치운다!'며 욱하지만, 요즘 같은 세상에서 그만두면 다시 일자리를 얻기가 쉽지 않으니 인내심이 있어야 한다. 그뿐이 아니다. 회사에서는 시시때때로 '도대체 이 일을 왜 할까?' 싶은, 별 의미 없는 일을 시키는데, 이걸 묵묵히 해내려면 유카와 히데키가 돼야 한다. 식당, 병원, 가게 등 사람을 상대하는 일에서 가장 필요한 것도 사실은 인내심이다. 좋은 손님도 있지만, 백 명에 한 명꼴로 소위 진상 손님이 있고, 그 손님을 상대하다 보면 '가게 문을 확 닫아 버릴까?' 하는 마음이 생기기 마련이니까. 세상이 아무리 달라졌다 해도 예나 지금이나 인내심이 절대적으로 필요하다는 거다.

과거에는 인내심을 연마하는 게 아주 쉬웠다. 조선 시대를 예로 들어 보자. 당시 인구의 다수를 차지했던 농부들은 봄에 씨를 뿌리고 가을에 수확했다. 쌀을 얻기 위해 마트에 가는 요즘 사람들과 비교해 볼 때, 쌀 한 톨을 얻기 위해 수개월을 기다리는 당시 농부들의 인내심은 엄청났으리라. 3백 리 떨어진 곳에 물건을 팔러 가는 보부상을 생각해 보라. KTX로 가면 30분이면 갈 거리를 그들은 묵묵히 걸어야 했다. 이는 1970년대를 살던 할아버지, 할머니들도 마찬가지다. 시외버스 시간표가 있지도 않던 그때, 그들은 서울에 가기 위해 무작정 버스 정류장에 나왔다. 버스가 언제 오는지도 모르고, 앞으로 오긴 올 것인지도 알지 못하니 그냥 앉아서 기다리는 수밖에 없었다. 사람은 언제까지 기다려야 할지 모를 때 지루함을 느낀다. 한 시간 후에 버스가 온다면 얼마든지 참을 수 있지만, "오늘 올 수도 있고 안 올 수도 있다"는 버스를 기다리는 건 훨씬 더 지겹다. 그래서 옛날 사람들은 다들 파울 헤르만 뮐러급의 인내심을 지녀야 했다.

그때보다는 덜하긴 했지만, 1990년대까지도 사람들의 인내심은 죽지 않았다. 소개팅을 했다고 치자. 당시에는 휴대전화가 없었으니, 다음에 만날 시간과 장소를 미리 정한 뒤 약속 장소에 나가 기다리는 게 상대를 다시 만날 유일한 방법이었다. 상대가 조금이라도 늦게 되면 바람이라도 맞는 게 아닌가 싶어 불안해진다. 도대체 그녀는 왜 안 오는 걸까. 어디쯤 오고 있을지, 아니 오기는 오는 건지 알 수 없으니, 무작정 기다리는 수밖에 없다. 30분, 한 시간이 지나면 카페 종업원의 눈치가 보인다. 아무것도 시키지 않고 자리만 차지하고 있으니, 얄미울 수밖에. 그래서 난 바람을 맞을 때면 늘 "죄송합니다."라고 모기만 한 목소리로 말한 뒤 후다닥 달려 나가곤 했다. 난 주위 시선을 의식하느라 한 시간 이상 기다리지 못했지만, 두 시간은 물론이고 서너 시간씩 죽치고 앉아 기다리는 사람도 있었다. 드라마 〈응답하라 1988〉의 정봉이는 미옥이와 만나기로 하지만, 정봉이는 2층에서, 미옥이는 1층에서 기다리는 바람에 만나지 못한다. 그래도 정봉이는 밤이 될 때까지 끈질기게 버티고, 카페가 문을 닫고 난 뒤에도 문앞에서 미옥을 기다린다. 바람을 맞았다고 슬퍼하며 집에 간 미옥이 다시 카페로 달려온 덕분에 둘은 결국 만날 수 있었는데, 그 당시에는 이런 일이 제법 있었을 것 같다. 당시 유행했던 PC통신도 인내심을 북돋았다. 뭐 하나 다운로드를 받으려면 몇 시간씩 기다려야 했으니, 인내심이 절로 길러질 수밖에.

요즘 시대의 인내심

언제부터인가 사람들은 인내심과 담을 쌓았다. 사람들은 잠깐의 지루함도 견디지 못하게 됐다. TV 리모컨이 필수가 되면서 사람들은 잠깐만 재미없어도 채널을 돌리고, 약속 시간에 조금만 늦으면 가차 없이 전화해서 "어디야?"라고 묻곤 한다. 스마트폰은 이 경향을 가속화시켰다. 과거 사람들이 지하철에서 지루함을 견디려 람보게임* 같은 것을 만들었다면, 지금은 전철을 기다리는 시간은 물론 목적지까지 가는 내내 스마트폰을 쳐다본다. 둘이서 만났을 때도 주로 스마트폰을 보고, 아주 가끔씩 대화를 나눈다. 한마디로 지루함이 끼어들 새가 없어진 것이다.

스마트폰을 오래 보고 나면 허무하긴 하지만, 그래도 삶이 지루하지 않게 된 건 그 자체로 좋은 일이라 할 수 있다. 문제는 인내심의 고갈이 사회적으로 볼 땐 악영향을 끼친다는 데 있다. 과학 분야는 예나 지금이나 인내심이 절대적으로 필요하지만, 그게 안되니 과학에 흥미를 갖는 이가 점점 줄어들고 있다. 사람과 계속 접촉해야 하는 직업도 마찬가지로 인내심이 필요한데, 인내심이 줄어드니 범죄가 끊이지 않는다. 이런 일은 심지어 응급실에서도 발생한다. 응급실 의사로서는 생명이 위독한 환자를 우선적으로 보

---

* 지하철에 타자마자 "나는 람보다"라고 외치며 두두두두 총 쏘는 시늉을 하고 문이 닫히기 전에 내리는 게임.

기 마련인데, 자기보다 늦게 온 환자를 왜 먼저 보느냐며 의료진을
폭행하는 일이 종종 벌어지곤 한다.

사회를 경악하게 만들었던 다음 범죄도 인내심의 부족으로 인
해 벌어진 사건이다.

> 12일 양산경찰서는 "지난 8일 오전 8시쯤 밧줄에 매달려 도
> 색 작업을 하던 김 모 씨가 12층 높이에서 떨어져 숨졌다"면
> 서 유력 용의자로 아파트 주민 서 모 씨를 살인과 살인 미수
> 혐의로 긴급 체포했다. 경찰은 "사고 이전 서 씨가 자신의 집
> 베란다 앞에서 스마트폰 음악을 크게 틀었다며 작업 근로자
> 들에게 시비를 걸었다"는 아파트 주민들의 말에 따라 서 씨를
> 추궁한 결과 "음악 소리가 시끄러워 잠을 잘 수가 없어 욱하
> 는 마음에 밧줄을 끊었다"는 진술을 확보했다.**4**

위에서 열거한 것들도 심각한 문제지만, 내가 보기에 가장 심
각한 건 결혼의 감소다. 결혼을 안 하겠다는 사람이 늘어난 원인
을 경제적 어려움으로 보는 시각이 많지만, 지금보다 더 어려웠던
1960년대나 1970년대에도 결혼을 다 했다는 점에서 이건 번지수
가 틀렸다. 진짜 이유는 결혼 생활을 견뎌 낼 인내심이 고갈된 탓
이 아닐까. 생각해 보라. 과거라면 애들을 다 키웠을 60세 정도에
남편이 죽었는데, 지금은 수명이 대폭 늘어났는지라 애들을 다 키

워도 남편이 쌩쌩하다. 서른에 결혼한다 해도 최소 50년은 같이 살아야 한다! 혼인 기간은 더 길어진 반면 인내심은 크게 줄었으니, 결혼을 선뜻 하기가 망설여진다. 이렇듯 인내심의 부족은 사회 여러 분야에서 문제를 일으키지만, 국토의 모든 곳에서 인터넷이 연결되는 환경 속에서 인내심을 기르는 건 쉽지 않다. 그래도 지금의 20대는 스마트폰이 없는 시대를 잠깐이라도 경험했다 쳐도, 태어나는 순간부터 스마트폰이 있었던 아이들이 사회의 주역이 되면 도대체 어떤 일이 벌어질지 생각만 해도 무섭다.

〈구해줘〉와 인내심

스마트폰 세대의 인내심을 잘 말해 주는 게 바로 드라마 〈구해줘〉에 대한 반응이다. 〈구해줘〉는 웹툰 『세상 밖으로』를 원작으로 OCN에서 만든 드라마다. 내용은 이렇다. 미모를 갖춘 딸(상미, 서예지 분)이 사이비 종교 집단에 감금된다. 그 아버지와 어머니가 사이비 종교에 빠졌기 때문으로, 이들이 그렇게 된 건 갑작스럽게 닥친 재앙에 어쩔 줄 몰라 할 때 그 교주가 손을 내밀어 주었기 때문이다. 하지만 교주가 그 가족에게 친절하게 한 것은 후덕해서가 아니라 상미의 육체를 탐하기 위해서였다. 실제로 교주는 상미를 자기 안사람으로 들어앉히려 갖은 수작을 다 부린다. 처음 만났을 때 교주는 머리가 하얀 50대였고 상미가 고1이었는데, 상미는 첫 만

남에서 기도를 빙자해 자신의 허벅지를 더듬는 그 교주를 싫어했다. 하지만 상미의 저항에도 불구하고 교주는 날이 갈수록 자신의 야욕을 표출한다. 성적인 면에서만 그러는 건 아니다. 교주는 사이비 의료를 행하며 신자들의 돈을 뜯고, 마음에 안 드는 이를 죽이는 것도 서슴지 않는다.

그러니까 이 드라마는 사이비 교단 밖에 있는 남정네 네 명이 - 모두 상미의 고교 동창이다 - 상미를 구해 내는 이야기다. 길가다 만난 루저 네 명이 상미를 구하는 웹툰과 달리, 드라마에서는 왜 이 남정네들이 상미를 그토록 열심히 구하려고 하는지를 설명하기 위해 공을 들인다. 그러기 위해 남정네 중 한 명이 고교 때 상미의 도움 요청을 외면해 상미의 오빠가 자살하는 사건을 집어넣고, 그 밖에도 우리가 납득하지 못하는 부분이 없도록 정성을 기울인다. 놀라운 점은 드라마 2회부터 상미를 왜 안 구하냐고 난리가 났다는 것이다. 기사에 쏟아지는 댓글을 보면 하나같이 이런 식이다.

    └ 상미는 도대체 언제 구하나요.
    └ 전개가 이리 느려 터져서 되겠어요?
    └ 오늘도 고구마 몇 개 먹은 것처럼 답답하네요.
    └ 보다가 암 걸리겠어요. 너무 느려.
    └ 답답해서 못 보것다. 마지막 주 것만 봐야지, 한숨 나옴.

2회부터 상미를 구하는 마지막 회까지, 이런 댓글은 거의 매번

달렸다. 일부 댓글만 이런 게 아니라 거의 대부분이 이런 내용이었다. 당연한 얘기지만, 상미를 구하면 드라마가 끝난다. 원작 웹툰에서도 마지막 회에 가서야 상미를 구출하고, 사이비 종교 일행이 일망타진된다. 그런데 2회부터 왜 상미를 안 구하냐고 징징거리는 건, 시청자들의 인내심이 밑바닥까지 왔다는 방증이리라. 이들이 스마트폰 세대라고 생각하는 이유는 첫째, 영화 전문 케이블 채널인 OCN을 본다는 점, 둘째, 드라마가 끝나자마자 바로 댓글을 단다는 점, 셋째, 스마트폰으로 쓴 듯한 느낌이 드는 오타 많은 댓글이 많다는 점 등인데, 이들이 앞으로 우리나라를 이끌 역군이라는 점에서 우려스럽다.

독서는 인내심을 기르는 방법이다

빨리 빨리를 금과옥조처럼 떠받드는 이 사회에서 독서는 인내심을 기르는 거의 유일한 방법이다. 무슨 책이냐에 따라 또 읽는 사람에 따라 차이가 있긴 하지만, 책 한 권을 읽으려면 대략 여덟 시간 내외가 필요하다. 우리는 책을 읽을 때 글자에 집중하며 그 의미를 이해하려 한다. 이해가 가지 않으면 해당 부분을 다시 읽는 것도 서슴지 않는다. 맥주를 마시면서 봐도 스토리 이해에 별 지장이 없는 영화와 달리, 책은 나름대로 집중이 필요한 장르다. 책을 읽는 데 인내심이 필요한 건 이 때문이다. 과학 분야에서 대단한 업적을 쌓은 이들 중 독서가가 많은 것도 당연한 일이다.

　내 얘기를 해 보자. 난 원래 인내심이 그리 많은 사람은 아니다. 중1 때 포경수술을 받으면서 한 번도 울지 않았으니 기본적인 인내심은 있었던 모양이지만, 첫 번째 결혼 생활에서 채 1년도 버티지 못했으니 분류를 하자면 중간 혹은 그 이하가 될 듯하다. 그랬던 내가 지금 아주 행복한 결혼 생활을 하고 있는 건 그 사이에 읽었던 책들 덕분이다. 물론 지금 아내가 나랑 잘 맞는 것도 이유가 되지만, 과거의 나라면 대판 싸우고 말았을 일들을 인내할 수 있었던 비결은 독서를 빼놓고는 설명하기 힘들다. 많은 책이 뇌리를 스쳐 가지만 그 중 추천하는 책은 『양철북』이다. 사투를 벌여 가며 책을 읽었음에도 내용이 무엇인지는 거의 기억이 나지 않는 걸 보면 책이 꽤 심오하다는 걸 알 수 있다. 오죽하면 이 책이 귄터 그라스에게 노벨문학상을 안겨 줬겠는가? 그래도 책을 읽던 느낌은 기억이 나는데, 그건 바로 '지루하다'는 거였다. 제목이 '양철북'인데 주인공인 오스카는 도대체 왜 북을 안 치는 건가 하는 의문을 가졌던 기억도 난다. 나는 보통 책 한 권을 사흘 정도면 읽는데, 이 책을 읽는 데는 거의 열흘가량 걸렸던 것 같다. "내가 이걸 읽지 못하면 인간 말종이다"라며 스스로를 채찍질하기도 했는데, 다 읽고 난 뒤의 기쁨은 굉장했다. 게다가 이 책은 나를 변화시켰다. 아내가 내게 부당하게 야단을 칠 때, 과거의 나라면 반항을 하기도 했겠지만 이 책을 읽은 이후엔 스스로를 이렇게 위로했다.

"민아, 참자. 넌 『양철북』을 읽었잖니."

난 그래도 배우자와 잘 맞는 편이지만, 잘 맞지 않아도 이혼할 생각은 없다면 세르반테스의 『돈키호테』를 추천한다. 이게 『양철북』보다 급이 높은 이유는 내가 읽다가 포기했기 때문이다. 사람들이 『돈키호테』를 읽지 않는 이유는 두 가지다. 하나는 이미 축약본으로 읽었기 때문이고, 두 번째는 책이 너무 두껍고 내용이 축약본과 달리 지루하기 때문이다. 시공사에서 나온 판본은 무려 732쪽에 달한다. 어지간한 인내심이 아니면 읽는 게 쉽지 않다. 내가 읽다가 중단해 버린 것은 '이렇게 진행이 느리면 돈키호테가 언제쯤 풍차랑 싸우겠냐?'는 회의감 때문이었다. 하지만 이런 잡념을 이겨 내고 책을 다 읽는다면, 당신을 괴롭히는 회사 상사를 견딜 수 있고, 깐죽거리는 친구와 우정을 계속 유지할 수 있을 것이며, 웬만한 배우자와 백년해로하는 건 충분히 가능하리라.

인내심의 끝판왕

하지만 내가 읽은 책 중 단연 최고를 꼽자면 당연히 『제2의 성』이다. 시몬 드 보부아르가 쓴 이 책은 페미니즘의 서막을 연 명저로 소문났지만 책은 지루함과 난해함을 모두 겸비한, 산으로 따지자면 에베레스트산이다. 페미니즘에 대해 남성은 물론이고 여성들

마저 저항감을 보인 것도 이 책이 이유가 아닐까 싶을 정도다. 책을 읽고 난 뒤 내가 인터넷 서점 알라딘에 썼던 리뷰의 일부다.

"이 책 아직도 읽고 있어?"
아는 사람이 내게 한 말이다. 석 달째 『제2의 성』을 들고 다녔으니 그런 소리를 들을 만도 했다. 그 책을 드디어 다 읽었다. 다 읽고 나면 무지하게 기쁠 것 같았는데, 꼭 그런 것도 아니다. 내 머리에 남은 게 별로 없어서일 수도 있고, 고된 책 읽기에 지쳐서일 수도 있을 것이다. 아무튼 난 상, 하 각 500여 쪽에 이르는 페미니즘의 고전을 다 읽었고, 언젠가 토론이 벌어질 때 "너 『제2의 성』 읽었어? 그러니까 네가 그딴 소리를 하는 거야!"라고 말해 줄 수 있다.
하여간 이 책은 강적이었다. 46쪽을 하루에 읽은 게 기록일 정도로 진도가 더디게 나갔다. 읽는 데 보름이 걸린 『장미의 이름』은 이 책에 비하면 아무것도 아니었다. 마지막 장인 '결론'에 도달했을 때 이제야 끝나는구나 싶었지만, 무려 23쪽에 걸친 결론을 읽는 데만도 이틀이 걸렸다. 예과 강의 때 학생들한테 이렇게 말했다.

"여러분, 이제 석 달 있으면 본과에 가죠? 본과 가서 공부를 잘하려면 예과 때 놀던 버릇을 버리고 인내심을 길러야 합니다. 본과 공부는 누가 더 오래 책상에 앉아 있는지의 싸움이니까요. 그러기 위해 가장 좋은 방법은 『제2의 성』을 읽는 것입니다. 이 책을 다 읽는다면 여러분은 인내심을 최대한도로 기를 수 있습니다."

당시 난 왕복 네 시간씩 걸려 가며 출퇴근을 하던 때였는데, 그 시간을 이용해서 읽었음에도 석 달이 걸렸다는 건 시사하는 바가 크다. 상, 하 합쳐 봤자 1천 쪽밖에 안 되는데 뭐 그리 오래 걸렸냐고 할지 모르겠다. 하지만 이 책은 일단 글씨가 빼곡하다. 딱 펴면 깨알같은 글씨가 수북이 쌓여 있어 책을 읽다 보면 해변의 모래사장에서 모래 알갱이를 세는 느낌이다. 게다가 내용도 난해하기 짝이 없어, 이해를 위해 여러 번 반복해서 읽은 대목도 있다. 혹자는 이걸 번역상의 문제라고 보기도 하지만, 책을 낸 을유문화사는 번역을 최고로 잘하는 출판사고, 역자 또한 한국불어불문학회장까지 역임한 분이다. 그러니까 원서가 어렵기 때문에 책이 난해하다는 게 더 맞는 말이다. 이해가 안 되니 빨간 플러스펜으로 줄만 빡빡 그어 댔는데, 빨간 줄이 많이 쳐진 지면을 여기다 옮겨 보자.

의식은 제각기 자신만을 최고의 주체로 인정하려고 한다. 의식은 제각기 남을 노예 상태로 전락시킴으로써 자기 완성을 시도한다. 그러나 노예도 또한 노동과 공포 속에서 자기를 본질적인 것으로 느끼고 있다. 변증법적으로 뒤집어 생각해서 그에게는 주인이 비본질적인 것으로 보인다. 이 연극은 양쪽이 상대의 개체를 자유로이 인정하는 것에 의하여, 각자가 서로 자기와 상대를 객체로서, 그리고 주체로서 인정함으로써 극복될 수가 있다.[5]

무슨 말인지 통째로 이해가 안 되는 건 아니지만, 그래도 제대로 이해하기 위해선 곰곰이 생각을 좀 해 봐야 한다. 이런 지뢰밭 비슷한 곳이 책 곳곳에 널려 있다 보니, 어쩌다 쉬운 내용이 나오면 맥이 탁 풀려 버릴 지경이었다. 하지만 인내에는 장사가 없다고, 석 달간의 사투 끝에 난 책의 마지막 장을 읽고 만세를 부를 수 있었다. 이 책이 페미니즘에 대해 내게 가르쳐 준 게 뭔지는 모르겠지만, 내 인내심을 키워 준 것은 확실하다. 연구 면에서 그리 잘하지 못했던 내가 논문을 쏟아내기 시작했던 것이 이 책을 읽은 이듬해부터니 말이다. 그러니까 『제2의 성』은 스마트폰이 범람하는 지금, 인내심을 키우는 가장 좋은 방법이다.

1 『대망』, 야마오카 소하치 저, 박재희 역, 동서문화사
2 난세를 이기는 도쿠가와 리더십(8) 세계적인 도시 도쿄를 만들다, 한국경제 2017. 3. 8
3 『천재와 괴짜들의 일본 과학사』, 고토 히데키 저, 허태성 역, 부키, 141쪽
4 양산 아파트 추락사 발생…"시끄럽다며 벽 도색인부 밧줄 끊어" 12층서 추락 사망, 전자신문 2017. 6. 12
5 『제2의 성 – 상』, 시몬 드 보부아르 저, 조흥식 역, 을유문화사, 216쪽

7. 상상력이 커진다

당신이 읽은 최고의 소설은?

"내 인생 최고의 소설이다. 이 책을 읽고 나면 어쩔 수 없이 내 인생에 대해 다시 한번 생각해 보게 된다. 책을 읽고 난 후 난 거의 열 시간을 다른 삶에 대해 고민했다. 자신의 삶을 다시 한번 돌아보게 만드는 책이다."[1]

인터넷 서점인 아마존의 CEO 제프 베조스가 한 말이다. 그가 이렇게 격찬한 소설은 가즈오 이시구로가 쓴 『남아 있는 나날』이다. 이 책은 집사로 평생을 보낸 주인공의 회고를 담은 소설로, 평생을 모신 존경하는 주인이 나치 지지자였다는 사실을 깨닫고 절망한다는 내용이다. 아무래도 나이든 이의 회고다 보니 책이 좀 지루하다는 평이 많던데, 베조스가 이 소설을 완벽하다고 극찬하는 걸 보니 갑자기 읽고 싶어진다. 성공하는 사람들이 가진 습관이나 그들의 아침 기상 시각에 관심을 갖는 것도 그들이 하는 대로 하면 나도 성공할 것 같은 착각을 주기 때문이다.

하지만 알아야 할 것은 베조스가 최고로 꼽은 책이 어떤 것이냐가 아니라, 그가 책을 많이 읽었다는 사실이다. 주위 사람에게 "네 인생 최고의 책이 뭐야?"라고 물어 보라. 십중팔구 당황할 것이다. 왜? 수없이 많은 음식을 맛본 뒤에야 '이 음식은 내가 먹은 것 중 최고다.'라고 할 수 있는 것처럼, 인생 최고의 책이 뭔지 얘기할 수 있는 건 책을 많이 읽은 이만의 특권이다. 베조스가 읽었을 그 수많은 책은 17세 미혼모에게 태어나 진짜 아버지가 누군지조차 몰랐던 불우한 소년을 900억 달러의 재산을 가진, 세계 1위의 자산가로 만들어 줬다. 이건 괜히 하는 말이 아니다. 펀드 회사의 부사장으로 앞날이 창창했던 그가 허름한 창고를 사들여 인터넷 서점을 여는, 당시로서는 매우 기이한 선택을 하게 만든 건 책이 아니었으면 가능하지 않았을 테니까.

베조스처럼 기발한 상상력으로 성공한 이들 중엔 독서가가 제법 있는데, 페이스북 신화를 쓴 마크 저커버그도 그 중 하나다. 그의 전기를 다룬 영화 〈소셜 네트워크〉를 보면 저커버그는 매우 괴팍한 사람으로 그려졌고, 왠지 그게 페이스북 성공의 비결처럼 보인다. 하지만 저커버그는 고등학교 재학 중 읽은 『아이네이스』가 자신의 성공에 일조했다고 말한다. 로마 시인 베르길리우스Vergilius

가 쓴 이 책은 트로이 멸망 후 아이네아스가 신의 계시를 받아 로마를 세우는 과정을 그린 책이다. 저커버그가 책에 나오는 말 중 "시간과 위대함에는 한계가 없음을 알아야 한다"는 구절을 좋아한다는 걸 보면, 그가 사람들의 자투리 시간을 모조리 빼앗아 버린 페이스북을 만든 것도 우연이 아니다. 시엔엔CNN을 만든 테드 터너는 그 읽기 힘든 『일리아스』와 『오디세이』를 최고의 책이라고 했다. 지금이야 CNN과 비슷한 채널이 많지만, 24시간 내내 뉴스만 방송하는 채널을 만든 건 1980년 당시만 해도 매우 기발한 생각이었다. 이 밖에도 책벌레였던 빌 게이츠는 13세 때 접한 『호밀밭의 파수꾼』을 인생의 책으로 꼽았는데, 위에서 열거한 부자들의 이야기를 듣다 보면 신기한 생각이 든다. 유통, IT, 뉴스 채널, 소셜 네트워크 등등 전혀 관련 없어 보이는 이들이 '책'이라는 단어로 묶인다는 것이 말이다. 이렇게 말할 수 있겠다. 인문학 고전을 읽으면 기발한 상상력을 기를 수 있다고.

시카고 플랜

혹시 시카고 플랜이라는 말을 들어 본 적이 있는가? 시카고대학교에서 시작된 이 프로그램은 '위대한 책 프로그램'이라고 불리기도 하는데, 이는 책 읽기가 얼마나 중요한지를 잘 보여 주는 대표적인 사례다. 시카고대는 경제학 분야에서 특히 유명한 대학으로, 경제에 관심이 있다면 시카고학파라는 이름을 들어 본 적이 있을 것이다. 시장경제를 중시해서 국가의 개입을 최소화하려는 이 학파가 만들어진 곳도 바로 시카고대인데, F.A. 하이에크, M. 프리드먼, G.J. 스티글러 등이 이 학파의 대가들이다. 세계 경제를 지배하는 학설을 만들기도 했고, 여러 기관에서 발표하는 세계 대학 순위에서 10위 안에 들 정도로 좋은 대학이 됐지만, 처음부터 그랬던 것은 아니다. 재정난으로 폐교됐던 이 대학을 다시 세운 건 석유 재벌 록펠러였는데, 아무래도 당시에는 신생 대학인지라 그저 그런 대학 취급밖에 받지 못했다. 변화가 시작된 건 1929년 5대 총장으로 로버트 허친스가 부임하면서부터였다. 그가 가장 먼저 한 일은 대학 풋볼팀을 없애는 일이었다. 이는 '스포츠보다 공부가 우선'이라는 그의 신조에서 나온 결정이었는데, 스포츠가 사회 구성원의 통합에 미치는 영향을 생각하면 그렇게까지 할 필요가 있을까 싶다가도, 밑에 있던 대학이 치고 올라가려고 하다 보면 그럴 수도 있겠다 싶다.

그렇게 학문을 강조했던 그가 시작한 것이 바로 시카고 플랜이다. 허친스는 존 스튜어트 밀의 독서법을 신봉했다. 아이큐가 200이 넘는, 천재 중의 천재였던 밀은 학교를 다니는 대신 집에서 아버지한테 교육받았는데, 그의 아버지가 특히 강조한 것이 인문학 고전이다. 헤로도토스의 『역사』를 여덟 살 이전에 읽었고, 열 살 때는 플라톤이 쓴 책들을 읽었는데, 거의 외울 정도까지 읽었다고 한다. 플라톤과 씨름하는 열 살짜리 아이라니, 아무리 천재라고 해도 이

건 아동 학대에 가깝다. 물론 밀은 아버지의 교육법 덕분에 성공했다고 하지만, 그가 스물한 살 때 깊은 우울증에 빠졌던 걸 보면 아동 학대가 맞는 것 같다. 하지만 어린애가 아닌, 대학생들이라면 고전을 외우게 해도 되지 않을까? 허친스는 이렇게 생각했고, 바로 실천에 들어간다.

"내가 지정하는 책 1백 권을 달달 외울 정도로 읽지 않은 학생은 졸업을 시키지 않겠다!"**2**

그 바람에 시카고대 학생들은 소크라테스와 플라톤, 아담 스미스, 호메로스, 칸트, 파스칼, 도스토옙스키, 프로이트 등등 이름만 들어도 머리가 어지러워지는 작가들의 책과 씨름해야 했다. 그 결과 시카고대는 현재까지 학부 졸업생 중 16명*이 노벨상을 받는 혁혁한 업적을 내며 명문으로 도약할 수 있었다. 흔히 생각하기에 고전 1백 권을 읽었다면 존 스튜어트 밀이 그랬던 것처럼 인문학에 일가를 이루는 졸업생이 많을 것 같고, 또 시카고대의 경제학이 유명하니 그쪽에 노벨상이 집중될 것 같지만, 전혀 그렇지 않다. 16명

• 기사를 보면 시카고대학교 노벨상 수상자 수가 70~89명으로 나와 있다. 이는 대학에서 발표하는 노벨상 수상자 수는 자기 학교 졸업생과 재직하는 교수를 모두 포함시키기 때문이다. 예를 들어 하버드대를 졸업한 이가 시카고대에서 교수로 재직하다 노벨상을 타면 시카고대 노벨상 수상자로 계산되는 식이다. 이건 고전 1백 권과는 아무 관련이 없기에 교수는 제외하고 졸업생 기준으로만 따졌다. 석사나 박사를 이수한 학생도 대학 발표 수상자 수에 포함되는데, 이것 역시 1백 권 프로젝트와는 무관해 제외했다. 다니다 그만 둔 경우는 그냥 포함시켰다.

중 물리학상이 5명, 화학상이 3명, 생리의학상이 3명으로, 대부분이 과학상이다.[3] 그러니 인문학 고전을 읽으면 과학을 잘하게 된다고 말할 수 있겠다.

우리 대학은?

시카고대학교의 성공 이후 위대한 책 프로그램은 전국으로 확대됐고, 현재 미국 40여 개 대학이 이 프로그램을 운영하고 있다. 이스라엘이나 캐나다처럼 미국 이외의 곳에서도 이런 프로그램을 운영하고 있는데, 이 얘기를 하다 보니 갑자기 우리나라 대학의 현실이 떠오른다. 책 1백 권을 외우는 대신 우리 대학들은 일정 기준 이상의 토익 성적을 획득하지 못하면 졸업이 안 되게 만들어 놨다. 시카고대 학생들이 인문 고전을 달달 외우면서 옛 선인들의 지혜를 자기 것으로 만드는 동안, 우리 학생들은 많은 시간을 토익 점수 향상에 투자한다.

"올해 졸업을 앞둔 대학생들의 토익 평균 점수가 729점인 것으로 집계됐다. 열 명 중 한 명은 토익 점수가 905점이 넘었다."[4]

이게 과연 옳은 것인지 의문이다. 물론 대학에서도 할 말은 있다. 수출로 먹고살다 보면 외국어를 잘하는 인재가 필요하고, 토익은 영어 실력을 측정하는 가장 좋은 수단이라고. 하지만 모든 졸업생이 다 수출 관련 직종에 종사하는 것은 아니다. 한 학생이 내게 한 말이다. "저는 소설가가 꿈이에요. 졸업하면 우리말로만 글 쓸 건데, 제가 왜 토익 시험을 봐야 하죠?"

더 큰 문제는 대학이 기업의 요구를 무비판적으로 수용했다는 점이다. 기업에서 영어 잘하는 사람을 원하니 대학에서 토익 점수를 졸업 자격으로 만든다는 건, 대학이 기업의 하청 업체라는 걸 스스로 인정하는 꼴이다. 우리가 대학에 다니는 목적은 중·고교 과정에서 배우지 못했던 심도 있는 지식을 배우려는 것이어야 한다. 그 지식이 세상을 따뜻하게 만들 수 있고, 세상을 놀라게 할 기술로 승화될 수도 있는 것이다. 하지만 언제부터인가 대학의 목적은 좋은 회사에 취업하는 걸로 바뀌어 버렸다. 학생들은 심도 있는 지식 대신 토익 공부를 하고, 또 공무원 시험을 준비하느라 대부분의 시간을 쓴다. 순수 학문은 점점 죽어 가고, 경영학 등 실용 학문의 인기는 날로 높아 간다. 그래서 경영학과가 아닌 학생들도 부전공으로 경영학을 한다.

대학 측의 입장이 전혀 이해가 안 되는 건 아니다. 학생들이 대학을 나와도 갈 곳이 없는 현실에서, 보다 많은 졸업생을 취업시키려면 대학이 기업의 요구 조건에 맞추는 수밖에 없을 것이다. 또한 취업률은 대학 평가의 가장 중요한 기준이고, 교육부의 지원금도 거기에 맞춰 배분되니, 대학이 이를 외면하긴 힘들다. 2005년 삼성 이건희 회장이 고려대에서 명예박사 학위를 받을 때 고대생들이 이에 항의하는 시위를 벌인 적이 있다. 일이 터진 직후 고려대는 시위 학생들을 징계했고, 어윤대 총장은 다음과 같은 사과문을 발표한다. "이건희 회장님과 가족께 깊이 머리 숙여 진심으로 사과의 말씀을 올립니다. (…) 고려대학교 구성원의 절대 다수는 평소 이건희 회장님의 한국 사회와 경제에 대한 공로를 아주 높게 평가하고 있으며, 세계가 존경하는 리더이며 또 우리 대학에 대한 큰 공헌들을 매우 감사하게 여기고 있습니다. 그런 까닭에 이번의 명예박사 학위 수여를 모두가 진심으로 환영하고 또 축하하고 있음을 말씀드립니다."[5] 그 당시 고려대 측의 행동은 대학과 기업의 관계가 어떤 것인지를 잘 보여 준다.

그로부터 10여 년이 지난 지금, 이런 시위를 꿈꾸는 학생은 더이상 없다. 우리나라에서 제프 베조스나 빌 게이츠 같은 이가 나오기 힘든 이유다.

책과 상상력

한탄은 그만하고 도대체 책의 어떤 점이 각 분야의 우수한 인재를 만드는지 따져 보도록 하자. 책이 주는 선물은 한두 가지가 아니지만, 그 중 하나가 바로 상상력이다. 상상력? 그렇다면 SF소설을 읽어야 하나 싶겠지만, 그런 건 아니다. 잭 머니건이 쓴 『고전의 유혹』은 고전을 읽고 싶게 만드는 재미있는 입문서인데, 그는 『오디세이아』를 잘 읽는 방법은 영화를 보듯 책을 읽는 것이라고 말한다.

"그 형님뻘인 『일리아스』와 비슷하게, 이 책은 매우 영화적이다. (…) 그는 상당히 재능 있는 이야기꾼이다. 대사가 대체로 절제되어 있고 액션은 속도감이 있기 때문에, 책을 읽는 동안 여러분의 대뇌 속 은막에 필름이 영사되도록 하는 게 중요하다."[6]

이분의 당부가 아니라 해도 우리는 책을 읽으면서 해당 장면을 머릿속에서 떠올린다. 눈이 하나밖에 없는 거인 키클롭스가 오디세우스 부하들의 머리를 땅바닥에 내리치고 몸을 우두둑 씹어 먹는 장면에서 몸서리를 치고, 오디세우스가 칼립소라는, 머리를 곱게 땋은 요정과 7년간 잠자리를 할 때는 부러워서 몸서리를 친다. 그러니까 책을 읽는 행위는 눈으로 글을 읽으면서 머리로는 영상을 만드는 작업이다. 영화보다 책이 더 무서울 수 있는 건 독자의 상상이 끔찍한 괴물을 만들어 낼 수 있기 때문인데, 지금도 기억나는 게 잭 케첨의 소설 『이웃집 소녀』다. 제목처럼 부부가 이웃집 소녀를 학대하는 내용으로, 샤워기의 뜨거운 물을 소녀에게 뿌리는 장면을 비롯해서 온갖 잔인한 장면들이 나오는데, 읽을 때마다 그 장면이 머리에 떠올라 책장을 넘기기가 힘들었다. 다른 차원의 힘듦을 경험하게 한 책도 있다. 컴퓨터공학자 앤디 위어가 쓴 『마션』은 마크 와트니라는 대원이 화성에 고립된 뒤 혼자 생존하는 내용이다. 책을 읽을 때 머릿속에 만드는 영상은 대개 자신이 과거에 경험했거나 본 것들을 바탕으로 해서 만들어지는데, 우주과학에 대한 지식이 워낙 없는데다 공간에 대한 감각도 남들보다 떨어지다 보니 각 장면을 머릿속에 그리는 게 참 어려웠다. 화성에서 와트니가 사는 거주지와 탐사 차량인 로버rover, 화성에서 찾아낸 구형 통신기 등에 대해 저자가 자세히 묘사해 줬건만, 아무리 해도 영상이 그려지지 않았던 것이다. 다행히 이 소설이 영화로 만들어졌기에, 구글에 들어가 각 시설의 모양을 봤고, 그 뒤에야 책장을 넘길 수 있었다.

책과 영화

만약 소설 대신 영화를 보면 어떨까. 이 경우엔 머리를 쓸 필요가 전혀 없다. 스크린에 와트니가 먹고 자는 숙소와 산소 발생기, 로버 등이 나오니까 편안히 앉아 화면만 주시하면 된다. 영화는 분명 상상력의 산물이지만, 영화 관람에는 상상력이 전혀 동원되지 않는다는 얘기다. 영화를 볼 때 옆 사람과 이야기도 하고, 팝콘이나 맥주를 먹는 게 가능한 것도 이 때문이다. 반면 책은 혼자 읽어야지, 누가 말이라도 시키면 진도가 안 넘어간다. 얼마 전 일이다. 늘어지게 낮잠을 자고 일어났더니 아내가 책을 읽고 있다. 한 번 말을 시켰고, 그 다음에 또 말을 시켰다. 세 번째로 말을 시키니까 아내가 나를 쩨려보더니 책을 덮는다.

"이따가 읽어야겠다. 그래, 계속 말해 봐."

아내가 나쁜 게 아니라, 이게 바로 책이 가진 속성이다. 반면 TV로 영화를 볼 땐 아내와 이런저런 얘기를 많이 한다. 그렇게 본다면 영화는 부부 사이를 가깝게 만드는 반면, 책은 대화를 없앰으로써 더 멀어지게 만든다. 이러니 영화가 책보다 인기 있을 수밖에 없다. 책보다 즐기기 쉽고, 연인 혹은 친구 사이도 가깝게 해 주니 말이다. 실제로 『마션』을 영화로 본 관객은 500만 명에 육박하는 반면, 책으로 본 사람은 비교하기도 민망할 만큼 적다.

> 영화의 원작 소설인 『마션』은 지난 7월 출간된 이후 꾸준히 판매량이 증가해 최근 주간 종합 베스트셀러 6위와 소설 분야 1위에 올랐다. 해당 소설책은 매주 5백 권 이상이 판매되고 누적 판매량이 3천여 권에 달한다.[7]

영화가 흥행하면 원작 소설도 잘 팔리기 마련이지만, 누적 판매량이 겨우 3천 권이라니 마음이 아프다. 아닌 게 아니라 사람들은 점점 더 영화로 몰린다. 영화는 100만이 들지 않으면 망했다고 하지만, 책은 10만 권만 팔려도 초베스트셀러라고 부른다. 〈가문의 영광〉이란 영화 시리즈가 있다. 첫 편의 흥행에 힘입어 속편이 계속 만들어졌는데, 갈수록 그 수준이 떨어졌다. 즉 2탄은 그럭저럭 재미있었지만, 3탄부터는 재미는 물론이고 웃을 장면이 하나도 없었다. 그런데 4탄도 아니고 5탄, 네티즌 평점이 6.06에 불과하고

"이제 정말 그만할 때가 아닐까요?"라는 100자평에 수많은 추천이 달린 이 영화에 116만의 관객이 들었다는 건 충격적이다. 그런가 하면 〈명량〉처럼 전 국민의 5분의 1에 해당되는, 1000만이 든 영화도 한두 편이 아니다. 뭔가 좀 이상하다는 생각이 든다. 도서정가제 때문에 책을 안 산다는 나라에서, 책값의 70퍼센트에 달하는 영화표에 기꺼이 돈을 지불하는 사람이 이렇게 많다는 게 신기하지 않은가? 그러니 이렇게 말할 수 있겠다. 사람들은 돈이 없어서 책을 안 사는 게 아니라, 시간과 노력을 쏟기 싫어서 책을 읽지 않는 거라고.

나는 영화를 폄하할 생각은 전혀 없다. 영화도 나름의 장점이 있는 매체고, 나 역시 영화를 즐기는 편인데, 어찌 내가 영화를 폄하하겠는가. 하지만 영화보다 책이 우월한 점은 이것이다. 책을 많이 읽으면 영화를 만들 수 있지만, 책 대신 영화를 많이 본다고 해서 영화를 만들 수 있는 건 아니다. 영화는 감독의 논리와 상상력이 들어가야 하니까. 그런데 콘텐츠를 만드는 게 꼭 영화만의 일일까? 웬만한 직장에서도 상상력이 좋은 사람이 대접받기 마련인 바, 다음과 같은 통계가 나온다.

고교 때 교양 서적을 11권 이상 읽었던 학생이 현재 취업 상태에서 받는 월평균 임금은 229만 원이었고, '0권'이었던 학생은 213만 원 정도로 조사됐다. 책을 많이 읽은 결과가 매달 16만 원, 연봉으로 따지면 192만 원 차이를 벌렸다는 얘기다. 외국에도 다독이 고임금으로 연결되는 것을 실증하는 연구가 있다. 미국 브리검영 대학교Brigham Young University 연구팀이 최근 발표한 '자녀에 대한 부모의 시간 투자 효과' 논문에 따르면, 부모가 자녀에게 일주일에 30분 정도 더 책을 읽어 주면 자녀의 연봉이 5천 달러(약 6백만 원) 정도 오른다고 나타났다.8

이렇게 말할 수 있겠다. 책을 읽는다고 해서 좋은 직장에 들어가는 건 아니지만, 책을 읽으면 어떤 일을 하든지 직장에서 능력을 더 발휘하는 사람이 될 수 있다고. 어떤 일을 어떻게 하느냐가 어디서 일하는가보다 더 중요하다면, 지금부터라도 책을 읽자. 당신의 상상력을 한껏 높여 줄 테니까.

1 [슈퍼리치] 고전에서 전기까지…슈퍼리치 키운 '인생의 책', 헤럴드경제 2015. 11. 19
2 [최보기의 책보기] 고전 어떻게 읽을까?…노벨상 수상의 비결은 고전 읽기. 경향신문 2016. 10. 12
3 https://en.wikipedia.org/wiki/List_of_Nobel_laureates_by_university_affiliation
4 올해 대학 졸업 예정자 토익점수 평균 729점. 이데일리 2017. 1. 18
5 어윤대 고려대 총장, "깊이 머리숙여 진심으로 사과 올립니다." 노컷뉴스 2005. 5. 3
6 『고전의 유혹』, 잭 머니건 저, 오숙은 역, 을유문화사, 24쪽
7 영화 흥행이 도서 판매량에도 영향…〈마션〉 흥행에 도서 매출↑, NEWSIS 2015. 10. 27
8 독서의 중요성, 내일신문 2016. 3. 17

8. 말을 잘하게 된다

교장 선생님 연설의 트라우마

"친애하는 학생 여러분."

조회 시간에 연단에 선 교장 선생님은 늘 이렇게 말씀을 시작하셨다. 열심히 공부해라, 착하게 살아라, 부모님한테 효도해야 한다 등등 돌이켜보면 다 좋은 말들이었다. 그럼에도 불구하고 그 얘기들이 마음에 와 닿은 적은 한 번도 없다. 그 말을 듣는 우리의 마음은 '제발 좀 빨리 끝나라'였다. 왜 그랬을까. 우선 교장 선생님은 말씀을 너무 길게 하셨다. 대학에 간 후 친구들과 우리 교장 선생님이 말을 더 오래한다는 걸로 다툰 적이 있는데, 대부분 20분 내외였던 것 같다. 20분이면 지금 생각으론 그다지 길어 보이지 않지만, 운동장에 선 채 그 얘기를 들었던 데다, 연설 자체가 재미없다보니 체감으로는 한 시간 가까이 되는 것 같았다. 오죽하면 그 말씀을 듣다 쓰러지는 아이들이 생겼겠는가? 웃기는 건 우리들 모두 쓰러지는 학생을 부러워했다는 점이다.

두 번째, 이야기를 너무 재미없게 하셨다. 다음은 착하게 살아야 한다는 이야기의 예다.

"착하게 살아야 합니다. 왜냐하면 착하게 살아야 하기 때문입니다. 착하게 살지 않는 건 옳지 않습니다. 그러므로 우리는 착하게 살아야 합니다."

이 말을 들으면 착하게 살던 학생도 비뚤어지기 십상이다. 다음과 같이 말했다면 어떨까.

"제가 중학교 때, 그러니까 여러분 나이 때였죠. 수학여행을 갔는데 우연치 않게 패싸움에 휘말렸어요. 저는 그냥 구경만 했는데, 운이 없게도 같이 경찰서에 붙들려 갔어요. 전 아무 것도 안 했다고 말했지만 소용없었습니다. 그때 경찰이 종이 한 장씩을 내주고, 최근 한 달 사이 착한 일을 한 게 있으면 쓰라고 하더군요. 세 가지 이상 쓰면 내보내 준다고. 다른 애들은 순식간에 쓰고 나가던데, 저는 아무리 머리를 쥐어짜도 쓸 게 없었습니다. 한 달이 아니라 1년, 아니 10년을 되돌아봐도 마찬가지였습니다. 담당 경찰이 저한테 이러더군요. '이거 완전히 독종이구만!' 결국 저는 경찰서 유치장에서 3일을 보내야 했습니다. 그 동안 제가 무슨 생각을 했는지 아십니까? 착하게 살자, 여기서 나가기만 하면 정말 착하게 살겠다. 이 생각뿐이었죠. 제가 이 자리에 서 있는 건 다 그 덕분입니다.”

이런 내용이라면 학생들이, 물론 힘들긴 하겠지만, 최소한 쓰러지진 않을 것 같다.

학생들을 힘들게 했던 마지막 요소는 선생님 말씀이 도대체 언제 끝날지 모른다는 것이었다. 교장 선생님의 나열식 연설은 기껏해야 다섯 개 이내였는데, 그게 왜 그렇게 우리를 힘들게 했던 걸까. 사람은 끝이 보이지 않을 때 더 좌절하기 때문이다. 첫째, 둘째, 셋째, 넷째 이런 식으로 진행되면 ‘도대체 몇 가지나 하려고 저러나’ 싶어 짜증이 난다. 그러다 교장 선생님의 전매특허라고 할 “끝으로”가 나오면 짜증은 극에 달하고, 여기저기서 탄식이 나온다. 네 가지나 말하고도 한 가지가 더 있느냐는 힐난이 탄식으로 표현된 것이다(게다가 그 끝이 정말 끝이 아닌 경우도 많았다). 차라리 미리 다섯 개라고 말해 줬으면, ‘끝으로’가 그렇게까지 짜증나지 않았으리라.

잡스의 스탠포드 연설 분석

“사실 저는 대학을 졸업하지 못했습니다.”

최고의 명연설로 회자되는 스티브 잡스의 스탠포드 졸업식 축사는 이렇게 시작된다. 명문대 졸업식에 오게 돼 영광이라는 의례적인 언사 다음에 이어진 이 말은 대번에 청중들을 사로잡는다. 아무리 명문 스탠포드 대학생들이라고 해도 잡스는 범접하기 어려운 스타 CEO다. 그런 사람이 자신의 약점을 저렇게 드러내다니, 약간의 놀라움과 궁금증이 더해지면서 청중들은 잡스의 다음 말에 주목하게 된다. 잡스와 비교하긴 부끄럽지만, 내가 강연 때마다 "저는 못생겼습니다."라고 말하는 것도 비슷한 맥락이다. 대학 졸업식을 이렇게 가까이서 보는 게 처음이라고 말한 잡스는 자기 인생의 세 가지 이야기를 하겠다고 한다.

"그저 세 가지 이야기일 뿐입니다."

연설 시작 전 몇 가지 이야기를 할 것인지 절대 가르쳐 주지 않는 교장 선생님과 비교된다. 세 가지라니 오히려 그게 뭘까, 궁금증이 생긴다.

미혼모인 생모가 자신을 입양 보낸 이야기, 비싼 대학 등록금 때문에 한 학기 마친 뒤 대학을 자퇴한 이야기, 자신이 만든 애플에서 해고당한 이야기 등등 그의 한마디 한마디는 그 자리에 있던 졸업생들뿐만 아니라 유튜브로 그 영상을 지켜본 이들의 심금을 울렸다. 그 연설의 조회수는 무려 2700만을 넘겼는데, 이 연설이 성공한 이유를 분석해 보자. 일단 연설이 어렵지 않다. 공학에 있어서 최고 전문가이니 전문용어로 점철된 연설로 학생들의 기를 죽일 수도 있지만, 그는 그렇게 하는 대신 초등학생도 충분히 이해할 수 있는 연설을 했다. 하지만 이 연설이 더 빛나는 이유는 그가 자신의 경험을 바탕으로 교훈을 이끌어 내기 때문이다. '돈이 없어 대학을 중퇴했다. → 할 일도 없고 해서 마음에 드는 과목을 몰래 청강했는데, 그게 바로 글자체 강의였다. → 이 지식은 나중에 매킨토시라는, 최초의 컴퓨터를 만들 때 큰 도움이 됐다.' 이를 통해 잡스는 '현재는 미래와 어떻게든 연결된다'는 교훈을 이끌어 내는데, 쉽게 말하면 '아무리 쓸데없는 거라도 일단 배워 놓으면 나중에 쓸모가 있다'는 얘기다. 사실 '나중에 다 쓸모가 있다'는 말은 살면서 숱하게 듣는 진부한 말이다. 그 말을 들었을 때 "아, 그렇군요! 열심히 해야겠네요."라고 대답한 적이 있는가? 없다. 그 대신 우리는 "에이, 뻔한 소리네"라며 푸념하기 일쑤다. 그런데 잡스의 이야기는 그 어떤 말보다 더 강하게 우리 가슴에 새겨진다. 왜일까. 잡스가 성공한 CEO라는 것도 있겠지만, 거기에 잡스 자신의 경험이 담겨 있기 때문이다. 위에서 언급했듯 착하게 살라는 평범한 교훈도 자신의 경찰서 경험을 같이 이야기하면 가슴에 와 닿을 수 있다.

이와 비슷하게 잡스는 "때로는 인생이 배신하더라도 결코 믿음을 잃지 말라"는 교훈을 얘기하기 위해 자신이 만든 애플에서 쫓겨났다가 돌아온 이야기를 하고, "여러분의 시간은 유한하니, 다른 사람의 삶을 사느라 시간을 낭비하지 마세요"라는 얘기를 하기 위해 자신이 췌장암 진단을 받았던 얘기를 한다. 대략 14분가량이 소요된 이 연설이 끝나자 스탠포드 학생들은 일제히 박수를 친다. 의례적인 게 아닌, 마음에서 우러나오는 박수를.

누구나 잡스가 될 수 있다

여기까지 읽으면 이런 생각을 할 수 있다. '잡스가 연설을 잘하는 건 일반인이 상상하기 어려운 경험을 했기 때문이잖아. 그러니까 우리는 잡스처럼 말을 잘하긴 어려워.' 물론 엄청난 경험을 했다는 게 좋은 연설의 밑바탕이 될 수 있지만, 그게 다는 아니다. 우리 사회에서 성공한 이들의 연설을 들을 때, "아니, 왜 저 얘기를 저렇게 밖에 못할까?"라는 답답함을 느낀 적이 있을 것이다. 그 중에는 잡스보다 훨씬 더 심한 부침을 겪은 분도 있지만, 자신의 경험을 멋진 연설로 녹여 내는 능력을 가진 이는 드물다. 반면 잡스와는 비교도 안 되는 소소한 경험이라도 능력만 있다면 얼마든지 멋진 연설로 만들 수 있다.

실제로 이런 사람이 있는데, 명강사로 이름을 날리는 김창옥이 바로 그 분이다. 제주도에서 공업고등학교를 졸업했고, 대한민국해병대 통신병으로 복무한 뒤 25세의 나이로 경희대 성악과에 입학한 경력을 보면 명강사가 될 만한 구석을 찾기 어렵다. 하지만 그에게는 그가 살아온 순간순간을 모두 강연 소재로 만드는 능력이 있다. 내가 그를 처음 알게 된 〈세상을 바꾸는 시간 15분〉(이하 〈세바시〉) 첫 강연을 보자. '상처와 열등감으로부터 자유로워지기'라는 강연을 김창옥은 다음과 같이 시작한다. 자신이 교수이긴 한데 교수 같은 느낌은 아니지 않느냐고, 자신도 잘 안다고 한다.

"기업 강연을 할 때 제가 어디 가면 분위기가 가장 잘 어울릴 것 같냐고 그랬더니 미장원에 가면 잘 어울릴 것 같다고 솔직하게 피드백을 해 주시더라고요."

폭소가 터지지만, 그는 아랑곳하지 않고 '머리하러 온 느낌으로 강연을 들어 달라'고 말한다. 어찌 보면 불쾌했을 수도 있는 경험을 가지고 강연 초반에 이미 사람들을 사로잡은 것이다.

510만의 조회수를 기록한 '나는 당신을 봅니다'라는 강연에서는 자신과 아버지는 사이가 좋지 않았다고 얘기한 뒤 다음 에피소드를 얘기한다. 한 여성으로부터 전화가 왔기에 강연 의뢰인 줄 알았는데, 제주도에 있는 치과였단다. 당신 아버지가 이런저런 치료를 받는데 치료비를 내줄 수 있느냐는 내용이었다. 알았다고 하고 끊으려는데 아버지가 전화를 바꿔 달라고 했다. 아버지는 청각 장애가 있어서 소리를 잘 알아듣지 못하는데 말이다. 귀가 안 들리는 사람답게 아버지는 전화기에 대고 소리를 지르셨단다. "막둥이냐? 아버지다!" 이어서 아버지는 조그맣게 다음 말을 했다. "미안하다." 여기서 우린 가슴이 조금 먹먹해진다. 미안하다고 말하는 아버지의 속내를 짐작할 수 있기 때문이다. 김창옥은 이렇게 말한다. "아버지, 미안하다고 말하지 마세요. 그냥 돈 내라고 하세요. 힘들게 키워 주셨는데." 여기서 끝냈으면 명강사 김창옥이 아니다. 그는 다음 말로 사람들을 웃긴다.

"제가 이 얘기를 하려고 했는데 이미 전화를 끊어 버리셨더라고요."

어찌 보면 누구나 경험함직한 평범한 에피소드인데, 김창옥은 이걸 재미있게 풀어내 사람들에게 들려준다. 그가 〈세바시〉 사상 최다 강연에 최다 조회수를 기록할 수밖에.

이렇게 따져 물을 수 있겠다. '좋아, 경험을 녹여 내는 게 중요하다고 치자. 어떻게 그리 할 수 있는지가 궁금하단 말이야.' 잡스에 관한 기사가 그 해답이 될 듯하다.

"뛰어난 독서가지만 독서를 하느라 너무 많은 시간을 허비한다. (중략) 공부에 의욕을 갖거나 목적을 세우는 데 어려움을 겪고 있다. (중략) 때로는 규율에 어긋나는 행동을 한다."
아이폰, 아이패드 등을 잇달아 내놓으며 지구촌 디지털 시대를 이끌고 있는 스티브 잡스 애플 CEO의 초등학교 성적표에 나온 평가다. 잡스는 말썽은 피우지만 독서를 즐기는 그저 그런 어린이였다는 것이다.[1]

안철수와 말

'독서'라는 대답이 너무 허무하게 느껴질지 모르겠다. 하지만 잡스와 김창옥을 비롯해 말을 잘하는 사람들 치고 독서를 멀리한 사람은 드물다. 책을 어느 정도 읽은 사람이라면 최소한 자신이 말하려는 내용을 논리적으로 전달하게 마련이니, 독서야말로 달변가의 필수조건이다. 물론 책을 읽었다고 해서 다 말을 잘하는 것은 아니다. 대선 후보를 지낸 안철수를 보자. 그에 대한 주변 사람들의 기억은 그리 긍정적이지 않다. 늘 말없이 혼자 다니던 분이라 대학 동기들조차 그와 말해 본 경험을 가진 이가 없단다. 2012년 대선을 앞둔 시절, 그와 같은 아파트에 사는 분은 안철수를 이렇게 평가한다.

"엘리베이터에서 만나도 인사 한 번 하지 않더라고요. 아니, 자기 이웃들과도 소통을 안 하는 이가 어떻게 국민들과 소통해야 하는 대통령이 될 수 있을까요?"

이런 성격은 그 후에도 고쳐지지 않았는지, 그와 같은 상임위에서 국정 감사를 했던 안민석 의원은 다음과 같이 말한다.

"안철수 국민의당 전 대표는 국정감사 23일 동안 같은 상임위원들, 야당의원들하고 차 한 잔, 밥 한 번 안 먹었고, 먹자는 말도 안 했다."[2]

그렇다고 해서 안철수가 말을 못하는 것은 아니다. 말을 해야 할 때 안 해서 답답함을 주고, 부산 사투리라 좀 투박한 맛은 있을지언정, 안철수의 말이 두서없게 느껴진 적은 한 번도 없다. 오히려 그는 2017년 대선 기간 중 문재인 후보에게 무자료 끝장 토론을 제의했고, 문 후보가 거부하자 "왜 회피하냐"고 일갈하기도 했다.[3] 2012년 대선 당시 박근혜 후보가 토론을 피해 다니기 바빴던 것과 비교해 보면, 안철수가 말에 있어서 얼마나 자신감을 갖고 있는지 알 수 있다. 말도 별로 안 해 본 이가 어떻게 이럴 수 있을까?

안 후보는 자신의 책과 대선 캠프 누리집 등을 통해 "어렸을 때부터 책을 좋아했는데, 글을 깨친 초등학교 1학년 이후부터는 활자 중독 증세를 보이며 등·하교 길에서도 책을 읽었고 중학교 때 웬만한 한국 소설은 다 읽었다"며 "그때 닥치는 대로 책을 읽었던 것이 인문학적 소양을 넓혀 주고 인생 전체에 큰 영향을 끼쳤다"고 말했다.4

잡스가 그랬던 것처럼 안철수도 책을 열심히 읽은 덕분에 평균 이상의 화술을 구사할 수 있었다. 여기에 선뜻 동의하긴 어려울 것이다. 사람들은 그의 말이 모호하다고 말한다. 도대체 무슨 말을 하는지 모르겠다며 그를 질타하는 사람들도 있다. 안철수 화술의 위대함은 바로 여기에 있다. 사실 안철수에겐 기존 정치인과 차별화되는, 새로운 비전이나 정책이 하나도 없다. 그가 정치를 하는 것도 무릎팍도사 이후 갑자기 오른 지지율에 놀란 탓이지, 새 나라를 세우겠다는 마음은 애당초 없었다. 이런 상황에서 그가 선택할 수 있는 거라곤 모호함이 유일하다. 그런데 이건 잘 구사하지 않으면 상대가 "뭐야, 아무것도 없잖아!"라고 알아챌 우려가 있는데, 안철수가 워낙 말을 잘하다 보니 듣는 이로 하여금 "뭔가 있는데 표현을 못하는구나" 하고 믿게 만들지 않는가. 이것이야말로 안철수가 잦은 부침 속에서도 정치판에 있을 수 있는 비결이고, 이게 가능한 것도 다 그가 책을 읽었기 때문이다.

책을 읽으면 말도 잘한다

박근혜 전 대통령은 말을 치명적으로 잘 못했다. 이건 김영삼 전
대통령도 마찬가지였다. 그리고 두 분의 공통점은 책을 전혀 가까
이하지 않았다는 거다. 말솜씨와 독서의 관계는 이렇듯 확실하다.
이쯤에서 화살을 우리 스스로에게 돌려 보자. 말을 잘하고 싶어 하
는 사람은 많지만, 정작 책을 열심히 읽는 이는 드물다.

우리나라 성인 가운데 지난해 일 년 동안 책을 한 권도 읽지
않는 비율이 역대 가장 높은 것으로 나타났습니다. 문화체육
관광부가 2014년 10월부터 지난해 9월까지 성인 남녀 5천
명과 초·중·고교생 3천 명을 대상으로 독서 실태를 조사한
결과, 성인 연평균 독서율은 한 해 전보다 6퍼센트 포인트 떨
어진 65퍼센트였습니다. 따라서 책을 한 권도 읽지 않은 비율
이 성인 10명 가운데 3.5명에 달한다는 뜻입니다. 독서율은
1994년 87퍼센트에서 1999년 78퍼센트, 2004년 76퍼센트,
2009년 72퍼센트 등으로 해마다 감소하고 있습니다.5

아니, 박근혜 전 대통령더러 '어버버' 화법이라고 비판하면서, 정
작 우리는 왜 책을 멀리하는 것일까? 사람들이 대중 앞에 나서서
얘기하는 데 공포감을 느끼는 이유는 자신이 말을 못한다고 생각
해서고, 그렇게 생각하는 이유는 자신이 책을 별로 안 읽었기 때문

이다. 책을 읽으면 말도 잘할 수 있는데 우리는 왜 책을 읽지 않는 것일까. '일이나 공부 탓에 시간이 없다'는 대답이 35퍼센트로 가장 많았고, '책 읽기가 싫고 습관이 들지 않았다'는 응답이 뒤를 이었다.[5] '책 읽기가 싫다'는 것에 대한 분석은 나중에 따로 하고, 여기서는 시간이 없다는 것에 대해서만 언급하자. 2015년, 미국 대통령이던 오바마는 여름휴가 중에만 여섯 권의 책을 읽었다. 책을 안 읽는 이들 중 미국 대통령보다 바쁜 사람이 과연 얼마나 있을지 모르겠다. 시간은 내는 것이지 저절로 주어지는 게 아니라는 점에서, 우리 스스로를 한번 돌아볼 필요가 있다. 예컨대 우리나라 사람들의 하루 평균 스마트폰 사용 시간은 세 시간 44분에 달한다.[6] '아니 그렇게나 많이?'라며 놀라겠지만, 사실 이것들은 자투리 시간이 합쳐진 것이다. 내가 학생인데 강의가 끝난 뒤 10분의 휴식 시간이 있다면 우선적으로 스마트폰에 손이 간다. 새 뉴스도 보고 카톡도 확인하고 이러다 보면 그 10분은 금방 간다. 이런 일이 여섯 번 반복되면 한 시간이다. 그 한 시간은 스마트폰과 더불어 증발해 버린 시간이다. 만일 그 10분 동안 책을 읽으면 어떻게 될까? 아무리 느리게 읽어도 10분간 서너 쪽은 가능하다. 한 시간이면 약 25쪽이고, 매일 한 시간씩 한 달을 이렇게 보낸다면 책 두세 권은 넉넉히 읽을 수 있다.

스마트폰만 열심히 한 것과 책 두세 권을 읽은 것, 전자는 그저 시간을 흘려보낸 것에 불과하다면 후자는 내 머릿속에 남아 삶의

자양분이 돼 준다. 하루 세 시간 넘게 스마트폰을 쓰면서 시간이 없어 책을 못 읽는다는 건 그러니까 핑계다. 대중 앞에 서서 멋지게 말을 하고 싶은가? 그렇다면 스마트폰을 내려놓고 책을 읽자. 책을 읽지 않는다면, 당신은 박근혜를 어버버라고 놀릴 자격이 없다.

1 스티브 잡스 성공 요인은 독서와 호기심, 세계일보 2010. 8. 6
2 [정치옥타곤] 박 대통령, 기자 간담회서 해명, TV 조선 2017. 1. 1
3 안철수, 문재인 '끝장토론' 거부에 "왜 회피? 두렵나" 거듭 제안, 더 팩트 2016. 4. 6
4 안철수, 1년만에 급부상 '치밀한 플랜'있었나, 한겨레 2012. 10 .11
5 "성인 35%, 1년에 책 한 권도 안 읽어" YNT 2016. 1. 22
6 한국인 스마트폰 사용, 하루 평균 3시간 44분, 뉴시스 2016. 12. 6

9. 생각을 바꾸는 책 읽기

메갈이 된 서민

> └litoris mike: 일베충이 방송 나오면 무슨 반응일까? 서민 교수는 자칭 메갈이라 할 정도인 사람인데 이런 사람을 방송에 내놓다니.
> └조ㅇㅜ비ᵇᵗ: 저런 꼴페미 메갈ㅂㅅ을 인터뷰하고 있네.
> └김민건: 저런 인간도 좋다고 하는 사람들도 있네. 구독 취소하고 갑니다.[1]

내가 출연한 〈양세형의 숏터뷰〉에 달린 댓글이다. '메갈'이란 인터넷에서 일상적으로 저질러지던 여혐에 분노해 만들어진 인터넷 사이트 메갈리아를 뜻하는 말로, 남성들의 역공으로 인해 2년이채 못 돼 사이트가 없어졌다. 하지만 메갈이 남성들에게 준 충격은 실로 어마어마했다. 여성은 원래 남성이 욕하면 배시시 웃는 존재여야 하는데, 메갈은 남성이 한 욕을 그대로 남성에게 돌려줬을 뿐 아니라 남성 비하적인 말도 서슴지 않았다. 그래서 남성들은 메갈리아가 없어진 지금도 여전히 메갈 타령을 하면서 "꺼진 불도 다시 보자"는 경구를 몸소 실천하고 있다.

사실 〈양세형의 숏터뷰〉는 프로그램 이름에서 알 수 있듯이 개그맨 양세형과 출연자가 나누는 즐거운 인터뷰며, 내가 나오는 편도 거기서 크게 벗어나지 않았다. 메갈에서 쓰는 남성 비하적인 용어가 나온 적도 없다. 그럼에도 남성들이 저러는 건 메갈리아에서 활동한 이에게 주홍글씨를 새김으로써 다른 이들로 하여금 메갈리아 근처에도 가지 못하게 막으려는 의도에서다. 메갈리아는 이미 없어진 사이트라 이제 그 근처에 얼쩡거리는 게 불가능하다는 점을 고려하면, 남성들이 메갈리아로 인해 느꼈던 충격과 공포가 얼마나 컸는지 짐작할 수 있다. 이제 이런 질문을 할 차례다. 서민아, 너는 어쩌다 메갈리아가 됐니? 넌 남자고, 여성들이 우리 사회에서 겪어야 하는 차별을 경험한 적도 없잖아?

메갈리아의 시작

사회에 대한 내 모든 관심이 전북대 교수 강준만의 계간 『인물과 사상』에서 비롯됐듯, 여성에 대해 관심을 갖게 된 것도 그 잡지를 통해서였다. 그 이전까지 여성에 대해 내가 가진 생각은 '일반적인 남성들'과 크게 다를 바 없었다. 남성이 개고생하면서 돈을 버는 동안, 여성은 여자라는 이유로 모든 책임에서 자유롭게 살아간다고 생각했다. 하지만 『인물과 사상』은 그런 내게 다음과 같이 말했다. "절대 그렇지 않아. 우리 사회에서 여성으로 사는 건 힘든 일이야." 그러면서 여성이 어떻게 차별받는지를 수많은 통계로 증명해 줬다. 사람은 자신이 믿어 왔던 가치 체계가 무너질 때 충격을 받는데, 그때의 내가 딱 그랬다. 오랜 기간 감겨 있던 젠더에 대한 눈이 기지개를 켜고 활동하기 시작했다.

젠더의 눈으로 본 세상은 내가 그전까지 보던 것과 달랐다. 예를 들어 난 내가 지금의 위치에 오른 게 순전히 내 노력이었다고 생각했지만, 그게 아니었다. 물론 내 노력을 지원해 줄 수 있는 집안에서 태어난 것도 크게 작용했지만, 내가 남자가 아니었다면 지금처럼 교수로 살아가지 못했을지도 모른다. 내 어머니는 누나보다 날훨씬 더 예뻐하셨는데, 중학교 때까지만 해도 나는 예쁨받을 구석이 전혀 없었다. 외모도 그렇고 성격도 그리 좋지 못한데다 공부까지 못했으니 말이다. 그럼에도 어머니는 "장남은 하늘이 내리는 것이다"라는 국적 불명의 말씀을 하시면서 내게 기대와 지원을 아끼지 않았다. 그러니까 내가 고등학교 때 열심히 공부하기 시작한 건 어머니의 기대에 대한 양심의 발로였다. 젠더의 눈을 뜨니 이렇게 그간 숨겨져 있던 진실이 보이기 시작한 것이다.

내 친구 A의 사례를 보자. A는 대학 졸업 후 미국에서 박사 과정을 밟고 있었다. 그 와중에 A는 마찬가지로 박사 과정 중이던 여인 B를 만나 사랑에 빠지고, 결혼까지 한다. 그리고 얼마 후, 아이가 생겼다. 부부에게 아이가 생기는 것은 당연한 일이지만, 누군가는 학업을 때려치우고 그 아이를 돌봐야 한다는 게 문제다. 미국에 있었으니 처가나 시댁의 도움을 받을 수도 없는 노릇이었다. 결국 그만둔 쪽은 B였고, 덕분에 A는 박사 학위를 받고 지금 서울 소재 대학의 교수로 일하고 있다. 박사 학위의 목전에서 그만둔 B는 아이가 어느 정도 자란 뒤 "집에만 있기 싫다"며 할 일을 찾았지만, 그녀를 원하는 곳은 그리 많지 않았다. B가 택한 일은 학습지 교사였다. A부부의 이야기는 너무도 흔하기에 당연한 일처럼 여겨진다. 하지만 이런 생각은 할 수 있다. B는 학습지 교사를 하면서 행복했을까? 교수로 일하는 남편을 보면서 "나도 저렇게 될 수 있었는데"라며 회한에 잠긴 적도 있을 것이다. 여기서 우리는 왜 괜찮은 직종에 여성이 드문지 알 수 있다. 괜찮은 직종은 오랜 투자가 필요한 분야고, 거기서 성공하기 위해서는 누군가의 내조가 필요하다. 그 역할을 한 것이 바로 아내들이었다. 다시 말해서 성공한 남자가 많은 이유는 그들에게 아내가 있기 때문이다.

페미니즘에 입문하다

진실에 눈을 뜬 뒤 내가 한 일은 보다 많은 여성주의 책을 탐독하는 것이었다. 난 목마른 사슴처럼 여성주의 책들을 머리에 집어넣었다.

어느 날 갑자기 남자가 월경을 하고 여자는 하지 않게 된다면 무슨 일이 벌어질까? 그렇게 되면 분명 월경이 부러움의 대상이 되고 자랑거리가 될 것이다. 남자들은 자기가 얼마나 오래 월경을 하며, 생리량이 얼마나 많은지 자랑하며 떠들어 댈 것이다. 초경을 한 소년들은 이제야 진짜 남자가 되었다고 좋아할 것이다. 처음으로 월경을 한 날을 기념하기 위해 선물과 종교의식, 가족들의 축하 행사, 파티들이 마련될 것이다. 생리통으로 인한 손실을 막기 위해 의회는 구립월경불순 연구소에 연구비를 지원한다. 의사들은 심장마비보다는 생리통에 대해 더 많이 연구한다.[2]

이 대목을 읽는 와중에 편의점에서 생리대를 사는 여성들의 모습을 머릿속에 그려 봤다. 계산대에 있는 남자 직원에게 생리대를 내밀 때 얼마나 쑥스러울까? 특히 공감한 것은 마지막 부분이었다. 실제로 의사들은 오랜 기간 생리통에 대해 연구하지 않았다. 그건 의사들이 대부분 남성이어서 그런 것도 있지만, 가임기 여성이 대부분 하고 있음에도 불구하고 생리라는 단어를 공론화하는 것을 꺼리는 사회 분위기도 크게 작용했다. 정말이지 남성이 생리를 했다면 생리에 대한 대접은 180도 달랐으리라. 영리한 페미니스트 글로리아 스타이넘은 『남자가 월경을 한다면』이란 책에서 이 부분을 꼬집는다. 우익 정치인들이 생리를 하는 남자들만이 높은 정치적 위치를 차지할 수 있다고 한다든지, 종교 광신도들이 '매월 한 번씩 행해지는 정화 의식이 없는 여성들은 깨끗할 수 없다'며 남자만이 신부나 목사가 되는 것을 정당화할 것이라는 것은 매우 그럴 법하다.

첫 번째 책이 좋았기에 같은 저자가 낸 다른 책도 읽게 됐는데, 거기서 또 새로운 지식을 얻었다. 페미니즘은 성 평등을 지향하는 운동인데 왜 여성들, 특히 젊은 여성들 중 페미니즘에 부정적인 분이 많을까에 대한 답이 거기 쓰여 있었다. 학생 시절 여성들은 소비자다. 학생들이 지불하는 수업료와 학생 수에 따라 지급되는 정부 보조금 때문에 학교가 유지될 수 있으니까. 게다가 인구가 점점 감소하니, 학교는 돈이 절실해질 수밖에 없다. 남자건 여자건 학교 측으로 봐서는 평등하다는 얘기, 이런 와중에 페미니즘에 관심을 갖는 건 쉬운 일이 아니다. 하지만 여성들은 졸업 후 남성이 지배하는 사회 속으로 뛰어들면서, 그리고 숱한 차별을 겪으면서 페미니즘에 눈을 뜨게 된다. 그렇다고 그 여성들이 페미니즘을 지지하는 것도 아니다. 남성 위주의 사회에서 출세하려면 자신의 여성성을 거세해야 하니까 말이다.

어떤 이들은 개인적인 출세에 집착하면서 자신이 여성이라는 사실을 회피하려 한다. 어떤 이들은 "나는 페미니스트는 아니지만……"이라고 말하며 안전한 중간 지대에 숨는다.[3]

페미니즘 운동이 어려운 이유는 여기에 있다. 이건 좀 다른 이야기인데, 이 책은 여성이 남자들만큼 도박을 좋아하지 않는 이유도 설명해 준다.

"여자들의 경우 도박에 대한 욕구는 결혼에 의해 모두 만족된다. 여자들에게 결혼이야말로 엄청난 도박이 아닌가?"

남성에게 결혼이 도박이 아닌 이유는, 남성의 삶이 어떤 여성을 만나느냐에 따라 크게 좌우되지 않기 때문이다. 정 아니다 싶으면 헤어지고 다른 여성을 만나는 것도 얼마든지 가능하다. 물론 여성도 이혼하고 다른 남성을 만나는 것이 가능하지만, 세상은 이혼녀보다는 이혼남에게 관대한 게 사실이다.

공지영 작가의 경우

스타이넘에 이어 내 젠더의 눈은 공지영에게 향했다. 공지영 작가에 대해 부정적인 시각을 가진 사람도 꽤 많을 것이다. 실제로 그녀는 꽤 많은 욕을 먹는 인사다. 그런데 그녀가 그런 욕을 먹을 만큼 잘못한 일이 많을까? 과거의 나라면 그 대열에 합세해서 같이 욕했을지도 모르지만, 젠더의 눈을 뜬 뒤엔 그럴 수 없었다. 내가 찾은 진실은, 공지영이 세 번 이혼했다는 게 욕을 먹는 이유였다. 열녀가 칭송받는 전통을 가진 우리나라에서 여자는 한 번 헤어지고 나면 그냥 애를 키우며 살아야 하거늘, 공지영은 두 번이나 더 결혼했고, 성姓이 다른 세 아이를 키우고 있다! 그러면서도 계속 왕성하게 활동하다니! 실제로 어떤 분은 '공지영 작가가 욕먹는 이유가 뭐죠?'라는 질문에 다음과 같이 답한다.

> ㄴbab0****: 이혼을 몇 번씩하면서 남편마다 아이를 내질러 놓고 복잡한 인생이지요. 제가 보기엔 떳떳하지 못한 인생 같은데 대중 앞에 얼굴 내미는 그 자신감이 우스꽝스럽고 존경스럽습니다.4

그렇다고 이분이 세 번 결혼한 파블로 네루다와 헤르만 헤세, 네 번 결혼한 파울로 코엘료, 세 번 이혼한 나훈아나 니콜라스 케이지더러 "떳떳하지 못한 인생"이라며 거품을 물 것 같진 않다. 나훈아나 케이지는 여성이 아닌 남성이고, 남성은 마음에 안 들면 몇 번이고 이혼을 해도 괜찮은 존재로 여겨지니까.

물론 이혼에 대해 그런 잣대를 들이댈 수는 있다. 공지영이 세 번 이혼한 것은 엄연한 사실이고, 그걸 불편하다고 생각하는 건 자유니까 말이다. 이해할 수 없는 것은 그 비난이 공지영의 작품 세계에까지 미친다는 점이다. 예컨대 내가 만났던 한 기자는 공지영더러 "문장의 기본도 안 된 작가"라고 비난했는데, 공지영에 대해 그렇게 말하는 사람은 한둘이 아니다. 이상하지 않은가? 문장의 기본이 안 된 사람이 수십 년간 소설을 써서 생계를 이어간 데다, 한국인이 좋아하는 소설가 중 당당 7위를 차지하다니?**5** 이런 비난이 나오게 된 근거는 있다. 『내게 거짓말을 해봐』로 널리 알려진 소설가 장정일, 그는 자신의 독서 감상문 모음집인 『독서일기 1』에서 공지영을 신랄하게 비판한다. 그 대목을 옮겨 본다.

3. 15
공지영의 『무소의 뿔처럼 혼자서 가라』(문예마당, 1993)를 읽다. 오문과 악문으로 가득한 책. 여성적 글쓰기에 대한 형식적인 전략이 전혀 배려되지 않는 엉터리 페미니즘 소설. 노회한 김수현이 도리어 '언니'라고 불러야 할 만큼 닳고 닳은 상투.

9. 24
공지영의 『고등어』를 읽다. 『고등어』를 읽으며 나는 불평을 넘어, 얼굴이 붉어질 정도로 화가 치밀었다. 대학 교육까지 받은 데다가 직업이 소설가인 사람이 이런 정도의 의중을 저런 식으로 표현할 수는 없다. 자기가 하고 싶은 뜻의 말과 표현 문법이 설 겉도는 유치원생의 말과도 같다.

유치원생에 비유하다니, 이쯤 되면 정당한 비판을 넘어 동료 소설가에 대한 모욕이다. 도대체 장정일은 왜 공지영에 대해 그렇게 화가 났을까? 오문과 악문으로 가득찬 『무소의 뿔처럼 혼자서 가라』를 읽고 난 뒤 왜 굳이 『고등어』까지 찾아 읽은 것일까? 이분 말고도 공지영을 비판하는 동업자들은 여럿이다.

- 황석영 작가: 공지영의 글은 쉽게 읽힌다. 그 점이 장점이자 불만이었다.
- 김승희 평론가: 운동을 핫도그처럼 팔아먹는다, 팜므 파탈과 공주병의 결합.6

공지영의 소설이 자신들의 기준에 미치지 못한 것도 있겠지만, 잘나가는 소설가, 연세대라는 학벌에 미모까지, 여성 주제에 너무 많은 것을 가진 공지영에 대한 질투가 그들의 내면에 담겨 있던 것은 아닐까? 그래서 공지영은 말한다.

"그런 사람이 하는 얘기를 열 자 이내로 줄이면 '나는 공지영이 싫다'예요."6

나 역시 이 말에 동의한다. 한마디만 덧붙인다면, "공지영이 잘난 여성이어서"다.

정희진을 만나다

페미니즘 공부에 있어서 가장 아쉬운 대목은 내가 남성이란 사실이었다. 여성은 숱한 성차별을 겪으면서, 그 자신은 부인할지언정 페미니스트로 자란다. 하지만 남성인 나는 그런 경험을 한 적이 없고, 오직 책을 통한 간접경험만 가능하다. 그때 읽은 책 중 하나는 '남성도 과연 페미니스트가 될 수 있을까?'에 관한 것이었는데, 다 읽고 난 뒤에도 뚜렷한 답은 얻을 수 없었다. 그래서 결심했다. 경험의 부족을 더 많은 공부로 만회해서 몇 십 년 후에는 페미니스트란 말을 들을 수 있게 하자고. 그렇게 해서 만난 책이 바로 정희진의 『페미니즘의 도전』이었다. 그는 그 책에서 어머니만이 우대받는 사회를 비판하며, 모성은 본능이 아니라고 말한다.

> 만약 모성이 본능이라면 미혼모도 어머니이므로 차별받아선 안 된다. 미혼모에 대한 우리 사회의 부정적인 인식은 합법적 아버지가 있어야 어머니와 자녀도 존재할 수 있다는 것을 함의한다. 남성과 연결되어 있지 않은 여성은 존재의 근거도 의미도 없다.[7]

모성이 정치학이라는 것을 이 책을 읽기 전까지 알지 못했다. 출산율이 낮다고 목소리를 높이는 사회에서 미혼모가 대접받는 대신 박해를 받는 건 다 이 때문이다.

저자는 성을 간다는 말의 어원도 분석해 준다. 성의 변경은 어머니가 재가했을 때, 즉 아버지가 아닌 다른 남성과 잤을 때 생긴다. 아버지는 아무리 다른 여자와 가정을 꾸리더라도 자식들이 성을 가는 일이 발생하지 않는다.

성을 가는 것이 엄청난 사건인 이유는 그것이 계급 재생산이라는 가부장제 가족의 근본 질서를 뿌리째 흔들기 때문이다. (…) 유림의 주장대로 동성동본 간 금혼이 우생학적 근거에 따라 근친 간 결혼을 방지하기 위해 존속되어야 한다면, 아버지의 성뿐만 아니라 어머니들의 성이 같아도 금지해야 할 것이다.8

우리가 흔히 쓰는 '성姓을 간다'는 말에 이런 깊은 뜻이 있었던 것이다. 그래서 우리는 책을 읽어야 한다. 무심코 쓰던 말도 근원을 알고 나면 가려 쓰게 되니까.

내가 이 책을 최고의 페미니즘 이론서로 여기는 까닭은 한 줄 한 줄이 다 깊은 깨달음을 주기 때문이었다. "여성의 식욕이 찬양되는 시기는 임신했을 때뿐이다." 같은 구절을 읽고 어찌 무릎을 치며 감탄하지 않을 수 있겠는가.

페미니즘, 환영받지 못하는 운동

『페미니즘의 도전』을 읽고 나니 머릿속이 꽉 찬 느낌이었다. 갑자기 새로운 지식이 물밀 듯이 몰려와 뇌를 채웠으니 그럴 수밖에. 이 감격을 다른 이들과 나누기 위해 난 학교에서 '여성학'이라는 강좌를 열었다. 지금 생각하면 부끄러운 일이었다. 책 몇 권 읽었다고 다른 이들을 가르친다는 게 도대체 말이 안 됐다. 여성학 강의는 내 역량 부족으로 인해 3년도 못 가서 폐강해야 했다. 대신 난 이 세상 사람들이 다 『페미니즘의 도전』을 읽으면 좋겠다고 생각했다.

하지만 그 책은 생각만큼 많이 팔리지 않았던 모양이다. 인터넷의 개통과 더불어 여혐이 점점 심해져 버린 걸 보면 말이다. 넘쳐나는 여혐 글들을 보면서 난 가슴을 쓸어내렸다. 내가 페미니즘에 입문하지 않았다면 나 역시 그런 글들을 쓰거나 최소한 '공감' 버튼을 눌렀을 거다. 어쩌면 여자도 군대 가라며 목소리를 높이고 있을지도 모른다. 이런 사회일수록 더 『페미니즘의 도전』이 필요하지 않을까 싶었는데, 남성들은 이 책을 버거워했다. 인터넷 서점에 올라온 100자평을 몇 개만 소개한다.

ㄴ 현지인: 조금은 센 글. 관심 있는 주제들이 많지만 페미니즘에 대해 문외한인 나로서는 좀 많이 어려운 책.
ㄴ 루이스: 술술 읽히는 책은 아닙니다. 읽다가 책을 덮고, 생

각하고 찾아보고……. 저는 그렇게 봤습니다. 내가 남자라
서 그런지 확~ 와 닿지는 않았지만, 생각할 거리를 주는 책
인 건 분명합니다.

└ mapal: 경계해야 할 건 이 책을 단지 '저런 관점도 있구나'
정도의 마음가짐으로 읽는 자세다. 성별을 막론하고, 이 책
을 읽을 때는 적극적인 자기성찰과 관점 변화의 의지가 필
요하다. 그러니까 팔짱이랑 꼰 다리 풀고들 읽으시라는 얘
기다.

mapal님의 말씀에 전적으로 동의하지만, 남성들은 페미니즘을
이해할 마음이 전혀 없었다. 지금 남성들은 '페미니즘이 초심을 잃
고 변질됐다' '성 평등이 아닌, 여성의 이익만을 추구하는 이기적인
운동이 됐다'라고 말하지만, 시대와 장소를 불문하고 페미니즘이
남성들에게 환영받은 적은 한 번도 없었다. 예컨대 소설가 이문열
은 1997년 출간한 『선택』에서 극중 양반집 마님의 입을 빌려 다음
과 같이 말했다.

"하지만 진실로 걱정스러운 일은 요즘 들어 부쩍 높아진 목소리
로 너희를 충동하고 유혹하는 수상스런 외침들이다. 그들은 이혼의
경력을 무슨 훈장처럼 가슴에 걸고 남성들의 위선과 이기와 폭력성
과 권위주의를 폭로하고 그들과 싸운 자신의 무용담을 늘어놓는다."

이 발언이 문제가 되자 이문열은 자신이 문제 삼는 것은 "여기
서 비판한 것은 저속하고 천박하게 추구되는 요즘의 잘못된 페미

니즘"이라고 변명했다.9

2002년 진보적 지식인 김규항은 "주류 페미니즘은 다른 이의 사회적 억압에 정말이지 무관심하다"고 비판했다. 그는 "주류 페미니즘이 그런 저급한 사회의식에 머무는 실제 이유는 그 페미니즘의 주인공들이 작가, 언론인, 교수 따위 '중산층 인텔리 여성들'이기 때문이다."라고 말하면서 그것을 '그 페미니즘'이라고 불렀다.10 2015년 팝칼럼니스트 김태훈은 "IS보다 무뇌아적 페미니즘이 더 위험해요"라는 제목의 칼럼에서 한국 페미니스트는 밥그릇 싸움에만 혈안이 된 "무뇌아적 페미니스트"라고 비난을 퍼부었다.11 지금 젊은 남성들의 말처럼 '페미니즘이 초심을 잃었다'면, 적어도 페미니즘 운동이 본격적으로 대두된 1990년대에는 찬양받았어야 마땅하건만 그런 흔적은 없다. 더 신기한 점은 페미니즘을 욕하는 남성들의 태도다. 이문열은 페미니즘을 반대하는 게 아니라 천박한 페미니즘을 욕하는 것이고, 김규항은 중산층이 중심이 된 '그 페미니즘'이 나쁘다고 한다. 그리고 김태훈이 욕하는 것은 어디까지나 '무뇌아적 페미니즘'이다. 이런 식으로 페미니즘을 진짜와 가짜로 나누고 자신이 욕하는 것은 어디까지나 가짜 페미니즘이라고 말하는 수법은 "사실 나는 페미니즘이 싫다"고 말하는 것이다. 성평등에 대놓고 반대할 수는 없으니 가짜 페미니즘이 있다고 전제한 뒤 진짜 페미니즘을 욕하는 게 아니냐는 얘기다.

82년생 김지영

페미니즘에 대한 남성들의 증오 중 일부는 오해에서 비롯된다. 남성들은 페미니즘이 여성만을 위한 운동이라고 생각하며, 페미니즘이 대세가 되면 자신들이 노예 신세로 전락할까 봐 걱정한다. 실제로 남성들은 페미니즘이 잘 정착된 뉴질랜드의 사례를 왜곡해 가면서 페미니즘의 도래가 재앙이라고 얘기한다.[12] 여성들 등쌀에 남성들이 다 떠나서 나라가 황폐화됐다나. 이런 남성들에게 필요한 것은 페미니즘에 대해 알려 줄 수 있는 책이다. 위에서 언급한 『페미니즘의 도전』만 제대로 읽어도 페미니스트로 전향할 분들이 여럿 있겠지만, 안타깝게도 남성들에게 그 책은 너무도 어렵다. 남성들이 그간 페미니즘을 이해하려 하지 않았던 건 남성들에게 쉽게 다가갈 수 있는, 쉽고 재미도 있는 책이 없었기 때문이기도 하다.

2016년 강남역 살인 사건이 일어난 뒤 페미니즘 붐이 일어났다. 페미니즘 도서가 잘 팔리는 분야였던 적은 한 번도 없었는데, 그 이후 베스트셀러 목록에서 페미니즘 도서를 보는 건 더 이상 생소한 일이 아니다.[13] 그 도서들 중에는 남성들이 봐도 충분히 이해할 만한 책들이 여럿 있는데, 그 중 대표적인 책이 바로 『82년생 김지영』이다. 소설의 형식을 취한 르포(현장 보고서)라 할 수 있는 이 책은 82년생 김지영 씨의 삶을 통해 우리 사회가 여성의 희생만을 강요하는 사회라는 것을 드러내 준다. 김지영이 남편과 애를 낳는 문제에 대해 이야기하는 부분을 보자. 김지영은 직장 생활을 더 하고 싶지만, 애가 있으면 직장을 그만둬야 하는 게 걱정이다.

그래서 김지영은 남편과 여기에 대해 이야기를 나눈다. 남편은 임신과 출산으로 인해 잃는 것보다 얻는 것을 생각하라고 말한다. 부모가 되는 건 매우 의미 있고 감동적인 일이라면서. 또 남편은 자신이 돈을 벌 테니, 임신으로 인해 회사를 그만두더라도 걱정하지 말라고 한다. 여기서 김지영은 아주 날카로운 질문을 던진다.

"그래서 오빠가 잃는 건 뭔대?"

자신은 지금의 젊음과 건강, 직장, 동료, 친구 등의 사회적 네트워크는 물론 계획도 미래도 다 잃게 될 것 같아 걱정인데, 남편은 뭘 잃느냐는 것이다. 뜻밖의 질문에 남편은 당황하며, 제대로 대답하지 못한다. 겨우 한다는 말이 친구들도 잘 못 만나고, 퇴근 후 집안일을 도우면 피곤하다는 정도다. '돕겠다'는 단어를 쓴 것으로 짐작할 수 있듯이 남편이 한 말은 그저 말뿐이었기에, 출산 후 김지영은 급 우울해진다. 그런 김지영을 남편이 위로한다. 애가 크면 도우미도 부르고 어린이집도 보내고, 새로운 일을 시작하면 되지 않느냐고. 그런데 이 말 뒤에 남편이 결정적인 말실수를 한다. "내가 많이 도울게." 이어서 이 책의 하이라이트에 해당될 김지영의 사자후가 터진다.

"그놈의 돕는다 소리 좀 그만할 수 없어? 살림도 돕겠다, 애 키우는 것도 돕겠다, 내가 일하는 것도 돕겠다. 이 집 오빠 집 아니야? 오빠 살림 아니야? 애는 오빠 애 아니야? 그리고 내가 일하면, 그 돈은 나만 써? 왜 남의 일에 선심 쓰는 것처럼 그렇게 말해?"**14**

이 대목에서 찔리는 남성이 많을 것 같다. 원래 사람이 바뀌려면 먼저 마음이 불편해져야 하는 법인데, 이 책은 어려운 용어도 쓰지 않으면서 사람을 불편하게 만드는 게 장점이다. 2017년 9월 중순 현재 교보문고 베스트셀러 종합 3위를 달리고 있는 이 책은 출간 7개월 만에 10만 부를 돌파했다. 난 이 책을 산 분들이 전부 여성은 아니기를 빈다. 최소한 절반, 그러니까 5만 명의 남성만이라도 이 책을 읽었다면, 우리나라가 좀 더 성 평등에 가까워지지 않을까 싶어서.

나는 〈까칠남녀〉에 나간다

페미니즘 책을 탐독한 지 벌써 10년, 나는 〈까칠남녀〉라는 EBS 프로그램에 나갔다. 앞에서 잠깐 언급한 것처럼 방송에서 잘 다루지 않았던 남녀 간의 예민한 문제들을 다루는 프로그램이다. 막상 방송에 나가니 경험의 바탕 없이 책으로만 페미니즘을 배운 한계를 느꼈지만, 그래도 일개 기생충학 교수에게 그런 기회가 주어졌다는 건 그간의 노력이 헛되지 않았다는 증거라 뿌듯하기도 했다. 물론 시청자 게시판엔 이 프로그램을 욕하는 목소리가 드높다. 대략 10여 명 정도가 상주하면서 글을 올리는데, 이들의 주장을 요약하면 다음과 같다.

"왜 여성의 목소리만 대변하나요? 남성도 살기 힘들다고요, 빼액빼액."

남성의 목소리를 대변하는 프로그램은 차고 넘친다. 예능이면 예능, 토크면 토크, 어느 방송을 보나 출연자는 다 남성이다. 예컨대 JTBC의 대표적인 토크 프로그램인 〈썰전〉을 보라. 죄다 남자다. 그러니까 남성들은 언제든 자기가 하고픈 이야기를 방송에서 할 수 있다. 반면 여성이 방송에 나오는 건, 걸그룹들의 경우에서 보는 것처럼 섹시함을 강조할 때에 국한되며, 여성이 자기 이야기를 할 기회는 거의 없다시피하다. 그런 점에서 〈까칠남녀〉는 여성의 이야기를 들려주는 드문 프로그램이다. 그래서 꽤 많은 남성이 이 프로그램을 불편하게 느낀다. 여자는 좀 피해를 봐도 참고 살아야지, 어디서 힘들다고 목소리를 높이느냐고 생각한다. 그러니까 게시판에 상주하는 10여 명은 여성들의 입을 틀어막기 위한 특공대인 셈이다.

실제로 여성의 입을 틀어막는 건 쉬운 일이다. 쌍욕이나 "나중에 너 만나면 강간해 버리겠다" 같은 글을 보면 여성은 대부분 입을 닫는다. '갓건배'라는 닉네임을 쓰는, 남성을 비하하는 여성 게이머 겸 방송 진행자가 있었다. 그녀가 한 발언들은 남성 유저들이 여성 유저들에게 한 말들의 반사(미러링) 행동이었지만, 남성들은 흥분했고, 한 BJ(인터넷 개인 방송 진행자)는 갓건배를 살해하겠다고 발표하고, 그녀의 신상을 털었으며, 그녀의 집을 찾아다니는 등 생쇼를 했다. 이런 광경을 지켜보는 여성들은 겁에 질리고, 남성의 욕설에 대응하지 않게 된다. 페미니즘을 공부한 남성의 존재가 필요한 이유는 바로 여기에 있다. 남자는 "너 죽인다!"고 해 봤자 별로 겁을 먹지 않고, 신상을 털어도 남성들이 장악한 인터넷에서 별 관심의 대상이 되지 못한다. 그러니 남성들이 터무니없는 여혐 글을 남기는 이들에게 "그러지 마"고 나서 줬다면 지금처럼 여혐이 확산되지 못했을 터, 하지만 남성들은 그렇게 하지 않았고, 여혐에 동조하거나 방관했다. 위에서 『82년생 김지영』을 산 이들의 절반이 남성이면 좋겠다고 얘기한 바 있다. 그들이 나서 준다면, 그러니까 여혐에 침묵하지 않고 자기 목소리를 내 준다면, 우리 사회에서만 있는 기이한 현상인 여혐은 설 자리를 잃을 것이다. 더 많은 남성이 『82년생 김지영』을, 내친김에 『페미니즘의 도전』까지 읽기 바란다.

물론 남성으로서 여성을 대변하는 게 쉬운 일은 아니다. 〈양세형의 숏터뷰〉처럼 예능 프로그램에 나가도 욕을 먹는 현실이 그리 유쾌할 리 없으니까. 가끔은 내가 왜 이 판에 뛰어들어서 이러고 있을까 싶을 때도 있긴 하다. 마음속 생각이 그렇더라도 그냥 침묵해 버렸다면 이렇게 욕을 안 먹을 수 있으니까. 그럼에도 내가 결국 행동에 나선 것은, "행동을 바꾸지 못하는 지식은 무용지물"이라는 생각 때문이다. 한 가지 팁을 더 드린다면, 페미니즘을 공부하면 더 좋은 남편이 될 수 있다는 것이다. 내가 존경하는, 경북대 법대 김두식 교수를 보자.

김 교수는 10여 년 전 공부하는 아내를 위해 검사직을 그만두고 2년간 육아와 가사에 전념했다. 이를 두고 많은 사람이 "좋은 남편 만나서 아내가 행복하겠다."라고만 하지, 혼자 2년 반 동안 미국에서 일하고 공부하며 아이까지 키운 아내의 노고는 이야기하지 않더라는 게 김 교수의 고백이다. 결국 자신은 이 땅에서 남자로 태어난 특권을 누리고 있을 뿐이라고.[15]

앞에서 얘기한 내 친구 A와 김두식 교수 중 누가 더 아내로부터 사랑받을까? "서민 저 놈, 여자한테 인기 끌려고 저러는 거야."라고 욕하는 대신, 서점으로 달려가 페미니즘 책을 사자. 페미니즘 책을 읽으면 당신도 여친 또는 아내로부터 사랑받을 수 있으니까.

핵무장을 원하게끔 만든 『무궁화 꽃이 피었습니다』

핵무장에 안달 난 북한의 행태를 보고 있자면, 한심하다는 생각이 든다. 북한이 핵에 집착하는 이유는 핵을 빌미로 자신의 안전을 보장받으려는 것인데, '핵 = 안전'의 등식은 증명된 바 없으며, 핵이란 게 나라를 거덜 내면서까지 추구할 가치는 아니기 때문이다. 게다가 핵은 한반도 통일을 저해할 수 있다. 노무현 정부 때 외교통상부 장관을 지낸 윤영관의 말을 들어 보자.

"한국이든 북한이든 핵을 보유하게 되면 결국 그것은 통일 후에는 우리 것이 되지 않겠느냐는 생각을 가진 분들이 있지만, 남이든, 북이든 핵을 가지거나 핵을 가지려고 노력한다면 그것은 통일 그 자체를 어렵게 만드는 가장 큰 장애 요인으로 작용할 것이다."16

윤영관은 베를린 장벽이 무너진 이후 주변국 지도자들이 독일통일에 찬성하지 않았다는 점을 예로 들면서 한반도를 둘러싼 강대국들이 협조하지 않을 거라고 전제한다. 즉 통일을 위해서는 주변국의 협조를 얼마나 받아 낼 것인지가 관건인데, "남이든 북이든 핵을 갖는 것은 주변국들의 협조를 받아 내는 것을 더욱 어렵게 만들 것이며, 아니 그 이상으로 주변국들이 통일을 적극 반대하고 나설 것"이라고 말했다.16

그럼에도 불과 20여 년 전 우리나라도 핵무기 개발을 원했던 적이 있다. 1970년대 박정희 전 대통령이 핵 개발을 시도한 것이야 대통령 개인의 판단이었으니 논외로 친다면, 1990년대 우리나라에 불어 닥친 핵무기 찬성 여론은 이해하기 힘든 일이었다. 여기엔 김진명이 쓴 『무궁화 꽃이 피었습니다』(이하 『무궁화 꽃』)란 책이 큰 영향을 미쳤다. 400만 부가 팔렸던 이 책은 미국과 일본은 못 믿을 존재니 우리가 핵을 갖는 것만이 살길이라고 역설한다. 책에 따르면 미국에서 교통사고로 숨진 이휘소 박사가 박정희의 지시를 받아 우리나라의 핵 개발을 돕다가 암살됐다는데, 주인공은 미완성된 그 핵 개발을 결국 완성시키고, 때마침 우리나라를 침략한 일본에 핵미사일을 쏜다는 내용이다.

이 책은 원래 1992년 8월, 『플루토늄의 행방』이란 제목으로 출간됐을 땐 빛을 보지 못했다가 1993년 8월 재출간됐다. 이 책이 갑자기 잘된 이유가 뭘까? 오랜 기간 베스트셀러를 읽어 온 내 분석은 다음과 같다. 첫째, 이전 제목보다는 박정희의 핵 개발 암호인 '무궁화 꽃이 피었습니다'가 훨씬 더 좋았다. 둘째, 책이 워낙 재미있었다. 평범한 기자였던 주인공이 비행기 납치까지 하는 걸 보면 무협지를 방불케 한다. 셋째, 가장 결정적인 이유는 이 책이 우리에게 내재된 민족주의를 자극했다는 점이다. 남과 북이 협력해 일본한테 핵미사일을 쏜다니 얼마나 통쾌한가? 미국도 못 믿을 존재고 일본은 우리의 주적이니, 북한과 협력해 핵을 갖자는 주장은 그 당시로서는 매우 신선한 것이었다. 그러다 보니 여론조사 결과 핵무기 보유에 찬성하는 비율이 무려 84퍼센트에 달했는데, 이들이 국회의원, 교수, 관료, 교수, 기업체 간부 등 소위 여론 주도층이라는 점에서 더 충격적이다.17 당시 초베스트셀러였던 『무궁화 꽃』이 아니었다면 이런 높은 찬성률이 나왔을까?

『무궁화 꽃』의 설득력은 다음에서도 증명된다. 책이 재출간되기 직전, 이른바 '북핵 사태'가 벌어졌다. 북핵 사태는 1993년 3월, 북한이 핵 확산 금지 조약NPT을 탈퇴하면서 시작된다. 당시 북한은 핵 개발 의혹으로 인해 국제원자력기구로부터 핵 사찰을 받았지만, 영변에 있는 핵폐기물 처리장 등 두 개의 미신고 시설에 대해 특별 사찰을 거부하다 결국 NPT 탈퇴를 선언한 것이다. UN 안전보장이사회 등 국제사회는 북한의 결정을 비난했고, 미국은 북한의 핵 시설을 폭격할 목적으로 항공모함 등이 포함된 함대를 보낸다. 그야말로 일촉즉발의 위기, 이때 미국 전 대통령 지미 카터가 북한에 특사로 가서 협상을 재개함으로써 한반도 전쟁 위기를 막아 냈다. 북한의 핵 개발이 우리 민족을 공멸로 몰아넣을 뻔했다는 얘기인데, 이 사태는 우리로 하여금 핵은 위험하다는 생각을 갖게 만들어야 정상이다. 이런 정황을 고려해 본다면 『무궁화 꽃』이 아니었다면 그 당시 핵무기 보유 여론은 크게 낮아졌을 것이다. 물론 핵무기는 민족주의를 자극하는 강력한 수단인지라 요즘도 핵무기 보유에 대해서는 찬성 여론이 높다. 2016년 조사에 따르면 국민의 58퍼센트가 자체 핵무기 보유에 찬성해 반대(34%)를 크게 앞섰다.18 그런데 신기한 점이 있다. 감성적이라고 추측되는 20대에서는 55퍼센트가 핵무기 보유에 반대한 반면, 50대는 75퍼센트, 60대 이상은 74퍼센트가 핵을 갖자는 데 찬성했다는 사실이다.**18** 다른 이유도 있겠지만, 20여 년 전 『무궁화 꽃』을 읽은 것이 이들을 이렇게 만든 것이라면 지나친 억측일까?

1 [양세형의 숏터뷰] 53회: 서민 ①편 동영상에 달린 댓글, 네이버 TV 2017. 5. 11
2 『남자가 월경을 한다면』, 글로리아 스타이넘 저, 이현정 역, 현실문화, 30~31쪽
3 『일상의 반란』, 글로리아 스타이넘 저, 이현정 역, 현실문화, 137쪽
4 [네이버 지식인] 공지영 작가가 욕먹는 이유는 뭐죠? 작성자 public health 2012. 2. 22
5 한국인이 최근 10년간 가장 사랑한 소설가?…베르나르 베르베르, 한국경제 2016. 3. 2
6 『괜찮다, 다 괜찮다』, 공지영·지승호 저, 알마, 138~147쪽
7 『페미니즘의 도전』, 정희진 저, 교양인, 55쪽
8 『페미니즘의 도전』, 57쪽
9 소설가 이문열 씨, 새 장편 소설 『선택』 화제, 한국경제 1997. 3. 31
10 [김규항의 유토피아 디스토피아] 그 페미니즘, 시네21 2002. 4. 23
11 "IS보다 페미니즘이 더 위험"… 김태훈 칼럼 논란, 국민일보 2015. 2. 9
12 [네이버 카페] 뉴질랜드 페미니즘의 최후, 남성인권연대 2016. 1. 19(http://cafe.naver.com/rtbnmm/ 10006)
13 페미니즘 도서 돌풍…지난해보다 판매량 136% 증가, tbs 2016. 10. 04
14 『82년생 김지영』, 조남주 저, 민음사, 144~145쪽
15 '지랄 총량의 법칙' 아세요? 서울신문 2010. 7. 17
16 "무궁화 꽃이 피기 전에 시들 수 있다", 연합뉴스 2007. 7. 6
17 핵무기 보유해야 84%, 경향신문 1996. 6. 23
18 "국민 58%, 자체 핵무기 보유 찬성" 34% 반대, 국민일보 2016. 9. 25

10. 제대로 된 지식을 준다

국민들이 의료를 알아야 하는 이유

박재영이 쓴 『개념 의료』는 한국 의료의 현실과 나아갈 바를 담은 책이다. 개인적으로 아는 사이라 저자로부터 책을 받았는데, '공들여 쓴 제 책을 드립니다'라는 사인에 걸맞게 정말 공들여 쓴 티가 났다. 이 책의 장점은 저자가 의사임에도 불구하고 최대한 객관적인 시각으로 한국 의료를 바라보고 있다는 점이다. 게다가 쉽게 서술돼 누구나 읽을 수 있는지라 인터넷 서점에선 다음과 같은 100자평을 쉽게 발견할 수 있다.

"해당 업종에 종사하게 될 사람이나 비의료계 사람을 가리지 않고 자신 있게 추천합니다."

아쉬운 점은 이 좋은 책의 판매량이 그리 많지 않다는 사실이다.

이게 안타깝다고 한 이유는 지인이 돈을 벌지 못한다는 차원이 아니다. 인간의 삶에서 의료는 꽤 중요한 사안이다. 의료에 관한 결정도 대통령 혼자 내리는 게 아니라, 국민 여론을 수렴해 내려진다. 문재인 대통령이 의료사에서 획기적이라 할 문재인 케어를 발표했지만, 국민 여론이 압도적으로 반대하면 시행되지 못한다. 의료의 수요자들이 싫다는데 그걸 어떻게 강행하겠는가? 여기서 한 가지 전제 조건이 있다. 국민들이 한국 의료의 현실에 대해 잘 알고 있어야 한다는 것이다. 잘 모르면서 무조건 반대 혹은 찬성한다면 스스로에게 불리한 결정이 내려질 수도 있다. 과연 우리는 우리나라의 의료에 대해 잘 알고 있을까? 별로 그런 것 같지는 않다. 첫 번째 단서가 의료 개방에 대한 주위 사람들의 발언이었다. 그들은 이렇게 말했다. "한국 의사가 문제야. 의료 개방이 돼서 외국 의사가 마구 들어와야 정신을 차리지." 일견 그럴듯해 보이는 이 말의 맹점은, 의료 개방의 핵심은 의사가 들어오는 게 아니라 자본이 들어온다는 데 있다. 외국에서 의사 면허를 딴 사람이 우리나라에 온다고 해서 의사 일을 할 수 있을까? 없다. 우리나라에서 다시금 의사 면허시험을 보고, 그 시험에 합격해야 의사가 될 수 있다. 게다가 사람들이 들어왔으면 좋겠다는 의사는 미국이나 유럽의 의사지만, 이게 말처럼 쉽지 않다. 우리나라 의사들만 봐도 우리보다 못사는 아프리카 나라로 가는 경우가 얼마나 있겠는가? 마찬가지로 미국 의사가 말도 안 통하는 우리나라에 와서 의사 생활을 하는 일은 거의 없다. 못사는 나라에서 오는 것은 얼마든지 가능하지만, 한국 사람들이 아프리카 의사에게 진료받으러 찾아가는 모습은 상상하기 힘들다. 의료 개방으로 한국 의사들이 정신을 차릴 것 같진 않다는 얘기다.

다만 의료 시장이 개방되면 다음과 같은 일은 가능하다. 외국계 자본이 우리나라에 병원을 세우는 것 말이다. 사람들은 이렇게 말할지도 모르겠다. "그래, 바로 이거야. 이런 병원들이 들어와야 우리나라 병원들이 정신을 차리지." 여기에도 치명적인 문제점이 있다. 우리나라의 병원비가 너무 싸다는 것이다. 비급여를 제외한 모든 진료 행위가 건강보험의 적용을 받는 탓이다. 이는 우리나라 국민 1인당 외래 진료를 받는 횟수가 13.2회로 OECD 회원국 중 가장 많은 비결이기도 하다.[1] 그럼 외국은 병원비가 비쌀까? 비싸다. 그것도 아주 많이. 2014년 초, 미국에서 맹장염으로 수술을 한 20세 남자의 진료 청구서가 화제가 됐었다. 겨우 맹장염 수술이었고 딱 하루 동안 입원했음에도 불구하고 청구서에 찍힌 금액은 5만5천 달러, 우리 돈으로 6천만 원이 조금 안 되는 돈이었다.[2] 보험에서 4만3천 달러를 내줘서 다행이지만, 나머지 돈은 본인이 내야 한다! 자, 이제 이런 질문을 해 보자. 의료 개방이 된다면 미국 투자 그룹이 한국에 병원을 세울까? 내 생각에는 절대 그럴 리 없다. 우리나라에서 맹장염 수술을 하면 본인 부담금 40만 원에 건강보험에서 받는 돈이 60여만 원 남짓인데, 이럴 거면 병원 말고 다른 곳에 투자하는 게 훨씬 더 이익이다. 의료 개방이 된다 해도 외국계 병원은 들어오지 않고, 한국 병원이 정신 차릴 일은 없다.

우리가 지켜야 하는 건강보험

그럼 의료 개방이 돼도 아무런 문제가 없는 것 아닌가. 그렇다면 미국과의 자유무역협정FTA 당시 의료 개방이 문제가 되고, 의사들이 반대한 이유는 도대체 무엇일까? 이유인즉슨 건강보험이 붕괴되는 걸 막기 위해서다. 위에서 말한 것처럼 국내에서 일어나는 의사의 진료 행위는 죄다 - 일부 비급여를 빼고 - 건강보험의 통제를 받는다. 임의대로 비싸게 할 수 없다는 얘기다. 이 경우 우리나라에 병원을 세우는 투자 그룹은 이익을 내기 위해 머리를 쓴다. 최고의 의술과 서비스를 제공할 테니, 자기네 병원만 건강보험을 적용하지 말자고 한다. 외국인 투자에 혹한 정부는 이 조건을 수락한다. 맹장염 치료비가 1천만 원으로 뛰는 등 병원비는 천문학적으로 높아지지만, 정말 서비스를 좋게 하는지라 돈이 많아 주체를 못하는 환자들은 그 병원으로 몰린다. 이렇게 되면 아산병원이 가만히 있을 수 없다. '우리가 저 외국계 병원보다 못할 게 뭐냐? 우리도 서비스를 좋게 할 테니 건강보험 적용에서 제외시켜 달라!' 삼성병원과 서울대병원, 세브란스병원 등도 다 이런 전철을 밟는다.

이 시점에서 부자들이 정부에 항의한다. 매달 내는 건강보험료 이외에 외국계 병원 혹은 아산병원만을 위한 사보험료를 따로 내야 하니까. "이제 난 건강보험 필요 없어. 저 병원에 내가 매년 내는 돈이 어마어마한데, 쓰지도 않는 건강보험에 돈을 왜 내야 해?"

들고 보니 그럴듯하기에 이들에게 건강보험료를 면제해 준다. 이제 이들은 건강보험의 적용을 받는 동네 병원에 갈 수 없게 되지만, 크게 아쉽지 않다. 큰 병원들이 자신을 VIP 대접해 주는데 뭐 때문에 동네 병원에 가는가? 문제는 이들이 아니라 건강보험에서 발생한다. 이 부자들은 매달 고액의 돈을 건강보험에 내고 있었는데, 이들이 우르르 빠져나가니 건강보험공단의 재정이 악화된다. 원래 건강보험이란 건강한 사람들, 특히 부자들에게 돈을 걷어 아픈 사람들을 치료해 주는 시스템인데, 재정이 열악해지다 보니 제대로 된 치료를 해 주지 못한다. 맹장염 치료만 해도 기존에는 환자 본인이 40만 원만 부담하면 됐지만, 이젠 70만 원을 내라고 한다. 그러고도 모자라 건강보험공단이 남은 사람들에게 보험료를 더 많이 징수한다. 여기서 다른 대학병원들이 들고 일어난다. "우리도 건강보험 적용을 안 받겠다. 그 대신 서비스를 좋게 해 주겠다." 이들 병원들은 아산병원만큼 받을 수는 없으니, 맹장염 치료에 500만 원을 받기로 한다. 이 돈을 감당할 수 있는 사람들이 이리로 빠져나간다. 그리고 건강보험에서 탈퇴한다. 보험 재정은 더 열악해지고, 그만큼 해 주는 게 없어진다. 이제 맹장염 수술에 90만 원을 내라고 한다. 또 다른 병원이 들고일어날 때쯤, 건강보험은 어느새 망해 있다. 그 자리를 사보험이 대신한다. 건강보험의 월 납입금이 1인당 5만 원도 채 안 됐다면, 사보험에는 최소 100만 원을 내야 한다. 보험에 안 드는 사람이 늘어난다. 그 사람들은 아파도 병원에 가지 않는다. 손가락을 다쳐도 치료하지 못하고 썩게 놔두는 한국판 〈식코〉*가 만들어진다.

의사들이 의료 개방을 반대한 것은 바로 이런 취지였다. 그 당시 국민들의 생각은 어땠을까. 놀랍게도 72.4퍼센트가 의료 개방에 찬성이었다.3 그래야 한국 의사들이 정신 차린다는 취지였을 텐데, 그 여론대로 우리나라가 의료 개방을 했다면 지금쯤 한국 의료는 어떻게 돼 있을지, 생각만 해도 끔찍하다. 하지만 전 국민이『개념 의료』를 읽는다면, 그래서 의료 개방이 뭔지 알게 된다면 이런 판단 착오는 벌어지지 않을 수 있다.

의사들이 왜 화가 났는지 이해할 수 있다

『개념 의료』을 읽으면 더 많은 것도 이해가 가능하다. 우리나라 의사들은 늘 화가 나 있는 것 같다. 충분히 많은 돈을 버는 것 같은데, 늘 불만이 많다. 가끔씩 병원 문을 닫고 파업을 하기도 한다. 파업은 돈 없고 힘없는 노동자들이 하는 건데, 왜 의사가 하는 건지 이해가 안 될 것이다. 하지만『개념 의료』는 이들의 분노를 이해하게 해 준다. 그 설득력이 얼마나 뛰어난지 "아니야, 의사는 무조건 나빠."라고 생각하는 분도 설득할 수 있을 정도다. 미리 말씀드리자면

● 의료보험에 얽힌 충격적인 이야기를 담은 미국 영화.

의사가 화난 이유는 수가, 즉 진료 행위를 하고 난 뒤 받는 돈이 너무 적다는 것이다. 그렇게 하고도 돈을 많이 벌지 않냐는 반론이 나오겠지만, 조금만 참고 이 책의 이야기를 들어 주시길 바란다.

1970년대 당시 대한민국은 북한보다 그다지 잘살지 못했지만, 의료 분야에서는 특히 그랬다. 북한은 사회주의 국가답게 무상 의료를 시행하고 있었지만, 우리나라에선 돈이 없어서 병원에 못 가는 환자가 부지기수였다. 그래서 당시 대통령인 박정희는 의료보험을 도입하기로 한다. 알다시피 박정희는 독재자였고, 우리나라의 현실이나 국민 여론은 그다지 신경 쓰지 않았다. 죽어나는 것은 실무진들이었다. 당시 환경으로 보아 의료보험을 시행하기는 거의 불가능했다. 책에서는 각종 표와 그래프를 이용해서 이해하기 쉽게 설명을 하던데, 여기서는 책에 적힌 내용을 간단히 요약해 보겠다. 건강보험을 위해서 필요한 세 가지 요소는 국민들이 매달 내는 보험료, 의사가 진료할 때 받는 돈(이를 '의료 수가'라고 한다), 그리고 급여율이다. 앞의 두 개는 다 알 테니 급여율에 대해서만 잠시 설명하자. 맹장염의 의료 수가가 100만 원이라고 할 때, 제대로 된 보험이라면 보험에서 적어도 60만 원 정도는 내 주고 나머지 40만 원은 본인에게 부담하게 하는 것이 맞다.

문제는 이 대목에서 발생한다. 건강보험에서 맹장염 수술마다 60만 원씩 지원하려면 돈이 있어야 하고, 그 돈은 국민들의 호주머니에서 보험료라는 명목으로 걷어서 충당된다. 대략 1인당 5만 원씩 걷으면 의료비의 60퍼센트를 지원하는 게 가능하다. 그런데 그 당시 우리나라 국민들은 보험료라는 개념이 희박했다. 지금도 의료보험료를 내라면 화내는 분이 많은데, 1970년대는 오죽하겠는가? 게다가 그 당시는 매달 5만 원을 낼 사람이 별로 없었다. 월수입이 5만 원 이하인 사람도 많았고, 고정적인 수입이 없는 사람은 더 많았다. 그렇다고 보험료를 1만 원씩 걷으면 의료비의 12퍼센트밖에 지원을 못한다. 맹장염 수술비가 100만 원인데 88만 원을 본인이 내고 12만원을 보험에서 지원한다면, 저자의 표현대로 이건 '할인권'이지 보험은 아니다. 이 난국을 정부에서 어떻게 해결했을까? 의료 수가, 즉 맹장염 수술비를 깎았다. 총 100만 원이 드는 맹장염 수술비를 20만원으로 깎아 버리면, 보험에서 12만 원을 지원받고 본인이 8만 원만 내면 됐다. 이 정도 보험이면 들 만하지 않은가? 당연히 의사들은 반발했지만, 당시 대통령은 박정희였다. 박통에게 대들었다 개고생하고 죽기까지 했던 사람이 어디 한둘인가. 대신 정부는 의사들에게 약속한다.

"지금이야 국민들 수입이 별로 없어서 수가를 낮게 했지만, 나중에 수입이 늘어나면 수가를 올려 주겠습니다."

의료 수가의 진실

그 뒤 40여 년이 지났지만, 수가는 별로 오르지 않았다. 왜? 수가를 올리려면 국민들에게 징수하는 보험료를 왕창 올려야 하는데, 이게 쉽지 않았으니까. 물론 국민들의 수입이 늘어나긴 했다. 1970년대 말 1천 달러였던 우리나라의 1인당 국내총생산GDP은 지금 3만 달러에 달한다. 마음만 먹으면 얼마든지 보험료를 징수할 수 있지만, 보험료를 올리는 걸 좋아하는 국민은 세상에 없다. 2015년 6월, 건강보험료가 0.9퍼센트 인상된다는 기사가 나왔다. 직장인은 월 879원, 자영업자는 765원을 더 내야 하는데, 소득에 따라 다르겠지만 인상폭은 평균 월 1천 원이 안 된다. 물가인상률만큼도 안 되는 이 인상폭에 대한 기사에 사람들은 이렇게 댓글을 달았다.4

　└ kuho****: 또 오르네 미친!
　└ vajr****: 월급만 제자리~~~~
　└ wu11****: 숨만 쉬고 있어도 돈이 나가
　└ viol****: 직장인은 박그네의 영원한 봉인가

모르긴 해도 이분들 중 상당수는 민간 의료보험에 가입돼 있을 테고, 이런 사보험은 보험료도 비싼데다 해마다 큰 폭으로 보험료가 오른다. 그럼에도 사람들은 사보험에 관대한 반면, 국가에서 운영하는 건강보험에는 훨씬 엄격하다. 사보험은 스스로의 선택에 의한 것이라 가입하면 본전을 뽑는다고 생각하지만, 건강보험은 의무적으로 내야 하는 세금 같은 거라고 생각하기 때문이다. 우리나라 의료비가 세계에서 가장 싸다시피 한 것도 다 건강보험 덕분이고, 여기에는 원가를 낮게 정하는 데 울며 겨자 먹기로 동의한 의사들의 희생이 있지만, 우리네 감정은 보험료 인상을 용납하지 않는다. 게다가 지금은 과거와 달리 민주적인 정부가 들어서 있다. 국민 여론이 거부하면 정부가 할 수 있는 일이 굉장히 제한적이라는 이야기다. 자, 이런 상황에서 의사들과의 오래전 약속을 지키기 위해 보험료를 올려야 할까? 이건 어느 정부도 선뜻 하기 어려운 일이다. 10만 명 남짓한 의사들을 위해 5천 만 국민을 적으로 돌릴 수 없으니까. 그러다 보니 물가인상률보다 못한 수준의 보험료 인상만 계속 이루어지고, 의사들은 계속 "수가 올려 줘!"라며 화를 내고 있다. 이런 반문이 가능할 것이다. "그래도 의사들 돈 잘 벌잖아?" 과거에는 수가가 낮아도 환자들이 워낙 많았으니 떼돈을 버는 게 가능했다. 하지만 의사의 수가 늘어난 지금은 과거의 부귀영화가 사라지고 있다. 성형외과 등 건강보험의 통제에서 벗어난 과들은 그래도 돈을 잘 벌지만, 그렇지 않은 과들은 원가 이하의 돈을 받으며 진료한다. 물론 과거와 비교하면 원가가 많이 올랐지만, 자료에 의하면 지금 진료비도 원가의 78퍼센트에 불과하다. 그러니 의사들이 화내는 것도 조금은 이해되지 않는가?**5** 이상이 『개념 의료』의 4장과 5장을 요약한 것인데, 이 대목을 읽고 이해가 안 된다면 책을 읽어 주시길 권한다.

문재인 케어 시대를 맞아

이렇게 물으실 수도 있겠다. "의사들이 화가 난 걸 꼭 이해해야 돼? 아는 의사 중에 부도덕한 의사도 많은데?" 그럼에도 난 이해해야 한다고 주장하련다. 의사의 분노를 이해하는 것이 건강보험을 더 좋게 만드는 것과 직결돼 있어서다. 문재인 대통령은 2017년 8월, 소위 '문재인 케어'를 발표한다. 취지는 이렇다.

"아픈 것도 서러운데, 돈이 없어서 치료를 못 받는 것은 피눈물 나는 일입니다. 아픈데도 돈이 없어서 치료를 제대로 못 받는 일이 없도록 하겠습니다.[6]

이상하지 않은가. 우리나라 의료비가 세상에서 가장 싼데, 돈이 없어서 치료를 못 받는 사람이 있을 수 있다니 말이다. 이유는 의료보험의 낮은 보장성 때문이다. 위에서 지금 맹장 수술을 하면 전체 100만 원의 비용 중 60만 원가량을 보험에서 받고, 40만 원을 본인이 부담한다고 했다. 40만 원은 지금 우리 국민 수준이면 큰 부담은 안 된다. 그런데 이보다 치료비가 좀 더 나오는 질환이면 어떻게 될까. 백혈병으로 항암 치료를 받는데 5천만 원이 든다고 해 보자. 그 중 60퍼센트를 보험에서 내 줘도 개인이 부담하는 돈이 2천만 원이나 된다. 게다가 백혈병은 한 번 치료해서 낫는 병이 아니니, 6개월에 한 번씩 항암 치료를 한다면 연간 4천만 원이다. 웬만한 집은 감당하기 어려운 액수다. 이게 다 우리나라 건강보험의 보장성이 60퍼센트밖에 안 되기 때문이다. 보장성이 90퍼센트면, 치료비가 5천만 원이라 해도 본인이 500만 원만 내면 된다. 이 보장성을 올리는 게 역대 정부의 숙제였고, 이를 위해서는 보험료 인상이 필요했지만, 어느 정부도 이 일을 하지 못했다. 문재인 케어는 바로 이 일을 하겠다는 것이다! 5천만 원이 넘는 병원비가 들어도 본인이 내는 돈은 거의 없다면 얼마나 좋겠는가? 여기서 문제가 발생한다. 보장성 강화를 위해서는 대폭적인 보험료 인상이 필요하며, 기사에 따르면 5년간 대략 30조가량이 추가로 필요하단다.

그렇다면 우리 국민들은 기꺼이 이 돈을 내려고 들까? 그럴 사람은 그렇게 많지 않다. 문재인 대통령의 충성스러운 지지자들도 보험료 인상에 대해서는 꺼려하기 십상이다. 그래서 문재인 정부도 건보료 인상에는 굉장히 소극적이다. 기사에 따르면, 정말 놀랍게도 건보료 인상폭은 3.2퍼센트에 불과하다. 돈으로 따지면 월 2,961원, 3천 원이 채 안 된다.7 놀랍지 않은가? 정부도 할 말은 있다. 건강보험이 흑자를 봐서 20조가량 있으니, 그걸 쓰겠다는 것이다. 자, 그렇다면 5년이 지난 후, 그 기금이 고갈되면 어떻게 해야 할까. 보장성이 다시 큰 폭으로 후퇴되든지, 아니면 나라 빚을 내서 돈을 마련하는 수밖에 없다. 양쪽 다 바람직하지 못하다. 좋은 정책을 시행하려면 돈을 더 걷는 게 너무도 당연한데, 문 대통령은 그걸 주저한다. 이런 식이면 문재인 케어고 뭐고 실패할 수밖에 없다.

난 문 대통령이 『개념 의료』를 읽기 바란다. 그리고 우리 국민들도 그 책을 좀 읽기 바란다. 대통령이 읽으면 베스트셀러가 된다는 점을 노린 건데, 그렇게 해서 100만 명 정도만 이 책을 읽는다면, 정부가 의료 정책을 훨씬 더 잘 펼 수 있으리라 확신한다.

1 건강보험 40년, 한국형 의료 복지 꽃 피우다, 머니투데이 2017. 6. 28
2 [News] Astronomical $55,000 bill for appendicitis operation goes viral after it is posted online by patient outraged at cost of U.S. healthcare, Mail on line, 2014. 1 .2
3 한·미 FTA 관련 여론 조사 "교육 의료 서비스 개방 찬성" 72%, 부산일보 2006. 5. 2
4 내년 건강보험료 0.9% 인상…직장인 879원·자영업 765원 더 내야, NEWSIS 2015. 6. 29에 달린 댓글
5 의료 수가, 원가보전율 '78%', 메디게이트 뉴스 2017. 8. 9
6 [카드뉴스] 문재인 케어, 우리 삶은 어떻게 달라지나, 서울신문 2017. 8. 19
7 '문재인 케어' 직장인 건보료 3천원 더 부담…믿어도 될까, 연합뉴스 2017. 8. 15

11. 작품 속 문장의 의미를 알 수 있다

타는 저녁놀의 의미는?

> 길은 외줄기 남도 삼백리
> 술 익는 마을마다 타는 저녁놀
> 구름에 달 가듯이 가는 나그네

이 구절을 어디서 한번 들어 본 적이 있다면, 당신은 국어 공부를 열심히 한 분이다. 지금도 교과서에 있는지 모르겠지만 이 시는 내가 고등학교 때 쓰던 국어 교과서에 나온 박목월의 「나그네」다. 수업 시간에 이 시에 대해 다음과 같은 것을 배웠다.

1) 자유시고 서정시다.

2) 저자는 박목월인데, 여기에 박두진과 조지훈을 더해 청록파

시인이라고 부른다. 청록파는 '자연을 바탕으로 인간의 염원과 가치를 성취'하려는 학파다.

3) 을유문화사에서 나온 『청록집』을 같이 펴낸 게 청록파란 이름이 붙은 이유다.

4) 이 시에 나오는 나그네는 바람과 함께 떠도는 절망과 체념의 모습이다.

국어 선생님들께는 죄송하지만, 국어 교육이 재미없는 이유는 이런 주입식 교육을 하기 때문이다. 다음과 같은 주장을 할 수 있다.

원래 시란 독자의 가슴에서 완성돼야 한다. 시에는 정답이 없어야 하며, 자신이 그 시를 읽고 슬픈 느낌을 받았다면 그 시는 그냥 슬픈 시다. 물론 저자가 그 시를 쓴 의도는 있겠지만, 독자가 반드시 저자의 의도대로 시를 이해할 의무가 있는 건 아니다.

일리 있는 말이다. 그렇다고 해서 저자의 의도와 동떨어진 해석을 하는 게 바람직할까? 시가 무엇인지 먼저 생각해 보자. 시란 한 시인이 세상을 향해 자기 이야기를 하는 것이다. 그렇다면 시를 잘 이해하는 건 저자의 의도를 제대로 파악하는 게 아닐까? 학교에서 배우는 문학 수업이 필요한 이유는 여기 있다. 우리는 문학 수업을 통해 작품을 해석하는 방법을 배운다. 시인이 '내 마음은 호수다'라고 외칠 때, 그걸 "호수로 놀러 가고 싶구나!"라고 해석하는 대신 시인의 마음이 한 점 흔들림 없이 평온하다는 의미라는 걸 배운다면 시를 훨씬 더 잘 이해할 수 있다.

하지만 이것만으로는 충분하지 않다. 그 시에 대한 정보를 많이 알면 저자의 의도에 더 다가갈 수 있다. 예컨대 한용운이 일제 강점기에 살았던 것을 모른 채 「님의 침묵」을 읽는다면 옆집 아가씨에게 실연당한 남성의 아픔을 노래한 거라 생각할 수 있으니까. 그래서 우리는 그 시가 쓰인 배경과 시를 쓸 당시 작가의 상황 등 여러 정보를 두루 섭렵할 필요가 있다. 하지만 우리나라 입시는 시를 이해하는 방법은 물론이고 시 해석에 필요한 정보조차 주지 않는다. 그 대신 시에 대해 시험에 나올 몇 가지 요점들을 정리하고 다음 시로 넘어가 버린다. 그래서 우리도 「나그네」를 '청록파'를 비롯한 몇 개의 키워드로 정리하고 다음 시로 넘어간다. 나 역시 이 시에 대해 아는 건 그게 전부였다.

조지훈과 박목월의 첫 만남

『권영민 교수의 문학 콘서트』(이하 『문학 콘서트』)를 읽고 나서야 난 「나그네」가 어떤 시인지 비로소 알 수 있었다. 책에 실린 이야기를 요약해 보자. 조지훈은 1939년 등단한 청년 시인이었지만, 더 이상 시를 발표할 수 없었다. 일본의 한국어 말살 정책 때문에 모든 신문과 잡지가 폐간됐기 때문이다. 자기 또래 시인들은 도대체 뭘 하고 지내는지 수소문하던 조지훈은 결국 박목월의 주소를 알아낸다. 조지훈이 그에게 관심을 가졌던 건 박목월이 조지훈과 같은 잡지에서 등단한 데다, 유명 시인이던 정지용이 그를 칭찬한 적이 있어서다. "북에 소월이 있었거니 남에 목월이 날 만하다." 당시 박목월은 경주에 있었기에, 조지훈은 그에게 긴 편지를 띄운다. 박목월 또한 조지훈을 눈여겨보고 있었기에 "정겨운 답신"을 보냈다.

그렇게 조지훈의 경주 여행이 이루어진다. 그런데 이 두 사람, 왠지 심상치 않다. 먼저 박목월의 답신을 보자.

"경주박물관에는 지금 노오란 산수유 꽃이 한창입니다. 늘 외롭게 보곤 하던 싸느란 옥적을 마음속에 그리던 임과 함께 볼 수 있는 감격을 지금부터 기다리겠습니다."1

마음속에 그리던 임이라니, 만나기 전에도 두 사람은 이미 연인이었다! 게다가 다음 구절을 보자. "목월은 지훈을 만난다는 사실에 가슴이 벅차 전날 밤 제대로 잠을 이루지 못했다." 지금은 경주역에 기차가 서지만, 당시엔 경주에 가려면 건천역이라는 곳에 내려야 했나 보다. 박목월은 건천역에서 조지훈과 감격의 상봉을 한다. 박목월은 그 당시를 이렇게 회상한다.

"긴 머리가 밤물결처럼 출렁거리던 그의 첫인상은 시인이라기

보다는 귀공자 같았다. 티 없이 희고 맑은 이마, 그 서글서글한 눈,
나는 서울에서 온 시우를 맞아 그날 밤을 뜬눈으로 새웠다.”

이 대목을 읽고 구글에 들어가 조지훈을 검색해 봤다. 거기 올라
온 사진이 다 나이든 후에 찍은 것이어서 박목월이 본 서글서글함
은 사라지고 난 뒤였지만, 귀공자 스타일이라는 데는 전적으로 동
의한다.

두 사람이 얼싸안은 건 당연한 일이었는데, 조지훈이 오기 전날
밤을 샌 박목월이 다음 날도 뜬눈으로 새운 대목은 좀 무리하는 거
아닌가 싶다. 아무리 20대라고 해도 어떻게 이틀 연속 밤을 새우는
가? 그래서 난 “젊은 두 시인은 폐허의 고도 경주의 여사에서 거의
매일 뜬눈으로 밤을 새웠다”는 대목을 읽고 좀 놀랐다.

얼마나 감격했으면 이랬을까. 내게도 비슷한 일이 있었다. 내가
연구하는 분야인 고기생충학*의 대가인 라인하르트라는 분이 논문
은 제법 쓰지만 외국 학회에는 전혀 모습을 드러내지 않는 내가 어
떤 사람인지 궁금하다며 한국에 왔다. 그는 날 보자마자 “네가 그
서민이구나!”라며 반가워했고, 나 역시 존경하는 학자를 만나서 좋
았긴 했다. 하지만 하루쯤 지나니 벌써 그가 지겨워졌다. 언어의 장
벽, 그러니까 내가 영어에 젬병인 게 가장 큰 원인이었지만, 설사
내가 영어에 능숙하다 해도 그와 밤을 새며 이야기했을 것 같진 않

• 미라나 오래된 유적에서 기생충의 알을 발견하는 학문.

다. 나만 그런가 싶어 아내에게 물어 보니, 아내 역시 이틀 정도 접대하면 지칠 것 같단다. 이런 걸 보면 조지훈과 박목월은 정말, 엄청나게 좋아하는 사이였던 모양이다.

시 「나그네」가 탄생하다

조지훈과 박목월은 일주일 동안 시간을 같이 보낸다. 같은 곳을 바라보는 이들이니, 그 기간이 얼마나 흥미진진했을지 짐작이 간다. 하지만 언제까지나 같이 있을 수는 없는 노릇, 조지훈은 다시 서울로 돌아가야 했다. 그 후 둘은 편지로 소식을 전하곤 했는데, 조지훈은 한 편지에 시 「완화삼」을 써서 보낸다. 부제가 '목월에게' 였으니, "목월에 대한 사랑의 헌사였다"는 권영민 교수의 말이 전적으로 옳다. 그 시의 한 대목을 옮겨 보자.

구름 흘러가는 물길은 칠백리
나그네 긴 소매 꽃잎에 젖어
술 익는 강마을의 저녁노을이여.

좋아하는 이가 보낸 시를 읽은 박목월이 얼마나 감격했을지 짐작이 간다. 그는 이에 대한 답시를 쓰는데, 그게 바로 우리가 아는 「나그네」다.

강나루 건너서 밀밭 길을

구름에 달 가듯이 가는 나그네

길은 외줄기 남도 삼백리

술 익은 마을마다 타는 저녁놀

구름에 달 가듯이 가는 나그네

― 「나그네: 술 익은 강마을의 저녁 노을이여」, 지훈 전문筆文

칠백리와 삼백리, '술 익는 강마을'과 '술 익은 마을', '저녁노을'
과 '저녁놀' 등 서로의 시에 등장하는 구절들을 보면 이게 답가임
을 알 수 있다. 그냥 집 잃은 나그네가 이 동네 저 동네 다니며 술을
마시는 시인 줄 알았는데, 그 이면에 이렇게 아름다운 우정이 숨어
있었다. 이걸 알고 난 뒤 다시 「나그네」를 읽어 보니 조지훈을 그리
는 박목월의 애틋한 마음이 그대로 보인다. "한 잔 하기 전에 「나그
네」 한 수 읊어보자." 이런 식으로 이 시를 소비해도 괜찮지만, 시
를 이해하려면 적어도 이 시가 어떤 맥락에서 쓰인 것인가 정도는
알아야 한다. 게다가 맥락을 아는 일은 재미있기까지 하다!

갑자기 국어 시간에 도대체 뭘 배운 건지 한심해지고, 화가 나려
고 한다. 우리가 시를 멀리하는 것도 따지고 보면 주입식 교육으로
인해 시적 감수성이 다 파괴된 탓이 아닐까 싶다. 그래서 책을 읽어
야 한다. 우리가 무심코 지나쳤던 「나그네」에 이런 아름다운 사연이
숨어 있는 걸 알 수 있으니까. 지금도 무궁화호가 선다는 건천역을,

더 이상 무심코 지나칠 수 없게 해 주니까. 이런 책을 읽다 보면 이미 황무지로 변한 내 가슴에도 시적 감수성이 싹트지 않을까 싶다.

이런 반문이 가능할 것이다. "시적 감수성 있어서 뭐하나요? 먹고 살기도 바쁜데."
역시 『문학 콘서트』에 나온, 한용운의 대답을 들려드린다.

우리 생활에 있어서 기름이나 고추나 깨는 없어도 생활할 수 있어도 쌀과 불과 나무가 없으면 도저히 생활할 수 없는 것과 마찬가지로, 예술이 없어도 최저한의 인간 생활은 이룰 수가 있겠지요. 그러나 좀 더 맛있게 먹자면 고추와 깨와 기름이 필요 없다고는 할 수 없겠지요. 어떤 사람은 항의하리다마는 나는 이렇게 예술을 보니까요.[2]

『파우스트』읽기

"영원히 여성적인 것이 우리를 이끌어 가도다."
괴테가 쓴 『파우스트』의 마지막 문장이다. 대부분 이 책을 읽지 않았을 테니 이렇게 끝나는지도 모르겠지만, 설령 읽었다고 해도 저 문장에 주목하는 이는 드물 것이다. 책 자체가 난해하기 짝이 없어, 수수께끼 같은 마무리를 보고도 궁금해 하기보단 '아싸, 다 읽었다!'라며 만세를 불렀을 테니까. 하지만 맨 마지막을 모르고서야 책을 이해했다고 할 수 없는 법, 『아주 사적인 독서』(이하 『아사독』) 같은 책을 읽어야 하는 건 이 때문이다. 『아사독』은 '로쟈'라는 필명을 가진 이현우가 쓴 책으로, 고전에 나오는 장면들의 의미를 분석함으로써 고전의 이해에 큰 도움을 준다. 심지어 고전을 마구 읽고 싶게 만들기까지 하는데, 이 책에서 다룬 고전 중 한 편이 바로 『파우스트』다.

다들 알다시피 파우스트의 비극은 악마 메피스토펠레스와 하느님이 그의 영혼을 놓고 내기를 건 데서 시작된다. 내기 같은 건 절대 안 할 것 같은 분이 선뜻 내기에 응한 건 파우스트를 믿었기 때문인데, 안타깝게도 파우스트는 하느님이 생각하는 그런 사람이 아니었다. 그렇게 공부했는데 나아진 것도 없다고 한탄하는 데서 보듯, 파우스트는 자신의 능력과 유한성에 좌절하는 사람이었다. 그렇기에 자신의 종이 되어 소원을 다 들어주겠다고 한 메피스토펠레스에게 '죽은 뒤에 영혼을 내주겠다'고 할 수 있었던 것이다. 어쨌든 파우스트는 학자이니만큼 악마를 종으로 부리게 됐다고 해도 그 능력을 진리 탐구에만 썼어야 했다. 하지만 그는 어이없게도 악마를 이용해 자신이 첫눈에 반한 그레트헨과 관계를 맺고, 그를 임신시킨다. 미혼모는 참수형에 처하는 당시 법으로 봐도 이건 나쁜 짓이었지만, 격분해서 찾아온 그의 오빠를 결투 끝에 죽이는 건 과연 파우스트가 용서받아야 하는지 의문을 품게 만든다. 그런데 2부에 가면 일이 더 커져, 헬레네를 지하 세계에서 불러내 결혼한다! 헬레네는 바로 트로이 전쟁의 원인이 된 세계적인 미녀이니, 파우스트를 마음껏 욕해도 괜찮을 듯싶다.

심지어 파우스트는 헬레네와의 사이에서 아들을 낳기까지 하는데, 그 아들이 바로 오이포리온이다. 그는 아버지를 닮아 만족할 줄 모르고, 하고 싶은 건 끝까지 해 보는 성미다. 결국 그는 이카루스*처럼 공중으로 날아오르다 추락해서 죽어 버리는데, 이현우는 이것이야말로 '영원히 남성적인 것'의 한 단면이라고 말한다. 즉 욕망을 끝까지 추구하고 멈추지 않는 것, 그럼으로써 파멸하는 게 남성적인 것이라는 얘기다. 이게 꼭 성욕에만 국한되는 건 아니다. 파우스트는 공익을 위해 대규모 간척 사업을 벌인다. 그런데 언덕 위 오두막집에 사는 부부가 여기에 반대하자 악마에게 부탁하고, 악마는 오두막집에 불을 질러 부부를 죽여 버린다. 이 대목을 읽으면서 파우스트를 욕하는 건 쉬운 일이지만, 이런 일은 우리 주변에서도 수없이 일어난다. 용산 재개발 과정에서 벌어진 참사가 대표적인 예인데, 괴테는 아마도 이런 것들이야말로 세상을 살기 힘들게 만드는 원인이라고 생각한 것 같다. 물론 개발 자체를 안 할 수는

• 이카루스와 그의 아버지는 미노스 왕의 미움을 사 크레타섬에 갇혀 있었다. 그들은 그곳을 탈출하기 위해 새의 깃털을 밀랍으로 붙여서 만든 날개를 달고 하늘로 날아 빠져나왔는데, 이카루스가 높이 올라가지 말라는 아버지의 경고를 잊은 채 높이 날아 올랐고, 날개를 이어붙이는 데 사용한 밀랍이 태양열에 녹아서 결국 떨어져 죽었다.

없겠지만, 인간의 욕망은 어차피 충족되지 않으니 적당한 선에서 멈출 필요도 있지 않을까? 그렇다면 우리를 이끌어 갈, 영원히 여성적인 것은 무엇일까? 이현우는 이 작품에 나오는 여성들, 즉 그레트헨과 헬레네, 말미에 등장하는 성모 마리아에게서 그 단서를 찾을 수 있다고 말한다.

> "이들에게는 공통점이 있습니다. 일단 주체가 아니라 객체이고, 또 헌신적이면서 수동적인 모습을 보여 줍니다. 작품 속에서 찾아보면 이런 것이 아닐까 싶어요. '한계에 순응하고 적당히 멈출 줄 아는 태도.' 갈 데까지 가보려는 태도와는 반대로 말이죠."[3]

오래 전에 쓴 책이지만 적당히 멈출 줄 아는 태도는 지금 시대에도 얼마든지 적용할 수 있지 않은가? 이렇듯 시대를 초월해 사람들에게 영향을 미치는 게 바로 고전의 힘이고, 『아사독』은 그냥 놔두면 몰랐을 고전의 의미를 우리에게 알려 주는 고마운 책이다. 그래서 말씀드린다. 책을 읽자. 가급적 많이.

---

1 『권영민 교수의 문학 콘서트』, 권영민 저, 해냄, 38쪽
2 『권영민 교수의 문학 콘서트』, 195쪽
3 『아주 사적인 독서』, 이현우 저, 웅진지식하우스, 133쪽(전자책 기준)

12. 자신만의 여행을 만드는 독서

여행에는 세 종류가 있다

어머니와 함께 일본 북해도에 다녀왔다. 효도 차원의 여행이지만, 생애 처음 관광 업체의 투어를 이용하는 거라 나름 기대가 됐다. 3박4일의 짧지 않은 시간을 함께 있으니 같이 가는 사람들과 친해져 더 재미있는 여행을 하지 않을까 싶었다. 안타깝게도 이건 턱없는 기대였고, 나와 같은 버스를 탔던 일행 13명은 서로 의례적인 얘기 이상을 한 적이 없다. 게다가 지나치게 많은 곳을 들르려는 패키지 여행의 특성상 숙소에 들어가면 너무 피곤해 삭신이 다 쑤셨다. 그래도 엄마랑 단둘이 여행을 가는 것보다 패키지 여행이 더 낫다고 생각한 건, 일본에 해박한 가이드의 존재 때문이었다. 어떤 박물관에 마늘 한 접이 전시돼 있다고 해 보자. 그걸 보면 이런 생각이 든다. '겨우 마늘을 전시해 놓다니, 보여 줄 게 진짜 없나 보다.' 하지만 '단군 시대에 살았던 호랑이가 남긴 마늘'이라고 하면 그 마늘을 다시금 보게 된다. 유홍준 선생이 "아는 만큼 보인다"고 말한 게 바로 그런 의미 아니겠는가?

그렇다고 해서 패키지 여행을 또 가고 싶진 않다. 여럿이 다니는 거라 불편한 게 훨씬 더 많아서다. 내가 원하는 곳을 갈 수도 없고, 원하는 음식을 먹을 수도 없는 게 바로 패키지 여행이다. 하지만 따로 갔다간 어디가 어딘지 몰라 우왕좌왕하는 데 시간을 쏟아야 하고, 뭘 봐야 할지도 모르는데다 유명한 곳에 간다 해도 그곳이 왜 유명한지 이해하지 못해 고개를 갸우뚱할 것이다. 그렇다고 개인 여행이 패키지보다 돈이 더 싼 것도 아니니 그럴 바엔 차라리 패키지가 낫다고 주장할 수도 있다. 패키지냐 개인 여행이냐, 도대체 뭘 선택해야 할까? 하지만 여행에는 꼭 이 두 가지 종류만 있는 건 아니다. 내가 권하는 여행은 책과 함께하는 제3의 여행이다.

몇 년 전, 나는 스페인에 가서 고생만 하고 돌아온 적이 있다. 하지만 그 와중에 보석같이 빛나는 경험을 했는데, 그건 바로 마드리드에 있는 프라도 미술관에서였다. 그 경험이 보석이 될 수 있었던 건 여행 전에 만났던 지인 덕분이다. 지인과 앉아서 누군가를 기다리며 잡지를 뒤적이는데, 잡지에 그림이 한 편 나왔다. 그가 갑자기 이게 누구 그림인지 아느냐고 물었다. 당시의 난 미술

에 대해 깡통 수준이었기에, 그게 누구의 그림인지 알 턱이 없었
다. 내가 모른다고 하자 그가 고개를 절레절레 흔들더니 이렇게
말했다.

"야, 너 이것도 모르냐? 들라크루아가 그린 「민중을 이끄는 자유
의 여신」이잖아."

그 말이 나의 부끄러움을 자극했던 건 아니다. 누구나 아는 분야
가 다른 건데, 자기가 아는 걸 내가 모른다고 나를 무시하는 그가
나쁜 것이다. 기생충은 그보다 내가 훨씬 더 많이 알잖은가? 그래
도 기분이 썩 좋진 않았다. 그깟 그림 한 장 때문에 내가 남한테 무
식하단 소리를 들어야 하나 싶었으니까. 그때 했던 결심이 '다음에
만날 때는 미술로 압도해 주자'였다.

곰브리치를 읽다

그때부터 몇 달간, 난 다른 분야는 다 제쳐 놓고 오로지 미술 책
만 읽었다. 고흐가 동생 테오에게 쓴 편지를 모은 『반 고흐, 영혼
의 편지』를 비롯해서 『팜므 파탈』, 『반 고흐 vs 폴 고갱』 등등이 그
당시 읽은 책들이다. 여기에 미학 전문가인 진중권의 책들은 그림
과 더불어 그 작품이 나오게 된 배경까지 설명해 줘서, 많은 도움
이 됐다. 그래도 가장 큰 만족감을 선사한 책은 바로 『서양미술사』
였다. 오스트리아 출신의 미술사가 곰브리치가 쓴 이 책은 과거부

터 현재까지의 미술사를 책 한 권으로 정리했는데, 사진 자료도 풍부하고 설명도 자세하게 돼 있다 보니 나 같은 초짜에게 딱이었다. 그 당시 가격이 무려 3만5천 원이었지만, 책값이 비싸다고 생각한 적은 단 한 순간도 없다. 책이 너무 많다는 생각이 들어서 가지고 있던 책을 대방출하는 일이 종종 있었지만, 『서양미술사』는 단 한 순간도 방출 대상으로 고려된 적이 없다.

참고 문헌을 빼고 637쪽에 달하는 그 책을 읽는 데 보름가량 걸렸던 것 같다. 책에 실린 그림 한 장을 감상한 다음에 거기에 관한 설명을 읽다 보니 아무래도 시간이 많이 걸릴 수밖에 없었다. 책을 다 읽고 난 뒤 나는 쇼생크 감옥에서 탈출한 앤디 듀프레인처럼 무릎을 꿇고 두 팔을 번쩍 들었다. 드디어 내가 기본적인 미술 지식을 갖게 됐다는 기쁨 때문이었다. 그 전까지 이름도 거의 모르다시피 했던 안젤리코, 티치아노, 벨라스케스 같은 화가들을 그림만 보고도 알아맞힐 수 있게 됐으니 얼마나 기쁘겠는가?

미술 관련 책의 좋은 점은 그 그림을 직접 보고 싶게 만든다는 점이다. 놀랍게도 책에서 봤던 그 그림들을 우리나라에서 볼 기회가 있었다. 예술의 전당 내 한가람미술관에서 '서양미술 400년전'이라는 이름으로 유명 화가들의 작품을 전시한다는 것이다. 내가 곰브리치의 책을 읽지 않았다면 그런 전시에 관심을 갖지도 못했을 테고, 설령 알았다고 해도 직접 전시관에 찾아가진 않았으리라. 하지만 곰브리치를 읽고 난 뒤의 나는 그 전과는 완전히 다른 사람이었기에, 주말을 맞아 그 미술전을 보러 갔다.

　주말 미술관, 그것도 명화를 직접 볼 수 있는 흔치 않은 기회. 세상은 넓고, 미술 애호가는 많았다. 그 사실을 까맣게 몰랐던 난 미술관을 꽉 메운 인파에 학을 뗀다. 뭔 인간들이 그리도 많은지, 겨울인데도 몸이 땀으로 범벅이 될 지경이었다. 그래도 그 전시에서 건진 것이 있었다. 교과서에서 봤던 앵그르의 「샘」을 직접 본 것도 좋았지만, 「마라의 죽음」을 봤을 때의 느낌은 지금도 기억에 선명하다. 프랑스 대혁명 지도자 중 한 사람인 마라는 반혁명파의 젊은 여자에 의해 목욕탕에서 피살된다. 자크 루이 다비드는 그 장면을 실제 현장을 보는 것처럼 생생하게 그려 냈다. 곰브리치의 『서양미술사』 484쪽에 실렸던 그 그림을 직접 보니 가슴이 얼마나 벅찼겠는가?

프라도미술관에 가다

　그 이후 외국의 미술관에 가는 게 내 꿈이 됐다. 파리 루브르 박물관에서 일주일간 그림을 볼 수 있다면 얼마나 좋을까. 우리나라에 오는 그림들은 명화가 몇 점 없지만, 거긴 「모나리자」를 비롯해 책에서 본 그림들이 숱하게 있지 않나. 하지만 당장 갈 형편이 못 돼서 그냥 생각만 하고 있었는데, 얼떨결에 갔던 스페인에 프라도미술관이 있었다. 같이 간 일행의 설명에 의하면 프라도 미술관은 세계 3대 미술관 중 하나란다. 내가 생각하는 3대 미술관은 파리 루브르 박물관과 런던 대영 박물관을 기본으로 넣고, 해당 나라의 미술관을 추가하는 식이다. 미국에서 뽑으면 뉴욕 메트로폴리탄 박물관을, 러시아라면 상트페테르부르크의 에르미타주미술관을, 바티칸은 바티칸 박물관을 넣는 식이다. 그래서 프라도가 3대 미술관의 하나라는 말에 크게 감동하지 않았다.

하지만 그건 내 착각이었다. 미술에 대한 지식이 일천한 사람이 갑작스럽게 공부를 하면 곳곳에 허점이 생길 수밖에 없나 보다. 미술 책에서 배운 유명 화가들, 고야라든지 살바도르 달리, 파블로 피카소 등 많은 이가 알고 보니 스페인 출신이었다. 그래서인지 프라도미술관엔 내가 알 만한 그림들이 정말 많았다. 그때 만난 그림이 바로 벨라스케스가 그린 「시녀들(라스 메니나스)」이었다. 이 그림은 마르가리타 왕녀와 그 수행원들을 담은 작품이다. 이 그림에 내가 감격했던 건 조그만 사진으로만 보다가 가로 3.18미터, 세로 2.76미터의 실물 크기로 보게 된 것이 좋아서만은 아니었다. 진짜 이유는 내가 아는 그림을 직접 봤다는 데 있다. 우리 대부분은 배우 장동건을 사진이나 영상으로 봤을 뿐 한 번도 본 적이 없다. 그런데 어느 날 내 눈앞에 장동건이 서 있다면, 얼마나 놀랍겠는가? 그날 이후 만나는 애들한테 "나 장동건 봤다!"라고 말할 것이다. 나 같은 아마추어에겐 미술도 그와 크게 다르지 않다. 아는 그림을 직접 봤다는 것, 그게 바로 미술관을 찾는 기쁨이다. 「시녀들」을 어디서 봤는지는 모르겠다. 『서양미술사』에 없는 것으로 보아 아마도 진중권의 미학 책에서 봤을 것이다. 중요한 것은 그 그림이 내 기억에 선명하게 남아 있고, 그래서 기뻤다는 점이다. 다시 말해 내가 미술에 관한 책을 읽지 않았다면 프라도미술관에서 아무런 감흥도 얻지 못했을 거란 얘기다.

히에로니무스 보스가 그린 「쾌락의 정원」도 비슷한 기쁨을 줬다. 그 그림의 디테일을 설명해 준 진중권의 책이 아니었다면 그 앞을 아주 빠르게 지나갔겠지만, 웬걸. 난 그 그림 앞에서 적어도 5분 정도는 서 있었다. 그 밖에도 엘 그레코, 뒤러, 루벤스, 라파엘로, 고야 등의 그림들도 나를 2분 이상 붙잡은 화가들이다. 프라도미술관을 새삼 다시 보게 됐다. 특히 부러웠던 건 유치원 혹은 초등학교 학생들이 단체로 미술관 견학을 오는 것이었다. 어려서부터 저렇게 명화들을 보며 자란다면 미술에 대해 뛰어난 식견을 지닌 어른으로 자랄 수 있지 않을까? 혼자 탄식을 하다가 문득 이런 생각을 했다. 역시 아는 게 많아지니 그에 비례해서 고민도 많아지는구나.

로마의 휴일

미술 책을 읽고 미술품을 보러 가는 것도 멋진 여행이지만, 책을 읽고 그 배경이 되는 곳을 가 보는 것도 아주 멋지다. 오드리 헵번

이 주연을 맡은 〈로마의 휴일〉이란 고전 영화가 있다. 영화에서 헵번은 공주로 나오는데, 공주라는 사실을 숨기고 신문기자와 하루 동안 멋진 데이트를 한다. 그 데이트 코스 중 하나가 「진실의 입」이라는, 로마의 한 성당에 있는 원반 모양의 조각상 관람이다. 거기엔 바다의 신 트리튼의 얼굴이 새겨져 있는데, 입에 사람 손이 들어갈 만한 구멍이 뚫려 있어서 거기에 손을 넣은 뒤 하는 말이 거짓말이면 트리튼이 물어서 손이 잘린단다. 자신이 공주라는 것을 숨긴 앤 공주(오드리 헵번 분)가 불안해하며 손을 넣고, "으웩!" 하고 놀래키는 기자 때문에 깜짝 놀라는 장면은 영화사의 명장면이다. 그런데 막상 그곳에 가 보면 사람들은 실망한다. 그걸 보려면 오랫동안 걸어야 하고, 줄은 또 얼마나 긴지 기다리는 동안 짜증이 난다. 이 고생을 하며 막상 진실의 입 앞에 서면 그냥 허탈해지는 게, 크기가 너무 작고 소박하기 때문이다. 물론 "나 「진실의 입」 봤다."라고 자랑할 수는 있겠지만, 그런다고 해서 허탈함이 사라지지는 않는다.

사람들은 도대체 왜 실망할까. 그곳에 가는 사람들은 영화에서 「진실의 입」을 이미 한번 봤기 때문이다. 그것도 아주 근사하게 찍은 「진실의 입」을 말이다. 거기에 한창 때의 귀여운 헵번과 그레고리 팩이 그 앞에서 장난을 치니 얼마나 멋진가? 그와 달리 혼자 그곳에 찾아가 자기 손을 집어넣으면 그게 멋있겠는가? 절대 그렇지 않다. TV나 영화에서 본 장면 속 장소를 가거나 작품을 보면 실망하는 건 이 때문이다.

하지만 책에서 본 곳을 찾아가는 건 얘기가 달라진다. 우리는 책에 있는 묘사를 보면서 그 장소를 상상한다. 물론 그 상상은 실제 장소와 다를 수밖에 없다. 그렇기에 막상 그 장소를 직접 보면, "아, 여기가 거기구나!" 하고 감격하지 않겠는가? 내가 책 속 사진으로 보던 「시녀들」을 실제로 봤을 때의 감격이 이와 비슷하다. 책에서 본 장소를 직접 찾아가는 게 감격스러운 여행이 되는 건 이런 이치다.

여행과 셀카

CBS 피디PD이자 작가인 정혜윤은 삶 자체가 거의 독서라고 할 만큼 다독가인데, 그러다 보니 책과 연관된 여행을 많이 한다.

『스페인 야간비행』은 그가 스페인과 필리핀, 포르투갈 등 여러 나라를 여행한 뒤 쓴 책으로, 여길 보면 책과 함께하는 여행이 어떤 것인지 잘 나와 있다. 여기서 질문. 당신이 스페인 바르셀로나로 개인 여행을 간다면 어디에 갈 것인가? 필경 인터넷을 뒤져 가 볼 만한 곳을 찾을 것이다. 가우디가 지은 사그라디 파밀리아(가족 성당)와 몬세라트 산에 위치한 베네딕트 수도원은 누가 뭐래도 꼭 가 봐야 할 바르셀로나 톱 10이고, 일몰이 아름다운 시체스(작은 도시란 뜻)와 바르셀로나 해변 등등도 가 봄직한 곳이다. 이런 곳들을 다니며 "와, 일몰 끝내 줘!" 다음에 사진 한 장, "와, 가우디 짱!" 다음에 셀카 한 장, 이렇게 이틀 정도를 보낼 것이다. 스포츠에 관심이 있는 사람이라면 유명한 축구 스타 메시가 소속된 FC 바르셀로나의 경기장 '캄프누'도 꼭 들러 볼 거고. 이렇게 여행을 하면 허무한 것이, 이 코스는 바르셀로나를 찾는 대다수 사람의 여행 코스이기 때문이다.

유명한 곳의 특성상 그런 곳에 가면 사람도 바글바글하다. 정혜윤도 스페인의 유명 유적인 알함브라 궁전에 들어가려다 엄청난 인파에 놀라 자빠진다. 할 수 없이 몇 시간을 기다려 알함브라에 들어서자 정혜윤은 더 크게 놀란다.

"그날 알함브라를 공격하고 있었던 것은 바로 셀카봉이었어. 셀카봉을 창처럼 들고 카메라를 방패 삼은 사람들이 벽을 빼곡히 에워싸고 있어서 나는 아무것도 볼 수 없었단다."

휴대전화에 카메라가 장착된 건 아무 때나 사진을 찍을 수 있는 편리함을 제공했지만, 아름다운 풍경을 눈으로 보는 기쁨을 앗아갔다. 결혼식장에 참석했다는 증거로 단체사진을 찍는 것처럼, 사람들은 이제 유명 관광지에 자신이 갔다는 증거를 남기려고 그곳을 배경으로 셀카를 찍는다.

언젠가 제주도에 갔을 때, 지인의 안내로 애월의 바다를 본 적이 있다. 이효리가 살고 있어서 유명해진 애월읍의 바다는 정말 아름다웠다. 지인이 말했다. "맛있는 커피와 함께 바다를 보면 더 멋져요." 그러면서 그는 그 근처에 있는 커핀 그루나루로 나를 데려갔다. 2층에 올라가니 훤하게 트인 창문으로 바다가 보였다. 말 그대로 환상적이었다. 이렇게 아름다운 바다를 또 볼 수 있을까 싶어 넋을 잃고 바다를 바라보고 있었다.

지인 죽이지 않습니까?
나 정말 그러네요. 굳이 나폴리에 갈 필요가 없을 것 같군요.

바다 때문인지 아니면 원래 그랬는지, 커피 맛도 일품이었다. 그때 젊은 남녀 네 명이 2층에 올라왔다. 내가 그랬던 것처럼 그들도 탄성을 질렀다.
"야, 여기 정말 끝내준다!"
그들은 그 바다를 배경으로 셀카를 찍었다. 그 후 창가 쪽에 나란히 앉은 그들은 약속이나 한 듯 스마트폰을 들여다보기 시작했다. 이해가 가지 않았다. 저 아름다운 바다를 놔두고 왜 스마트폰을? 혹시 집에 와이파이가 안 돼서 이곳까지 온 것일까. 자기네끼리도 대화가 전혀 없었으니, 이후에 온 손님들이 본다면 일행인 줄도 몰랐을 것이다. 하지만 저들의 행동은 요즘 기준으로 보면 지극히 정상이다. 셀카를 통해 애월읍 바다에 왔다는 증거를 남겼으니까 그곳에 간 목적은 달성한 셈이다. 30분 후 우리 일행이 자리를 뜨기까지, 그들은 여전히 머리를 수그린 채 스마트폰에 열중했다.

정혜윤의 바로셀로나

이런 현상을 정혜윤은 다음과 같이 한탄한다.

"이미지가 실재를 대체해 버리는 삶의 비현실이 점점 커지고만 있는 것은 아닐까?" 그래서 정혜윤은 다른 사람의 눈으로 세상을 보자고 한다. 예를 들어 바르셀로나에 갔을 때 그는 『카탈로니아 찬가』(이하 『찬가』)를 썼던 조지 오웰을 생각했다. 카탈로니아는 스페인 북동쪽에 위치해 있는 지역으로, 이곳은 1714년 스페인에 합병됐다. 합병되기 전 수도가 바로 바르셀로나인데, 이곳은 1930년대에 벌어진 스페인 내전, 그러니까 파시즘을 내세운 프랑코에 맞서 싸웠던 전쟁의 무대이기도 하다. 조지 오웰 역시 이 내전에 참여해 파시스트들과 싸웠고, 그때의 경험을 『찬가』에 담았는데, 이는 세계 3대 르포르타주(기록 문학)에 뽑힐 만큼 가치를 인정받고 있다. 그런데 정혜윤에 따르면 그 전쟁은 우리가 생각하는 그런 전쟁이 아니었다.

무기들은 너무나 부실했어. 소총을 쏘면 당연히 못 맞추었고 포탄들은 너무나 천천히 날아 달리기를 해도 쫓아갈 수 있을 정도였어. 프랑코파에서 의용군 쪽에 던진 수류탄을 의용군들이 주워서 던져. 그러면 그 수류탄이 다시 돌아오고 그러면 그걸 또 반대편으로 던지고, (…) 전선에서 150일을 보낸 다음 1937년 2월쯤에 조지 오웰은 이런 생각을 해.

- 당신은 민주주의를 위해 무엇을 했습니까?
- 식량만 축냈습니다.1

그랬기 때문에 오웰은 스페인 내전을 냉정하게 관찰할 수 있었고, 이것이야말로 『찬가』가 나온 비결이기도 하다. 그리고 이 전투는 조지 오웰을 변화시켰다. 그 이후에 그가 쓴 모든 글이 "전체주의와 싸우고 불의에 눈을 감지 않는 것과 관련되어" 있기 때문이다. 80여 년이 지난 후 정혜윤은 카탈로니아 광장 벤치에 앉아 "조지 오웰의 눈으로 바르셀로나를 바라보곤 했다." 이게 뭔가 싶겠지만, 바르셀로나를 걸으며 그 당시 여기서 조지 오웰이 뭘 했을지, 무슨 생각을 했을지 상상해 보는 것도 꽤 근사한 여행이 될 수 있고, 이런 여행이야말로 자신을 변화시키는 계기가 될 수 있다.

그렇다면 리스본에서는?

리스본에 대해 내가 아는 건 포르투갈의 수도라는 게 전부다. 하지만 리스본에는 페르난두 페소아라는, 리스본에서 태어나 거기서 삶을 마감한 작가가 있다. 본명보다는 다른 이름(이명)으로 책을 내는 작가로, 『불안의 책』 등이 우리나라에 소개된 바 있다. 2014년엔 『페소아와 페소아들』이란 책이 번역돼서 나왔는데, 정혜윤은 여기 실린 작품 중 「최후통첩」이란 시에 매료된다. "꺼져라"로 시작해서

"지나가라" "사라져라" 등등 힘이 넘치는 협박조의 말들로 이루어 져 있으며, "떠나기 싫으면, 씻기나 하라고 해!" 같은 문장도 나온 다. 이걸 읽고 정혜윤은 다음과 같이 말한다.

"「최후통첩」을 읽자마자 리스본에 가고 싶어졌어."

정혜윤은 페소아가 이 시를 읊었을 곳에 가서 「최후통첩」을 낭송하고자 했다. 페소아는 "테주 강변에 서서, 유럽을 등지고, 두 팔을 높이 치켜세우고, 대서양에 시선을 고정한 채" 「최후통첩」을 읊었단다. 그가 자주 가던 카페 옆에 궁전광장이라는 곳이 있고 옆에 강물도 있으니, 정혜윤은 여기가 바로 그곳이라고 생각한다. 하지만 낭송을 위해서는 주위 눈치를 좀 살피고 근처를 몇 번 배회하며 시간을 끌어야 했다. 그러고는 이렇게 외쳤다.

"꺼져라 (…) 너희 모든 국가 지도자들 (…) 본능의 계산대에서 퇴짜나 맞는 하인들 (…) 지나가라, 나약함밖에는 외칠 구호가 없는 약골들"

물론 다른 이들의 눈치를 보느라 모기만 한 소리로 낭송했지만, 이 기억은 오래도록 정혜윤의 기억에 남아 있을 것 같다. 「최후통첩」의 전문이 궁금하다면 『페소아와 페소아들』을 구해서 읽어 보는 게 좋겠지만, 그 책이 지나치게 난해하다면 『스페인 야간비행』을 읽으셔도 된다.

광장에서 시를 읊은 것 이외에도 정혜윤은 페소아의 집과 그를 기념해 만든 도서관을 방문한다. 페소아는 알바루 드 캄푸스와 알

베르투 카에이루, 페르난도 페소아 등 무려 다섯 사람의 이름으로 글을 썼는데, 각 이름마다 문체가 다르다고 한다. 심지어 한 명은 여성 장애인이다! 정혜윤은 페소아가 왜 다른 이름으로 글을 썼을지 생각한다.

"우리는 (…) 정체성이 고정되어 있는 것처럼 행동할 때가 훨씬 많아. (…) 페소아는 자신 안의 타자의 목소리를 듣는 것이 정체성과 훨씬 더 관련이 있다는 것을 내게 알려 주었어."

좋아하는 작가의 흔적을 찾으며 그 작가에 대해 생각하는 것, 이것이야말로 남들은 생각하지 못하는 멋진 여행이다.

책과 함께 떠나는 여행을 해 보자

위에서 인용했던 유홍준의 말을 조금 바꿔 보자. 아는 만큼 느낀다. 그리고 그 앎은 책에서 나온다. 정혜윤은 리스본에서 길을 잃었고, 그러다 보니 인적이 없는 광장에 들어선다. 그 광장의 양쪽에는 가로등이 각각 두 개씩 있었다. 정혜윤은 그 빛이 '지상에 붙잡힌 은하수에서 흘러나오는 빛' 같다고 느낀다. 그래서 그는 그곳이 꼭 도스토옙스키의 소설 『백야』에 나오는 곳 같다고 생각한다.

소설 『백야』는 이렇게 시작된다. "아름다운 밤이었다. 우리가 젊을 때에만 만날 수 있는 그런 밤이었다." 실제 정혜윤이 백야의 배경이 된 그곳에 간 것은 아니었지만, 리스본의 그 광장에서 정혜윤은『백야』를 체험한다.『백야』를 읽지 않은 이라면 길을 잃은 데다 인적도 없는 곳에서 헤맨 그 경험이 악몽으로 남겠지만,『백야』를 읽은 정혜윤에겐 그게 평생 못 잊을 아름다운 광경이 돼 버린다.

"처음 해외여행으로 그리스를 가려고 합니다. 가서 뭘 봐야 할까요?"

인터넷에 흔히 올라오는 질문이다. 정혜윤은 "must가 이미 우리 화법 안에 있는 거야"라며 이 말에 수동성이 있다고 얘기한다. 맞다. 의무적으로 몇 군데를 봐야 하는 게 여행이라고 생각하니, 하루에 여러 군데를 바삐 다녀야 하고, 또 자신이 그곳에 갔다는 증거를 남기느라 셀카를 찍기 바쁘다. 백 명이 여행을 가면 백 개의 여행기가 나와야 맞지만, 지금은 천 명이 따로따로 여행을 가도 한 개의 여행기밖에 나오지 않는다. 이런 정해진 것들 말고, 정혜윤처럼 여행해 보는 건 어떨까. 그는『인생의 일요일들』에서 책과 함께 여행하는 방법을 알려 준다.

- 저는『그리스의 끝 마니』라는 책을 우연히 펼쳐 보기 전에는 그곳에 대해서 들어 본 적이 없었어요.
- 다른 이의 지령으로 미스트라에 갔어요. 그러나 실은 몹시 가고 싶기도 했어요. 그리스로 가는 비행기 안에서 영국 역사학자 존 노리치의『비잔티움』연대기를 읽었기 때문이에요.

- 니코스 카잔차키스는 크레타를 '아버지 대지'라고 불렀어요. '어머니 대지'가 아니고요. 제 평생 그런 말은 처음 들어 봤기 때문에 아버지 대지는 어떤 땅일지 궁금했어요.
- 델포이, 어릴 적 헤로도토스의 『역사』를 읽었을 때부터 저는 그곳에 가 보고 싶었어요.**2**

남들이 하는 대로 어디 어디를 봐야 하는 여행이 아니라, 자신이 가 보고 싶어져서 가는 것, 그것이야말로 자신만의 여행이 된다. 거기 얽힌 스토리를 안다면 비잔티움 제국 제2의 수도였던 미스트라가 폐허라고 실망할 일도 없고, 어려운 일이 있을 때마다 신의 말씀을 전했던 장소인 델포이를 보고 "이게 뭐야! 이따위 거 보려고 몇 시간을 온 거야?"라고 탄식할 필요도 없다. 오히려 그 위대한 장소를 눈으로 확인하며 감격에 겨워하지 않겠는가? 당연한 얘기지만 여행에는 돈과 시간이 들며, 해외는 말할 것도 없다. 예전보다 해외에 가기가 쉬워진 건 맞지만, 그래도 해외여행은 보통 사람에겐 흔치 않은 일이다. 이 소중한 기회를 남들이 하는 것과 똑같은 방식으로 소모하는 것보다, 자신만의 것으로 만드는 게 훨씬 낫지 않겠는가? 해외여행을 가기 전에 책을 읽자. 그러다 보면 가고 싶은 곳이 생길 테니까.

---

1 『스페인 야간비행』, 정혜윤 저, 북노마드, 109쪽
2 『인생의 일요일들』, 정혜윤 저, 로고폴리스, 순서대로 154쪽, 243쪽, 260쪽, 285쪽

3부

책을 어떻게 읽을 것인가

1. 책을 언제 읽어야 할까

책을 좋아하게 만들자

전에 말한 것처럼 난 서른부터 책을 읽기 시작했다. 글을 잘 쓰기 위한 방법으로 독서를 택한 것이었지만, 어느덧 책은 내 중요한 부분이 됐고, 그렇게 읽은 책들은 날 변화시켰다. 그때부터 10년간 한 달에 10권 이상씩 읽었으니, 내 30대는 책과 함께 지나갔다고 해도 과언이 아니다. 신기하지 않은가? 서른까지 책을 외면하던 사람이 갑자기 미친 듯이 책을 읽을 수 있다는 것이 말이다. 그 비결은 내가 일곱 살까지 책을 좋아하던 애였다는 데 있다. 내가 한글을 깨우친 것은 대략 여섯 살 때였던 것 같다. 지금이라면 그게 그리 대단한 일이 아니지만, 그 당시로 보면 내가 좀 빠른 편이었다. 그럴 수밖에 없던 것이 난 몸이 약해서 밖에 나가 노는 걸 좋아하지 않았고, 집 안에만 있자니 그 길고 긴 시간을 보내는 게 너무 지루했다. 다행히 우리 집엔 책이 제법 있었으니, 책을 읽기엔 모든 조건을 다 갖춘 셈이다. 몸도 약한 애가 만날 책만 읽고 있는 게 마음에 안 드셨던 아버지는 책을 못 읽게 하셨지만, 난 숨어 다니면서 책을 계속 읽어 댔다. 일곱 살의 어느 날, 난 숨어서 책을 읽다가 아버지에게 걸렸고, 크게 혼난 뒤 책 읽기를 포기했다.

그로부터 23년이 지난 뒤 다시 책을 읽게 된 건, 어린 시절 내 DNA에 새겨진 독서 유전자 덕분이었다. 그 시절이 없었다면 어른이 된 뒤 책을 다시 읽게 되더라도 그렇게 미친 듯이 빠져들 수는 없을 듯하다.

아동기에 책 읽기를 배운 적이 있는 아이들은 그렇지 않은 아이보다 빨리 글을 배울 수 있다는 것이다. 이들은 더 풍부한 어휘력을 지니게 되어 어려운 문제를 독해하는 데 애를 먹지 않고, 이야기의 전개 속도와 구성 논리를 잘 인지할 수 있다. 이러한 능력은 다른 매체를 통해서는 효과적으로 개발할 수 없다. 요컨대 독서는 운동과 같다. 매주 세 차례 체육관에 가서 운동하는 것은 활기를 북돋우지만, 한 달에 세 차례 간다면 고역스러운 일이 될 것이다. 마찬가지로 독서를 하는 빈도가 줄어들수록 어려운 과제가 된다. 당연하게 들리겠지만 책을 읽지 않을수록 점점 책을 읽을 수 없게 된다.1

그래서 그런지 우리 어머니들은 자기 아이가 책을 많이 읽기 바란다. 쓸 돈이 빠듯해도 아이 책값은 아까운 줄 모른다. 출판계가 불황이라 해도 아이들 책은 불황이 덜한 것도 그 덕분이다. 2015년 독서 실태 조사를 보면 초등학생 때는 1년 평균 70여 권의 책을 읽는다고 한다. 그러던 것이 중학생이 되면 19권으로 줄어들고, 고등학생은 9권에 못 미친다. 이 독서량은 그대로 성인에게 이어져, 우리나라 성인의 연간 독서량은 9.1권, 월평균 0.7권에 불과해진다.2 중학교 때 급격하게 독서량이 줄어드는 건 본격적인 입시 전쟁이 시작되는 시기가 중학교 때부터이기 때문일 것이다. 물론 초등학생용 책들이 그림이 가득한 몇 쪽 안 되는 얇은 책들이라는 점도 있지만, 중학생이 되면 독서에 할애하는 절대적인 시간이 줄어든다. 초등학교 때 책 읽기에 호의적이었던 부모들도 중학생 때 아이가 소설을 읽고 있다면 "공부나 해!"라며 책을 빼앗는다. 입시 공부 이외의 모든 것이 사치로 여겨질 고등학교 때는 말할 것도 없다. 그렇게 우리는 책과 단절된 채 대학에 가고, 결국 책을 읽지 않는 성인이 된다. 이것이 굉장히 기형적인 이유는, 책을 정말 읽어야 할 때 읽지 않고, 읽지 말아야 할 때 책을 읽기 때문이다.

초등학교 책 읽기의 명암

세계에서 가장 핫hot한 기업인, 재산이 110억 달러에 달하는 재

력가, 포브스Forbes지 선정 부자 34위, 아이언맨의 실제 모델, 포천
Fortune지 선정 '최고의 CEO', 이전 글에서 소개한 일론 머스크는
모든 걸 다 이룬 인물이다.3 하지만 그에게도 시련의 시간이 있었
으니, 그건 바로 초등학생 시절이었다. 1971년 남아공에서 태어날
당시만 해도 머스크는 행복한 아이였다. 엔지니어인 아버지와 미
스 남아공 최종 후보 출신인 어머니 밑에서 태어난 덕에 부유한 환
경과 더불어 잘생긴 외모까지 가질 수 있었기 때문이다. 게다가 비
상한 기억력까지 있었으니, 초등학교 3, 4학년 때 백과사전 두 질
을 달달 외울 정도였다.4 이 정도면 초등학생 때부터 두각을 나타
내는 인물이 될 수도 있었지만, 지나친 독서가 문제가 됐다.

책은 수많은 선물을 주지만, 그로 인해 잃는 것도 당연히 있다.
첫째, 책은 철저히 혼자 하는 취미이기 때문에 고립되기 쉽다. 다른
사람과 같이 책을 읽는 것은 불가능하다. 물론 독서가 취미인 또
다른 친구가 있을 수 있지만, 초등학생 중에는 그런 아이가 많지
않다. 게다가 그 나이 때는 책을 통해 얻는 지식보다 친구들과 놀
면서 사회성을 배우는 게 더 중요할 수 있다.

둘째, 책은 사람을 교만하게 만든다. 영국 여왕이 책을 읽으며
다른 사람을 배려하게 됐다더니 이게 무슨 소리인가 싶겠지만, 그
건 그가 인격의 성숙이 이루어진 뒤 책을 읽었기 때문이다. 서른
즈음부터 책을 읽었던 나도 교만의 끝을 달렸었다. 너희들은 모르
는 것들을 나는 알고 있다는 우월감, 난 무식한 너희들과 다르다는

생각이 그때의 날 그렇게 만들었는데, 지금 생각하면 얼굴이 화끈거린다. 서른에도 그랬는데 초등학생은 오죽하겠는가? 머스크의 경우가 바로 그랬다. 친구들이 하는 말에 오류가 있을 때마다 나서서 지적질을 해 댔는데, "이건 뭐니?"라고 물어봤을 때 답을 말해 주는 것과 묻지도 않았는데 끼어들어 지적하는 건 엄연히 다르다. 후자를 전문용어로 '잘난 체'라고 하며, 어른은 물론이고 아이들도 잘난 체하는 사람을 좋아하지 않는다. 내 주변에도 그런 친구가 있었다. 그는 내가 책을 읽고 있으면 한심하다는 표정으로 이런 말을 하곤 했다. "야, 그런 책이나 읽고 있냐? 그거 대신 넌 레이먼드 카버(미국의 단편작가) 책을 읽어야 해." 그런 말을 몇 번 듣다 보니 그는 물론이고 레이먼드 카버까지 싫어져 버렸다. 머스크의 친구들도 같은 마음이었을 것이다. 어른들이야 누가 싫으면 피해 버리지만, 아이들은 그 싫음을 직접적으로 표현하는 경우가 많다.

머스크는 계단 꼭대기에서 아이들에게 차이고 떠밀려 굴러 떨어지는 등 학교 폭력으로 일주일간 의식불명 상태에 빠진 적도 있다. 전기 작가 반스에 따르면 "여전히 이 이야기를 할 때면 두 눈에 눈물이 글썽이고 목소리가 떨릴 정도로" 큰 상처를 남긴 사건이었다.[4]

설상가상으로 머스크의 부모님이 이혼까지 했는데, 아버지를 택한 머스크에게 돌아온 것은 정신적 학대였다. 그가 자신의 아들과 자기 아버지를 못 만나게 하는 것만 봐도 그가 아버지를 어떻게 생각하는지 알 수 있다.⁴ 집에서나 학교에서나 마음 붙일 곳이 없었을 머스크. 그래서 그가 더 책에 매달렸을지도 모르겠다. 이때의 경험은 그에게 적지 않은 트라우마를 남겼다. 어린 시절을 잘 보내지 못했다고 해서 제대로 된 가정생활을 못하는 건 아니다. 하지만 사업 면에서 성공가도를 달리며 찬사를 받고 있는 것에 비해, 머스크의 가정생활은 높은 점수를 주기 어렵다. 다음을 보자.

> 작가인 첫 번째 아내 저스틴 머스크가 끊임없이 결점을 지적하는 그에게 "나는 당신 직원이 아니라 아내"라고 호소하자 "직원이었으면 벌써 해고했다"고 응수한 일화는 유명하다. 아내를 '해고'한 지 6주 만에 14세 연하의 영국 배우 탈룰라 라일리와 약혼을 발표했던 그는 두 번째 아내와도 이혼과 재결합을 반복하다가 현재 세 번째 이혼 소송 중이다. 라일리는 머스크 내면에는 '어린 시절의 상처 받은 아이'가 있다며, 그 아이를 보듬으며 사랑해 보려 한다고 두 번째 재결합의 변을 밝힌 바 있다.⁴

책의 권수를 제한하자

머스크가 미래를 내다본 전략으로 승승장구할 수 있었던 건 어

린 시절 독서를 통해 갖게 된 넓은 시야 덕분일 것이다. 그렇다고
해서 너무 일찍부터 책에만 빠져 있는 건 바람직하지 않다. 머스크
는 본인의 탁월함으로 왕따를 극복할 수 있었지만, 누구나 이럴 수
있는 것은 아니다. 게다가 머스크 또한 다른 이를 대하는 태도를
보면 어린 시절의 트라우마를 극복하지 못했다. 한 연구팀이 왕따
에 대해 조사한 결과 왕따의 가해자나 피해자 모두 성인이 됐을 때
정신 건강뿐만 아니라 신체 건강도 좋지 않았다.

왕따 가해자의 경우 담배를 피우거나 마리화나를 이용하는
경우가 많은 것으로 나타났다. 또한 스트레스 경험이 많고 공
격적이며 적대적인 성향을 갖고 있었다. 반면 왕따의 피해자
들은 다른 사람들에게 불공정하게 대접받는다고 여기는 경
우가 많았고 미래에 대해서도 덜 낙관적인 것으로 나타났다.[5]

심지어 가해자와 피해자 모두 심혈관 질환을 비롯해 생명을 위
협하는 질환에 걸릴 가능성이 커진다니 왕따는 하는 것도, 당하는
것도 문제다. 독서가 왕따의 유일한 원인은 아니지만, 어린 시절
의 지나친 독서는 왕따를 부르기 쉽다. 특히 초등학생 때 세계문학
전집이나 기타 성인 소설들을 읽는 건 정말 바람직하지 않다. 그런
걸 읽으면 어린 나이에 세상을 다 안다고 생각하게 되고, 그러다
머스크 짝 날 수 있다. 초등학생이라면 그 나이에 걸맞은 책들, 예
를 들면 『마법천자문』이랄지, 아이들을 위해 만들어진 동화책 등

을 읽히는 게 좋다. 이런 것들만 읽혀도 기본적인 독서 능력을 기르는 데 문제가 없다. 그리고 책의 권수도 제한하는 게 좋다. 1년에 70권을 읽던 애가 중학교에 가면서 책을 멀리하는 게 온전히 입시 문제만은 아니다. 아이들 입장에서 생각해 보자. 자신이 책을 읽을 때마다 어머니가 흐뭇해한다. 그리고 다른 데 가서 자랑을 한다. "우리 애가 책을 아주 좋아해요, 호호호." 아이가 책을 읽어야 한다는 부담을 느끼지 않겠는가? 그러니까 그 나이 때 월 여섯 권씩 책을 읽는 건, 완전히 자발적인 것만은 아니다. 그러다 중학생이 된다. 부모님의 통제로부터 벗어난 데다 게임을 비롯해 재미있는 게 많은데 굳이 좋아하지도 않는 책을 읽을 필요가 없다. 게다가 부모님도 더 이상 내가 책 읽는 것에 관심이 없다!

이렇게 될 바에는 차라리 책의 권수를 제한하는 게 더 효과적이다. 아이들에게 내재된 청개구리 기질을 이용하는 것인데, 예를 들어 부모가 "너는 한 달에 책을 네 권 이상 읽을 수 없어!"라고 선언한다고 해 보자. 책을 좋아하는 아이는 책에 대한 사랑이 더 강해지며, 책에 뜻이 없던 아이들까지도 책을 읽고 싶게 될 것이다.

조금 더 나아가서 아예 초등학교 때 교과서 이외에는 아무 것도 읽지 못하게 하면 어떨까? 책을 읽다 걸리면 1회 정학, 2회 무기정학, 3회 퇴학 같은 벌칙을 정해 놓는 거다. 이 경우 책에 대한 아이들의 욕구가 끓어오르다 못해 넘치게 된다. 아이들은 어떻게든 책을 읽으려고 할 것이고, 동굴 같은 곳에서 책 한 권을 가지고 낭독

회를 하는 일도 벌어지리라. "충격, 초등학교 3학년 아이들 동굴에서 책 읽다 적발!" 같은 뉴스가 매스컴을 장식하지 않을까? 장래 희망을 말하라고 하면 아이들은 이렇게 대답할 것 같다.

"빨리 중학생이 돼서 마음껏 책을 읽을 수 있으면 좋겠어요."

초등학생 때 한 달 평균 0권이던 독서량은 중학생 때가 되면 한 달에 10권이 되고, 이 독서량은 성인 때까지 계속 유지된다. 이런 질문이 가능할 것이다. 중학생이 책을 많이 읽으면 왕따를 안 당할까? 자신 있게 말씀드리지만 중학생 때는 그럴 가능성이 훨씬 떨어지며, 혹시 왕따를 당하더라도 그 트라우마가 초등학생 때에 비해 훨씬 덜하다. 당사자나 주위 사람들이나 초등학생에 비해 인격적으로 조금은 더 성숙한데다, 몸이 커지다 보니 싸움을 덜 하게 되니까.

위화와 문화대혁명

초등학생 때 책을 통제하는 게 개인의 총 독서량에 긍정적 영향을 준다는 건 중국 소설가 위화의 경험에서도 입증된다. 위화는 『허삼관 매혈기』로 유명한 소설가인데, 이제부터 그의 에세이집 『사람의 목소리는 빛보다 멀리 간다』(이하 『빛보다』)에 나온 얘기를 해 본다. 그가 초등학교에 다니던 시절에는 문화대혁명이 절정으로 치닫고 있었다. 문화대혁명, 줄여서 문혁은 '전근대적인 문화와 자본주의를 타파하고 사회주의를 실천하자는 운동'이라고 했지만, 사실은 당시 중국 주석이던 마오쩌둥이 자신의 권력을 공고히 하기 위해 시행한 공작이었다. 예컨대 초등학교 여학생이 마오쩌둥의 사진을 접는 바람에 사진 속 얼굴에 십자가 모양의 자국이 남았는데, 그로 인해 그 여학생은 반혁명분자로 몰려 인민재판을 받아야 했다.**6** 하지만 문혁의 진짜 심각한 문제점은 셰익스피어를 비롯한 모든 문학 작품을 '독초毒草'라고 규정하고 태워 버렸다는 것이다. 집집마다 있는 책이라곤 네 권짜리 『마오쩌둥 선집』과 『마오주석 어록』 한 권이 전부였다.

초등학교를 책 없이 보낸 위화는 중학생들 사이에 은밀하게 유통되는, 누군가가 몰래 숨겼던 책들을 구해 읽는다. 『빛보다』를 보면 "모든 책들이 수천 개의 손을 거쳐서인지 내 손에 들어왔을 때는 이미 심하게 낡은 상태였다. 앞부분의 10여 쪽 정도가 찢겨 나간 책도 있었다. (…) 나는 책 제목도 몰랐고 작가가 누구인지도 알지 못했다. 이야기가 어떻게 시작되는지도 몰랐고, 어떻게 끝나는지도 몰랐다"고 한다. 여기서 위화는 자신이 소설가가 된 비결을 말하는데, 그건 결말을 알지 못하는 고통을 이기고자 스스로 이야기의 끝부분을 상상하기 시작한 데서 비롯됐단다. 심지어 그는 자신이 지어 낸 이야기에 감동하여 뜨거운 눈물을 흘리곤 했다고 한다. 하지만 더 감동적인 대목은 앞뒤가 뜯기지 않은, 『춘희』의 완전한 필사본을 구했을 때 등장한다. 그들이 그 책을 볼 수 있는 시간은 딱 하루, 다음날이면 다른 이에게 넘겨야 했다. 그래서 위화는 친구와 더불어 그 책을 필사한다. 한 명이 베끼다 지치면 다른 이가 이어받는 식인데, 그들은 다음날 새벽이 된 뒤에야 필사를 완료할 수 있었다. 학교도 빠진 채 잠을 잔 위화는 점심 때 일어나 책을 읽기 시작한다. 읽다가 화가 난 위화는 함께 필사한 친구를 찾아나서고, 학교 농구장에 있던 그를 발견하곤 화난 표정으로 '이리 와봐!'라고 외친다. 그가 오자 위화가 다시 소리친다.

"이 형님이 네가 쓴 글씨를 알아보지 못하겠단 말이다."

그 친구 차례가 됐다. 친구 역시 위화의 글씨를 알아보지 못해 위화가 잠든 밤에 문밖에 와서 위화의 이름을 불러 댔다. 문혁 시대에나 가능했던, 안타까우면서도 아름다운 이야기다.

1977년, 문혁이 끝났다. 독초라고 불렸던 금서들이 다시 출판되기 시작했다. 마을 작은 서점에서 책을 다시 팔게 된 날, 사람들은 그 전날부터 서점에 달려가 줄을 섰다.

"날이 밝기 전 서점 문밖에는 이미 2백 명이 넘는 사람들이 장사진을 이루고 있었다."

위화 역시 전 재산을 들고 그 줄에 섰다. 하지만 서점에 있는 책은 한정돼 있었기에, 50등 안에 든 사람에게만 책을 팔았다.

"기억에 남는 것은 쉰 번째 바로 다음에 서 있던 사람들이었다. 이들의 표정을 바라보는 것은 너무나 가슴 아픈 일이었다." 특히 51번째에 섰던 사람은 그 뒤 며칠 동안 아는 사람을 만날 때마다 이렇게 말했다. "카드놀이를 한 판만 덜 했어도 쉰한 번째 자리에 서는 일은 없었을 텐데."

비록 50등 안에 들지는 못했지만, 위화의 독서는 서점에 줄을 서던 그 아침에 시작됐다고 한다. "위대한 작품들은 나를 어느 정도 이끌어 준 다음, 나로 하여금 혼자 걸어가게 했다." 그리고 지금 위화는 개탄한다. 책을 얼마든지 살 수 있게 된 지금, 중국인들이 책을 읽지 않는다는 사실을.

초등학교 독서의 문제점

〈베란다쇼〉라는 프로그램에 나가던 시절, '초등학교 독서 퀴즈'라는 코너가 마련됐다. 책 좀 읽는 초등학생들과 패널들이 책에 관한 퀴즈를 풀어 우승자에게 상품을 주는 식이었다. 학생들에게 유리하도록 학생들이 읽은 책에서만 문제를 냈는데, 목록을 보니까 『젊은 베르테르의 슬픔』이 있었다. 초등학교 3학년인 그에게 물었다.

나 이 책도 읽었어요?
초3 네.
나 어땠어요?
초3 재미있었어요.

나   혹시 여자 친구 있어요?

초3   없어요.

짝사랑도 한 번 안 해 본 친구가 『젊은 베르테르의 슬픔』을 읽었다고? 사랑이라는 게 목숨을 끊을 만큼 절실하다는 걸 모르는 이가 그 책을 읽었을 때, 얼마나 이해할 수 있을까? 그나저나 어른도 버거운 그 분량을 아이가 정말 소화할 수 있었을까? 혹시나 싶어 물어 봤더니 그 아이가 읽은 책은 축.약.본.이었다. '그럼 그렇지'였다. 내가 보기에 축약본은 원본과는 완전히 다른 책이다. 732쪽에 달하는 『돈키호테』와 그림이 잔뜩 들어가면서도 205쪽인 축약본이 같을 수는 없다. 축약본은 원본을 통해 얻을 수 있는 수많은 장점은 물론이고 책을 통해 저자가 전하고자 했던 메시지까지 얻지 못하게 만든다. 원본 『돈키호테』를 읽은 이는 돈키호테가 자신이 믿는 이상을 현실 세계에서 구하려다가 조롱당하는 인간이라고 말한다. 그러므로 돈키호테를 사랑한다는 것은 "현재에 대한 미래의 승리, 현실에 대한 허구의 승리, 가능한 것에 대한 불가능한 것의 승리를 사랑한다는 것"[7]이라고 말할 수 있다. 이건 물론 한 개인의 해석이겠지만, 한 가지 확실한 것은 축약본을 읽어서는 이런 멋진 해석이 나올 수 없다는 점이다. 마찬가지로 민음사에서 출간된 『몬테크리스토 백작』은 총 다섯 권으로 이루어져 있고, 각 권마다 400쪽이 넘는다. 하지만 축약본은 그림이 들어가 있으면서도 184쪽에 불과하다. 제목은 같지만 이 둘이 과연 같은 책인 걸까? 더 나쁜 점은 축약본을 읽은 사람이 나중에라도 원본을 읽는 경우가 거의 - 나는 99퍼센트라고 본다 - 없다는 점이다.

물론 박지원이 쓴 열하일기의 축약본『삶과 문명의 눈부신 비전, 열하일기』(고미숙 저)처럼 훌륭한 축약본도 있다. 이 책이 왜 훌륭한 축약본인지는 인터넷 서점 알라딘에서 활동하는 허뭄의 글을 보면 된다.

"시대적 거리가 멀어서 실감할 수 없었던 그 시대의 여행과 깨달음을 현재와 연결하여 풀어낸 점이나 재미난 말투의 해석, 그리고 무엇보다 이 책을 다 읽고 나서 열하일기를 제대로 읽어 봐야겠다는 궁금증과 호기심을 불러일으켰다는 것이 이 책의 가장 큰 장점이 아닐까?"[8]

하지만 이건 한국 고전의 전문가이자 열하일기에 남다른 조예를 가진 고미숙 선생이 쓴 책이라 그런 것일 뿐, 이런 축약본이 흔히 있는 건 결코 아니다. 어린이용 세계문학전집의 축약본은 그냥 줄거리 위주에다 아이들이 흥미를 가질 사건만 몇 개 배치했을 뿐이다. 아까 말한 초등학생에게 그가 읽은 목록에 있는『돈키호테』가 어떤 책인지 물어 봤을 때, 다음과 같은 대답이 나오는 것도 이해가 된다.

"정신병자가 풍차랑 싸우는 얘기예요."

'책 읽는 너구리쌤'도 축약본의 폐해를 지적한다.

작가들은 책을 쓸 때 단어 하나, 조사 하나에도 엄청난 고민을 한다. 그런데 줄거리만 같고 원작의 색이나 느낌을 모두 지워 버린 축약본을 읽는다는 것은 고전을 읽는 의미 자체를 사라지게 만든다. 축약본부터 읽힐 경우 나중에 진짜 원전을 읽어도 원전에 대한 맛을 못 느끼게 된다. 혹은 원전에 대해서 안다고 착각을 하여 진짜 원전에는 손을 대지 않기도 한다. 필독 도서로 선정된 책들을 줄거리만 외우고, 시험에 나올 것만 외우는 우리 중·고등학생 아이들의 모습과도 다르지 않다.9

그렇다. 축약본은 원전의 의미를 이해하지 못하게 만든다. 특히 초등학생 때 읽는 축약본이 좋지 않은 건, 그 나이 때는 읽어 봤자 내용을 이해 못하기 때문이다. 『젊은 베르테르의 슬픔』을 원본으로 읽어도 이해가 잘 안될 텐데, 축약본으로 읽으면 더더욱 이해가 안 된다. 분량이 짧으니 억지로 읽기는 하겠지만, 이해가 안 가니 재미가 없다. 그러다 보니 원본도 재미없을 거라고 생각하며, '나중에 커서 원본을 읽어야지' 같은 생각은 절대로 안 하게 된다. 또한 책의 장점 중 하나가 나중에 그 상황이 됐을 때 "아, 그 얘기가 이런 거구나!" 하는 깨달음을 얻는 것인데, 축약본은 머리에 오래 남지 않고 사라지는지라 훗날의 깨달음도 기대하기 어렵다. 그래서 난 초등학생들에게 억지로 고전을 읽게 하지 말라고 권하련다. 축약본은 안 읽느니 못하고, 원본은 독서를 고통스럽게 각인시키는데,

뭐 하러 고전을 읽히는가? 고전은 중학생이 됐을 때, 삶의 경험이 어느 정도 쌓이고, 짝사랑도 한두 번 해 본 그때, 비로소 시작하자. 반드시 원본으로.

1 『가장 멍청한 세대』, 77쪽
2 [신간 | 다시 시작하는 독서] 몸속에 숨은 독서 세포를 깨우자, 내일신문 2016. 7. 8
3 '우주 개척한 태양왕' 꿈꾸는 혁신 아이콘, 이코노미조선 2016. 11. 13
4 [인물 360°] '지구 영웅 전설' 일론 머스크, 한국일보 2016. 4. 30
5 [건강뉴스] 왕따와 관련되면 성인 때도 건강 나빠, 코메디 닷컴 2017. 5. 10
6 『사람의 목소리는 빛보다 멀리 간다』, 위화 저, 김성태 역, 문학동네, 51~52쪽
7 『스페인 야간비행』, 215쪽
8 [네이버 블로그] 다락방(http://guana76.blog.me/90070194069)
9 [네이버 블로그] 책읽는 너구리쌤(http://blog.naver.com/funnyll/220026118116)

2. 고전을 왜 읽어야 할까

책 선택은 어렵다

히가시노 게이고라는 소설가가 있다. 영화로 만들어졌던 〈용의
자 X의 헌신〉 원작자로, 미야베 미유키(미미 여사)와 더불어 추리소
설의 양대 산맥을 이루고 있다. 하지만 미미 여사의 작품이 다 일
정 수준 이상의 퀄리티를 제공하는 반면, 히가시노 게이고는 훌륭
한 작품을 주로 쓰지만 가끔씩 범작을 쓴다. 『나미야 잡화점의 기
적』이 전자의 대표적인 예라면, 2017년에 나온 『위험한 비너스』는
안타깝게도 후자였다. 추리소설의 핵심은 범인이 밝혀졌을 때 정
의가 승리했다는 카타르시스와 함께 "나도 맞출 수 있었는데……"
하는 아쉬움이 공존해야 한다. 애거사 크리스티의 소설들이 욕을
먹는 이유도 단서를 주인공인 푸아로 혼자 가지고 있다가 범인을
잡을 때 갑자기 쏟아 냄으로써 독자가 동참할 기회를 박탈하는 데

있다. 예를 들어 『오리엔트 특급살인』에서 푸아로는 방 안에 모인 한 명, 한 명을 상대로 이런 말을 한다.

"당신은 그 집의 운전기사였지요?""당신은 가정부였지요?""당신은……""당신은……"

사전 정보나 힌트가 전혀 없다 보니 배신감만 느낀 채 책을 덮었는데, 히가시노 게이고의 『위험한 비너스』는 가장 중요한 요소인 범행 동기에 전혀 공감이 안 갔다.

스토리가 후지다는 것을 저자도 알아서였는지, 그는 책 곳곳에 여성의 미모, 특히 가슴을 강조하며 남성 독자에게 어필하려 한다.

- 책의 도입부에서 한 여성(가에데)이 하쿠로라는 이가 운영하는 동물병원에 온다. 그녀에 대한 소개를 보자. 다들 동의할 정도로 상당한 미인이다.
- 그런데 하쿠로의 조수도 만만치 않다. 서른 살로, 싸늘한 기품을 풍기는 미인이다. 하쿠로가 이 조수를 채용한 이유는 뭘까? "처음 보자마자 하쿠로는 채용을 결정했다. 물론 미인이었기 때문이다. 아마도 생판 아마추어일 테지만, 일은 어떻게든 가르치면 될 거라고 생각했다."
- 조수는 갑자기 등장해 하쿠로를 귀찮게 하는 미녀를 탐탁지 않게 여긴다. 다음은 그 조수와 하쿠로가 나누는 대화다.

조수   오늘도 데이트예요?

하쿠로   데이트라니, 그냥 친척 집에 데려다 주는 것뿐입니다.

조수   가슴이…… 꽤 크던데요?[1]

• 가에데라는 그 미녀는 하쿠로의 제수였다. 하쿠로와 연락을
안 하고 지내는 남동생과 미국에서 결혼했다나. 그런데 그
남동생이 실종돼 찾는 걸 도와달라고 부탁하러 온 것이었다.
동생과 관계가 아무리 소원해도 이쯤 되면 그 미녀에 대한
마음을 접어야 하건만, 하쿠로는 가에데의 부탁을 흔쾌히 수
락하고 길고 긴 모험에 나서고 시시때때로 그 미녀에게 시선
을 준다.

"V자형의 옷깃 사이로 언뜻 가슴골이 보였다. (…) 하쿠로는 내
심 당황하며"

"오렌지색 원피스는 길이가 유리카[친척 여자아이]의 스커트보다
20센티는 더 짧았다. 나는 역시 청초한 것보다 이쪽이 더 좋구나,
라고 생각하며 하쿠로는 문을 열었다."

보는 것에서 그치지 않고 하쿠로는 가에데에게 접근하는 다른
남자를 미친 듯이 질투하고, 심지어 그녀에게 고백까지 하려 했다.
제수인데 말이다.

계속되는 미모 타령에 짜증이 났지만, 저자는 흔들림 없이 미모
타령을 밀고나간다.

- 사건이 해결된 뒤 가에데가 병원에 찾아올 때 장면이다.

"선명한 노란색 블라우스에 가죽 스커트를 매치한 차림이었다. 블라우스 버튼을 두 개쯤 풀어서 가슴골이 내보였다. 그리고 스커트 길이는 지금까지 본 중에서 가장 짧았다."**2**

> **하쿠로** 어허, 속옷 보이겠네.
> **가에데** 안 보여요. 정확히 계산했거든요.

- "가에데는 긴 속눈썹으로 윙크를 날리더니 육감적인 다리를 척 꼬았다. 아닌 게 아니라 속옷은 보이지 않았다."**2**

나도 남자인지라 주인공이 미녀면 좀 더 흥미를 갖게 되는데, 오죽했으면 내가 짜증을 냈겠는가?

고전은 가장 안전한 선택이다

자신과 잘 맞는 저자라면 책이 나올 때마다 읽게 되는 게 인지상정이다. 하지만 아무리 완벽한 상대도 가끔은 싫은 행동을 하는 것처럼, 좋아하는 저자의 책도 늘 좋은 것은 아니라는 게 문제다. 그리고 그 책이 좋은지 안 좋은지는 읽어 보기 전에는 알 수 없다. 사람들이 책 추천에 매달리는 이유는 그런 실패를 하지 않겠다는 의도에서일 것이다. 이전 글에서 말한 것처럼 자신이 실패를 경험해 봐야 안목이 생기지만, 그런 안목이 있다고 자부하는 나 역시 종종 실패하고, 괜히 읽었다고 후회한다. 인터넷에 올라오는 별점과 리뷰가 도움이 되는 건 맞지만, 전적으로 믿을 수는 없다. 『위험한 비너스』의 경우 인터넷 서점 알라딘 종합 100위 안에 9주나 머물렀을 정도로 판매량이 많고, 평점도 8.1이다. 알라딘의 100자평을 보자.

    ㄴ 이지은: 역시 히가시노 게이고!!!
    ㄴ 뚜치: 올 여름 최고의 소설이었다. 역시 히가시노 게이고.
    ㄴ tigger: 최근 출판된 작가의 책 중 최고입니다.
    ㄴ wizi_2000: 역시, 라는 말밖에는.

재미없다는 평도 있긴 하지만, 내가 재미있게 읽은 책에도 그런 평은 존재하니 어느 것을 믿을지는 내 마음이다. 그리고 히가시노 게이고는 재미있을 확률이 80퍼센트나 된다. 이런 요소들이 실패에 기여한다.

뭐, 실패야 할 수 있지 않느냐 싶겠지만, 다들 어려운 시간을 내서 책을 읽는 것이니 실패가 사치일 수 있다. 그래서 고전을 읽어야 한다. 고전은 우리가 할 수 있는 가장 안전한 선택이니까 말이다. 시골의사로 유명한 박경철은 『시골의사 박경철의 자기혁명』에서 이렇게 말했다.

"고전은 살아남은 책이다. 우리가 좋은 책을 고르는 것은 책을 잘 읽기만큼이나 어려운 일이지만, 고전은 이미 오랜 기간 검증되고 살아남아 온, 말하자면 감정평가를 마친 책이다. 전 세계적으로 하루에도 수만 권의 책이 발간되는 와중에도 계속 전해지며 읽히는 책은 반드시 그만한 힘이 있기 때문이다. 고전을 소홀히 하는 것은 인류의 지혜를 쓰레기통에 처박아 버리는 것과 같다."

　서울대 교수이자 고전문헌학자인 배철현도 비슷한 말을 한다.
　"우리가 한 시대를 풍미하는 것을 '베스트셀러'라고 하는데요. 베스트셀러라는 것은 내가 쓴 책을 많은 사람이 읽는 거예요. 왜냐하면, 그 내용에 공감하기 때문이죠. 그런데 예를 들어 5백 년 동안 베스트셀러인 책이 있다면, 그것을 '고전'이라고 합니다. 셰익스피어, 어거스틴, 단테의 작품을 아직도 읽는 이유는 시대와 장소를 넘어 사람들이 자기 자신을 변화시킬 수 있는 보물이 그 속에 있기 때문입니다."3

　이분들 말고도 많은 분이 고전에 대해 언급하셨는데, 이 말을 따라야 하는 건 이분들이 고전을 읽고 실제로 효과를 본 분들이기 때문이다. 그러니 '무슨 책을 읽을까요?'라고 하지 말고, 일단 고전을 읽으시라. 을유세계문학전집이나 을유세계사상고전 등 한 출판사에서 나온 고전 시리즈를 다 읽었다면 그때 비로소 "또 뭘 읽을까요?"라고 물어 보시라. 물론 한 시리즈를 다 읽으면 책 고르는 안목이 생겨서 질문을 안 할 것 같지만 말이다.

바칼로레아와 고전

프랑스의 대학 입시, 그러니까 우리나라의 수능에 해당되는 바칼로레아Baccalaureate 철학 시험에는 다음과 같은 문제가 출제된다.4 번호는 내가 편의상 붙였다.

- 1번. 폭력은 어떤 상황에서도 정당화될 수 없는가? (1989년)
- 2번. 모든 사람을 존중해야 하는가? (1993년)
- 3번. 과거에서 벗어날 수 있는가?(1996년)
- 4번. 타인을 심판할 수 있는가? (2000년)
- 5번. 특정한 문화의 가치를 보편적으로 판단할 수 있는가? (2006년)
- 6번. 정치에 관심을 두지 않고도 도덕적으로 행동할 수 있는가? (2013년)
- 7번. 개인의 의식은 그가 속한 사회의 반영일 뿐인가? (2015년)

5지선다형인 우리나라의 수능과 달리 이 시험은 주관식이다. 내가 한번 답을 달아 보면 다음과 같다.

- 1번. 그렇지 않다. 자기 목숨이 위험하면 대응 폭력은 정당화될 수 있고, 그래서 정당방위라는 게 있다.
- 2번. 그렇지 않다. 세상에는 인간 이하의 인간이 있다.

- 3번. 100퍼센트 벗어나는 것은 불가능하겠지만, 어느 정도는 가능하다. 단, 과거와 단절하는 과정이 있어야 한다.
- 4번. 네.
- 5번. 그렇다. 식인풍습은 나쁘다.
- 6번. 네.
- 7번. 말도 안 된다.

내 답을 보고 안도의 한숨을 내쉰 분도 계시리라. "나만 그런 게 아니었다"는 동지의식 같은 것 때문에 말이다. 웃기려고 저렇게 적은 건 아니다. 실제로 내가 저 시험을 봤다면 저것보다는 조금 더 잘 쓰려고 했겠지만, 그렇다 해도 저기서 많이 벗어나진 않았을 것이다. 바칼로레아 통과는 그래서 불가능하다. 기사에 따르면 바칼로레아는 스스로 생각하고 행동하는 건강한 시민을 길러내기 위해 1808년에 만들었다. 더 신기한 것은 수험생들뿐 아니라 모든 국민이 이날 제시된 문제에 관심을 기울인다고 한다. 저녁 식탁에서 가족들이 식사를 하며 여기에 대해 대화를 나누기도 하고, 정치계·문화계·언론계의 유명 인사와 시민들이 대강당에 모여 여기에 관한 토론회를 열기도 한단다. 내 아이가 몇 점인가에만 관심을 갖는 우리나라와는 다른 분위기고, 솔직히 말해 프랑스의 지적인 분위기가 훨씬 더 나아 보인다.

그런데 저 무시무시한 시험 문제에 대해 답을 잘하려면 어떻게 해야 할까? 답은 당연히 '고전을 읽어야 한다'이다. 요즘 우리나라 수능의 국어 과목도 독서 여부가 영향을 미친다고 하지만, 그 정도는 바칼로레아와 비교도 안 된다. 1번에 대해서는 『시계태엽 오렌지』를 인용해 답을 하고, 4번에는 『죄와 벌』을 동원하는 등 저 문제들에 연관된 책들이 고전에는 아주 많이 있다.

그런데 우리나라는?

프랑스뿐 아니라 다른 나라들도 고전의 중요성을 강조하고 있는 판에, 우리나라는 왜 모든 국민으로 하여금 고전을 외면하도록 방치하는 건지 이해가 안 간다. 물론 프랑스 바칼로레아는 절대평가고, 응시생의 80퍼센트가 합격하니, 수험생 줄 세우기가 필수인 우리나라에서 이런 문제가 나오는 건 쉽지 않을 것이다. 그래도 머리를 맞대고 생각해 보면 대책은 있다. 바로 수능에 독서를 도입하는 것이다. 독서에 관해 20문제를 내고, 각 1점씩 객관식으로 하면 괜찮지 않을까. 수능에 출제될 책은 중1 때 30권 정도를 정해 주고 수능 문제에 그 책들에서 낸 문제를 포함시키면 된다. 이런 식으로 말이다.

문제: 『레미제라블』에서 장발장이 훔친 것은?
1) 금촛대

2) 은촛대

3) 사파이어촛대

4) 다이아촛대

5) 단국대

이건 물론 누구나 맞힐 수 있는 문제지만, 이보다 어려운 문제를 낸다면 억지로라도 책을 읽을 것 같다. 이 경우 독서에 관한 과외와 학원들의 족집게 전략이 생기겠지만, 그렇다고 해도 그 전보다는 책을 더 읽지 않겠는가? 정부와 지방자치단체에서도 고전 활성화를 위해 노력해 줬으면 좋겠다. 고전 퀴즈대회 같은 행사를 열어서 학생들이 참여할 수 있게 유도하는 것도 괜찮고, 공무원 시험에 고전 관련 문제를 내면 반응이 바로 오지 않을까 싶다. 우리나라를 잘 살게 하려는 다른 지원책도 많겠지만, 이것이야말로 예산 대비 효과가 가장 좋은, 뛰어난 전략이 아닐까.

1 『위험한 비너스』, 히가시노 게이고 저, 양윤옥 역, 현대문학, 113쪽
2 『위험한 비너스』, 481쪽
3 [네이버 지식백과] 고전문헌학자 배철현의 서재 – 배철현의 서재는 고해성사다
4 '프랑스 수능' 바칼로레아 문제 7선, WIKITREE 2016. 2. 26

3. 고전은 어떻게 읽으면 좋을까

우리가 고전을 안 읽은 이유

'누구나 알고 있지만 아무도 읽지 않은 책.' 시중에서 통용되는 고전의 정의다. 우리는 왜 고전을 읽지 않을까? 이전에 말했듯 교과서에 일부가 실리거나 축약본으로 읽어서 내용을 알기 때문이다. 뻔히 다 아는 책을 다시 읽고 싶은 사람은 그다지 많지 않을 테니까. 『걸리버 여행기』가 오해받는 게 바로 이 지점이다. 원본을 안 읽은 사람들은 걸리버가 여행한 나라가 거인국과 소인국, 이렇게 두 나라밖에 없다고 생각하지만, 실제로 걸리버가 간 나라는 모두 네 곳이다. 하늘에 떠 있는 나라와 말이 지배하는 나라가 더 있는데, 우리가 아는 '야후yahoo'라는 포털사이트 이름도 여기서 비롯됐다. 게다가 이 책은 우리 생각처럼 아동용 도서도 아니다. 저자인 조너선 스위프트가 이 책을 쓴 이유는 영국 사회의 불합리함과 인간의 타락을 비판하기 위해서였다. 책이 출간된 후 영국 정부가 『걸리버 여행기』를 블랙리스트에 올렸다니, 우리나라 이전 정부였다면 이 책을 아동용 필독서로 선정한 사람이 바로 해고됐을지도 모르겠다. 하지만 『걸리버 여행기』에 대한 오해가 독자 탓만은 아니라는 건 다음 기사 제목을 보면 알 수 있다.

"『걸리버 여행기』 완역본 국내 최초 출판! 연합뉴스 1992. 7. 8"

그러니까 1992년 이전까지는 영어에 능숙한 사람이 아니면 이 책(완역본)을 읽을 기회조차 없었다. 게다가 완역본이 있다 해도 번역에 문제가 있는 책들이 있다 보니 고전을 읽는 게 어렵긴 했다. 하지만 그 이후, 그러니까 제대로 된 고전 번역본이 여러 출판사에서 다양하게 출간되는 요즘에도 고전이 읽히지 않는 이유는 뭘까? 여기에 대한 설문조사가 이루어진 적은 없지만, 아무래도 어려울 것 같다는 느낌이 들기 때문이리라. 독서도 어차피 취미일진대, 웃느라 배꼽 빠지는 책을 놔두고 머리가 아파오는 책을 읽을 필요가 있을까? 나 역시 그랬다. 서른이 넘어 책 읽기를 시작했을 때, 내가 고른 책들은 재미있는 현대 소설들이었다. 법정 스릴러의 대가 존 그리샴, 『삼미 슈퍼스타즈의 마지막 팬클럽』을 비롯한 재미있는 소설가의 대명사였던 박민규, 유머 하면 빠지지 않는 성석제, 그 밖에 아멜리 노통브와 베르나르 베르베르 등의 책은 나오면 무조건 사곤 했다. 당시 난 스스로를 이렇게 합리화했다. '난 기초가 약해

서 고전을 읽어도 이해를 못한다. → 재미있는 책들로 기초를 닦은 뒤 고전에 도전하자.'

하지만 고전에 도전하는 날은 여간해선 오지 않았다. '이제 기초는 닦였으니 고전에 도전하자'고 하는 대신, 이런저런 핑계를 대면서 고전 입문을 차일피일 미뤘다. 생각했던 것과 달리 책을 많이 읽는다고 고전을 잘 읽게 되는 건 아니었다. 책을 읽는 동호회에 소속된 덕에 책 선물을 가끔 받곤 했는데, 다른 이들이 선물한 책 중엔 고전이 몇 권 있었다. 당시의 난 선물 받은 책은 읽는 게 예의라고 생각했기에 그 책들을 다 읽었는데, 그 책들은 고전이 어렵다는 내 선입견을 더 견고하게 만들어 줬다. 토마스 하디가 쓴 『더버빌가의 테스』(이하 『테스』)가 대표적이다. 존경하는 분이 선물했기에 사력을 다해 읽었는데, 612쪽에 달하는 이 책을 읽는 데 보름이나 걸렸다. 300쪽짜리 책을 사흘 정도면 읽던 시절이었음을 감안하면 굉장히 오래 걸린 셈인데, 『테스』만 펴면 잠이 왔고, 『테스』를 읽어야 했기에 아침에 일어나기가 두려웠다. 그래도 야한 장면이 한 군데는 있다고, 조금만 더 가면 된다며 스스로를 채찍질했지만, 그 대목에 대한 묘사는 너무도 추상적이었다. 정확한 기억은 나지 않지만, '풀벌레가 왱왱 울었다' 이러더니 그 다음날로 넘어가는 바람에 무지 실망했다.

입문서의 도움을 받자

그래도 내게 양심은 좀 남아 있었기에, 『테스』이후 몇 년이 더 지났을 무렵부터 고전 읽기 프로젝트를 시작할 수 있었다. 고전을 읽고 난 뒤의 뿌듯함도 컸고, 내 서가의 한 귀퉁이가 점차 고전으로 채워지는 것도 기쁜 일이었다. 하지만 그럴수록 회의감이 들었다. 이 고생을 하며 읽었는데 책의 의미를 알 수 없어서였다. 인내심을 기르기 위한 목적이라면 모를까, 이해가 안 되는 책을 계속 읽는 게 내게 무슨 도움이 되겠는가. 유일하게 도움이 된 건 『적과 흑』의 한 대목인, 주인공 쥘리앙 소렐이 누군가가 자신을 째려본다고 결투를 신청하는 장면이었다. 우리나라에서는 남을 뻔히 처다보는 게 흔한 일인데, 다른 나라에선 이게 결투의 사유구나 싶어서 그 뒤론 웬만하면 다른 사람을 안 보게 된 것이다. 하지만 그로부터 꽤 시간이 흐른 지금, 난 『적과 흑』이 무슨 내용이었는지 하.나.도. 기억나지 않는데, 이것이야말로 이해도 못하면서 무작정 읽었던 부작용이리라. 수학 문제를 어떻게 푸는지도 모른 채 답만 외우면, 나중에 그와 비슷한 문제가 나왔을 때 풀지 못하는 것과 같은 이치다.

그래서 고전 입문서가 필요하다. 영화를 보기 전에 감독이 이 작품 전에는 어떤 영화를 만들었고, 영화의 시대적 배경이 언제이며, 영화에서 말하고자 하는 메시지가 무엇인지를 미리 안다면 영화를 이해하기 쉬운 것처럼, 고전에 대한 사전 정보는 독자로 하여금 고전을 쉽게 읽도록 해 준다. 물론 고전을 이해할 내공이 있다면 입문서가 필요 없겠지만, 지금 이 순간까지 고전은 어렵다는 생각을 갖고 있다면 입문서의 도움을 받는 걸 부끄러워하지 말자. 미리 알아야 할 사실은 입문서에는 두 가지 종류가 있어서, 고전을 읽기 전에 읽으면 좋은 책이 있고, 읽고 난 뒤에 읽어야 하는 책이 있다. 딱 세 개만 예를 들어 보자.

1. 『너의 운명으로 달아나라』(이현우 저)

『너의 운명으로 달아나라』(이하 『운명』)는 서평가로 유명한 이현우(필명 로쟈)가 쓴 책이다. 러시아문학을 전공한 그는 폭넓은 지식의 소유자로, 친절하기까지 해서 책을 깊이 이해할 수 있게 해 준다. 책에 대한 상세한 해설을 해 주는지라 원작을 읽고 난 뒤 읽으면 효과가 좋은데, 좀 더 욕심을 내자면 이 책을 읽고 원작을 한 번 더 읽어 준다면, 즉 '원작→『운명』→ 다시 원작'의 순서를 밟아 주면 원작을 완전히 자기 것으로 만들 수 있다. 윌리엄 서머셋 모음이 쓴 『면도날』 편을 보자. 굳이 이 대목을 보는 이유는 『면도날』이 내가 무심코 읽었다가 큰 혼란에 빠졌던 책이기 때문이다. 『면도날』의 내용을 잠시 살펴보자. 주인공인 '래리'는 귀족의 자제로, 그에게는 이사벨이라는 약혼녀가 있다. 둘은 당연히 결혼해야 하지만, 제1차 세계대전에 참전하고 돌아온 뒤 래리는 좀 변했다. 일단 책을 너무 열심히 읽었다. 이사벨이 지켜봐도 모를 정도로 열심이었다. 이게 나쁜 변화는 아니다. 여자들은 게임에 열중하는 남자보다 책 읽는 남자를 더 좋아하니까. 문제는 래리가 어떤 일에도 흥미를 보이지 않는다는 점이었다. 심지어 그의 지인이 월급이 많은 일자리를 제안했는데도 단칼에 거절해 버린다.

도대체 군에서 어떤 일이 있었을까? 전쟁터에서 래리의 동료가 래리를 구해 준 뒤 죽었다. 그게 미안한 일이긴 해도, 그럴수록 동료의 몫까지 더 열심히 살아야 맞는 게 아닌가? 래리가 일자리에 관심을 보이지 않자 안달이 난 이사벨이 묻는다. 날 사랑하지 않느냐고. 래리는 사랑한다고 말한다. 그러면 취직을 해서 나를 먹여 살리라고 했더니, 최소한의 돈으로 살면 되지 않느냐고 한다. 어이가 없어진 이사벨은 제발 정신 차리라고 화를 내다가 결국 그를 떠나고, 부잣집 아들과 결혼해 버린다. 그 뒤 래리가 한 행동은 기이하기까지 한데, 탄광촌에 가서 육체노동을 하고, 거기서 만난 남자와 방랑을 하고, 인도 등 세계 각지를 떠돈다. 나중에는 '주정뱅이'에다 몸까지 파는 여자와 결혼하려고 한다. 책을 덮고 난 뒤 나는 "이 책은 지나친 독서가 사람을 이상하게 만든다는 서머셋 모옴의 경고"쯤으로 해석했다. 실제로 이 책에는 저자인 '모옴'이 직접 등장해 래리와 이야기도 나누고, 그를 만류하기까지 하니, 내 해석이 맞는 것만 같았다.

그런데 이현우의 해석은 다르다. 세속적인 가치가 전부가 아님을 래리의 삶을 통해 보여 주고자 했단다. 전쟁에 나갔을 때, 내가 죽을 수도 있었는데 친구가 죽은 것을 보면서 나에게 삶은 대체 어떤 의미가 있는지 의문이 생겼고, 그 답을 찾기 위해 노력했다는 것이다. 책에서도, 유럽 여행에서도 답을 찾지 못한 래리는 결국 인도에서 깨달음을 얻는다. 일출을 보면서 초월적인 환희를 경험했고 그 순간 육체에서 해방되는 느낌, 즉 초월적 인식을 느꼈다는 것이다. 래리가 다시 속세로 돌아온 것은 그 때문이란다. 이 대목을 읽고 나니 10년에 걸친 래리의 방황도 조금은 이해가 된다. 왕자의 신분이었던 부처가 깨달음을 얻기 위해 고행한 것은 대단하다고 말하면서, 래리의 고행은 이해하려 들지 않았던 이유는 내 안에 있는 선입견 때문이었던 것 같다. 우리가 래리처럼 깨달음을 얻으려 노력하진 않는다 해도, 래리가 깨달음을 얻으려고 고행했다는 사실 정도는 깨달아야 한다는 얘기다. 그러니까 서머싯 모음은 지나친 책 읽기를 경계했다기보단, 깨달음을 위해서 4년 정도는 죽어라고 책을 읽어야 한다고 권장한 것이다. 그럼 책 제목인 『면도날』은 무슨 뜻일까? 구도의 길은 달팽이가 칼날을 넘어가는 것과 비슷하다는, 인도 철학서인 『카타 우파니샤드』에서 인용한 것이란다. 『운명』이 아니었던들, 난 『면도날』을 절대로 이해하지 못했으리라. 이것이야말로 고전 입문서의 위력이 아니겠는가.

2. 『고전문학 읽은 척 매뉴얼』 (김용석 저)

고전을 읽기는 싫고, 그렇다고 안 읽자니 무식한 티를 내는 것 같고. 그래서 저자는 고전의 엑기스만 정리한 이 책을 읽음으로써 고전을 읽은 척하며 살아가라고 조언한다.

"한 해 평균 독서량이 짐승만도 못한 독자라 할지라도 각종 고전에 대해 누구 앞에서건 아무 거리낌 없이 읽은 척을 할 수 있게 함으로써 원만한 대인관계를 형성시키는 데 총체적 목적이 있는 공리주의적 텍스트." 이런 기발한 발상은 보통 사람에게선 나오기 힘든 법, 저자인 김용석은 해학과 풍자로 한 시대를 풍미한 「딴지일보」에 오래 근무했다. 당연히 책은 재미있고, 잘 읽힌다. 여기서는 『호밀밭의 파수꾼』(이하 『호밀밭』)에 대해 얘기해 보자. 제롬 데이비드 셀린저가 쓴 이 책은 수많은 이의 찬사를 받았으며, 최고의 독서광 빌 게이츠가 가장 아끼고 사랑하는 책이다. 짐작하겠지만 난 이 책을 읽고 도대체 이게 왜 명작인 건지 의아했다.

내가 이해한 『호밀밭』은 주인공 홀든이 고등학교에서 퇴학당한 뒤 2박3일간 방황하는 얘기다. 기차에서 만난 고교 동창의 어머니가 매력적이라며 어떻게 해 보려 하고, 술집에 가서 술을 마시며 여자를 유혹하는 등 그의 행동은 그저 한심함의 극치다. 책의 제목이 된 "난 호밀밭의 파수꾼이 될 거야"도 깊이 생각한 끝에 나온 게 아니라 얼떨결에 대답한 장래 희망이다. 이 책에 쏟아지는 찬사를 이해 못한 나는 내가 너무 나이가 많을 때 - 30대 후반이었다 - 읽어서 그런 거라고 넘어갔다. 빌 게이츠가 『호밀밭』을 읽은 게 13세였다니, 그리 생각하는 것도 무리는 아니다. 이 책을 읽기 잘했다고 생각한 유일한 순간은 공원을 산책하던 중 아내가 "연못에 있는 저 오리들은 겨울이 되면 어디로 가?"라고 물었을 때였다.

하지만 김용석은 이 책의 가치를 높이 평가하며, 이 책을 읽은 척하려면 "이 세상 모든 가식적인 말과 행위를 혐오하면서도, 본인 역시 그런 가식적 삶을 따라갈 수밖에 없었던 생의 부조리에 대해 되돌아보며, 누가 뭐래도 콜필드는 내 십 대의 대변인이었다는 식으로 이 책의 주인공에 대해 깊은 애정과 신뢰를 갖는 마음가짐이라 하겠다." 저자는 특히 주인공의 소망이라 할 호밀밭의 파수꾼에 큰 의미를 둔다. 지구상에서 유일하게 속물이 아니라 할 아이들을 보호하려는 주인공의 의지가 반영된 직업이자, 질풍노도의 시기라 불리는 사춘기의 좌우충돌을 긍정적으로 인정하면서 그들이 낭떠러지에서 떨어지는 사태는 막고 싶다는 마음으로 택한 직업이라는 것이다. 여기에 그렇게 심오한 뜻이 있었구나 싶어 고개를 끄덕이게 되는데, 저자의 독특함이 엿보이는 대목은 다음이다. 『호밀밭』에는 홀든이 택시 기사에게 겨울에 오리가 어디로 가냐고 묻는 장면이 두 번이나 나오는데, 저자도 이 대목에 주목하면서 다음과 같이 말한다.

"만약 센트럴파크에 겨울이 왔을 때, 누군가 오리들을 데리고 얼어 죽지 않을 만한 어딘가로 데려간다고 밝혀졌다면 아마도 주인공의 장래 희망은 오리몰이꾼이 되었을지도 모르고, 이 책의 제목 역시 '센트럴파크의 오리몰이꾼' 정도로 바뀌었을지도 모를 일이다." 그러면서 저자는 샐린저가 오리의 행방을 묘연하게 만든 것은 '센트럴파크의 오리몰이꾼'보다는 '호밀밭의 파수꾼'이라는 제목이 더 마음에 들었기 때문이 아니냐고 하는데, 이런 해석을 이 책 말고 다른 어디서 찾아볼 수 있겠는가?

그렇다고 이 책이 정말 독자에게 '책 읽지 말고 아는 척만 하라'고 하는 건 아니다. 오히려 이 책을 읽음으로써 소개된 고전을 읽고 싶어지는데, 실제로 서문에는 다음과 같은 내용이 있다.

"어렵고 진부할 것 같지만 단언컨대 고전은 재밌다. 재미없는 책이 오랜 시간 많은 사람이 읽는 고전이 될 가능성은 거의 없다. 그런 재밌는 고전을 가장 재밌게 소개하기 위해 나름 고심한 결과물이 바로 이 책이다."

3. 고전의 유혹(잭 머니건 저)

『제인 오스틴의 연애수업』을 통해 명작 소설에 나오는 사랑 이야기를 했던 잭 머니건이 50편의 고전을 소개한 책이 바로 『고전의 유혹』(이하 『유혹』)이다. 각 책마다 '사람들이 모르는, 그러나 알아야 할 부분'을 짚어 주고, '최고의 구절' '기묘한 사실' '건너뛸 부분' 등에 대해 써 놓았으니, 당연히 원작을 읽기 전에 읽는 게 좋다. 하지만 원작을 읽고 난 뒤 읽어도 좋은 것이, 평범한 독자의 마음을 대변해 주는 말을 아주 자주 하기 때문이다. 『롤리타』를 다룬 대목을 보자. 롤리타는 다들 알다시피 37세 아저씨인 험버트가

12세 소녀 롤리타를 사랑한 나머지 의붓아버지가 되고, 미국 전역을 돌면서 사랑을 나누는 이야기다. 멀쩡한 성인끼리 사랑을 나누는 『채털리 부인의 사랑』이 외설 판정으로 32년간 판매 금지가 된 걸 고려하면, 이 소설은 적어도 100년은 햇볕을 못 봐야 할 것 같다. 하지만 이 책은 훗날 세인들의 찬사를 받는 명작이 됨으로써 사람들을 헷갈리게 한다. 자, 잭 머니건은 이 책에 대해 어떻게 생각할까?

"이 말은 꼭 해야겠다. 나는 나보코프가 과대평가되었다고 생각하며, 숨 막히는 도입부 이후로 『롤리타』의 질은 뚝 떨어진다는 걸 사람들이 자주 잊어버린다고 말이다."

고전에 대해 비판하는 건 어렵다. 재미없다고 말하면 "네가 뭘 몰라서 그래"라며 작품의 위대함을 가르쳐 주려는 사람이 많기 때문이다. 나 역시 몇 번 그런 일을 겪으면서 고전에 대해 의견을 피력하는 게 자신 없어졌는데, 머니건의 이야기를 들으니 반갑기 그지없다. 게다가 이 책은 '건너뛸 부분'도 친절하게 짚어 준다.

"일단 험버트와 그의 님펫이 모텔을 나와 길을 떠나기 시작하면, 소설은 그 이전 수준에 부응하지 않는다."

모텔 장면이 책의 앞 3분의 1에 나오니, 남은 3분의 2는 건너뛰어도 된단다. 얼마나 유용한 정보인가? 이 책을 참고서 삼아 고전에 도전해 보자. 고전이 즐겁게 느껴질 것이다.

『유혹』의 소개가 얼마나 맛깔난지 난 성경까지 읽고 싶게 됐는데, 성경에 대해서도 저자는 특유의 '일반 독자 대변하기'를 해 준다. 너무 공감이 된 나머지 즐겁게 웃을 수 있었다.

- 구약성서에서 모세는 파라오 밑에서 노예로 살던 이스라엘인들을 끌고 약속의 땅으로 간다. 파라오는 당연히 이들을 방해하고 뒤쫓는데, 저자는 이집트 안의 첫 번째 자식들을 다 죽이는 등 신이 재앙을 연속해서 보내는 와중에도 파라오가 계속 반항한 게 이해가 안 간단다. 정말 그렇다. 게다가 성서에는 이런 대목도 있단다. "야훼께서는 파라오로 하여금 또 고집을 부리게 하셨다." 그러니까 파라오 잘못도 아니라는 얘기다!
- 이스라엘 애들도 그렇다. 홍해가 갈라지고 그들을 40년 동안 먹일 '만나'(정체 모를 음식)가 사막에 떨어지는 기적을 겪는데도 신이 자신들을 계속 돌봐 줄지 의심하니까.
- 신약의 누가복음 14:26에는 다음 구절이 있다. "누구든지 나에게 올 때 자기 부모나 처자나 형제자매나 심지어 자기 자신마저 미워하지 않으면 내 제자가 될 수 없다." 여기에 대해 저자는 이렇게 평한다. "내가 알기에는 CIA에 들어갈 때 그런다는데, 하지만 이건 WJWD(기독교방송) 아닌가?"

책 서문에서 저자는 자신 있게 말한다. "내가 제시한 길을 따라간다면 여러분은 곧 애독서 목록에 몇몇 고전을 더하게 될 것이다." 비단 위에서 얘기한 입문서 말고도 세상에는 많은 고전 입문서가 있다. 그 책들의 도움을 받는다면 고전의 의미를 깨닫게 되고, 고전에 재미를 느낄 것이다. 단, 원작보다 먼저 읽어야 하는지 나중에 읽어야 하는지만 미리 확인하시길 바란다.

4. 어떤 책을 읽어야 할까

코스모스

"저희가 읽을 만한 책 하나만 추천해 주십시오."

독서의 중요성에 대해 강연하고 나면 이런 질문을 꼭 받곤 한다. 선물 고르는 게 어려운 것처럼, 책을 추천하는 것도 참 어렵다. 개인의 특성을 안다면 조금 쉽겠지만, 강연 때 처음 만난 분이 그런 부탁을 하면 막막하다. 나에게 재미있는 책이 다른 이에게는 재미없는 경우가 많기 때문이다.

캠브리지대학교 교수인 장하석은 중학교 3학년 때 읽은 칼 세이건의 『코스모스』를 읽고 물리학을 해야겠다는 꿈을 갖게 됐다고 했다. 당시에는 번역 수준이 그렇게 높지 않기에 그는 여러 종류의 번역본을 구해서 봤는데도 그다지 만족스럽지 못했던 모양이다. 결국 그는 원서를 구입해 열 번 읽는다. 그 뒤 그는 꿈을 실현하기 위해 고교를 중퇴한 뒤 미국으로 건너갔고, '칼텍'이라 불리는 캘리포니아공대에 들어가 물리학을 본격적으로 공부하기 시작한다. 사전을 찾아가며 『코스모스』를 읽는 중 3짜리 학생이라니, 정말 멋지지 않은가? 〈세상을 바꾸는 시간 15분〉이란 강연에서 장하석이 이 얘기를 했을 때, 난 내가 『코스모스』를 읽지 않았다는 사실이 부끄러워졌다. 옛날 생각이 났다. 그와 난 초등학교 동창이었다. 그는 그때부터 범 우주적인 '난놈'이었던 반면, 아무런 존재감이 없던 난 그를 우러러보며 학교에 다녔다.

어느 날 갑자기 이런 생각이 들었다. 지금이라도 그 책을 읽어야 그의 앞에 떳떳이 설 수 있겠다는. 그날 밤 집에 오자마자 『코스모스』를 주문했고, 책이 오자마자 읽기 시작했다. 하지만 중3 장하석을 매료시킨 『코스모스』는 내게 아무런 감흥도 주지 못했다. 읽는 내내 난 이렇게 탄식했다. "도대체 장하석은 이 책 어디에서 물리학에 대한 꿈을 찾은 거야?"

읽을 당시 내가 40대여서 그런 게 아니라, 책 자체가 너무 지루하고 재미없었다. 아마도 내가 우주에 관심이 없었기 때문일 수도 있다. 몇 번이나 책을 덮고 싶었지만, 그래도 장하석에게 질 수 없다 싶어 기를 쓰고 읽은 끝에 난 마지막 장에 이를 수 있었다. 그랬다고 해서 내가 그 책의 내용을 기억하는 것도 아니다. 인상 깊었던 대목이라도 머리에 남아 있어야 하건만, 『코스모스』와 관련된 내 기억은 '지루하다' '읽느라 사투를 벌였다' 같은 힘든 느낌들뿐이다. 장하석의 '인생의 책'이 내겐 아무 것도 아니게 되는 것, 책 추천이 어려운 이유는 바로 이 점 때문이다.

데미안

2013년, 고교생을 대상으로 한 인문학 캠프에 참여했다. 저자 네 명을 불러서 자기 책에 대해 학생들과 이야기를 나누는 모임이었는데, 그때는 내 역작인 『서민의 기생충 열전』이 출간되기 전이었기에 난 내가 부끄러워하는 『기생충의 변명』이란 책의 저자 자격으로 캠프에 참여했다. 첫날은 내 책에 대해 학생들과 토론을 했고 – 당연히 별로 할 이야기가 없었다 – 다음 날에는 다른 책들에 대해 학생들이 토론하는 걸 지켜봐 주는 게 내가 해야 할 일이었다. 둘째 날 모임에 들어가 보니 내가 담당하는 학생들이 『데미안』에 대해 토론하고 있었다. 헤르만 헤세가 모임에 온 것은 아니지만, 헤세 대신 참가한 헤세 연구가와 전날 이야기를 나눠서 그런지 아이들의 토론은 수준이 높았다.

학생1   태어나고자 하는 자는 하나의 세계를 깨뜨려야 하고, 새는 신에게 날아가는데 그 신이 아브락사스잖아요. 그렇다면 주인공인 싱클레어가 데미안을 만나서 자신의 세계를 깨뜨렸으니까 데미안이 아브락사스인 건가요?

학생2　글쎄요. 그렇게 생각할 수도 있지만, 고정관념을 깼을 때 도달할 수 있는 절대적 진리라고 하는 게 더 맞는 것 같습니다.

그런 수준 높은 대화 와중에 학생들은 대화가 막힐 때마다 나를 봤다. 뭔가 토론의 중심을 잡아달라는 간절한 메시지였다. 난 당황했다. 그럴 수밖에 없는 것이, 난 태어나서『데미안』이란 책을 읽은 적이 없었기 때문이다. 기회가 없었던 건 아니었다. 중2 때 담임선생님은 한 달에 한 번씩 독서 토론을 하자면서 우리에게 매달 책을 한 권씩 할당해 줬는데, 첫 회를 장식한『인형의 집』에 이어 두 번째로 선정된 책이 바로『데미안』이었다. 어머니에게 돈을 타서 서점으로 간 나는 주인에게 이렇게 물었다.

"'개미알'이라는 책 있어요?"

주인은 그런 책은 없으며, 제목도 처음 듣는다면서 황당해했다. 난 고개를 갸웃거리며 집에 왔고, 결국 책을 읽지 않은 채 학교에 갔다. 다들 책을 못 샀겠구나 싶었는데, 다들 책을 들고 있었고, 제목이『데미안』이었다. 70명이 한 반을 이루는 콩나물 교실인지라 책을 읽지 않고 가도 상관은 없었지만, 인문학 캠프 학생들의 시선을 받을 때 난 처음으로 말귀를 못 알아먹는 내 둔감한 귀를 원망해야 했다. "책은 원래 생각하기 나름이며, 정답을 찾으려 하는 것 자체가 고정관념이다." 따위의 면피성 발언으로 난국을 돌파하긴 했지만, 학생들 중 일부는 알았을 것이다. "저 인간,『데미안』안 읽었네."

캠프에서 돌아오자마자 난『데미안』을 주문했다.『코스모스』에 비해서는 책장을 넘기기가 수월했지만, 그래도 이해할 수 없는 대목이 많았다. 질문도 뭔가를 알아야 한다고, 위에 언급한 질문을 했던 학생은 아마도 40대의 나보다 그 책을 훨씬 더 많이 이해했을 거다.

고전을 읽자

『데미안』이나『코스모스』의 예에서 보듯, 이름난 책들이라고 해서 무조건 감동을 주는 건 아니다. 그렇다고 해서 이 책들을 읽지 말아야 할까? 그건 아니다. 내가 잘 몰라서 그렇지, 해당 책들을 읽는게 전혀 의미가 없는 건 아니라서다. 다른 글에서 얘기한 것처럼 고전은 인생을 어떻게 살아야 할지에 대한 나름의 모범 답안이며, 인생의 정답을 미리 훑어보고 사는 것은 그렇지 않은 삶에 비해 훨씬더 풍요로울 것이다. 그래서 난 책을 처음 읽는 이들에게 고전을 권한다. 내 중·고교 시절에 나왔던 고전은 세로쓰기로 쓰여져 있었고, 그나마도 글씨가 작아서 읽기가 여간 불편한 게 아니었다. 하지만 지금 몇몇 출판사에서 출간하고 있는 세계문학전집은 번역은 물론이고 글자 크기나 디자인이 훌륭해 읽기에 아주 좋다.

1959년 시작됐다가 50년 만인 2008년에 부활한 을유세계문학전집은 토마스 만의『마의 산』이 시작이었다. 그로부터 9년이 지난

2017년 7월, 이 시리즈는 『돈키호테 성찰』로 90권을 돌파한다. 민음사 시리즈는 1998년 오비디우스의 『변신 이야기』가 출발점이었고, 2017년 『오 헨리 단편선』으로 350권을 채웠다. 2010년 『안나 카레니나』로 시작된 문학동네 세계문학전집은 2017년 『마의 도살장』으로 150권째 작품을 출간했다. 유명하긴 하지만 실제로 읽은 이는 없는 게 고전이라면, 이들 출판사는 이 통념을 깨고 사람들로 하여금 고전을 읽게 하려고 노력 중이다. 사실 난 이렇게 읽기 좋게 만들어진, 게다가 번역도 훌륭한 고전 시리즈가 시중에 나와 있는 상태에서 학교를 다니는 젊은이들이 부럽다. 중·고교 때 하도 고생을 해서 다시 그때로 돌아가고픈 마음은 없지만, 이런 고전들을 읽을 수 있다면 다시 갈 수도 있겠다 싶다.

"저희가 읽을 만한 책 하나만 추천해 주십시오."

이런 질문을 받으면 난감한 이유는, 고전이라는 뷔페가 바로 옆에 차려져 있는데 뭘 먹어야 할지 모르겠다며 울고 있는 아이가 떠올라서다. 다 피와 살이 되는 고급 음식들이니, 아무거나 먹어도 자신의 미각은 물론 성장까지도 책임질 수 있는데 말이다. 혹자는 이렇게 말하기도 한다. "책을 안 읽어 버릇해서 말입니다. 당장 어려운 책을 읽기보단 쉬운 책으로 책에 맛을 들이고, 어려운 책은 그다음에 읽으면 어떨까요?" 매우 그럴듯해 보인다. 책을 읽는 데는 책에 걸맞은 근육이 필요하니, 그 근육을 만들기까지 쉬운 책을 읽겠다는 게 말이다. 그래서 한때 난 히가시노 게이코가 쓴 『나미야 잡화점의 기적』을 추천하곤 했었다. 사람이 죽고 또 죽는, 비교적 잔인한 소설을 쓰는 히가시노지만, 이 책은 그런 것과 동떨어진, 읽는 이의 마음을 흐뭇하게 해 주는 미스터리라서다. 하지만 굳이 그럴 필요가 있을까? 근육을 만드는 게 목적이라면, 고전이라는 제대로 된 헬스장에 가시라. 거기서 제대로 근육을 만드시라. 여태까지 난 『나미야 잡화점의 기적』으로 근육을 키운 뒤 고전을 읽었다는 사람을 본 적이 없을 뿐더러, 고전이라고 해서 다 어렵다고 생각하는 건 편견에 불과하다.

스스로 고르는 능력을 기르자

고전이 아무리 좋아도 평생 고전만 읽을 수는 없다. 새롭게 나오는 책들도 읽어 줘야 요즘 트렌드도 알 수 있고, 거기서 배우는 것도 많지 않겠는가? 하지만 수많은 책의 홍수 속에서 뭘 읽어야 할지 감을 잡는 건 쉽지 않다. 책을 처음 읽는 분들이 베스트셀러를 택하는 건 그런 이유다. 남들이 많이 읽는 책은 그래도 어느 정도 재미와 유익함을 갖춘 책일 테니까 말이다. 이런 게 잘못된 것은 아니다. 다만 이건 어디까지나 책을 막 읽기 시작한 분들에 국한해서 그렇다는 것이지, 평생을 베스트셀러만 읽는 건 좋은 습관은 아니다. 식당에 갈 때마다 "여기서 뭐가 제일 많이 팔려요?"라고 물어 봤자 도움이 된 적은 드물지 않은가?

베스트셀러 위주로 책을 고르고, 다른 이에게 책을 추천해 달라고 하는 건 실패에 대한 두려움이 있기 때문이다. 하지만 사람은 실패를 통해 성장한다. 짬뽕을 먹고 눈물을 흘려 봐야 자신이 매운 것을 못 먹는다는 걸 깨달을 수 있지 않겠는가? 그런 실패가 쌓이고 쌓여 자신만의 미각이 만들어지는 것처럼, 많은 책을 읽다 보면 책에 관한 자신만의 심미안이 생긴다. 그래서 말씀드린다. 무조건 읽으시라고. 평생 남에게 "뭐 읽어야 해요?"라고 물어 볼 수도 없고, 남이 추천해 준 책이라고 해서, 베스트셀러라고 해서 자기 취향에 맞는 것도 아니다. 처음에는 괜히 읽었다고 후회하는 책이 있을 수 있겠지만, 나중에는 실패율이 점점 떨어지게 마련이다. 다음을 보자.

이십대 초반이었다. 나는 무라카미 하루키의 『상실의 시대』를 읽다가 서점으로 뛰어가 『위대한 개츠비』를 샀다. 『상실의 시대』의 주인공 와타나베는 『위대한 개츠비』를 자기 인생에서 최고의 책이라 생각했고, 그와 친해지게 된 선배 나가사와 역시 "『위대한 개츠비』를 세 번 읽는 사람이면 나와 친구가 될 수 있다"고 말했다. 대체 『위대한 개츠비』가 어떤 내용이기에 그럴까 궁금했다.[1]

개인적으론 『위대한 개츠비』가 그다지 재미없었지만, 이건 어디까지나 내 경우일 뿐, 많은 이가 하루키 덕분에 『위대한 개츠비』를 읽고 감명을 받은 모양이다. 이런 현상을 가리켜 '책은 다른 책으로 가는 문을 열어 준다'고 말한다. 여기에 관련해 저자의 말을 조금만 더 들어 보자.

책에서 다른 책을 만나 읽고 싶어지는 일은 그 뒤로 여러 번 있었다. 최근엔 필립 로스의 『울분』을 읽다가 버트런드 러셀이 궁금해져서 러셀의 책을 찾아 읽었다. 『울분』에서 주인공 소년 마커스는 학생과장에게 반항하며 러셀의 이름을 내뱉는 거다. (…) 그렇게 만난 러셀은 정말 엄청나게 멋졌다.[1]

다음은 어떨까. 한 저자의 책을 읽었는데 그 책이 너무 재미있는 거다. 이 경우 그 저자의 책이 더 있는지 찾아 읽고, 해당 저자의 신간이 나오길 기다리게 된다. 더글라스 케네디의 『빅 픽처』를 읽었을 때의 감동은 지금도 기억에 선명하다. 아내가 재미있게 읽었다기에 냉큼 집어다 읽기 시작했는데, 어찌나 재미있는지 그날 새벽 4시까지 아무것도 안 하고 책만 읽었고, 다 읽은 후에도 감격을 주체할 길이 없어 밤을 꼴딱 새 버렸다. 그 뒤 '더글라스 케네디'란 이름이 나올 때마다 무조건 사고 있다. 그러다 보니 "아, 이 작가는 『빅 픽처』가 최고의 작품이구나!"라는 걸 깨닫게 돼 요즘은 좀 멀리하려고 한다. 알랭 드 보통을 처음 만났을 때도 감격에 겨웠다. 책이란 모름지기 독자에게 교양을 쌓아 주는 역할도 해야 하는데, 드 보통은 그 역할에 최적화된 작가였다. 하지만 드 보통과의 관계도 영원하진 못했고, 요즘엔 그의 책이 나와도 시큰둥해진다. 반면 "이 작가는 도대체 왜 책을 자주 안 쓰는가?"싶은 작가도 있다. 대표적인 예가 천명관 작가다. 천명관의『고래』를 처음 읽었을 때, "아니, 어떻게 이런 이야기를 만들 수 있지?"라며 깜짝 놀랐다. 당연한 얘기지만 그 뒤 천명관의 신작이 나올 때마다 무조건 사는데, 신간란에서 천명관이란 이름을 보는 건 그리 쉬운 일이 아니라는 게 문제다. 심윤경 작가도 책을 뜸하게 내는 대표적인 작가다.『사랑이 달리다』와『사랑이 채우다』이후 오래도록 신작을 내지 않고 있는데, 애독자로서 언제 나올지 모르는 신작을 계속 기다리는 건 안타까운 일이다.

그래서 내가 뽑는 가장 좋은 작가는 미야베 미유키다. 일본 추리 문학의 여왕으로 군림하고 있는 미미 여사는 책을 정말 많이 내지만, 내는 책마다 이야기가 새롭고, 또 일정 수준 이상의 재미를 보장한다. 그가 쓴 작품 중 드라마로 만들어진『솔로몬의 위증』은 학교에서 학생들이 재판을 한다는 이야기고,『희망장』은 재벌가 사위였던 이가 탐정사무소를 연 뒤 만나는 사건을 풀면서 전개되는 마음 따뜻한 이야기를 다룬다. 그런가하면 내가 미미 여사에게 흠뻑 빠지게 만들었던『모방범』은 여성만 골라서 죽이는 사이코패스에 관한 이야기고,『비둘기피리 꽃』은 초능력에 관한 이야기다. 여기에 에도 시대를 배경으로 하는『괴수전』,『벚꽃, 다시 벚꽃』까지 수시로 써 대니, 대체 이런 다양한 이야기를 어떻게 만들어 내는지 존경스럽다. 그러니까 미미 여사를 좋아한다는 것은 무슨 책을 읽어야 할지 더 이상 고민하지 않을 수 있는 지름길이다. 이렇게 쓰다 보니 내가 뭔가 좀 있어 보이는 느낌이다. 이런 이야기를 할 수 있으려면 자신의 기준으로 책을 읽어야 한다. 그리고 이 기준을 만들기 위해선 많은 실패를 거쳐야 한다. 내가 읽은 책들 중엔 '이 책을 왜 샀을까?'라며 머리를 쥐어뜯게 한 것들이 많다. 하지만 그 책들이 없었다면 미미 여사와 심윤경 그리고 천명관을 좋아하는 지금의 나는 없었으리라. 닥치는 대로 읽는 게 필요한 이유다.

책 추천도 필요하다

하지만 언제까지 닥치는 대로 읽을 수는 없다. 내가 주로 책을 구입했던 인터넷 서점 알라딘은 2015년까지의 정보를 바탕으로 개인별로 통계를 만들어 준 적이 있는데, 내 정보는 다음과 같다.

- 당신은 알라딘과 함께한 4,281일의 기간 중 1,464권의 책들을 만났습니다.
- 당신이 만난 책들을 모두 쌓는다면 아파트 12.04층만큼의 높이입니다.
- 당신은 알라딘 회원 중 1,397번째로 많은 페이지의 책을 만났습니다.

처음 알라딘에 가입한 게 2003년, 그 후 12년간 내가 읽은 책이 총 1,464권이란다. 알라딘 회원 중 1,397번째라는 건 별로 슬프지 않지만, 그간 자투리 시간이 날 때마다 열심히 읽어 댄 결과가 그것밖에 안 된다는 건 슬픈 일이다. 나이가 들면 들수록 책을 읽는 게 쉽지가 않다. 과거와 달리 몸이 쉽게 피곤하고, 전날 읽은 내용이 잘 생각나지 않는다. 게다가 외국 소설인 경우 주인공 이름까지 헷갈린다. 주인공 이름이 아끼꼬고, 악당 이름이 아까꼬라면, 읽는 내내 "얘가 착한 앤가 나쁜 앤가" 고민하느라 수시로 책장을 앞으로 넘겨야 한다. 그러다 보니 『백년 동안의 고독』 같은 책은 도전할 엄두가 나지 않는다. 이 책은 같은 이름을 대대로 물려받으며 수많은 인물이 등장하는지라, 수시로 앞 장을 넘겨서 '이게 누구 이야기인가' 확인해야 한다나.

심지어 이런 일도 있었다. 추리소설인데 20쪽가량 읽었을 무렵 한 남자가 등장하는데, 등장하자마자 난 "이놈이 범인이야!"라고 직감했다. 그가 뭐 특별한 일을 한 것도 아니고, 기껏해야 주위 사람에게 인사하고 커피를 마셨을 뿐인데 말이다. 더 놀라운 건 책을 읽다 보니 그가 정말 범인이 맞았다. 도대체 난 어떻게 그 사실을 알았을까? 나중에 알고 보니 나는 그 책을 이미 읽었고, 감상문까지 써 놓은 터였다. 나이가 들어 책을 읽는 건 이런 일을 계속 겪어야 한다는 뜻, 남은 생애 동안 열심히 책을 읽어 봤자 2천 권이나 더 읽을 수 있을지 모르겠다.

그렇다면 이제는 실패를 두려워하는 게 맞다. 책 읽을 시간도 얼마 안 남았는데 나랑 맞지도 않는 책을 읽느라 끙끙대서야 되겠는가? 문제는 하루 2백 권 가까운 신간이 쏟아지는데, 그 중 어떤 책이 좋은지 알기 어렵다는 점이다. 그럴 때 누군가가 "이 책 읽어 봤어요? 아주 재미있던데"라고 말해 주면 얼마나 고마운 일인가? 다행스럽게도 내 주변에는 그런 친구가 많다. 그들이 아니었다면 난 최인철 교수가 쓴 『프레임』을 읽지 못했을 것이며, 페미니즘의 명저라 불릴 『아내 가뭄』(애너벨 크랩 저)도 모르고 지나갔을 것이다. 요즘에는 이렇게 저렇게 관계를 맺은 출판사에서 책을 보내 주기도 하는데, 그 책들 중에는 보석 같은 책이 꽤 많다. 위에서 언급한 인터넷 서점도 책에 대한 정보를 얻는 괜찮은 통로다. 요즘엔 인터넷 서점마다 개인 블로그를 만들어 주고 감상문을 쓰게끔 유도하는데, 그 블로그들이 서로 연결돼 하나의 마을을 이루게 된다. 동네 사람들이 마을의 현안에 대해 시시때때로 이야기를 나누는 것처럼, 그 마을에서는 책에 관한 이야기가 끊이지 않는다. 무슨 책이 좋더라, 모 작가의 책이 나왔더라 등등의 정보는 물론이고, 어떤 책을 읽어야 하는지에 대해서도 친절하게 상담해 준다. 알라딘은 이런 시스템을 가장 먼저 만든 곳인데, 나 역시 알라딘에서 '마태우스'란 이름으로 오랜 기간 활동한 것이 책 읽기에 큰 도움이 됐다. 꼭 인터넷 서점이 아니라도 독서 모임 같은 것을 만들어 정보를 교환하면 좋을 것이다. 그러니 이렇게 말할 수 있겠다. 독서에 첫발을 내디딜 때는 닥치는 대로 읽어라. 그래야 자신만의 심미안이 생긴다. 하지만 어느 정도 책을 읽었던 이라면, 즉 자신의 심미안이 있는 분이라면 다른 이의 추천을 기꺼이 받아들여라.

추천자를 봐야 하는 이유

다른 이들이 추천한 책이라고 해서 다 좋은 책인 건 아니다. 위에서 말한 것처럼 책이 자신의 취향과 맞지 않는 경우도 있겠지만, 내가 문제 삼는 것은 책이 별로인데 좋은 것처럼 감상문을 쓰는 경우다. 요즘은 인터넷 서점의 매출이 커지다 보니 출판사에서 서평단을 모집할 때가 자주 있다. 원하는 이에게 책을 보내 주고 일정 기간 내에 서평을 쓰게 하는 것이다. 사람이란 공짜로 책을 받으면 냉정하게 서평을 쓰기 힘들다. 게다가 A 출판사에서 받은 책에 그다지 좋지 않은 서평을 쓴다면, 그 사람은 앞으로 A 출판사의 서평단에 뽑히지 않을 확률이 높다.

그러다 보니 칭찬 일색의 감상문이 만들어진다. 『말미잘의 눈물』이라는 가상의 책이 있는데, 『소설 마태우스』와 비교될 만한 쓰레기 책이라고 해 보자. 어느 분이 이런 감상문을 썼다고 치자.

"『말미잘의 눈물』을 너무 재미있게 읽었어요. 말미잘이 역경을 딛고 일어서는 모습이 감동적이었고요, 말미잘이 해마와 싸우는 장면에선 저도 모르게 웃음이 터졌어요. 이런 기발한 상상력은 도대체 어떻게 하면 생기는 것인지!!! 강추합니다."

물론 이 감상문을 읽고 『말미잘의 눈물』을 사는 이는 드물겠지만, 이런 감상문이 열 개쯤 있다면 혹시 하는 마음으로 사는 이가 있을 수 있다. 이런 것에 속지 않는 방법은 해당 글쓴이의 블로그에 들어가 다른 감상문을 읽어 보는 것이다. 감상문이 몇 개 없다면 신뢰하지 않는 게 좋고, 있는데 죄다 찬양 일색이라면 역시 신뢰하지 마시라. 대신 그 바닥에서 이름 있는, 알라딘으로 따지면 명예의 전당에 들어가 있는 분의 글을 참조하는 게 좋다. 큰 힘에는 큰 책임이 따른다는 말처럼, 이름 있는 분들은 자신의 명성을 계속 유지하기 위해 정말 냉정하고 객관적인 글을 쓸 확률이 높다.

알라딘 최고의 서평가로 활동 중인 로쟈는 그 대표적인 분이다. 그의 블로그인 '로쟈의 저공비행'은 하루 수천 명이 들어가 책 정보를 얻으며, 서재를 연 후 최근까지 방문자 수가 5백만에 달한다.

먼저 미국의 젊은 뇌과학자 데이비드 이글먼. 미국의 TV방송에서 〈데이비드 이글먼의 더 브레인〉을 진행하면서 '뇌과학계의 칼 세이건'이라는 평판을 얻었다고 한다. 뇌과학의 지식과 최신 이슈를 그만큼 알기 쉽게 전달해 준다는 뜻이겠다. 그 실례가 될 만한 책으로 나온 게 『더 브레인』(해나무, 2017)이다. 우화소설 『썸』(문학동네, 2011)과 『인코그니토』(쌤앤파커스,

2011)가 먼저 소개됐었는데, 주제나 난이도 면에서 보면 『더 브레인』을 첫 책으로 손에 들 만하다.**2**

이런 서평**˙**을 쓰기 위해서는 첫째, 책을 많이 읽어야 한다. 데이비드 이글먼의 책 중 읽은 책이 『더 브레인』이 전부라면, 이런 글을 쓰는 건 불가능하다. 들리는 소문에 의하면 로쟈의 일년 책 구입비는 3천만 원 정도라고 하는데, 그런 걸 보면 그가 서평계의 최고봉을 차지한 건 당연해 보인다.

둘째, 글을 잘 써야 한다. "너무너무 재미있어요"라는 말을 남발하는 이는 피하자. 추천은 하고 싶은데 표현력이 딸릴 때 쓰는 말이 '너무 재미있어'인 반면, 로쟈의 글은 건조하게 쓰였지만 훨씬 더 읽고픈 욕망을 자극한다. 저자의 다른 책들과 비교하면서 "주제나 난이도 면에서 보면 『더 브레인』을 첫 책으로 손에 들만하다."라고 하는 걸 보라. 자, 그가 과연 『말미잘의 눈물』을 강추 할 수 있을까? 그 책을 추천하는 순간 그간 쌓아온 명성이 훼손될 수 있는데? 로쟈 정도까지는 아닐지라도 인터넷 서점을 주름잡는 스타 블로거들은 대부분 자신의 명예나 긍지를 염두에 두고 글을 쓴다. 이분들이 주는 정보에 귀를 기울여 보자.

● 눈치 빠른 분은 아시겠지만 난 이 글에서 감상문과 서평을 일부러 분리해서 사용하고 있다. 감상문은 느낀 점을 쓰는 것이고, 서평은 작품에 대해 냉정하게 평가하는 글이다. 물론 이 둘이 엄격하게 구분되는 것은 아닐 수 있지만, 감상문은 나 같은 일반인의 영역에, 서평은 기자나 문학평론가 등 전문가의 영역에 속한다고 보면 되겠다.

빌 게이츠가 추천한 책

유명한 독서가 빌 게이츠는 만인이 주목하는 사람이다. 그는 자신이 여름휴가 때마다 읽을 책을 미리 발표하는데, 이분은 아무 책이나 추천하지 않는다. 아니 못한다. 워낙 주목을 많이 받아서 그런 것도 있지만, 자신이 찍기만 하면 무조건 베스트셀러 상위권에 오르는데 어찌 부담이 없겠는가? 휴가 때마다 읽을 책 리스트를 작성하는 것도 무지 골치아픈 일일 것 같은데, 그렇게 고른 책이니 만큼 우리가 한번쯤 읽어 볼 가치는 있다. 그가 2017년 5월에 고른 책 중 하나가 2부에서도 소개한 『호모 데우스』였다. 작가 유발 하라리는 이스라엘 출신으로, '유인원에서 사이보그까지, 인간 역사의 대담하고 위대한 질문'이란 부제를 단 전작 『사피엔스』로 큰 화제를 모은 바 있다. 빌 게이츠가 읽으라고 한 책이라 흥미가 동했기에 여름방학 때 3박4일간 북해도 여행을 가면서 이 책을 가지고 갔다. 비행기 안에서는 물론이고 패키지 투어를 하는 버스 안에서 그리고 숙소에서 잠 자기 전 등등 틈이 날 때마다 이 책을 읽었다. 비싼 돈 들여서 가는 여행이니, 가이드가 지정한 곳에 내려서는 사진도 열심히 찍고 그곳 풍경도 눈에 담는 등 여행자로서의 의무에도 충실했다. 하지만 지금 생각해 보면 북해도 여행이 내게 보람 있었던 건 『호모 데우스』를 읽었기 때문이다. 원래 좋은 책은 재미와 유익함 중 하나는 확실하게 줘야 하는데, 이 책은 정말 유익했다. 게다가 원래 유익한 정보를 주는 분들의 글은 딱딱하기 마련인데, 『호모 데우스』는 적절한 비유와 눈높이를 낮춘 친절함이 어우러져 쉽게 읽힌다. 이 책이 베스트셀러가 된 게 꼭 빌 게이츠의 추천 때문만은 아니다.

"테러범들은 도자기 가게를 부수려는 파리와 같다. 파리는 힘이 없어서 찻잔 한 개도 움직이지 못한다. 그래서 황소를 찾아내 그 귓속에 들어가 윙윙거리기 시작한다. 황소는 공포와 화를 참지 못해 도자기 가게를 부순다. 이것이 지난 10년 동안 중동에서 일어난 일이다. 이슬람 근본주의자들은 자신들의 힘만으로는 사담 후세인을 축출할 수 없어서 9·11 테러로 미국을 도발했고, 미국은 이슬람 근본주의자들 대신 중동의 도자기 가게를 파괴했다."

유발 하라리는 이슬람 근본주의자를 파리, 미국을 황소, 후세인을 도자기 가게에 빗댄다. 어쩌면 이런 멋진 비유를 할 수 있는지 감탄이 나온다.

"유럽인들이 자기들끼리 합의한 지도로 무장하고 아프리카 내륙에 침입했을 때, 그들은 베를린에 모여 그은 국경선들이 아프리카의 지리적·경제적·민족적 실제와 맞지 않는다는 사실을 알게 되었다. 하지만 분쟁이 다시 불거지는 것을 원치 않았던 유럽의 침입자들은 자신들의 합의를 고수했고, 그 상상의 선들이 식민지들의 실제 국경이 되었다."3 오늘날의 아프리카가 민족 분쟁으로 신음하는 데는 유럽의 책임이 크다. 현실에서 가능하지 않은, 사각형 모양의 국경선이 그 증거다. 이런 사실을 모른 채 "아프리카 애들은 왜 만날 싸우냐?"고 비난하는 것은 부당하다.

이 책 190쪽에는 루마니아의 독재자 니콜라에 차우셰스쿠의 마지막 연설에 관한 설명이 있다. 요약하면 이렇다. 베를린 장벽이 무너진 뒤인 1989년 12월 17일, 차우셰스쿠(이하 차 씨)는 자신에 대한 민중의 지지를 재확인할 요량으로 8만 명의 군중을 모은 자리에서 일장 연설을 하기로 한다. 자신이 심어 놓은 박수 부대가 시시때때로 박수를 치는 등 연설은 순조롭게 진행된다. 그런데 군중 가운데 누군가가 야유를 보낸다. 그러자 또 한 사람이 야유를 보냈고, 다시 한 사람, 이어서 또 한 사람이 야유를 보냈다. 삽시간에 대중은 휘파람을 불고, 욕설을 퍼붓고, '티미쇼아라! 티미쇼아라!'를 연호하기 시작했다. 티미쇼아라는 그 해 반정부 시위가 시작된 곳이다. 군중의 소요가 시작되자 비밀경찰은 방송을 중단하라고 명하지만, 촬영기사는 카메라를 하늘로 돌렸을 뿐 군중의 야유 소리는 계속 내보냈다. 당황한 차우셰스쿠의 목소리와 조용히 하라고 하는 그의 아내 목소리가 방송에 그대로 나갔다. 광장에 모인 8만 명의 민중은 발코니에 서 있는 털모자를 쓴 늙은이보다 자신들이 훨씬 강하다는 사실을 깨달았고, 루마니아 공산당은 허물어졌다. 책에 나온 대로 난 귀국 후 유튜브에서 '차우셰스쿠의 마지막 연설'을 찾아서 봤다. 그 광경은 2016년 겨울을 뜨겁게 달궜던 우리나라의 촛불 시위를 연상시켰다. 자신이 물러날 거라고 전혀 생각지 못했던 대통령의 굳은 표정과 민중의 소요에 당황해하는 차우셰스쿠가 흡사했다. 권력의 끝은 언제 어디서나 비슷하구나 싶었다. 1990년대에는 내가 사회에 일체 관심이 없었던 데다 당시엔 유튜브 같은 것도 없었기에, 차우셰스쿠가 물러날 때 이런 일이 있었다는 것을 알지 못했다. 그러니까 난 『호모 데우스』가 아니었다면 그 역사적인 장면을 보지 못했을 것이다.

이런 유의 주옥같은 글귀들이 책 전체를 누비고, 매 글귀들이 다 내게 새로운 깨달음을 주니, 이 책을 읽지 않았다면 매우 허전한 마음으로 살아가야 했을 것이다. 빌 게이츠의 추천작을 읽는 것도 좋은 책을 고르는 방법 중 하나다.

읽지 말아야 할 책들

물론 모든 책이 다 좋은 것은 아니다. 예를 들어 2017년 출간된 『전두환 회고록』은 안 읽은 만 못한 책이다. 일단 전두환이란 인물이 회고록을 쓸 만큼 내세울 업적이 없는데다, 반성을 하기는커녕 거짓을 동원해 자신을 미화하고 있기 때문이다. 워낙 많은 사람이 비판을 해 대고 있으니 이런 책은 선별이 가능하지만, 거짓 정보를 담고 있음에도 불구하고 베스트셀러가 된 책도 꽤 있다. 『병원에 가지 말아야 할 81가지 이유』(이하 『81가지』)가 바로 그런 책이다. 일단 목차를 몇 개만 보자.

- 의학이 수명을 연장시켜 주지 않는다.

- X선 촬영 500회면 암이 유발된다.
- MRI 촬영은 전혀 안전하지 않다.
- 관상동맥 우회술은 백해무익하다.
- 함부로 유방을 잘라 내면 안 된다.
- 천연두가 소멸되었다는 것은 거짓말이다.
- 항암제의 원료는 독가스다.
- 성인병은 치료할수록 합병증이 늘어난다.
- 당뇨병은 약을 끊으면 치료된다.
- 고혈압에 소금은 정말 나쁜가?

목차만 봐도 저자가 현대 의학에 대해 적대감을 가졌다는 걸 알수 있다. 게다가 저자는 술과 담배가 해롭지 않다며 음주와 흡연을 마음껏 즐기라고도 한다. 실제로 저자의 강연에 감동해 수술을 받지 않은 환자가 있었다.

한 독자는 자신의 아버지가 폐암이었지만 허현회의 팬으로, 예정된 수술을 포기하고 허현회가 알려 준 자연치유법을 열심히 지켰지만 사망했다고 했다. 검사 당시 담당의는 "임파선으로 전이가 안 돼 수술하면 괜찮으실 거라고 했다. 초기 암이었다"고 했다. 또 다른 허현회 작가의 신봉자는 병원 치료를 거부하다 암세포가 몸 밖으로 드러날 정도로 병이 심해져 고통스럽게 죽었다.[4]

그렇다면 책을 쓴 허 씨는 어떻게 됐을까? 이분이 오래 살아야 이분을 믿는 사람들이 안심할 수 있을 텐데, 안타깝게도 허현회 씨는 55세의 이른 나이에 사망하고 만다. 사인은 당뇨와 폐결핵, 둘 다 제대로 치료만 받았다면 죽지 않을 수 있는 병이다.5 다른 이에게 병원에 가지 말라고 했던 허 씨는 병이 악화되자 병원 치료를 받았지만, 너무 늦은 시기였다.5 죽은 이에게 심한 말을 해서 미안하긴 한데, 이분이 저지른 죄는 매우 심각한 것으로, 미국 같으면 천문학적인 손해배상 청구가 들어갔을 것이다. 인터넷 서점에 올라온 감상문에는 "이 책이 아니었다면 의사들에게 속을 뻔했다"고 고마워하는 내용이 많았으니, 위에 언급된 사례 말고도 얼마나 많은 이가 이 책으로 인해 건강을 해쳤겠는가?

자, 그렇다면 어떻게 이런 사이비 책을 구별할 수 있을까? 첫째, 저자의 프로필을 확인하라. 『81가지』처럼 의사가 아닌 법학도가 의학 책을 썼다면 한번쯤 의심해 볼 필요가 있다. 물론 의사가 아니라도 열심히 공부해서 의학 책을 쓸 수는 있겠지만, 다음 일화는 변명의 여지가 없다. 책 출간 후 활발히 활동하던 허 씨는 관절염을 자연의 음식인 카레로 치료했다고 자신의 SNS에 쓴다. 카레로 관절염을 치료한다고? 뜻밖의 글에 놀란 사람들이 원문을 찾아봤더니 그는 'health care'를 카레라고 번역한 것이었다! 그래서 인터넷에서는 다음과 같은 패러디가 양산됐다.

- careful: 카레를 많이 먹어 배가 부른
- I don't care: 나는 돼지고기 카레
- Please take care of yourself : 손님, 카레는 셀프입니다.
- career: 카레를 만드는 사람

둘째, 다른 이들의 의견을 듣자. 건강에 관한 책이면 의사들의 의견, 건축에 대한 책이면 건축가들의 의견이 의미가 있다. 만일 해당 집단에서 아무 이견이 없다면 그 책에 문제가 없는 것으로 생각할 수 있겠다. 참고로 『81가지』가 나온 뒤 의사들은 반박 사이트를 만들어 놓고 조목조목 비판을 가했다. 허 씨를 믿는 이들은 이게 "의사들의 비밀이 폭로되자 밥그릇을 지키기 위해 저러는 것"이라며 역공을 폈는데, 이렇게 생각해 보자. 한 의사의 말 혹은 글을 따르다 잘못되는 경우 그 의사에게 소송을 걸면 되지만, 허현회의 말을 따르다 잘못되면 어디다 하소연할 곳도 없다. 그 밖에 꼭 전문가가 아니더라도 먼저 책을 읽은 사람들의 의견도 중요하다. 해당 분야에 대한 지식이 없다 해도 참과 거짓을 판별하는 건 가능할 수 있으니 말이다.

1 『독서 공감, 사람을 읽다』, 이유경 저, 다시봄, 36~37쪽
2 [로쟈의 저공비행] 알라딘 서재(http://blog.aladin.co.kr/mramor/9480350)
3 『호모 데우스』, 232쪽
4 '궁금한 이야기 Y' 허현회 "담배 피고 음식 짜게 먹어라" 아시아경제 2015. 7. 17
5 의사·병원 믿지 말라던 베스트셀러 작가 지병으로 사망, YTN 2016. 7. 17

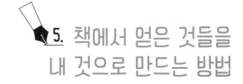

5. 책에서 얻은 것들을 내 것으로 만드는 방법

문성희와 소로

문성희의 어머니는 부산에서 유명한 요리 선생으로 살고 있었다. 그러다 보니 문성희는 학원에 나가 어머니를 돕곤 했는데, 요리도 잘하는 데다 미모까지 받쳐 주다 보니 이내 스타가 됐다. 서울에서 잡지사 기자들이 내려와 화보 촬영하자고 부탁할 정도였으니, 그대로 쭉 갔다면 백종원에 필적할 유명 요리 연구가가 되지 않았을까 싶다. 하지만 문성희는 늘 마음 한구석에 이건 아니라는 회의감을 가지고 있었다. 제3세계 아이들은 굶어 죽고 있는데, 화려한 요리들을 만드는 것에 죄의식을 느꼈단다. 게다가 요리 학원에 다니는 이들은 시간적 여유가 있는 유한마담만은 아니었다. 항구도시 부산에는 선원이 되려는 사람들이 제법 있었는데, 요리사 자격증만 있으면 선원 수첩을 줬으니 그걸 노리고 학원에 나오는 남성들이 생기게 마련이었다. 생계 수단으로 요리사 자격증을 따려는 이에게 돈가스나 바닷가재 같은, 그때 기준으로는 화려한 요리법을 가르치는 게 과연 옳은 것인지, 이것도 문성희를 괴롭혔다.1

그러다 『뿌리깊은 나무』라는 잡지에서 다음과 같은 구절을 읽게 된다.

"요즘 잘나간다는 요리 연구가들의 음식을 보고 있노라면 먹는 걸 가지고 장난치고 있다는 느낌이 든다."

물론 이 구절을 읽었다고 해서 모든 요리 연구가가 스스로를 돌아보는 것은 아니다. 오히려 '요리도 예술인데, 장난친다고 하는 건 너무하지 않느냐'고 발끈하는 게 더 일반적인 반응이리라. 바닷가재만 해도 '바닷가니까 바닷가재 요리를 가르치지 그럼 뭘 가르치냐'고 세련되게 받아칠 수 있었을 것이다. 하지만 문성희는 그렇게 하는 대신 책을 읽으며 진정한 요리의 길을 찾으려 했는데, 그때 읽은 책이 바로 헨리 데이비드 소로의 『월든』이었다.

소로는 1845년 월든 호숫가에 통나무집을 지어 놓고 2년 2개월을 산 후, 그때의 경험을 『월든』에 담는다. 그러니까 그 책은 '오늘은 감자를 얼마 캐고, 내일은 콩을 심고' 뭐 대충 이런 내용으로 채워져 있다. 책에 대한 이해도가 떨어지는 나로서는 『월든』이 왜 그렇게 찬사를 받는지 이해할 수 없었지만, 오마이뉴스 기자 황보름에 따르면 소로가 꿈꿨던 것은 자본주의의 한 부분이 아닌, 자신이 주인이 되는 삶이라고 한다. 책을 읽는다고 해서 그대로 따르는 사람은 드물다. 『월든』을 읽더라도 '아, 이런 사람이 있구나' 하고 넘어갈 뿐, 자신에게 적용시키지 않는다는 얘기다. 그런데 요리 연구가 문성희는 달랐다. 40대 후반의 나이에 『월든』을 읽은 그녀는 '더 이상 자신을 속이며 살 수 없다'고 생각하는데, 그가 택한 방법은 좀 극단적이었다. 직접 『월든』의 삶을 실천하기로 한 것이다!

우선 그는 부산 중심가에 있던 요리 학원을 시 변두리로 옮기고, 생식을 시작한다. 산에서 기른 곡식과 채소, 약초를 직접 기계로 빻아 가루를 만들고, 자신이 먹기도 하고 내다 팔기도 했다. 그 생식이 생계의 기반이 될 수 있겠다 싶었던 문성희는 소로처럼 오두막 흙집의 삶을 시작한다. 마침 주변에 작은 호수도 있었으니, 2000년대 초에 재현된 『월든』이라 할 만했다.

"모든 것에서 자유로워지려면 자급자족을 해야 한다고 생각했어요. (…) 직접 수도자로 살지 않아도 실천할 수 있는 수도의 삶이잖아요."

문성희는 그렇게 자급자족하며 3년을 살다 속세로 내려간다. 원래 있던 곳으로 돌아간 것이지만, 문성희는 그 이전의 문성희와 달랐다. 그는 세탁기를 돌리는 대신 빨래를 푹푹 삶아서 다듬이질했으며, 직접 바느질해서 만든 옷을 입었고, 고기를 먹지 않았으며, 냉장고를 쓰지 않았다. 오두막집에서처럼 웬만하면 자급자족하려고 했다. 지금도 그는 위로가 필요해 자신이 사는 괴산 칠성면 미루마을로 찾아온 현대인들과 음식을 만들어 먹는다. 그런 문성희를 사람들은 자연 요리 연구가라고 부른다.

책과 실천

어지간한 독서광이라면 '책 한권이 나를 바꿨다'에 해당되는 책들이 있기 마련이지만, 문성희만큼 크게 바뀐 경우는 드문 것 같다. 『월든』을 읽은 사람들이 어떤 변화를 겪었는지 인터넷에서 검색해 봤지만, 특별한 건 없었다. 아래 글이 일반적인 반응이 아닐까 싶다.

> 20대 때 『월든』을 읽고 이거다 싶었다. 앞으로 내가 살고 싶은 모습을 찾은 것 같았다. 하지만 그로부터 20년을 더 살아 냈지만 그 책과는 전혀 다른 내 모습을 확인하곤 한다.[2]

꼭 『월든』뿐만이 아니다. 정의에 대한 책을 읽고 난 뒤 보다 정의로워지는 게 아니라, 그전처럼 불의에 눈을 감은 채 살아간다. 여기서 독서는 삶을 바꾸는 게 아닌, 그냥 자신의 정신적 위로에 불과할 뿐이다. 제3세계 아이들의 어려운 처지에 관해 읽고 난 뒤 "아유, 어떡해"라며 잠시 안타까워하다 바닷가재를 먹으러 가는 식이다. 삶에 아무런 영향도 미치지 못하는 책이라니, 이럴 거면 책은 왜 읽는 것일까?

모든 책에 대해 다 그럴 필요는 없지만, 가끔은 책을 통해 얻은 지식을 실천하는 것도 필요하다. 그래야만 그 책이 내 것이 되기 때문이다. 내가 좋아하는 여성학자 정희진은 "보다 강렬히 실천하기 위해 책을 읽고 줄을 치고 글을 쓴다"고 한다.[3] 실제로 정희진은 『무소유』를 읽은 뒤부터 최대한 단순하게 살려고 노력한단다. 물건을 사지 않으려 하고, 운전면허도 없고, SNS도 사용하지 않는다. 『정희진처럼 읽기』를 보면 이런 말도 있다. "사람이 태어나 물건을 사고 관리하고 나아가 집착하고 그것을 인생의 목표로 삼는 것은 비참하다. 자기 자신, 사회, 지구를 위해 모두 좋지 않다."[4]

그렇게 본다면 『월든』을 읽은 문성희와 『무소유』를 읽은 정희진은 비슷한 주제의 책을 읽고 실천했다는 공통점이 있다.

하지만 꼭 무소유의 삶을 살아야만 의미가 있는 건 아니다. 아주 작은 변화라도 이끌어낼 수 있다면, 책은 그 나름의 역할을 한 것일 테니까. 파주뉴스 시민 기자 신현임의 예를 보자. 주부였던 그는 청소기를 돌리던 중 딸의 책상에 올려진 『혼불』 1권을 발견하고 읽기 시작한다. 최명희가 쓴 이 책은 "1930년대 전라북도 남원의 몰락해 가는 한 양반가의 며느리 3대 이야기를 통해 당시의 힘겨웠던 삶의 모습과 보편적인 인간의 정신세계를 탁월하게 그려냈"다고 한다.[5] 신 기자는 그 책을 읽으면서 작가란 어떤 사람이기에 아름다운 글로 사람의 마음을 빼앗는 것인지 감탄했다. 그렇게 1권을 다 읽은 지 얼마 되지 않았을 무렵, 신문에 한길사에서 주최하는 제1회 '혼불 독후감 대회'가 열린다는 광고가 났다. 그녀는 도서관에서 나머지 2~10권을 빌려 왔고, 독후감을 썼다. 그게 신현임이 난생 처음 쓴 독후감이었다. 그녀가 쓴 글은 '가작'에 당선됐는데, 신현임은 이 일을 계기로 문학에 대한 욕구가 불타올랐다고 한다. 그 뒤 그녀는 문학 교실에 나가기도 했고, 평생교육원에 다니며 책을 읽었는데, 그 노력은 헛되지 않아서 경기문협 2007년 시 부문 신인상과 2008년 수필 분야 신인상, 동서커피문학상 시 부문 동상 등의 상을 받을 수 있었다.

"나도 무언가 할 수 있다는 사실이 대견하고 흐뭇했다. 아이들 뒷바라지만 하다가 물러앉는 부모가 아닌, 자신을 변화시킬 줄 아는 부모로 다시 태어난다는 사실이 나를 기쁘게 만들었다."[6]

먼저 떠나신 최명희 작가가 이 글을 보셨다면 환하게 웃으셨을 것 같다.

책을 통한 변화가 가능하려면?

변한다는 게 늘 좋은 것만은 아니지만, 책이 보다 나은 삶에 기여할 수 있다면 그거야말로 보람 있는 일이다. 여기에는 다음과 같은 조건이 필요하다.

첫째, 일단 책을 많이 읽어야 한다.

배우자를 정할 때 처음 만난 사람을 선택하는 경우는 별로 없다. 처음 만난 사람이 이상형일 가능성은 그리 높지 않기 때문이다. 마찬가지로 책을 두루 읽어야 인생의 책을 만나는 게 가능해진다.

둘째, 아니다 싶은 책을 거를 수 있는 눈을 기르자.

이것 역시 책을 많이 읽어야 가능해진다. 좋은 책을 읽어야 '내가 바로 전에 읽은 책은 한심한 책이었구나' 하고 느끼지 않겠는가.

셋째, 자신이 책에 나오는 얘기에 동의하는지 여부도 중요하다.

자신이 공감하지 못하는 메시지를 따르려고 무리하지 말자. 그리고 '무소유'의 삶을 살려면 자신은 물론이고 가족들도 다 동의하는 조건에서 해야지, 가족들의 원성을 사면서까지 책의 메시지를 실천할 필요는 없다.

넷째, 내용은 좋은데 이해가 좀 안 된다 싶으면 반복해서 읽자.

내용이 무소유라고 생각해서 가진 걸 다 버렸는데, 알고 보니 반어법이었다면 얼마나 당황스럽겠는가? 자신이 해당 책의 메시지를 충분히 이해했는지 몇 번이고 확인한 뒤에 실천해도 늦지 않다.

마지막으로 내 얘기를 해 본다. 서두에서 밝힌 것처럼 내게 가장 중요한 메시지를 준 책은 계간 『인물과 사상』이었다. "네가 그러니까 이 나라가 이 모양이지"라는 강준만의 일갈은 정치와 유리된 채 개인의 이익만을 위해 살던 나를 변화시켰다. 정치가 얼마나 중요한지 깨닫게 됐으며, 이후 책과 더불어 신문 네 개를 빠짐없이 읽었다. 언젠가는 저 신문에 내가 쓴 글이 실릴 그날을 꿈꾸면서. 그렇게 20년이 지난 지금 난 경향신문에 칼럼을 쓰고 있는데, 그렇게 본다면 내가 아는 이 중 독서의 가장 큰 수혜자는 바로 나다. 독서가 왜 필요한지에 대한 책을 쓸 사람이 나밖에 더 있겠는가? 그게 바로 내가 이 책을 쓴 이유다. 이 책으로 인해 보다 많은 사람이 독서의 기쁨을 깨닫고 책의 세계로 들어오길 빈다.

1 『탐독: 10인의 예술가와 학자가 이야기하는 운명을 바꾼 책』, 어수웅 저, 민음사, 120~126쪽.
2 [네이버 블로그] 日新又日新 | 자연의 밥상에 둘러앉다 – 내 손으로 사는 법(http://blog.naver.com/doo9204/220970180379)
3 정희진 독법이 필요한 허약한 시대 – 『정희진처럼 읽기』, 한기호 2014. 11. 03.
4 『정희진처럼 읽기』, 정희진 저, 교양인, 32쪽
5 두산백과
6 인생의 막힌 물꼬를 틔워준 '혼불', 기고: 신현임 시민 기자, PAJU 싱싱뉴스 2010. 12. 10

나가는 글

기생충은 기다려 주지 않는다

지난 몇 년간, 글과 강연을 통해서 책을 읽자는 얘기를 하고 다녔다. 뒤늦게 시작한 독서로 인해 내가 얻은 게 워낙 많다 보니, 다른 이들과 나누고 싶었기 때문이다.

- 사회가 어지럽지? 이게 다 책을 안 읽어서야.
- 우리나라에서 노벨 과학상이 왜 안 나오는지 알아? 책을 안 읽어서야.
- 청년 문제가 심각하다고? 책을 읽으면 해결될 수 있어.
- 미세먼지가 걱정이라고? 책에 해결 방법이 있어!

이쯤 되면 '독서 만능주의'라 부를 수 있을 것 같은데, 심지어 2년

전, 을유문화사 창립 70주년을 기념하는 자리에서 했던 강연 제목
도 '책은 왜 읽어야 하는가'였다. 나의 이런 집요함에 감동한 출판
사 편집자가 내게 '그러지 말고 아예 책 읽기의 중요성을 말하는
책을 내 보면 어떻겠냐?'고 제안했다. 『서민 독서: 책은 왜 읽어야
하는가』가 만들어진 것은 이런 이유였다.

　이 책에서 난 책을 읽어야 하는 여러 가지 이유를 제시했다. 사회
구성원 대다수가 책을 읽지 않았을 때 어떤 일이 벌어지는지에 대
해서도 경고를 아끼지 않았다. 독서는 자신을 위해 그리고 사회를
위해 꼭 해야만 하는 것이라고도 했다. 하지만 책의 마지막 부분에
이른 지금까지도 "난 그래도 책을 안 읽을 거야!"라고 하실 분이 있
을까 봐 비장의 무기를 꺼내 본다. 여러분이 책을 읽지 않으면 머지
않아 우리는, 과거에 그랬던 것처럼, 몸에 기생충을 잔뜩 가지고 살
아가야 한다. 이게 괜한 소리는 아니다. 기생충은 지구상의 수많은
생물 종 중 능력치에 있어서 인간 다음으로, 2위에 해당된다. 바다
에 사는 물고기, 하늘을 나는 새, 대지를 달리는 멧돼지 등등 이 땅
의 동물들 중 기생충으로부터 자유로운 종은 없다. 사마귀를 물에
빠져 죽도록 조종하는 연가시라든지, 고양이에게 가기 위해 쥐로
하여금 고양이를 무서워하지 않게 만드는 톡소포자충을 보면 기생
충의 지배로부터 벗어나는 건 결코 쉬운 일이 아닐 것 같다.

　인간도 마찬가지였다. 불과 몇 십 년 전까지 인간들은 1인당 1백

마리 이상의 기생충을 몸에 지닌 채 살았다. 오죽했으면 1947년 미국의 기생충학자 노먼 스톨Norman Stoll이 "이 세상은 기생충으로 가득 차 있다. 도대체 이게 누구의 지구냐!"며 한탄했겠는가? 하지만 결국 인간이 기생충을 이길 수 있었던 건 바로 책 덕분이다. 책은 인류가 지금까지 쌓아 올린 업적의 요약집이다. 우리는 책을 읽음으로써 과거 인류의 모든 노하우를 습득할 수 있으며, 이를 토대로 그들보다 더 앞으로 나갈 수 있다. 우주선을 달나라에 보낼 수 있게 된 문명의 진보는 그러니까 책이 있었기에 가능했고, 이는 인간이 기생충과 싸워 이긴 유일한 종이 된 비결이기도 하다.

그런데 우리가 책을 읽지 않으면 어떻게 될까? 기생충에 걸린다. 이게 말이 되냐고 흥분하지 말고, 잠깐만 더 내 말을 들어 보시라. 20만 년 전 인간이 탄생했을 때, 동물의 기생충 중 일부는 사람에게 적응해서 인간의 기생충이 됐다. 인간이 문명을 발전시켜 지구의 패자가 됐을 때, 인간 기생충들은 그제야 자신들이 숙주를 잘못 골랐다는 것을 알았다. "이럴 줄 알았으면 다른 동물에게 갈 것을!" 한 번 인간의 기생충이 된 것들은 다시 돌아갈 수가 없기에, 그들은 자신의 판단력을 저주하며 울적하게 살아간다. 그런데 인간이 책을 읽지 않게 된다면? 기생충이 무서워했던 건 책 읽는 인간이었는데, 책을 읽지 않는다면 인간은 치타나 타조, 침팬지나 코뿔소 등과 다를 바가 없어진다. 억눌려 있던 인간 기생충(인간을 숙주로 하는 기생충)들은 그간 개발해 온 '항문 경로'를 통해 인간을 공격할 테고, 새로운 경로를 차단할 능력이 없는 인류는 1947년으로 돌아간다. 그리고 인류는, 이런 대화를 나누게 될 것이다.

　- 어이, 자네 입에 회충이 끼었네.
　= 알려 줘서 고마워. 휴, 오늘만 열세 마리째네.
　- 우리가 어쩌다 이렇게 된 걸까?
　= 알면서 왜 그래? 우리가 너무 책을 안 읽은 대가지 뭐.
　- 눈이 작은 기생충학자가 오늘의 사태에 대해 예언했었는데,
　　돌이켜보면 그게 마지막 기회였던 것 같아.

　다행히 아직 늦진 않았다. 하지만 우리에게 시간이 그리 많은 건 아니다. 기생충은, 기다려 주지 않으니까.